Löwenrebell

Aloha Shifters: Perlen des Verlangens
Buch 3

von Anna Lowe

Inhaltsverzeichnis

Kapitel 1

Dell blieb bei seinem üblichen Morgenspaziergang von seiner Bleibe zum Plantagenhaupthaus auf halbem Wege stehen. Er grub seine nackten Zehen in den Sand, schloss die Augen und streckte sein Kinn der tropischen Sonne entgegen. Er wollte ein wenig zusätzliche Energie tanken, die er brauchen würde, um diesen Tag zu überstehen. Ein erster Jahrestag der schlimmstmöglichen Art.

Er holte tief Luft. Der Himmel war perfekt hellblau und die Temperatur genau richtig. Palmen wiegten sich im Wind und ein Singvogel trällerte auf der Suche nach einer Gefährtin aus voller Kehle. Doch bei all der Schönheit seiner Umgebung verfolgte ihn eine dunkle Wolke. Es half ihm auch nicht, seine übliche Yogaroutine – sogar zweimal – zu absolvieren. Der Kummer ließ sich nicht so einfach abschütteln, wie es mit Wasser oder Staub möglich war, und sein Bedauern ebenso wenig.

Quentin, bleib stehen! wollte er immer wieder schreien. Aber es war zu spät.

Er kniff die Augen zusammen. Es hielt die Erinnerungen jedoch nicht davon ab, sich in seinem Kopf immer wieder zu wiederholen. Erinnerungen, an eine andere Zeit und einen anderen Ort. Einen Ort mit zerbombten Ruinen und schroffen Bergen, wo die einzige Farbe das Rot einer einsamen Mohnblume war, die am Rande eines verlassenen Feldes wuchs.

Ich bin gleich wieder da, hatte Quentin gesagt.

Dell hatte hilflos zugesehen, wie sein Bruder am Rande eines Ruinendorfes, an dessen Namen er sich nicht mehr erinnern konnte, die Straße verließ. Zwei Jungen hatten dort mit einem Ball gespielt und Quentin, ganz der Held, ging hinüber, um ihn für sie zu holen.

Keine Sorge, Mann, hatte der Sprengstofftyp erwidert. *Wir haben alles gesichert.*

Dells Nacken hatte zu jucken begonnen und er hatte wie wild zu Quentin gestikuliert.

Ich habe ein schlechtes Gefühl, Mann. Bleib einfach steh-

Er hatte *stehen* gerade halb ausgesprochen, als die Mine explodierte und Dell gegen den Humvee schleuderte. Es dauerte ewig, bis er auf die Knie kam und als er es endlich auf die Beine geschafft hatte und den Namen seines Bruders murmelte, hielten Connor und die anderen Jungs ihn zurück.

Sieh nicht hin, Mann.

Bleib hier.

Das brauchst du nicht zu sehen.

Aber er musste es sehen, denn sonst hätte er es nicht glauben können. Gestaltwandler waren vielleicht nicht unbesiegbar, aber sie konnten eine Menge wegstecken. Quentin würde es doch sicher gut gehen.

Aber Quentin ging es nicht gut. Nach zehn Jahren im aktiven Dienst in ihrer Elite-Spezialeinheit – und nur einen Monat vor ihrer Entlassung – war sein Bruder tot.

Nein, hatte Dell immer wieder geschrien. *Nein.*

Es ging nicht so sehr um den Tod an sich. Dies war eine Möglichkeit, die sie alle von Anfang an akzeptiert hatten. Es ging ihm eher darum, dass das Schicksal den falschen Mann erwischt hatte. Den besseren Mann. Warum war er es nicht gewesen?

„Quentin", flüsterte Dell und wünschte... Nun, er wünschte sich eine Menge Dinge.

In seinem Inneren fletschte sein Löwe die Zähne und suchte nach etwas – oder jemandem – zum Zerkratzen oder Verstümmeln. Zu schade, dass das Schicksal zu feige war, um sich ihm Angesicht zu Angesicht zu stellen.

„Dell! Dell!", rief eine aufgeregte Jungenstimme.

Er riss die Augen auf und zwang sich zu seinem besten Lächeln. „Joey! Guten Morgen, Kleiner." Er zerzauste dem kleinen Jungen das feuerrote Haar. „Gut geschlafen?"

Joey nickte eifrig und griff nach seiner Hand. „Mommy hat Pfannkuchen gebacken und ich habe dir einen aufgehoben."

Dells Lächeln wurde etwas natürlicher. „Im Ernst? Du hast mir einen aufgehoben?"

Joey war ein großartiger kleiner Junge, der alle Gestaltwandler auf der Koakea-Plantage mochte – Connor, Tim und Chase. Aber einen Pfannkuchen zu bekommen, war eine besondere Ehre, die nur Dell vorbehalten war. Was wirklich süß war, gleichzeitig aber auch beängstigend. Was würde an dem Tag passieren, an dem der Junge herausfand, dass er den falschen Typ als Helden verehrte? Ein Löwengestaltwandler zu sein war schön und gut, aber wenn der Junge einmal genauer hinsah...

Dell rieb sich den Bart im Gehen und war versucht, endlich die Wahrheit zu enthüllen. *Du hast den falschen Mann, Kleiner. Hier gibt es keinen Helden. Nur den unterdurchschnittlichen, jüngeren Bruder des echten Helden.*

Und ehrlich gesagt hatte er damit kein Problem. Er liebte sein Leben. Er liebte die Freiheit, die er sich hart erarbeitet hatte, auch wenn seine Familie das nicht verstand. Es war nur eben so, dass er sich nicht gezwungen fühlte, nach anderen Regeln als seinen eigenen zu leben.

Das Problem war, dass Joey Helden brauchte. Er musste glauben, dass Dell zu selbstlosen, übermenschlichen Taten fähig war. Joeys Vater war in einem Drachenkampf ums Leben gekommen, und obwohl Dell die Details nicht kannte, war es doch ziemlich offensichtlich, dass Joey und seine Mutter sich auf Maui vor irgendeiner Gefahr versteckten.

Also, ja. Joey brauchte Stabilität und Sicherheit. Dell konnte die Seifenblase des Jungen jetzt nicht platzen lassen.

„Ja", sagte Joey und zerrte ihn mit sich. „Ich habe sogar Honig draufgestrichen."

„Wahnsinn. Schlag ein, Mann."

Joey sprang in die Luft, um mit ihm einzuschlagen, und Dell pfiff laut. „Wow. Schon bald wirst du der höchste Springer in unserem Rudel sein."

Joey lachte. „Mommy sagt, wir sollen es Weyr nennen."

Dell winkte mit der Hand ab. Natürlich würde Cynthia einen so altmodischen Begriff verwenden. Die anderen Drachen von Koakea nannten ihre bunt zusammengewürfelte, kleine Gruppe einen Clan. Das taten auch Tim und Hailey, die

Bären. Chase, der Wolf, korrigierte niemanden, obwohl auch er Rudel bevorzugte. Aber Dell...

„Löwen leben in Rudeln, Kleiner."

„Aber du bist der Einzige."

Dell lachte und verbarg den Schmerz, der dabei in ihm aufstieg. Er war nicht nur der einzige Löwe auf Koakea. Er war einer von ganz wenigen Löwengestaltwandlern überhaupt. Und von denen war er der einzige Rebell. Löwen sollten königlich sein und verantwortungsbewusst. Er trug sein Haar lang, seinen Bart kraus und wenn er lachte, lachte er tief und ausgiebig. Alles in allem ähnelte er eher einem entspannten Surfer als einem König des Dschungels.

Dell scherzte und jagte das Gefühl mit seinem üblichen Spruch weg: „Die Welt kann eben nur so viel Perfektion vertragen." Zur Sicherheit berührte er sein blondes Haar, was Joey zum Lachen brachte.

„Mommy sagt... "

Ein scharfes *Ähm* unterbrach den Jungen und Dell schaute auf. Cynthia starrte von der obersten Verandatreppe aus auf sie hinunter. Die Frau liebte diese oberste Stufe und sie liebte es, zu starren, obwohl die Schärfe in ihrem Blick in den fünf Monaten, in denen sie sich nun kannten, ein wenig abgenommen hatte. Heutzutage waren ihre spitzen Blicke eher eine Sache der Gewohnheit als des Prinzips.

Dell ließ seine Augen aufblitzen, um sie zu necken. *Sie wissen selbst, dass Sie mich mögen. Geben Sie es zu.*

Sein siegessicheres Grinsen konnte die meisten Frauen zum Erröten und Kichern bringen. Aber Cynthia runzelte nur die Stirn. Sie war so kühl und nüchtern wie ein Fünf-Sterne-General. Was passend war, wenn man bedachte, dass sie Co-Alpha ihres wachsenden Gestaltwandlerrudels war.

„Morgen, Cynth", rief Dell mit seiner freundlichsten Stimme.

Sie seufzte. „Guten Morgen, Mr. O'Roarke."

Sie sagte dieselben Worte jeden Tag und wählte dabei stets denselben gequälten, *Sie stellen meine Geduld wirklich auf die Probe*-Tonfall. Bisher hatte es ihn nie gestört. Aber an diesem

Morgen klang ihre Stimme wie die seiner Mutter vor so langer Zeit.

Morgen, Quentin, würde seine Mutter seinem älteren Bruder zurufen – so als wäre er ihre Sonne, ihr Inbegriff des Glücks, ihre Quelle des Lichts.

Dann würde sie sich zu Dell umdrehen und seufzen: *Guten Morgen, Wendell.* So als wüsste sie bereits, dass er irgendwann an diesem Tag Mist bauen würde und sie sich genauso gut für das Unvermeidliche wappnen konnte, während sie noch die Chance dazu hatte.

Dell holte tief Luft. Er machte seiner Mutter keine Vorwürfe. Er hatte die Dinge nie so gut hinbekommen, wie Quentin es tat. Tatsächlich hatte er aufgegeben, es zu versuchen. Aber verdammt. Seine Mutter hatte ihn trotzdem geliebt. Cynthia hingegen...

„Dell möchte meinen Pfannkuchen haben", verkündete Joey und eilte die Treppe hinauf.

Dell strich mit einer Hand über das Geländer, das er selbst abgeschliffen hatte. Als sie auf Koakea angekommen waren, war das Plantagenhaus fast eine Ruine gewesen. Es hatte Wochen gedauert, bis es wieder in seinem alten Glanz erstrahlte. Jetzt sah es großartig aus. Joey und Cynthia wohnten im oberen Stockwerk, während der größte Teil des Erdgeschosses – die Küche, das Wohnzimmer und die große Veranda – als Gemeinschaftsbereiche genutzt wurden. Die meisten Gestaltwandler lebten so – jeder in seiner eigenen kleinen Behausung, die alle um einen gemeinsamen Treffpunkt verteilt waren.

„So nett von Ihnen, dass Sie Pfannkuchen für mich gebacken haben, Cynth."

„Cynthia", murmelte sie. „Und ich habe sie für Joey gebacken."

Cynthia schien eine persönliche Regel zu haben, niemals Zuneigung für jemand anderen als ihren eigenen Sohn zu zeigen. Dells Kumpel Connor hatte die Theorie, dass Cynthia aus einer dieser blaublütigen Drachenfamilien stammte, in denen es mehr um Macht und Tradition als um Liebe ging, und er glaubte es. Der einzige Erwachsene, für den Cynthia eine Schwäche zu haben schien, war Chase, der jüngste der drei Hoving-Brüder. Er saß am Tisch und verschlang ebenfalls einen Stapel Pfannkuchen. Aber für Chase schien irgendwie jeder eine Schwäche zu haben.

„Morgen", murmelte Chase, schnappte sich eine Serviette und wischte sich hastig über das Kinn.

Chase' Manieren waren grob und klobig – wie fast alles, was er in der Welt der Menschen tat. Der Kerl war als einziger Gestaltwandler in einem normalen Wolfsrudel aufgewachsen und erst in seinen späten Teenagerjahren aus der Wildnis gekommen. So sehr seine Halbbrüder auch versuchten, ihn zu zivilisieren, zeigte sich Chase' Vorgeschichte jedoch immer noch.

Aber die Frauen fuhren völlig darauf ab. Chase' Kombination aus schierer Größe, seinem verwegenen guten Aussehen und dem *Verlorener Welpe*-Blick war etwas, das sie liebten – ganz zu schweigen von seiner schüchternen Art und den fast nicht vorhandenen sozialen Fähigkeiten.

Ah, der ist so süß, würden die Frauen sagen und mit ihren Wimpern klimpern.

Niedlich und *bezaubernd* kamen an zweiter und dritter Stelle. Der Typ könnte jede Nacht ein anderes Mädchen haben, wenn er es wollte. Aber dafür war Chase zu schüchtern und zurückhaltend.

Dell schaute auf die Uhr, die an der Wand hing – eine große Uhr mit fett gedruckten Zahlen, die Cynthia in einem Versuch aufgehängt hatte, sie alle an einen strengen Zeitplan zu binden. Glücklicherweise war dieser Zeitplan seit ihren angespannten anfänglichen Tagen etwas flexibler geworden. Cynthia war für das Gelände der Plantage zuständig, während Connor, der älteste der Hoving-Brüder, für die Sicherheit verantwortlich war. Es war eine ungewöhnliche Doppelbesetzung der Alpha-Position, aber sie funktionierte erstaunlich gut. Chase folgte Dells Blick zur Uhr und nickte. „Wir müssen bald arbeiten."

Dell nickte erschöpft. An den meisten Tagen arbeiteten er und Chase abends in einem örtlichen Restaurant/Bar – Dell als Barkeeper und Chase als Türsteher. Aber es war Sonntag, was bedeutete, dass sie die Brunch-Schicht hatten und ihnen daher nicht viel Zeit blieb. Was auch gut so war. Vielleicht würde die Arbeit ihn von Quentin ablenken.

Er bezweifelte es allerdings. Selbst Joeys freundliches Geplapper schaffte das nicht.

„Großartige Pfannkuchen", sagte Dell etwas zu laut zwischen zwei Bissen, denn Chase warf ihm diesen gefühlvollen Seitenblick zu, der ihn fragte, ob es ihm gut ging.

Natürlich ging es ihm gut. Es war Quentin, der tot war.

„Möchtest du welche von meinen?", bot Chase an und zeigte auf den Rest seines Stapels.

Dell schüttelte den Kopf. Er hatte keinen großen Appetit. Er aß Joeys Pfannkuchen nur deshalb, weil er den Jungen nicht enttäuschen wollte.

Joey trottete in die Küche, um Cynthia beim Abwasch zu helfen, und Dell ließ sich auf einen Sessel fallen. Er starrte in die Ferne. Nach vielen Jahren des Militärdienstes an den staubigsten, trostlosesten Orten der Welt schien Maui besonders schön zu sein. Das Blau war blauer und das Grün saftiger als an jedem anderen Ort, den er jemals gesehen hatte. Die Palmen wiegten sich sanft, ruhig und friedlich. Wer hätte gedacht, dass er einmal an einem solch schönen Ort landen würde? Er hatte Glück gehabt – er und alle seine Kameraden, plus die Jungs nebenan an Koa Point. Alle diese kampferprobten Gestaltwandler hatten endlich einen Ort gefunden, den sie Zuhause nennen konnten. Der Einzige, der fehlte, war Quent.

„Hallöchen", sagte Tim und stapfte auf seine Bärenweise die Treppe hinauf.

Hailey, Tims Gefährtin, winkte. „Hallo, Dell."

An Tims mürrischem Blick war zu erkennen, dass er mit denselben Gedanken aufgewacht war, mit denen auch Dell seinen Tag begonnen hatte. *Scheiße, heute ist dieser Tag.* Hailey lächelte jedoch nur, was gut war. Es war leicht, ein Lächeln zu fälschen – und sich dahinter zu verstecken.

„Aloha." Dell winkte so fröhlich wie eh und je. „Schöner Tag, was?"

Cynthia kam heraus, begrüßte die anderen und schnippte mit den Fingern nach Dell. „Füße vom Tisch, bi–"

Tim musste Cynthia einen vernichtenden Blick zugeworfen haben, um sie zum Schweigen zu bringen. Dell tat so, als würde er nicht bemerken, dass die beiden einen stillen Gedankenaustausch hatten. Sie verbargen ihre Worte vor ihm, aber er konnte schon ahnen, wie es ablief.

Gönnen Sie dem Mann eine Pause, Cynthia. Nur für heute.

Dell richtete seinen Blick weiter auf den Ozean, während eine unbehaglich stille Minute verging.

„Hey", rief Tim leise. „Brauchst du irgendetwas, Mann?"

Dell konnte sich ein bittersüßes Lächeln nicht verkneifen. Das war das Problem, wenn man Freunde hatte, die einen besser kannten als man sich selbst. Sie durchschauten jedes Schauspiel, mit dem man versuchte, sie zu täuschen.

Brauchte er etwas? Verdammt ja. Seinen Bruder. Lebendig.

Er stand auf und streckte sich träge. „Nö. Nur eine Dusche. Ich muss bald zur Arbeit."

Kapitel 2

Die Fahrt zur Arbeit verlief still, so wie es mit Chase, dem verschwiegensten Wolf aller Zeiten, immer der Fall war. Dell drehte das Radio auf, um seine eigene Stimmung zu verbergen. Nicht, dass die Klänge einer Ukulele ihn aufgemuntert hätten, aber zum Teufel. Es war einen Versuch wert.

„Dell!", erklangen mehrere Stimmen zur Begrüßung, als er das *Lucky Devil* betrat, eine Kneipe in der zweiten Etage eines Gebäudes an der Wasserkante von Lahainas historischem Viertel.

Chase blieb unten auf Straßenebene und bewachte den Eingang, so wie er es immer tat. Es gab zwar keinen großartigen Anlass für einen Sicherheitsmann während des Brunchens, aber die Besitzer mochten es, jemanden dort zu haben. Es war alles Teil der Show: ein muskulöser Kerl, der an der Tür aufpasste, damit niemand auf dumme Gedanken kam. Und eine hübsche Hostess, die den Kunden zeigte, welch großartiger Ort das Lucky Devil doch war. Dells Aufgabe bestand neben dem Ausschenken von Getränken in der Unterhaltung der Gäste. Und er war verdammt gut darin. Selbst an einem Tag wie diesem – oder besonders an einem Tag wie diesem – gab er alles, was er hatte. Die Tageszeit bedeutete, dass er mehr Saftschorlen als Dirty Martinis mischte, aber trotzdem. Er jonglierte mit Mixbechern, schwenkte Kelchgläser und schenkte die Getränke auf Armeslänge ein. Dann griff er nach einer Frangipani-Blüte oder einer Miniaturpiratenflagge, um das Getränk zu dekorieren, und servierte es mit einem Augenzwinkern.

Tatsächlich hatte jeder von ihnen eine Rolle zu spielen. Chase war der ernste Typ an der Tür, während Dell der Spaßvogel war. Der Unbeschwerte. Der Kerl, der keine Sorge auf der Welt hatte.

Wenn sie nur wüssten.

Candy, eine der Kellnerinnen, himmelte ihn mit klimpernden Wimpern an. „Hey Baby. Wann lässt du mich dich endlich einmal zum Surfen mitnehmen?" Wie üblich deutete ihr verführerischer Tonfall an, dass sich diese Einladung auch auf andere, intimere Aktivitäten bezog.

„Entschuldige. Ich war so damit beschäftigt, meine Hütte auszubauen."

Candy schmollte. „Du arbeitest immer nur."

Sie war nicht die Einzige, die von all der Mühe überrascht gewesen war, die Dell in die Renovierung eines stillgelegten Schuppens drüben am Bach von Koakea gesteckt hatte. Vielleicht bewirkte ein Jahrzehnt des ständigen Umherziehens so etwas in einem Mann. Was auch immer der Grund war, sein innerer Löwe ließ ihn nicht ruhen, bis er das nächste Stückchen Fortschritt gemacht hatte. Es war fast unheimlich, in welcher Eile das Biest zu sein schien. Als wäre es superwichtig, sich eine Löwenhöhle zu bauen, bevor eine dringende Frist ablief.

Was verrückt war, denn er setzte sich keine Fristen. Anders als die meisten anderen Löwengestaltwandler lebte er ein lockeres, unbeschwertes Leben und es gefiel ihm so. Aber aus irgendeinem unerfindlichen Grund hatte er fieberhaft an seinem Zuhause gearbeitet. Er hatte einen Anbau hinzugefügt. Das undichte Dach repariert. Riesige Fenster und Schiebetüren eingebaut, die dem Haus dieses nach außen offene Gefühl verliehen, das alle Gestaltwandler bevorzugten. Er konnte es kaum erwarten, das nächste Projekt zu beenden – eine große, geflieste Terrasse anzulegen, von der aus er die Welt überblicken konnte, entweder als Mensch oder in seiner Löwengestalt.

„Wir müssen dir eine Hauseinweihungsparty schmeißen, wenn du fertig bist", gurrte Candy.

„Sicher."

Er grinste, auch wenn es äußerst unwahrscheinlich war. Oder besser gesagt, unmöglich. Er konnte auf gar keinen Fall einen Haufen Menschen auf die Plantage einladen – nicht, wenn dieser Ort ausschließlich von Gestaltwandlern bewohnt wurde. Alles, was er und seine Kumpels in ihrer Freizeit unternahmen, fand außerhalb statt. Mit Joey und Cynthia auf der Plantage war es wichtiger denn je, ihre Privatsphäre zu schützen. Außerdem hatten seine Freunde Connor und Tim vor Kurzem ihre Gefährtinnen gefunden und es wäre wirklich nicht gut, wenn andere Leute dort herumschnüffeln würden, wo sich Drachen und Bären vor aller Augen verwandelten.

Was Dell betraf, so war er allein besser dran. Als Single. Ungebunden und frei von jeglicher Verantwortung – oder zumindest so frei, wie es ein erwachsener Mann sein konnte.

„Hier kommen unsere ersten Gäste." Candy eilte zur Tür.

Das Geschäft nahm stetig zu, bis der Laden brummte, was Dell für eine Weile von Quentin ablenkte. Gelegentlich stellte er sich seinen Bruder an einem der Ecktische vor, wie er ihm bei der Arbeit zusah. Die Frage war nur, würde Quentin lächeln oder missbilligend den Kopf schütteln?

„Ich brauche noch zwei Hibiskus-Eistee ", sagte Candy und ließ Dell zusammenzucken.

Er setzte ein Lächeln auf und fing an, Mixbecher herumzuschleudern. „Zwei kalte Jamaikaner, kommen sofort."

Es wurde erst gegen drei Uhr nachmittags etwas ruhiger, als er schließlich die Bar abwischte und sie für die nächste Schicht an seinen Kollegen übergab.

„Sie gehört ganz dir, Partner", murmelte er und ging hinaus.

Chase fuhr. Dell starrte aus dem Fenster und sah das türkisfarbene Wasser draußen vorbeiziehen – langsam, denn Chase fuhr immer langsamer als die Geschwindigkeitsbegrenzung es erlaubte.

Dell schlug auf das Armaturenbrett. „Das ist ein Sportwagen, weißt du."

Chase deutete auf ein Schild mit einer Geschwindigkeitsbegrenzung von fünfundsechzig Kilometern pro Stunde und dann auf die rote Motorhaube. Er fuhr den Ferrari – eine Langzeitleihgabe von Boone, ihrem Wolfsgestaltwandler-Freund. Der Wagen war wie ein Magnet für Officer Dawn Meli, die wahrscheinlich gerade auf Streife war und nur darauf wartete, ihnen einen Strafzettel zu verpassen.

Trotzdem schnaubte Dell. „Jemand muss dieses Prachtstück mal für das benutzen, wofür es bestimmt ist. Gott weiß, dass Boone es nicht tun wird."

„Zwillinge", murmelte Chase mit einem schwachen Lächeln. So kommunizierte dieser Kerl immer – in kurzen knappen Ein-Wort-Antworten.

„Ja, der arme Kerl." Dell seufzte. „Es scheint fast so, als würde er es tatsächlich genießen, diesen Minibus zu fahren. Ich nicht, Mann."

Chase schaute ihn an und sprach so leise, dass Dell sich anstrengen musste, um ihn zu hören. „Nicht einmal, wenn du deine Gefährtin fändest?"

Er schnaubte. „Definitiv nicht."

Chase neigte den Kopf. „Verpaaren sich Löwen nicht?"

Dell zuckte mit den Schultern. Löwengestaltwandler verpaarten sich schon, sicher. Aber sie verpaarten sich auf die Art und Weise, wie es sein Vater getan hatte – indem sie warteten, bis sie ihre besten Jahre längst hinter sich und sich zügellos ausgetobt hatten. Erst dann ließ sich ein männlicher Löwe mit einem liebevollen Weibchen nieder, das sich in seinen goldenen Jahren um ihn kümmerte und ihm ein oder zwei Erben schenkte. Sobald sich ein Löwe verpaart hatte, war er genauso loyal wie der Hingebungsvollste aller Gestaltwandler. Aber das Balzverhalten hatte weniger mit dem Schicksal zu tun als vielmehr mit einem netten Mädchen, das zur richtigen Zeit auftauchte.

Dell kratzte sich über die Brust. „Ich schätze, ich habe noch dreißig Jahre Zeit – mindestens – bevor ich über eine Gefährtin nachdenken werde."

Chase gaffte ihn an, als wäre das völlig undenkbar, und Dell hätte ihn deswegen fast aufgezogen. Chase schien in eine Frau verknallt zu sein, die in einem Smoothie-Wagen ein paar Häuserblocks von der Kneipe entfernt arbeitete. Es war wahrscheinlich nichts wirklich Ernstes, aber es war schön, zu sehen, dass Chase sich für jemanden in der menschlichen Welt interessierte.

Bevor Dell jedoch einen kurzen Scherz über das Smoothie-Mädchen machen konnte, bog Chase bereits nach links in die versteckte Einfahrt ein, die zu der Plantage führte, auf der sie lebten. Ein Duft stieg Dell in die Nase. Alle seine Sinne waren plötzlich in höchster Alarmbereitschaft, so wie es bei einem Kampf der Fall wäre. Es war ein sicheres Zeichen dafür, dass etwas enorm Wichtiges passieren würde.

Sein Löwe schnupperte in der Luft, als ein Kribbeln der Vorfreude durch ihn rauschte.

Es ist kein Ärger, murmelte sein Löwe. *Es ist etwas Gutes. Etwas Frisches und Neues. Genau, was wir brauchen.*

Dell verzog das Gesicht. Er brauchte nichts. Sein Leben war in Ordnung, genauso wie es war.

Ein Taxi holperte aus der entgegengesetzten Richtung heran und Dell riss den Kopf herum, als es vorbeifuhr.

„Was zum Teufel?" Er drängte Chase, schneller zu fahren.

Niemand kam mit einem Taxi nach Koakea. Dieser Ort war so versteckt, wie es in der zivilisierten Welt nur möglich war. Die wenigen Besucher, die sie dort empfingen, wurden im Voraus alle sorgfältig geprüft. Was ging also vor sich?

Die Auffahrt führte über die Kuppe eines Hügels und auf der anderen Seite eröffnete sich ein breites Panorama. Das Plantagengelände war an einigen Stellen smaragdgrün und an anderen trocken und buschig. Das Grundstück fiel sanft zum Meer hin ab und in der Mitte verlief ein kleiner Bach. An der Südseite endete das Gelände in einer schroffen Klippe zum Meer – die Drachenhöhle, in der Connor und Jenna lebten. Im Norden führte der Hang allmählich zu einem winzigen Stück Strand hinunter. Das Plantagenhaus befand sich auf einer kleinen Anhöhe dazwischen, weshalb sich von dort aus ein majestätischer Blick über das gesamte Gelände eröffnete. Dells Haus lag in südlicher Richtung, versteckt in einer Felsspalte neben dem Bach.

Normalerweise schweifte sein Blick dorthin, aber heute wanderten seine Augen direkt zur Veranda des Plantagenhauses hinüber, wo mehrere Gestalten standen.

„Irgendeine Ahnung, wer das ist?"

Chase schüttelte energisch den Kopf, während er die Einfahrt hinunterfuhr und parkte. Noch bevor er die Handbremse angezogen hatte, stieg Dell in einer unerklärlichen Eile aus dem Auto aus, um herauszufinden, wer der Besucher war. Jeder einzelne seiner Nerven war angespannt, jeder seiner Sinne geschärft. Seine Hände hatte er zu Fäusten geballt. Wenn dies jemand aus Cynthias Vergangenheit war, der Joey schaden wollte...

Aber das konnte nicht sein, denn alle standen unbewegt dort. Dell zwang sich, seinen eiligen Laufschritt zu einem lässigen Tempo zu verringern. Die anderen sahen nicht alarmiert aus, obwohl eine deutliche Aura der Besorgnis in der Luft hing.

„Hallöchen", rief er, als er sich der Veranda näherte.

Tim blickte auf ihn herab und verschränkte seine wohltrainierten Arme missbilligend vor der Brust. Connor war ebenfalls da, genau wie Jenna, Hailey, Cynthia und jemand hinter ihnen, den Dell nicht erkannte. Verschwunden waren die mitfühlenden Blicke, die sie ihm alle an diesem Morgen zugeworfen hatten. Stattdessen runzelten sie die Stirn, was ihm ein mulmiges Gefühl bescherte. Die fünf Stufen zur Veranda zu erklimmen, war ihm noch nie so langsam und unheilvoll vorgekommen.

Was zum Teufel habe ich getan? murmelte Dell in Tims Gedanken.

Sag du es mir, brummte Tim.

Dells Gedanken überschlugen sich. Er hatte weder eine Patrouille verpasst noch irgendwelche Aufgaben übersprungen, die Cynthia jedem Mitglied ihrer Gruppe zugewiesen hatte. Von Natur aus entspannt zu sein, bedeutete nicht, dass er ein Faulpelz war. Nicht, wenn es um die Sicherheit seines Rudels ging.

Hailey berührte Tims Schulter und versuchte offensichtlich, ihren Gefährten zu beruhigen. Warum der Bärengestaltwandler so wütend war, wusste Dell nicht.

Jenna bewegte sich leicht und eröffnete ihm so einen Blick auf den Besucher. In dem Moment, als er die Frau entdeckte und ihren Jasmin-Kokosnuss-Duft witterte...

... raste sein Herz. Das Blut rauschte in ihm und eine Basstrommel hämmerte in seiner Seele. Sie war wunderschön mit langem, braunschwarzem Haar und mandelförmigen Augen. Allerdings fühlte er sich sonst nie von reinen Äußerlichkeiten angezogen. Eine Frau musste auch interessant sein und das stellte sich normalerweise erst nach ein paar Minuten Gespräch heraus. Warum war er also auf Anhieb so fasziniert?

Vielleicht war es die einzigartige Mischung verschiedener Faktoren, die seinen Atem stocken ließ. Ihre Haut hatte diesen wunderschönen Olivton, der ihn an Indien denken ließ – oder zumindest an indische Herkunft. Ihre Stirn war von Sorgenfalten gezeichnet und sie trug eines dieser Kostüme, die eine Frau im Büro tragen würde, wenn sie einen hochrangigen Posten in einem Unternehmen innehatte. Es war allerdings seltsam, dass ein Geschirrtuch über ihrer linken Schulter hing.

Dell starrte sie sprachlos an und sie starrte zurück. Für eine lange Minute sagte niemand etwas und das Mysterium brachte ihn fast um. Dann öffnete sie ihre weinroten Lippen, um zu sprechen, und er beugte sich vor.

Aber ein kleines Glucksen kam ihr zuvor. Es ertönte etwa auf Knöchelhöhe und die Frau beugte sich über eine Art Korb.

„Oh, Süße", flüsterte sie und klang dabei so erschöpft, dass er ihr am liebsten einen Arm um die Schulter gelegt hätte, um sie zu stützen. Dann richtete sie sich auf und hielt etwas fest.

Dells Blick wanderte zu dem Bündel in ihren Armen. Ein winziges, rosa Bündel. Alle seine Synapsen feuerten gleichzeitig.

Rosa.

Bündel.

Baby?

„Alles ist gut", flüsterte die Frau und schmiegte das Baby an ihre Brust.

Dells Kinnlade klappte hinunter. Er hatte das Kind nur für den Bruchteil einer Sekunde gesehen, aber der eine Blick hatte gereicht. Dieses Baby war das Ebenbild von jemandem.

Von ihm.

Er starrte und starrte – und dann starrte er noch etwas mehr. Das Baby war noch nicht alt genug, um viele Haare zu haben, aber die wenigen dünnen Strähnen hatten die gleiche goldene Farbe wie seine. Die markante Kinnpartie, die Stupsnase und das Grübchen auf der rechten Seite – all das war ein Spiegel seiner selbst.

Er riss seinen Blick zu der Frau zurück und durchforstete verzweifelt seine Erinnerungen. Er hatte zu seiner Zeit mehr als ein paar Liebhaberinnen gehabt, wenn auch nicht annähernd so viele, wie sein Ruf vermuten ließ. Und er würde niemals auch nur eine von ihnen vergessen. Gott wusste, dass sein Bruder ihm dies eingebläut hatte.

Du musst eine Frau respektieren, auch wenn sie nur für eine Nacht die Deine ist. Schätze sie. Behandle sie so, wie sie es verdient.

Dell hatte nach diesen Worten gelebt, also konnte er nicht verstehen, warum er jetzt keine Antwort hatte. Und er war immer vorsichtig gewesen – *wirklich* vorsichtig –, wenn es um Verhütung ging. Denn ein Typ wie er war nicht für Kinder geschaffen. Was bedeutete, dass er in diesem Moment einer doppelten Unmöglichkeit gegenüberstand – einer Frau, an die er sich nicht erinnern konnte, und einem Baby, das seins sein musste. Kein Wunder, dass sie ihm alle Blicke zuwarfen, die sagten: *Wir wussten, dass du ein Versager bist, aber das hier ist ja wohl die Krönung.*

Er versuchte nachzurechnen, aber auch das half ihm nicht weiter. Wie alt war ein so winziges Baby? Drei Monate? Vier? Er hatte keine Ahnung. Er konnte nichts anderes tun, als zu stottern und zu stammeln, und war unfähig, zusammenhängende Worte hervorzubringen.

Währenddessen starrte ihn das Baby mit großen, unschuldigen Augen an. Goldbraune Augen, genau wie seine. Ihre pummligen Beinchen zuckten, als ob sie weglaufen wollte.

Du kannst nicht mein Vater sein, stellte Dell sich vor, dass das Baby sagen würde. *Bitte nicht.*

Dell schluckte. Connor trat vor und knurrte in Dells Gedanken, aber die Kinnlade der Frau klappte auf – genauso wie seine zuvor – und sie flüsterte: „Sie sehen genauso aus wie er."

Ein Piepton ertönte, sie fummelte in ihrer Tasche herum und zog schließlich ein Handy heraus.

„Entschuldigung", murmelte sie und schaltete es ab, ohne auf die Rufnummer zu blicken.

Das Baby gab einen unglücklichen Laut von sich und Jenna beugte sich vor.

„Hat sie Hunger? Brauchen Sie irgendetwas?"

„Ich glaube, sie wird bald ein Nickerchen brauchen." Die Frau wiegte das Baby in ihren Armen.

Dell blinzelte. Sie? Die Decke war rosa, aber die Frau hatte gesagt, Dell sähe genauso aus wie *er*. Was war es also? Ein Mädchen oder ein Junge?

Ein kleiner Sabberstreifen lief von den Lippen des Babys hinunter und sie – er? – strampelte erneut und zappelte in den Armen der Frau.

„Sie müssen Wendell sein", sagte die Frau.

Er blinzelte. Es klang so, als würde sie sich auch nicht an ihn erinnern. „Dell. Dell O'Roarke."

Die Frau nickte und stellte sich vor. „Anjali Jain." Dann deutete sie mit einem Nicken auf das Baby, das in ihren Armen lag. „Das ist Quinn."

Sie ließ eine Sekunde verstreichen und Dells Gedanken gerieten ins Trudeln, als er versuchte, den Hinweis zu entschlüsseln. Quinn?

Und schließlich ließ die Frau die Bombe platzen. „Sie wurde nach ihrem Vater benannt."

Die ganze Luft rauschte aus Dells Lunge. Das war gar nicht sein Baby. Es war das Baby seines Bruders.

Er hatte schiere Erleichterung erwartet, aber alles, was er spürte, war eine enttäuschte Leere. Ein Stich der Eifersucht, dass es sein perfekter Bruder gewesen war, der dieses perfekte Baby gezeugt hatte, und nicht er selbst.

„Quentin?", flüsterte er.

Die Frau nickte traurig und schmiegte das Baby an sich.

Ein erschrockenes kleines Keuchen entwich Tims Lippen und auch Connor sah überrascht aus. Sie hörten sofort auf, Dell anzufunkeln, und er konnte spüren, wie allen derselbe Gedanke durch den Kopf schoss.

Quentin war der gute Kerl gewesen. Der Held. Ein Mann, der seine Familie stolz gemacht hatte. Mit anderen Worten, ein Musterlöwe. Quentin war nicht der Typ, der ein Mädchen schwängern und sie dann sitzenlassen würde. Solchen Schlamassel überließ er Dell.

Nicht dieses Mal, murmelte Dells innerer Löwe und peitschte mit dem Löwenschwanz. *Nicht dieses Mal.*

Kapitel 3

Anjali holte tief Luft. Das brauchte sie, denn in dem Moment, als sie Dell erblickt hatte, war ihr Herz stehen geblieben. Es fühlte sich an, als hätte sie einen Geist gesehen, denn er sah Quentin sehr ähnlich. Aber das erklärte nicht, warum ihr Herz höherschlug und warum ihre Finger mit dem Drang zuckten, ihn berühren zu wollen.

Aber schließlich war sie gerade erst über fast ganz Nordamerika und ein Drittel des Pazifiks geflogen. Und das mit einem zappelnden Baby auf dem Schoß. Kein Wunder, dass sie sich völlig fertig fühlte. Ihr war fast schwindlig geworden, als sie Dell erblickt hatte.

Er sah seinem Bruder verdammt ähnlich, aber je genauer sie hinschaute, desto mehr fielen ihr die kleinen Unterschiede auf. Quentin war ebenfalls ein großer, kräftiger, *Ich mache vor dem Frühstück hundert Rumpfbeugen*-Typ gewesen. Aber Dell war ein wenig jünger und wirkte wesentlich lässiger als sein Bruder. Er trug ein Hawaiihemd, Flipflops und einen ungekämmten Männerdutt.

Quinn zappelte in ihren Armen und Anjali drückte sie fester an sich, weil sie Angst hatte, sie würde das arme Ding fallenlassen. Selbst nach einer Woche, in der sie sich um das Baby gekümmert hatte, hatte sie immer noch das Gefühl, überhaupt keine Ahnung zu haben. Ein Teil von ihr wollte das Baby einfach jemandem übergeben und schnell von dort verschwinden, während ein anderer Teil das kleine Mädchen festhalten und nie wieder loslassen wollte.

„Joey, Schätzchen. Kannst du deine Spielsachen aufräumen gehen, bevor es dunkel wird?", flüsterte die große, dunkelhaarige Frau – Cynthia – ihrem Sohn zu.

Als der kleine Rotschopf ernsthaft nickte und davonlief, dämmerte es Anjali, dass alle sie anstarrten.

„Oh. Moment", stotterte sie und schaute Connor, Cynthia und die anderen wieder an, die sich bereits vor Dells Ankunft vorgestellt hatten. Sie dachten, Quinn wäre *ihr* Baby.

„Warten Sie. Lassen Sie es mich erklären", sagte sie, obwohl sie keine Ahnung hatte, wo sie anfangen sollte.

Sie schwankte auf ihren Füßen. Jetzt, da sie Maui endlich erreicht hatte, holte sie der Stress der vergangenen Tage ein. Die seelenverzehrende Traurigkeit. Die dringende Notwendigkeit, die Angehörigen des Babys ausfindig zu machen. Sie schaute Quinn an und war so besorgt wie immer. So ein kleines, unschuldiges Baby. So viele Tragödien in so kurzer Zeit.

Jemand legte ihr einen Arm um die Schultern und führte sie zur Couch hinüber – eine Geste, die sie normalerweise abschütteln würde, aber jetzt hatte sie keine Kraft dazu.

„Kommen Sie hierher", murmelte eine Stimme, die tief und beruhigend klang.

Es war Dell. Er ließ sich neben ihr nieder und behielt seinen Arm auf ihrer Schulter. Mit seiner freien Hand berührte er sanft Quinns Füßchen.

Das Baby war den ganzen Flug über unruhig und empfindlich gegenüber Fremden gewesen, aber bei Dell gurgelte es und lächelte. War es möglich, dass Quinn spürte, wer er war?

„Lassen Sie mich Ihnen ein Getränk holen", sagte eine der Frauen und verschwand im Inneren des wunderschön restaurierten Gebäudes.

Anjali schluckte und schaute zu all den Gesichtern auf, die sich um sie versammelt hatten. Sie hatte Dutzende von Präsentationen für millionenschwere Geschäfte in Konferenzzimmern gehalten. Doch an diesem lauen Abend auf Maui konnte sie kaum einen vollständigen Satz hervorbringen. Erst als sie sich auf Dell konzentrierte und sich vorstellte, er wäre ihr einziges Publikum, sprudelten die Worte hervor.

„Mein Name ist Anjali Jain. Quinn ist nicht meine Tochter. Ihre Mutter war Lourdes. Lourdes Russo."

Sie schaute sich um und hoffte auf einen Schimmer des Wiedererkennens dieses Namens. Aber als ihr von allen Seiten nur verwirrte Blicke begegneten, fuhr sie fort.

„Lourdes und ich waren seit unserer Kindheit befreundet." Sie schloss die Augen und zählte die Jahre, die vergangen waren, seit sie und Lourdes zum ersten Mal Himmel und Hölle zusammen gespielt hatten. Sie waren Nachbarn und beste Freundinnen gewesen, hatten sich als Teenager jedoch auseinandergelebt, als Lourdes anfing, die Schule zu schwänzen, während Anjali ihre Leistungskurse besuchte. Lourdes hatte sich auf Jungs und Drogen eingelassen, während Anjali fleißig lernte, die besten Schulen besuchte und schließlich eine erfolgreiche Karriere gestartet hatte. Doch irgendwie hatten sie es über die Jahre hinweg geschafft, stets in Kontakt zu bleiben.

Anjali blickte auf Quinn hinunter. „Ich habe Quentin nur ein einziges Mal getroffen, doch ich denke, es ist ziemlich offensichtlich, dass sie seine Tochter ist. Ich habe allerdings auch eine Geburtsurkunde."

„Lourdes wer?", fragte Dell. „Wie lautet ihr Nachname noch mal?"

Offensichtlich hatte Dell seinen Bruder nicht so gut gekannt, wie er dachte. Aber andererseits schien auch Anjali selbst ziemlich schockiert zu sein. Lourdes mochte vielleicht die verantwortungsloseste Person auf der Welt gewesen sein, aber Quentin war ihr wie ein strenger, gewissenhafter Typ erschienen. Sie hatte ihn auf Anhieb für einen *Kein Sex ohne Kondom*-Typ gehalten. Aber wer wusste es schon? Viele Menschen sind nicht das, was sie auf den ersten Blick zu sein scheinen.

„Lourdes Russo. Ich habe Quentin im letzten Herbst kennengelernt, als er und Lourdes nach Chicago kamen."

Lourdes war so aufgeregt gewesen, ihr ihren neuen Freund vorzustellen, und Anjali war wirklich beeindruckt gewesen. Endlich hatte Lourdes jemanden gefunden, der ihr helfen würde, ihr Leben auf die Reihe zu bekommen.

„Ich schätze, sie haben sich etwa im Februar letzten Jahres kennengelernt", schloss sie.

„Februar", murmelte Dell, der offensichtlich gedanklich versuchte, eine Zeitleiste aufzustellen. „Quent war zu dieser Zeit ungefähr sechs Wochen in Fort Bragg."

Sie nickte. Quinn war drei Monate alt, was bedeutete, dass sie kurz vor Quentins Dienstantritt gezeugt worden sein musste. Sie war neun Monate nach dem Tod ihres Vaters geboren worden.

„Es tut mir so leid", sagte sie leise und schaute Dell an. Immerhin war er sein Bruder. „Lourdes war am Boden zerstört, als sie hörte, was passiert ist."

In der Sekunde, in der sie die Worte ausgesprochen hatte, bedauerte sie sie bereits. Wie dumm von ihr, so etwas zu sagen. Auch Dell musste am Boden zerstört sein.

Dells Wangen wurden rot, als er Quinn ansah. „Ich schwöre, er hat nichts von dem Baby gewusst. Hat Lourdes es ihm nicht gesagt?"

Anjali schüttelte den Kopf. „Sie wusste bis kurz nach seinem Tod nicht einmal, dass sie überhaupt schwanger war. Glauben Sie mir, sie hätte es ihm gesagt, dessen bin ich mir sicher."

„Sie hat nicht daran gedacht, es mir zu sagen?", fragte Dell verbittert.

„Ich war ihre beste Freundin. Ihre einzige Freundin und sie hat es nicht einmal mir erzählt. Ich habe zwischen diesem kurzen Besuch und bis vor zwei Wochen, als sie schließlich in meiner Wohnung auftauchte, kein Wort von ihr gehört." Sie kniff die Augen zusammen und drückte Quinn fester an sich. „Die arme Lourdes. Sie war überfordert – mit allem. Dem Baby. Geld. Ihrer Zukunft."

Ihre Brust schmerzte, wenn sie auch nur daran dachte. Manche Menschen, so wie Lourdes, bekamen im Leben nur schlechte Karten gedealt. Andere, wie sie selbst, erhielten alle Asse und Könige.

„Sie hat nicht versucht, jemanden zu kontaktieren?", verlangte Dell zu wissen.

Anjali seufzte. „Ganz ehrlich? Ich glaube, es war alles zu viel für sie. In einer Sekunde weinte sie, weil Quentin weg war. Und in der nächsten beharrte sie darauf, dass er bald zurückkommen würde."

Dell starrte auf den Boden, was ihr das deutliche Gefühl vermittelte, dass er dies genau nachvollziehen konnte.

„Lourdes bettelte mich um eine Bleibe an und sagte, sie wäre auf der Flucht. Irgendetwas darüber, dass sie Probleme mit einem Ex-Freund hatte. Einem anderen Typen." Anjali runzelte die Stirn. Sie hasste es, Lourdes wie eine Schlampe klingen zu lassen, aber was sollte sie tun? Quentin war lediglich eine kurze Ruhephase im Tornado von Lourdes' Liebesleben gewesen. Jeder andere Typ, mit dem Lourdes jemals etwas gehabt hatte, hatte sie im Stich gelassen.

Anjali holte tief Luft, denn den nächsten Teil zu erzählen, würde am schwierigsten werden. „Das war vor zwei Wochen. Lourdes und Quinn zogen bei mir zu Hause ein. Sie sagte, es wäre nur für kurze Zeit. Aber eines Abends kam ich von der Arbeit nach Hause und Lourdes war verschwunden. Quinn lag im Bett und neben ihr ein Zettel."

„Ein Zettel?", knurrte Dell.

Sie zuckte zusammen. Ja, so schlecht war es Lourdes gegangen. Welche Art Mutter ließ denn ein Baby alleine?

„Darauf stand, *Bitte kümmere dich um sie. Ich bin bald wieder da.*" Anjali kniff die Augen zusammen und schüttelte den Kopf. „Aber es war nicht bald. Lourdes war die ganze Nacht und den ganzen nächsten Tag verschwunden. Und als ich schließlich zur Polizei ging..."

„Oh Gott", murmelte eine der Frauen.

„Selbstmord." Anjali ließ die Schultern hängen. „Zumindest hat das die Polizei gesagt."

Dell zog eine Augenbraue hoch.

„Auf dem Zettel stand ein kleiner Zusatz, *Falls mir etwas zustößt, dann...*" Anjali schluckte.

Connor, der große Kerl, fluchte leise vor sich hin. Nun, sie waren alle groß, aber er war noch ein paar Zentimeter größer und hatte eine Ausstrahlung, die es erscheinen ließ, als hätte er das Sagen. „Was dann?"

Dell berührte sanft ihre Schulter und wiederholte Connors Worte. „Was dann?"

Anjali schluckte den Kloß in ihrem Hals hinunter. „Lourdes hat gesagt, ich solle Quinn zu ihrem Vater bringen, falls etwas passiert. Weil nur er sich um sie kümmern kann." Anjali schniefte. „Ich schätze, sie hat es in einem dieser Momente geschrieben, in denen sie nicht ganz richtig im Kopf war. Aber ich konnte mich daran erinnern, dass Quentin erzählt hatte, er habe einen Bruder. Also habe ich Sie ausfindig gemacht."

„Sie haben uns ausfindig gemacht?", stotterte Connor.

Die Männer tauschten ungläubige Blicke aus, als wüssten sie genau, wie schwer dies gewesen sein musste. Beinahe unmöglich, um genau zu sein.

Sie winkte mit der Hand. „Es war nicht einfach. Aber nachdem ich Quentins befehlshabenden Offizier ausfindig gemacht hatte und ihm sagte, dass es um ein Baby ging…"

Es war ein wenig geflunkert, denn tatsächlich war sie nur bis zur Assistentin des Offiziers gekommen, die sie zunächst abgewimmelt hatte. Aber als Anjali ihr von dem verwaisten Baby erzählte, hatte sich die Frau ein Herz gefasst. Innerhalb von drei Tagen rief sie zurück und hatte herausgefunden, wo Dell sich aufhielt.

Wendell O'Roarke, hatte ihr die nette Dame am Telefon anvertraut. *Ich habe alle Regeln gebrochen, um diese Information zu bekommen, also verraten Sie es niemandem, in Ordnung? Hier ist die Adresse. Aber, Schätzchen…* Die Frau war plötzlich unsicher geworden. *Nach allem, was ich gehört habe, ist Dell nicht wie sein Bruder. Er ist vielleicht nicht der Richtige, um ihm ein Baby anzuvertrauen.*

Was das bedeuten sollte, wusste Anjali nicht. Aber das war alles gewesen, was sie zur Verfügung hatte. Es gab keine Telefonnummer, nur eine Adresse, also hatte sie den ersten Flug nach Maui gebucht.

„Und Sie haben die Absicht, Dell das Baby zu geben?" Connor kratzte sich die Stirn.

Anjalis Mund klappte auf und schloss sich wieder. Als sie noch in Chicago gewesen war, war ihr alles so klar erschienen. Sie würde Quinn zu ihrem nächsten Angehörigen bringen und dann zur Arbeit zurückkehren – so schnell wie möglich. Aber jetzt, nachdem sie ein paar lange Tage – und nicht enden wollende Nächte – damit verbracht hatte, sich um Quinn zu kümmern, kam ihr Herz auf andere Gedanken. War sie wirklich bereit, dieses Baby einem völlig Fremden zu überlassen und nach Hause zu fliegen?

Sie ließ ihren Blick zum Meer hinüberschweifen, wo eine lange Linie orangefarbenen Lichtes auf dem Wasser glitzerte. Die Sonne stand tief, berührte den Horizont fast und war bereit, unterzugehen.

„Dell?", spottete der andere Mann – Tim. „Ernsthaft?"

Die Skepsis in seiner Stimme passte zu den Blicken, die alle in Dells Richtung warfen.

„Hey, was willst du damit sagen?", protestierte Dell.

Sie alle rührten sich leicht und Quinn schaute mit großen, vertrauensvollen Augen zu ihnen auf.

„Ein Baby ist eine Menge Arbeit", betonte Cynthia.

Dell zog die Augenbrauen zusammen. „Ich kann mit viel Arbeit gut umgehen."

Anjali musterte sein unordentliches Haar und seine Flipflops. Konnte er das?

„Ich arbeite Achtzig-Stunden-Wochen", sagte sie leise. „Ich führe millionenschwere Marketingkampagnen. Aber es ist nichts im Vergleich dazu, sich um ein Baby zu kümmern."

Was sie nicht zugab, war die Tatsache, dass trotz alledem nur ein Lächeln des Babys genügte, damit sie sich so fühlte, als wäre sie auf dem Gipfel der Welt.

Anjali versuchte, das warme Kribbeln in ihrem Herzen zu ignorieren und vernünftig zu denken. Okay, Quinn war ihr also in den letzten Tagen ans Herz gewachsen. Das bedeutete aber nicht, dass sie alles stehen und liegen lassen und ihr Leben völlig umkrempeln würde.

Quinn gähnte eines dieser entzückenden kleinen Babygähnen, das alle Frauen zum Schwärmen brachte. Anjali versteckte ihr eigenes Gähnen hinter ihrer Hand und ihr wurde bewusst, wie spät es war. Vielleicht nicht auf Maui, aber zu Hause in Chicago...

Cynthia musste es gesehen haben, denn sie sagte: „Wo sind denn unsere Manieren? Sie müssen nach einer so langen Reise müde sein."

Anjali wollte widersprechen und sagen, dass sie nicht müde war. Aber sie begegnete Dells Blick und konnte sich nicht dazu durchringen, zu lügen. „Ich schätze, ich könnte eine kleine Ruhepause gebrauchen."

Das musste die Untertreibung des Jahres sein, denn Lourdes und Quinn hatten ihre Welt in den letzten beiden Wochen komplett auf den Kopf gestellt. Das, und die Tatsache, dass Anjali kurz zuvor abends oft sehr lange gearbeitet hatte. Sie war um sieben Uhr morgens ins Büro gegangen und erst nach zehn Uhr abends wieder nach Hause gekommen.

Wohl eher nach elf, stellte sie fest, wenn sie über den letzten Monat nachdachte. Dann erinnerte sie sich noch ein wenig weiter zurück und realisierte, dass dies wohl auch für das vergangene Jahr galt, seit sie zur stellvertretenden Leiterin der Marketingabteilung befördert worden war. Ein ganzes Jahr und sie konnte sich kaum daran erinnern, woran genau sie gearbeitet hatte. Woran sie sich jedoch erinnern konnte, war all der Stress, die endlosen Meetings und die langen Arbeitszeiten. Drei Dinge, die sich in dieser ruhigen Ecke des Paradieses völlig fehl am Platz anfühlten.

Sie schaute sich um. In Chicago war es einfach, Überstunden zu machen, denn die Stadt pulsierte stets vor Geschäftigkeit. Jeder, der sich dort langsam bewegte, schien geradezu faul zu sein. Aber Maui war die Art von Ort, an dem es sich nicht wie eine furchtbare Schande anfühlte, ein wenig Zeit verstreichen zu lassen. Wahrscheinlich könnte sie sich einen Schaukelstuhl an den Rand der Veranda ziehen und bis zur Rente darin schaukeln, ohne es auch nur eine Minute lang zu bereuen.

Sie schüttelte sich ein wenig und versuchte, sich aus ihrem ineffizienten Zustand herauszureißen. Aber ein Vogel segelte vorbei und folgte den Umrissen des Plantagengeländes. Es verstärkte ihr Gefühl der Ruhe. Leuchtend pinkfarbene Bougainvilleen rankten sich um das Geländer der Veranda und das einzige Zeichen von Eile war eine Biene, die von Blüte zu Blüte huschte. Sie blinzelte und versuchte, ihre Augen offenzuhalten.

„Hört mal, das ist alles eine Menge zu verarbeiten", sagte Jenna. „Für uns alle hier. Wie wäre es, wenn wir es morgen weiter besprechen?"

„Können wir Sie irgendwo hinbringen?", fragte Connor. „Ich meine, haben Sie ein Hotel gebucht?"

Sie schüttelte den Kopf und war froh, dass niemand

von Gleason Associates in der Nähe war, um zu sehen, wie lückenhaft ihre hastig geschmiedeten Pläne waren. Nein, sie hatte kein Hotel gebucht. Sie hatte nicht weiter gedacht, als Quinns Onkel zu finden. Und jetzt, da sie ihn gefunden hatte, hatte sie keine Ahnung, was sie tun sollte.

Sie schenkte den anderen ein müdes Lächeln. „Ich improvisiere sozusagen."

Cynthia lachte leise. „Willkommen in der Kindererziehung."

Anjali senkte ihren Blick, als Quinn nach ihrem kleinen Finger griff. Kindererziehung, was? Jahrelang hatte ihre Mutter sie genervt, einen guten Mann zu finden und Kinder zu bekommen. Viele Kinder, so wie ihre jüngeren Brüder und deren Frauen sie hatten. Natürlich hatten ihre Eltern auch darauf gedrängt, dass sie sich den Arsch aufriss, um Klassenbeste zu sein und in ihrer Karriere aufzusteigen. Wie sie dies mit dem Kinderbekommen vereinbaren sollte, wusste sie nicht. Also hatte sie sich erst einmal auf ihre Arbeit konzentriert.

Das Problem war jedoch, dass inzwischen zehn Jahre verstrichen waren. Die einzigen Leute, die sie kennenlernte, waren von der Arbeit. Und keiner der Typen dort interessierte sie. Sie waren alle langweilig, so als wären sie alle in derselben Form gepresst worden. Und da Anjali neben der Arbeit keine Zeit für irgendetwas anderes hatte...

Ihre Mutter hatte unzählige Male versucht, sie zu verkuppeln. Aber nach einem Dutzend Blind Dates hatte Anjali aufgegeben. Wenn das Schicksal ihr den Richtigen nicht bescherte... dann war das eben so.

„Gott, sie hat wirklich seine Augen", murmelte Dell und beugte sich vor.

Sie hat Ihre Augen, hätte Anjali fast gesagt und versuchte, sich nicht darin zu verlieren. Dells Augen hatten diesen wunderschönen, goldenen Bernsteinton und waren ein paar Nuancen dunkler als sein Haar. Tiefe, gefühlvolle Augen, in die sie so gern eine sehr lange Zeit geschaut hätte.

Alarmglocken schrillten in ihrem Kopf und sie wandte ihren Blick ab. Dieser Mann war zu attraktiv für sein eigenes Wohl und so wundervolle Augen konnten eine Frau dazu bringen, all ihre Vorsicht in den Wind zu schlagen.

Quinn lächelte und gluckste, so dass Anjalis Herz schmerzte.

Nicht mein Baby, erinnerte sie sich selbst. *Bald werde ich wieder allein sein.*

Ihr Handy vibrierte in ihrer Tasche und Anjali verkniff sich einen Fluch. Sie hatte zwei Wochen Familien-Notfall-Urlaub genommen und trotzdem überschwemmten bereits einhundert neue Nachrichten ihren Posteingang.

Dell kratzte sich am Kopf und schaute sich um. „Wie wäre es, wenn Sie heute Nacht hierbleiben?"

„Hier?", fragte Cynthia streng.

„Hier", knurrte Dell.

Alle starrten ihn an und Anjali konnte sehen, dass Cynthias Augen funkelten. Offensichtlich war die Frau es nicht gewohnt, Befehle entgegenzunehmen – zumindest nicht von Dell.

„Und morgen früh. . . ", fuhr Dell fort.

Tausend Alarmglocken tönten in Anjalis Kopf, als sie Quinn anschaute. Morgen früh – und was dann? Wäre es nicht besser, sich umzudrehen und direkt in ihr altes Leben zurückzukehren?

Sie wollte gehen. Sie *musste* gehen. Aber als sie den Mund öffnete, um zu widersprechen, wollte das *Nein danke* nicht herauskommen.

Dell fuhr mit der Hand durch die Luft und suchte nach Worten. „Wir überlegen uns morgen früh, wie es weitergeht."

Und aus irgendeinem Grund nickte Anjali. Was verrückt war, denn sie operierte wirklich nicht nach dem Motto, *das überlegen wir uns, wenn es so weit ist.* Jeder Aspekt in ihrem Leben war stets akribisch geplant.

Dann schluckte sie und erinnerte sich daran, dass Lourdes immer gesagt hatte, Überraschungen seien das Beste im Leben. Aber das traf doch sicher nicht auf Babys zu.

Und doch war sie nun hier, schloss Quinn fester in ihre Arme, berührte ihr seidiges Haar und schnupperte ihren hauchzarten Babyduft.

Die anderen tauschten strenge Blicke aus und Cynthia räusperte sich. „Also gut. Anjali kann im Gästezimmer schlafen. Was auch immer es zu besprechen gibt..." Cynthia verstummte und warf Dell einen Blick zu, der zu sagen schien, dass es verdammt vieles zu besprechen geben würde und das bald. „... können wir morgen früh klären."

Dell stand auf und bot Anjali seine Hand an. Nein, Moment. Er griff nach Quinn.

Anjalis Herz schlug schneller und ihre Kehle wurde trocken. Konnte sie Dell wirklich etwas so Kostbares wie ein Kind anvertrauen?

Dells Adamsapfel wippte und es brachte sie zum Schmelzen. Er war auch nervös. Verwundbar.

Ganz langsam streckte Anjali ihre Arme aus und sagte sich selbst, dass es nur ein Test wäre. Quinn griff nach Dell, als wüsste sie genau, wer er war. Und als er sie vorsichtig an seine Brust drückte und auf sie herabblickte, leuchteten seine Augen.

Connor räusperte sich laut, was Dell dazu brachte, den Kopf hochzureißen. Dann blinzelte er ein paar Mal und das Leuchten verschwand. Ein Trick des Lichts?

Einen Moment lang starrte Dell Quinn an und sah völlig verloren aus. Doch dann strampelte Quinn in der Luft und ein sanftes Lächeln breitete sich auf seinem Gesicht aus.

„Hallöchen, Quinn." Er kitzelte ihren Fuß. „Schön, dich kennenzulernen."

Anjali hielt den Atem an. Jeder, den sie kontaktiert hatte, um Dell aufzuspüren, hatte sie vor ihm gewarnt. Aber wenn sie ihn jetzt sehen könnten...

„Wow", murmelte Dell und hob Quinn an seine Schulter. „Sie wiegt ja kaum etwas." Seine Stimme war voller Verwunderung und er hatte die Augen weit aufgerissen. „Ist das normal?"

Anjali lachte schnaubend. „Versuchen Sie mal das Baby, ihren Autositz und eine halbe Tonne Babyzubehör durch drei verschiedene Flugzeuge zu schleppen."

Dann blieb ihr Blick auf seinen kräftigen Oberarmen hängen. Selbst im Ruhezustand waren sie riesig. Also ja. Er könnte wahrscheinlich Quinn, die Babytasche und eine erwachsene Frau noch dazu tragen. Mit Leichtigkeit. Sie errötete bei dem Gedanken und klemmte den Zipfel der Babydecke in Dells Arme. Ihre Hände berührten sich und es fühlte sich seltsam beruhigend an – sogar ein wenig intim. Ähm, *angenehm*, korrigierte sie sich. Kein Wunder, dass Quinn noch nicht protestierend gepiepst hatte. Denn es war tatsächlich eine ganz nette Brust, um sich daran zu schmiegen.

Anjali räusperte sich und riss ihren Blick davon los. „Da haben wir es." Sie trat zurück, als sie sich sicher war, dass Dell das Baby fest in den Armen hielt.

„Entschuldigung. Ich meine, danke", sagte er. „Dafür, dass Sie von so weit hergereist sind."

Ihre Blicke trafen sich. Und sie trafen sich nicht nur, sondern *fixierten* einander. Sie lehnten sich beide näher, so als... als würden sie...

Anjali hätte es nicht erklären können, selbst wenn sie es versucht hätte. Es war, als ob sie einander brauchten, obwohl sie nicht genau sagen konnte, warum. So als würden sie sich kennen, obwohl sie sich gerade erst begegnet waren.

Was überhaupt keinen Sinn ergab. Dell war nicht wie sein Bruder und er war definitiv nicht ihr Typ. Dennoch funkelten seine Augen förmlich, wenn er sie ansah. Sie hielt den Atem an.

Dann winkte Cynthia zügig ab und sie fuhren auseinander. Sie blinzelten beide wie Rehe im Scheinwerferlicht, die nur knapp einer Kollision entgangen waren.

„Sie können Anjali im Nordflügel unterbringen, Mr. O'Roarke", sagte Cynthia zu Dell.

Anjali schüttelte sich leicht. Wow. Sie musste wirklich müde sein, dass sie so abgedriftet war.

Dell räusperte sich und griff mit seiner freien Hand nach der Babytrage. „Ach genau. Das Gästezimmer."

Quinn gluckste und griff nach seinem Bart. Cynthia gestikulierte mit den Händen und Anjali folgte mit der Babytasche und dem Rollkoffer, den sie für Geschäftsreisen verwendete. Zum Glück befand sich das Gästezimmer gleich um die Ecke am Ende der langen, rund um das Haus geschwungenen Veranda.

„Das Badezimmer befindet sich am Ende des Flurs." Cynthia zeigte darauf. „Und Sie können morgen früh die Dusche oben benutzen, wenn Sie möchten. Oder möchten Sie lieber jetzt duschen?"

Anjali schaute sich um und blinzelte immer noch. „Morgen früh wäre großartig, vielen Dank."

Sie zwang sich, sich auf ihre unmittelbare Umgebung zu konzentrieren. Das Bett war ein großes Doppelbett, auf dem eine hübsche hawaiianische Steppdecke lag. Cynthia eilte zwischen den Zimmern hin und her und versorgte Anjali mit Bettwäsche und Handtüchern.

„Wo wird das Baby denn schlafen?", fragte Dell und hielt Quinn immer noch fest in seinen Armen.

Anjali lachte. Dafür hatte sie eine Lösung. Sie kniete sich hin, zog die unterste Schublade der antiken Kommode heraus und stellte sie auf den Boden neben das Bett. Dann füllte sie sie mit mehreren flauschigen Handtüchern und tätschelte das kleine Nest.

„Wie ein kleines Beistellbett", sagte Cynthia mit einem zustimmenden Lächeln.

Anjali nickte. „So haben meine Eltern mit mir angefangen. Ich glaube, sie hatten kein richtiges Kinderbett, bis mein Bruder geboren wurde."

Dell lachte leise und Anjali drehte sich zu ihm um. Sie sah, wie er Quinn angrinste, die schon wieder gähnte. Dann schaute er auf. „Braucht sie ein Fläschchen oder so etwas?"

Anjali verbarg ihr eigenes Gähnen. Zum Glück hatte Quinn direkt nach der Landung ihres Fluges eine ganze Flasche getrunken. „Nein, sie sollte satt genug sein. Hoffentlich ist sie bald bereit, zu schlafen."

Dell runzelte die Stirn. „Also, was soll ich tun?"

Cynthia lachte. „Sie decken das Baby zu und hoffen, dass sie einschläft."

Dell sah immer noch verwirrt aus, also ging Anjali zu ihm hinüber und zog Quinn sanft aus seinen Armen. Einen Augenblick lang standen sie beide nebeneinander. Ihre Hände und Körper berührten sich und sie hatten es beide nicht eilig, sich weiterzubewegen.

Dann ergriff Cynthia das Wort und brach den magischen Bann. „Brauchen Sie sonst noch etwas?"

Anjali nahm Quinn und trat von Dell zurück. „Ich denke, wir kommen zurecht."

Dell bewegte sich nicht und sah so aus, als würde er zwischen schierer Erleichterung und purer Verzweiflung schwanken, das Baby zurückzubekommen.

Cynthia schnippte mit den Fingern und wies auf die Veranda.

„Kommen Sie mit, Mister O'Roarke. Ich bin mir sicher, dass die beiden etwas Ruhe zu schätzen wüssten."

Die Falten in seinem Gesicht vertieften sich bei Cynthias Worten und plötzlich konnte Anjali den Soldaten in ihm sehen. Ein Mann mit einem Ehrenkodex, aber einer, der nicht gern Befehle befolgte. Er ballte die Hände zu Fäusten, als er Quinn erneut anschaute. Er sah tatsächlich so aus, als wäre er bereit, die ganze Nacht über sie zu wachen. Er drückte die Schultern durch und seine Augen nahmen wieder dieses Leuchten an.

Anjali stockte der Atem. Moment mal. Schaute er Quinn an oder sie?

„Kommen Sie zurecht?", fragte er und ignorierte Cynthias eindringlichen Blick.

Anjali biss sich auf die Lippe und versuchte, aus ihm schlau zu werden. Auf den ersten Blick hatte sie ihn für eine Art Peter Pan gehalten – jemanden, der sich weigerte, erwachsen zu werden. Aber jetzt war er das Ebenbild seines Bruders – ganz Ehre, ganz Verantwortung.

Quinns winzige Faust öffnete und schloss sich wieder, als wollte sie ihn zurückrufen. Aber dann beruhigte sie sich und umklammerte stattdessen Anjalis Finger. Anjali sagte sich selbst, dass die Erschöpfung für den Wirbel widersprüchlicher Gefühle verantwortlich war, der durch sie tobte. Wollte sie, dass Dell blieb oder dass er ging?

„Wir kommen zurecht", versicherte sie ihm.

Dell hielt im Türrahmen inne und Anjali fragte sich, ob er dasselbe spürte. Es war, als würde sich ein Gummiband spannen. Dieser Instinkt, in der Nähe zu bleiben.

„Gute Nacht", rief Cynthia in einem deutlichen Wink mit dem Zaunpfahl.

Dell klammerte sich fester an den Türrahmen. Hinter ihm strahlte der Himmel rosa und orange. Er war lebendig von den Farben der untergehenden Sonne.

Anjali atmete tief ein und nahm den süßen Duft der tropischen Blumen wahr. Wow. Sie hatte es tatsächlich nach Maui geschafft. Zum Ende ihrer Reise?

Sie nickte und ließ Dell wissen, dass es in Ordnung war, zu gehen. „Gute Nacht", flüsterte sie.

Sein Kiefer zuckte, aber es kamen keine Worte heraus. Eine Sekunde später trat er in den Schatten der Veranda hinaus und flüsterte mit einer Stimme, die von allen möglichen Dingen heiser hätte sein können:

„Gute Nacht, Anjali. Gute Nacht, Quinn."

Kapitel 4

Mit einem Überraschungsbaby fertigzuwerden, erwies sich so ähnlich wie der Umgang mit Trauer, beschloss Dell. Je mehr er sich ablenkte, desto weniger konnte er über die erdrückende Realität nachdenken. Was bedeutete, dass er sich in den fünfzehn Minuten, die er gebraucht hatte, um Anjali und Quinn im Nordflügel des Plantagenhauses einzuquartieren, ziemlich gut geschlagen hatte. Aber sobald dies erledigt war...

Er ließ sich auf die Verandastufen sinken und stützte den Kopf in den Händen ab. Passierte das hier wirklich?

Quentin, wollte er brüllen. *Was zum Teufel hast du mir angetan?*

Aber es ging hier nicht um ihn, das wusste er. Es ging um ein winziges Baby, das ein Zuhause brauchte.

Es geht auch um sie. Sein innerer Löwe beschwor Anjalis Bild herauf.

Wäre er in einem klareren Geisteszustand gewesen, hätte er diesen Gedanken vielleicht genauer untersucht. Aber seine Hände zitterten und die Trauer saß ihm im Nacken wie eine Axt, die darauf wartete, zu fallen. Er konnte nicht klar denken, so viel war sicher.

Cynthia war vorausgegangen und den anderen zu einem Treffen gefolgt, das Connor in Tims Hütte einberufen hatte. Normalerweise trafen sie sich im Plantagenhaus, aber da Anjali im Nordflügel untergebracht war, hätte sie sie hören können. Was bedeutete, dass Dell allein war. Oder es zumindest dachte, bis er Schritte in der Nähe hörte. Er riss seinen Kopf herum. Wäre das Connor oder Tim gewesen, hätte er vielleicht eine Faust fliegen lassen oder gebrüllt, um den Schmerz und die

Verwirrung herauszulassen. Aber die Person, die angesprungen kam und sich neben ihn plumpsen ließ, war Joey.

„Hi, Dell", trällerte der Junge.

Es kostete Dell seine ganze Kraft, ein Lächeln zustande zu bringen. Es war nicht Joeys Schuld, dass sein Leben ein solches Chaos war.

„Hallöchen, Joey. Wie geht es dir?"

„Willst du mit mir Matchboxautos spielen?"

Dell legte einen Arm um Joeys Schulter. „Tut mir leid, Kumpel. Ich muss zu einem Treffen gehen. Es ist an der Zeit, verantwortungsbewusst zu sein, schätze ich."

„Geht es um das Baby?"

Dell schaute zu Joey hinunter. Mit Drei-, Vier- und Fünfjährigen konnte er gut umgehen. Sie konnten laufen, sprechen und auf sich selbst aufpassen, zumindest im Großen und Ganzen. Sicher, man musste auf sie acht geben, aber es machte Spaß. Man konnte mit ihnen spielen, herumtoben und hatte eine perfekte Ausrede, um für eine Weile nicht erwachsen sein zu müssen. Aber Babys...

Visionen von schmutzigen Windeln und Rektalthermometern tanzten durch seinen Kopf. Babys waren eine ganz andere Geschichte. Und obwohl es ihm nichts ausmachte, sie mit lustigen Gesichtern zu unterhalten, war er ganz sicher nicht geeignet, sich dauerhaft um eines zu kümmern.

Ein Bild von Anjali, die das Baby im Arm hielt, schwebte durch seine Gedanken. Er konnte es einfach nicht abschütteln. Als gehörten sie zusammen. Ein Gesamtpaket.

Er schnaubte. Das bewies doch nur, wie verwirrt er war, oder?

Er stand schwermütig auf und klopfte Joey auf die Schulter. „Ja. Es geht um das Baby. Aber du kannst auf dem Weg dorthin auf meinem Rücken reiten."

„Juhu!!" Joey sprang auf Dells Schultern, als dieser einen Buckel machte. „Hü ja, Pferdchen!"

Dell trabte zu Tims Haus hinüber, wo er eine Extrarunde drehte. Mehr, um das Unvermeidliche aufzuschieben, als um Joeys willen. Dann setzte er den Jungen endlich ab und begab sich zur Hinterseite. Tim und Hailey hatten eine Menge

Arbeit in das Haus gesteckt und die Terrasse auf das Doppelte ihrer früheren Größe erweitert. Sie hatten sich sogar neue Gartenmöbel geleistet, so dass es jetzt Platz für alle gab.

Großartig, murmelte sein Löwe.

„Hey, Joey. Ich backe Schokoladenkuchen. Willst du mir helfen?", rief Jenna.

Die perfekte Ablenkung. Joey galoppierte mit ihr zurück zum Plantagenhaus, während Dell sich auf eine schäbige Couch auf der Veranda plumpsen ließ – eines der letzten Überbleibsel aus Tims Junggesellenzeit. Dell sackte zusammen, lehnte sich ganz weit zurück, stützte den Kopf auf der Rückenlehne ab und starrte in den Himmel.

Gut zwei Minuten vergingen, bevor jemand etwas sagte. Endlose, stille zwei Minuten, in denen Dells Gedanken rasten.

„Also, Quentins Tochter, was?", murmelte Tim.

Connor schüttelte den Kopf und Chase kratzte mit dem Fuß über den Boden. Dell beugte sich in der darauffolgenden Stille nach vorn und warf jedem seiner Freunde einen Blick zu.

„Na los, sagt es. Ich weiß, was ihr denkt."

Connor runzelte die Stirn und nickte dann. „In Ordnung, ich werde es sagen. Das habe ich nicht kommen sehen. Wenn überhaupt, hätte ich vermutet, dass wir diesen Schlamassel für dich ausbaden würden, nicht für Quent."

Dell nickte resigniert. Das hatte er sich schon gedacht. Aber verdammt noch mal, warum nahmen denn alle an, dass er derjenige wäre, der ein Mädchen schwängern und sie dann sitzenlassen würde?

Ein Ruf kann eine gefährliche Sache sein, hatte Quentin einmal gesagt. Verdammt. Dell hasste es, wenn sein Bruder recht hatte.

„Ich kann es immer noch nicht glauben", sagte er. „Quent hat mich immer darüber belehrt, vorsichtig zu sein. Quentin, der Typ, der nie etwas verbockt hat."

Zu seiner eigenen Überraschung sprudelten die Worte hart und gereizt hervor. War alles, was sein Bruder ihm beigebracht hatte, eine Lüge gewesen?

Sein innerer Löwe knurrte. *Vielleicht war Quent ja doch nicht so perfekt.*

Es sollte sich nicht so gut anfühlen, wütend auf seinen Bruder zu sein, aber irgendwie tat es das.

Natürlich rissen Kondome manchmal und manche Frauen logen darüber, dass sie die Pille nahmen. Wer wusste es schon? Vielleicht hatte Quent also gar keine Scheiße gebaut, sondern einfach nur Pech gehabt.

Tim verschränkte seine Finger ineinander und sprach mit entschlossener Stimme: „Es spielt keine Rolle, wer was versaut hat. Die Frage ist, was wir tun werden."

Connors Augenbrauen schossen in die Höhe. „Wir?"

Dell ließ seinen Kopf hängen, aber Tim fuhr fort. „Seien wir doch mal ehrlich. In diesem Fall war Dell nicht derjenige, der es vermasselt hat."

Tim versuchte nur, die Stimmung mit einem Witz aufzulockern, aber irgendwie traf seine Bemerkung zu sehr ins Schwarze.

Dell rollte mit den Augen. „Danke für deinen Vertrauensbeweis, Mann."

Tim schenkte ihm ein aufmunterndes Lächeln und wandte sich dann wieder an Connor. „Mal im Ernst, was wäre, wenn ich es gewesen wäre? Was wäre, wenn ich vor einem Jahr gestorben wäre und jetzt eine Tussi mit meinem Baby auftauchte?" Er drehte sich schnell zu Hailey um. „Rein hypothetisch, meine ich."

Hailey warf ihm einen strengen Blick zu und sagte knapp: „Besser nicht." Aber sie strahlte überwiegend unsterbliche, bedingungslose Liebe aus. Seit diese beiden sich verpaart hatten, gaben sie ein unerträglich niedliches Paar ab.

Etwas rührte sich in Dells Herz und sein Löwe flüsterte *Das können wir auch haben.*

Er schüttelte den Gedanken ab und versuchte, sich einmal in seinem Leben zu konzentrieren.

Connor zuckte mit den Schultern. „Ich würde mich natürlich darum kümmern."

Tim nickte, was ihn in seinem Standpunkt bestärkte. „Natürlich würdest du das tun. Und ich würde dasselbe für dich oder Chase machen. Quent und Dell könnten genauso gut unsere Brüder sein, also gilt es auch für sie."

Dell atmete tief ein. Er war sich nicht sicher, worauf Tim damit hinauswollte, aber es klang vielversprechend.

„Wir müssen uns um das Baby kümmern", schloss Tim. „Wir alle. Das müssen wir einfach."

Dell atmete aus. Tim hatte recht. Er teilte sich das Grundstück mit drei anderen Jungs und zwei von ihnen hatten Gefährtinnen. Auch jetzt halfen alle schon mit, sich um Joey zu kümmern. Und außerdem gab es auch noch Cynthia, die sich vielleicht wie eine Eiskönigin aufspielte, Kinder jedoch liebte. Wie schwer sollte es denn sein, wenn sie sich alle zusammen um Quinn kümmern würden?

Für einen kurzen Augenblick wurde er von einem Hochgefühl mitgerissen. Ihm war fast schwindlig vor Erleichterung. Er war aus dem Schneider!

Aber es drehte ihm genauso schnell wieder den Magen um. Es war nicht richtig, einfach anzunehmen, dass Jenna und Hailey helfen würden. Jenna und ihre Schwester Jody hatten endlose Stunden gearbeitet, um die erste große Bestellung maßgeschneiderter Surfbretter für ihr Geschäft Surf Chique fertigzustellen. Und Hailey hatte auch viel zu tun. Tims Traum von einem eigenen Baugeschäft hatte schnell Fuß gefasst und er hatte jede Menge Angebote. Hailey hatte ein gutes Auge für Design und ein Händchen fürs Geschäft, also hatte sie die administrative Seite übernommen. Vielleicht würden sich die beiden Pärchen eines Tages entscheiden, selbst Kinder zu bekommen, aber das bedeutete nicht, dass sie jetzt schon bereit für ein Baby waren.

Dell spitzte die Lippen. Als letzten Ausweg – ja. Es war gut zu wissen, dass seine Freunde für ihn da wären. Aber er wollte keinen letzten Ausweg als Lösung. Er musste das Richtige tun.

Seine Gedanken rasten und ihm wurde übel. Es war wie in einem dieser alten Zeichentrickfilme, den er mit Joey angeschaut hatte – einer, in dem Pluto sich für das Richtige oder das Falsche entscheiden musste. Es gab zwei kleine Plutos, einen auf jeder Schulter. Auf der linken Seite saß ein Teufel, der ihn mit einer Mistgabel stach und sagte, er solle den einfachen Weg wählen. Aber auf seiner rechten Schulter befand sich eine Engelsversion von ihm selbst, die ihn auf Knien anflehte, Gutes zu tun.

Was würde Quent für dich tun? fragte der Engel. *Denk darüber nach.*

Dell rieb sich mit der Hand über das Kinn. Wenn der Spieß umgedreht wäre, würde Quent das Baby annehmen und es als sein eigenes aufziehen. Er würde es auch großartig machen, das Baby mit Zuneigung überschütten und ihm alles geben, was es sich nur wünschen könnte. Er würde sich nicht damit zufriedengeben, die väterlichen Pflichten mit einem Haufen anderer Kerle zu teilen.

Aber auf der anderen Seite stachelte ihn der Teufel an.

Ach, komm schon, Mann. Du bist nicht im Geringsten qualifiziert dazu, Vater zu sein. Viele Hände machen leichte Arbeit, nicht wahr?

Der Engel hingegen gestikulierte in die Richtung des Plantagenhauses und das Bild von Cynthias Whiteboard stieg vor seinem inneren Auge auf – das mit den Aufgaben für die Woche. Kochen, Putzen, Patrouillen ... und Quinn.

Er runzelte die Stirn. Es wäre nicht richtig, Quinn dort aufzulisten und sie abzuhaken wie jede andere Aufgabe. Und nicht nur das, da war auch noch etwas anderes. Etwas rührte sich in einer Ecke seines verwirrten Gehirns und sagte ihm, dass es nicht nur um Quinn ging. Wenn er doch nur genau sagen könnte, was das sein könnte.

„Nein“, brummte er schließlich, so dass alle anderen die Köpfe drehten. „Wenn ich es mache, muss ich es richtig tun.“

„Und das bedeutet...?“, hakte Tim nach.

Dell zuckte mit den Schultern. „Es bedeutet, dass ich mich selbst um sie kümmern muss.“

Bei jeder anderen Gelegenheit wären die Jungs in Gelächter ausgebrochen und er selbst hätte mit eingestimmt. Er konnte sich kaum um sich selbst kümmern. Wie sollte er denn da Vater spielen?

Connor sah nicht sonderlich überzeugt aus, aber es war Cynthia, die als Erste sprach. „Das ist sehr edel von Ihnen. Ja, ich meine es ernst“, fügte sie als Antwort auf seinen misstrauischen Blick hinzu. „Aber überlegen Sie es sich gut. Sich um ein

Baby zu kümmern, ist eine große Verantwortung. Es geht nicht nur ums Wickeln, Füttern und mitten in der Nacht aufstehen. Babys brauchen Liebe. Stabilität. Sie brauchen jemanden, der verantwortungsvoll genug ist, um mit alledem umzugehen."

Cynthias Stimme war erstaunlich sanft, aber ihre Botschaft war klar. Verantwortungsbewusstsein war nicht gerade Dells Stärke und er wusste es.

„Sie wären überrascht, was Dell alles zustande bringen kann", sagte Connor und schockierte Dell damit.

Leider sprach Cynthia weiter, ohne auch nur Luft zu holen. „Ein Baby bedeutet, abends nicht mehr auszugehen. Morgens nicht mehr auszuschlafen. Und keinen spontanen Spaß mehr zu haben."

Je länger sie sprach, desto tiefer sackten Dells Schultern zusammen. Konnte er das wirklich?

„Es bedeutet, jede Sekunde eines jeden Tages für sie da zu sein. Sich Sorgen zu machen. Einen Weg zu finden, ihr zu erklären, wie die Dinge funktionieren, ohne dabei preiszugeben, wie schrecklich die Welt sein kann. Ein Vater oder eine Mutter zu sein bedeutet, alles aufs Spiel zu setzen. Es bedeutet, einen Teil seines Herzens zu verschenken und ihn nie wieder zurückzubekommen."

Sie hielt mitten im Atemzug inne und alle starrten sie an. Alles, was Cynthia gesagt hatte, betraf Joey, bis auf den letzten Teil. Als Dell in der Brise schnupperte, stellte er fest, dass Trauer und Bedauern in der Luft hingen.

„Es gibt noch eine andere Möglichkeit." Cynthia überspielte es schnell.

Dell war nicht der Einzige, der hoffnungsvoll den Kopf hob. Offensichtlich war niemand besonders erpicht darauf, sein Leben von einem Baby auf den Kopf stellen zu lassen. Es fühlte sich an, als wäre es erst gestern gewesen, dass sie alle aus der Armee ausgetreten und sich in Koakea niedergelassen hatten. Sie alle waren mit dem derzeitigen Status quo zufrieden, jetzt, da ihnen endlich eine gute Sache widerfahren war.

Ja, es gibt noch eine andere Möglichkeit, flüsterte ihm sein Löwe zu. *Anjali...*

Er runzelte die Stirn und schüttelte den Gedanken ab. Er war fest entschlossen, sich jetzt nicht ablenken zu lassen.

„Es gibt viele Gestaltwandlerpärchen, die keine Kinder bekommen können. Es wäre nicht schwer, jemanden zu finden, der Quinn gern ein Zuhause geben würde." Cynthia schaute sich langsam um. „Hören Sie, ich respektiere, was Sie hier machen wollen. Das tue ich wirklich. Aber wenn Sie Quentin lieben, werden Sie tun, was das Beste für seine Tochter ist. Es ist wirklich nicht angemessen, dass sie von einem Haufen Männer großgezogen wird – nicht angemessener, als wenn man ein Löwenjunges in einer Kaserne als eine Art Maskottchen aufzieht. Sie hat schon so viel durchgemacht." Cynthia schüttelte traurig den Kopf. „Quinn braucht ein stabiles Zuhause. Und wir können eins für sie finden."

Sie schaute einem nach dem anderen in die Augen, bis ihr Blick schließlich auf Dell hängen blieb.

„Aber... ", begann er.

Cynthia stemmte die Hände an die Hüfte. „Wenn Sie es allein versuchen, was machen Sie dann, wenn Sie spät arbeiten müssen? Wer wird auf sie aufpassen, wenn Sie auf Patrouille sind? Und was passiert, wenn sie gerade dann krank wird, wenn Sie zur Arbeit gehen wollen?"

„Dann werden wir helfen", sagte Connor.

Dell war dem Drachengestaltwandler noch nie so dankbar gewesen wie in diesem Moment. Aber Cynthia meldete sich erneut zu Wort. „Natürlich würde jeder helfen. Aber das ist nicht der Punkt. Ein Kind braucht einen Elternteil. Jemanden, auf den es sich verlassen kann."

Mit anderen Worten, so sagte ihr Tonfall, *jemand anderen als Sie.*

Dell kratzte sich die Brust. „Ich schätze, ich würde eine Lösung finden, wenn es so weit ist."

Aber verdammt. Das klang genauso lahm, wie es sich anfühlte.

In diesem Moment wollte er Cynthia hassen. Das Problem war, dass sie recht hatte. Wie sollte er allein mit einem Kind fertig werden?

Aber dennoch. Dell zuckte zusammen. Quinn zur Adoption freigeben?

„Sie könnten sie besuchen, wissen Sie", fügte Cynthia leise hinzu. „Ab und zu bei ihr vorbeischauen. Ein genauso guter Onkel für sie sein, wie Sie es für Joey sind."

Dell riss sein Kinn hoch und seine Stimme schwankte, als er antwortete. „Wow. War das tatsächlich ein Kompliment, Cynth?"

Sie runzelte die Stirn. „Ja, das war es. Bitte ruinieren Sie es nicht. Denken Sie einfach darüber nach. Sind Sie wirklich in der Lage, sich allein um das Baby zu kümmern?"

Nein. Einfache Antwort und Dell wusste es. Aber irgendwie fühlte es sich nicht richtig an.

Connor rieb sich mit der Hand über das Kinn. „Ehrlich gesagt, hasse ich den Gedanken, dass wir Quent damit nicht gerecht werden. Aber Cynthia hat nicht ganz unrecht. Tun wir Quent einen Gefallen damit, wenn wir versuchen, sein Kind aufzuziehen, oder ist sie in einem stabileren Zuhause besser aufgehoben?" Er hielt inne und sah wahrhaft hin- und hergerissen aus. „Außerdem mache ich mir noch wegen etwas anderem Sorgen. Anjali sagte etwas darüber, dass die Mutter in irgendwelchen Schwierigkeiten gesteckt hat."

Dell runzelte die Stirn. Was wäre, wenn Lourdes' Probleme – worum auch immer es sich dabei handelte – sich auch auf Quinn und Anjali erstreckten? „Was hat Anjali gesagt?"

„Etwas darüber, dass Lourdes auf der Flucht war." Tim tippte mit den Fingern auf den Tisch und sah nachdenklich aus. „Quent hat Lourdes nie erwähnt, nicht wahr?"

Das konnte Dell beantworten. „Nie. Kein einziges Wort. Er kam genauso wie immer von dieser Reise zurück. Erholt, vielleicht. Aber kein einziges Wort über ein Mädchen."

„Eine Frau", knurrte Tim und korrigierte ihn.

Dell streckte die Hände in die Luft. „Es tut mir leid. Eine Frau."

„Sie war also auf gar keinen Fall seine Schicksalsgefährtin." Connor schüttelte den Kopf. „Sonst wäre es unmöglich gewesen, dass er sie zurückließ." Sein Blick wanderte zum Plantagenhaus und zu seiner eigenen Gefährtin.

„Es gab etwas... “, murmelte Chase.

Seine Stimme drang leise durch die Abendluft und alle drehten sich zu ihm um. Sie waren gleichermaßen darüber überrascht, Chase sprechen zu hören, wie von dem, was er sagte.

„Was?“, fragte Connor.

„Wir waren bei einer dieser wirklich langen Nachtschichten. Du weißt schon, draußen am Point Echo.“ Chase winkte vage mit der Hand und überließ es jedem selbst, die Details auszufüllen. Das war einfach, da sie alle ein Dutzend Mal für diesen Dienst eingeteilt worden waren. Es war weit draußen in einer Ecke des Korengaltals gewesen, wo die Schönheit eines sternenklaren Nachthimmels der brutalen Realität eines Kriegsgebietes gegenüberstand.

„Was hat er gesagt?“, fragte Dell schließlich.

Chase fing an, ruhelos auf und ab zu gehen, wie es für seinen Wolf typisch war. „Er sagte etwas darüber, jemandem zu helfen. Er hat sich gefragt, ob es richtig war, zu helfen und dann zu verschwinden.“

Helfen? hätte Dell am liebsten geschnaubt. Was für eine Hilfe war Quentin gewesen, Lourdes zu schwängern?

Aber Chase fuhr fort. „Er war besorgt wegen irgendwelcher Probleme, die diese Freundin hatte... “

„Freundin?“ Tim zog eine Augenbraue hoch.

„Lourdes?“, fragte Hailey.

„Also definitiv nicht seine Gefährtin“, grummelte Connor.

Chase zuckte mit den Schultern. „Ich schätze nicht. Aber er war besorgt, dass es wieder Ärger geben könnte, während er weg war.“ Er verstummte und ließ den Kopf hängen. „Es tut mir leid. Ich kann mich nicht ganz genau erinnern.“

Dell hätte ihn geschüttelt, wenn es nicht das meiste gewesen wäre, was Chase überhaupt je geäußert hatte.

„Ärger?“ Hailey neigte den Kopf. „Wie mit dem Ex-Freund?“

Chase zuckte mit den Schultern, aber Tim machte da weiter, wo sie zuvor aufgehört hatten. „Nehmen wir einmal an, Lourdes hatte Ärger mit ihrem Ex. Irgendein Widerling, der sich von ihr fernhielt, solange Quentin in der Nähe war. Vielleicht hat er sich auch danach noch eine Weile von ihr ferngehalten. Aber dann findet dieser Typ heraus, dass Quentin gestorben ist, und beschließt, sich ihr wieder zu nähern."

Hailey griff nach Tims Hand und starrte auf den Boden. Dachte sie etwa an ihren eigenen hartnäckigen Ex zurück? Zum Glück war dieser Idiot für immer weg. Aber wenn Lourdes ein ähnliches Problem gehabt hatte und niemanden, der auf sie aufpasste...

Dell runzelte die Stirn und stand auf. Er war unfähig, noch länger still zu sitzen. Bis jetzt war es schwierig gewesen, Mitgefühl für Lourdes zu empfinden. Was für eine Frau ließ ihr Kind im Stich? Aber vielleicht waren die Dinge doch nicht so einfach gewesen, wie sie schienen. Das und sein innerer Löwe schien außerdem Lourdes mit Anjali zu verwechseln und sandte ihm alle paar Sekunden ein Bild von ihr durch den Kopf.

Er tat sein Bestes, diese Bilder zu verdrängen. Was war schon dabei, dass ihm das Herz bis zum Hals geschlagen hatte, als er Anjali begegnet war? Was war schon dabei, wenn er nicht hatte aufhören können, ihr in die Augen zu starren? Das lag daran, dass er mit der ganzen verrückten Situation nicht klar kam, oder?

„Aber die Polizei hat ihren Tod als Selbstmord bezeichnet", gab Cynthia zu bedenken.

Tim schnaubte. „Mit einer Notiz auf der steht, *Falls mir etwas zustößt?*"

Stille breitete sich eine Minute lang aus, bevor Hailey flüsterte: „Also, was jetzt?"

Und in diesem Moment tauchten der Engel und der Teufel wieder in Dells Gedanken auf. Sollte er Quinn zur Adoption freigeben oder sie selbst aufziehen?

Connors Augen glühten in Jadegrün, so wie sie es immer taten, wenn sich sein innerer Drache regte. „Okay, wir werden folgendes tun", verkündete er, ganz der Alpha.

Dell atmete aus. Der gute alte Connor. Er konnte sich in Bezug auf die Richtungsweisung stets auf den Mann verlassen. Denn dies war ganz ehrlich keine seiner eigenen Stärken. Oh, Dell wusste, worin er gut war. Wenn man ihm eine Aufgabe übertrug, würde er sie erledigen. Man brauchte ihm nur einen Kampf zu zeigen und er würde bis zum bitteren Ende kämpfen. Aber zu wissen, wo er anfangen sollte? Das war nicht seine starke Seite.

In seinem Inneren brüllte sein Löwe. *Es ist unsere Entscheidung, nicht seine.*

Trotzdem war Connor der Alpha hier und das aus gutem Grund. Er ballte eine Faust und schlug sie in seine offene Hand. „Zuerst stellen wir Nachforschungen an. Wir finden alles über Lourdes heraus, was wir können – und über den Ex-Freund."

Dell biss die Zähne zusammen, als er den Gedanken in sich aufsteigen spürte, dass irgendein Arschloch Quinn oder Anjali bedrohen könnte.

Dann schnitt er eine Grimasse. Verdammt noch mal. Warum schoss sie ihm schon wieder durch den Kopf? Sie war überhaupt nicht sein Typ. Er hatte genügend Probleme, die er lösen musste, ohne dass sie noch dazukam.

Cynthia schaute Connor in die Augen. Diese beiden waren sich anfangs uneinig gewesen, hatten sich jedoch in den letzten Monaten zu einem ziemlich eingespielten Führungsteam gemausert.

„Tun Sie das." Cynthia nickte. „Finden Sie alles über Lourdes heraus, was Sie noch können. Über ihr Leben. Ihren Tod. Den Ex-Freund."

Connor nickte ernst und alle standen auf, um zu gehen, als ob das alles gewesen wäre.

„Was ist mit Anjali?", fragte Dell.

Alle blickten verständnislos.

„Was soll mit ihr sein?", erwiderte Connor.

Dells Löwe knurrte und drängte näher an die Oberfläche. *Sie ist genauso wichtig wie Quinn.*

Warum? wollte er fragen. *Warum?*

Weil sie unsere Gefährtin ist.

Es war gut, dass Dell neben einem der Dachstützen stand und sich daran festhalten konnte. Bis zu diesem Moment hatte er angenommen, dass das Herumwirbeln in seiner Seele von seiner Trauer um Quentin und dem Schock über die Entdeckung des Babys herrührte.

Anjali, schnurrte sein Löwe.

Heilige Scheiße. Konnte das wirklich sein?

Als er Chase von der Verpaarung von Löwen erzählt hatte, hatte er die Tatsache verschwiegen, dass sich manche Löwen früher verpaarten – wenn sie ihre Schicksalsgefährten fanden. Was ein großes *Wenn* war. Wölfe und andere Gestaltwandlerspezies mochten eine faire Chance haben, ihren wahren Gefährten zu begegnen, aber das Phänomen war bei Löwen sehr viel seltener.

So selten wie eins zu einer Million. Und Dell hatte immer geglaubt, er selbst wäre einer der anderen 999.999. Aber plötzlich war er sich da nicht mehr so sicher.

Ich bin mir sicher, knurrte sein Löwe.

In Gedanken ließ er sich die letzte Stunde noch einmal durch den Kopf gehen. Er hatte etwas gespürt, bevor er überhaupt in Sichtweise des Hauses gekommen war. Wie wachsam seine innere Großkatze gewesen war.

Das könnte auch an Quinn gelegen haben, sagte er zu seinem Löwen.

Könnte es, murmelte das Biest. *Hat es aber nicht. Es lag an Anjali. Okay, vielleicht auch an beiden.*

Dell wischte sich den Schweiß von der Stirn, der sich darauf gebildet hatte. Das konnte nicht sein. Anjali war nur um Quinns willen nach Maui gekommen. Sie war nicht seinetwegen hier. Außerdem war Anjali ein Mensch und noch dazu das genaue Gegenteil von ihm. Wie konnte sie etwas mit ihm oder seinem Schicksal zu tun haben?

Glaube mir, das tut sie, beharrte sein Löwe.

Die anderen warteten ungeduldig, also zwang er sich, ein paar Worte hervorzubringen. „Anjali hat sich um das Baby gekümmert und musste sich gerade mit dem Selbstmord ihrer Freundin auseinandersetzen. Wir können nicht einfach nur ‚Danke und Auf Wiedersehen' sagen."

Cynthia nickte langsam. „Sie haben recht. Sie ist gerade erst angekommen."

„Vielleicht kann sie uns auch noch mehr über Quentin und Lourdes erzählen", überlegte Tim. „Es macht Sinn, sie zu bitten, ein paar Tage zu bleiben."

Dell wollte wegen all der Dinge schreien, die keinen Sinn ergaben. Zum Beispiel, dass er den Gedanken, Anjali gehenzulassen, nicht ertragen konnte. Allein sie zurückzulassen, um an diesem Treffen teilzunehmen, war bereits ein Kampf gewesen. Hatten seine Beschützerinstinkte nicht genauso viel mit Anjali zu tun wie mit Quinn?

Er rieb sich mit der Hand über das Gesicht. Großer Gott. Er war nicht wirklich geeignet, Vater zu spielen, und er war ganz sicher auch kein Gefährtenmaterial. Anjali hingegen stammte aus viel zu gutem Hause, um an einem Typen wie ihm interessiert zu sein. Sie war so durchorganisiert. Ein Workaholic. Karriereorientiert. Eigentlich eher Quentins Typ als seiner.

„Genau. Wir sollten versuchen, sie zu überreden, ein paar Tage zu bleiben. Wenn wir alle Informationen haben, die wir brauchen, kann Anjali abreisen", sagte Connor.

Dells Löwe knurrte. *Wer hat etwas von abreisen gesagt?*

Aber sie alle sahen zufrieden aus, als wäre die Sache erledigt.

„Genau", stimmte auch Tim zu. „Und in der Zwischenzeit kann sie dir beibringen, wie man sich um Quinn kümmert."

Dells Kinnlade klappte auf und der Teufel auf seiner Schulter hielt sich den Bauch vor Lachen. *Das liegt dir so gar nicht, Mann.*

Aber der Engel tätschelte ihm die andere Schulter und zwinkerte. *Du kannst es schaffen. Ich weiß, dass du es kannst.*

Und dann wurde es noch schlimmer, als Connor hinzufügte: „Und denke dran, es gibt immer noch die Möglichkeit einer Adoption. Ich weiß, dir gefällt die Idee nicht, und mir ehrlich gesagt auch nicht. Aber es ist wahrscheinlich das Beste für Quinn. Und hey..." Er rang sich zu einem Lächeln durch. „... es würde bedeuten, dass du dein altes Leben schneller zurückbekommst."

Dell konnte nicht genau sagen, ob Connor ihn anstacheln wollte, sich der Herausforderung zu stellen, oder ob er ihn bereits aufgegeben hatte. Er konnte die Fragen, die ihm durch den Kopf schossen, nicht beantworten. Wie sollte er die Tochter seines Bruders weggeben? Was, wenn er den Lebensstil, den

Cynthia nur zu gut beschrieben hatte, gar nicht mehr weiterleben wollte?

Natürlich willst du das, zischte der Teufel.

„Gute Nacht." Connor machte sich auf den Weg, um Jenna abzuholen.

Einer nach dem anderen verabschiedeten sich die anderen, bis nur noch Tim und Dell zurückblieben.

Tim starrte ihm in die Augen und flüsterte: „Glaubst du wirklich, dass du das hinkriegst, Mann?"

Dell schaute zu den Sternen hinauf. Ernsthaft? Er hatte keinen blassen Schimmer.

Kapitel 5

Anjali wachte langsam auf und streckte sich unter der frischen, weißen Bettwäsche. Sie verbarg ihr Gesicht im Kopfkissen, um sich vor dem Morgenlicht zu verstecken.

Sonntag. Das musste es sein. Ein wunderschöner, gemütlicher Sonntag, denn sie hatte das Gefühl, zu Hause zu sein. Sie wackelte mit den Zehen und schwelgte in der Ruhe und Wärme. Normalerweise schlief sie mit offenem Fenster, aber sie musste es vergessen haben, denn es war lauwarm in ihrem Zimmer. Sie hatte geschlafen wie ein Baby, aber davor hatte sie die verrücktesten Träume gehabt.

Dann setzte sie sich mit einem plötzlichen Ruck auf, die Augen weit aufgerissen. Vorhänge wehten in den weit geöffneten Fenstern und ließen eine Meeresbrise herein. Ranken mit purpurroten Bougainvilleen wickelten sich um das Geländer der Veranda davor und der Himmel war tropisch Blau.

„Oh mein Gott.“

Sie schaute zu Quinn hinunter, die in ihrem behelfsmäßigen Kinderbettchen schlief.

Es war gar kein Traum gewesen. Sie war tatsächlich den ganzen Weg von Chicago nach Maui gereist und sie war auch wirklich für Lourdes' Baby verantwortlich.

Nicht mehr lange verantwortlich, sagte eine kleine Stimme in ihrem Hinterkopf. *Quinns Onkel wird das bald übernehmen.*

Sie hätte Erleichterung empfinden sollen, aber irgendwie schmerzte sie der Gedanke nur.

„Quinn?“, flüsterte sie und stand langsam aus ihrem Bett auf. Warum war das Baby so still?

Sie beugte sich über das Kinderbett und wedelte mit den Händen. Quinn schlief nachts nie durch. Irgendetwas musste nicht stimmen. Vielleicht war das Baby dehydriert. Oder schlimmer noch, krank.

„Oh Gott..." Anjali fühlte die Stirn des Babys.

Wie heiß war zu heiß? Welche Temperatur war genau richtig?

„Alles in Ordnung?", ertönte eine tiefe Stimme von ihrer rechten Seite.

Anjali drehte sich zu der Tür um, die direkt zu einem Seitenflügel der Veranda führte. Sonnenlicht strömte durch die Türöffnung herein und beleuchtete etwas, das wie ein nordischer Gott mit langem, blondem Haar aussah. Goldenes Licht reflektierte sich auf seinen nackten Schultern und verlieh ihm einen mystischen Hauch.

„Dell?"

„Ist es okay, wenn ich hereinkomme?"

Sie nickte und Dell trat ein. Selbst als er aus dem Lichtstrahl heraustrat, war er von einer Aura überirdischer Macht umgeben.

Anjali blinzelte auf seine nackte Brust und sein zerzaustes Haar. Moment mal. War er die ganze Nacht dort draußen gewesen, um über sie und Quinn zu wachen?

Sie zog den Saum des T-Shirts hinunter, in welchem sie geschlafen hatte, und strich sich mit der Hand über die Haare.

„Geht es ihr gut?" Dell beugte sich über Quinn.

Anjali kniete sich neben das behelfsmäßige Kinderbett. „Ich weiß es nicht. Sie schläft normalerweise nicht so lange..."

Wie aufs Stichwort zuckte Quinn zusammen, öffnete die Augen und brach in ein verzweifeltes Geschrei aus.

„Oha!", murmelte Dell. „Was ist denn los?"

Anjali lachte erleichtert. „Anscheinend nichts. Sie wacht immer hungrig auf." Sie hob das schreiende Baby hoch und tätschelte ihr den Rücken. „Ich schätze, sie war genauso müde wie ich."

„Sind Sie sich sicher, dass alles in Ordnung ist?" Dell sah furchtbar besorgt aus.

Anjali nickte. „Solange ich ihr bald ein Fläschchen gebe schon. Hier."

Dell riss die Augen weit auf, als sie ihm das Baby in die Arme drückte.

„Aber. . . ", warf er ein, als sie losstürmte, um ein Fläschchen vorzubereiten.

Es dauerte gute fünf Minuten, aber schließlich hatte sie die Babymilch fertig. Sie winkte Dell zu einem der Sofas auf der Veranda hinüber und reichte ihm die Flasche. Quinn griff danach und ging innerhalb eines Atemzuges von verzweifeltem Geschrei zu einem zufriedenen Saugen über.

„Heiliger Strohsack", murmelte Dell. „Für so ein kleines Ding hat sie ein ganz schön lautes Organ."

Anjali lachte. „Ja, das stimmt allerdings."

Dann hielt sie inne. Oha. Hatte sie das Baby gerade einem fast völlig Fremden in die Arme gelegt?

Onkel, erinnerte sie sich selbst. Aber an Dell musste noch irgendetwas anderes dran sein, auch wenn sie nicht genau sagen konnte, was es war.

Sie ließ sich neben ihm nieder und schaute Quinn beim Trinken zu. Es war irgendwie schön, zur Abwechslung einmal jemand anderen das Halten und Füttern übernehmen zu lassen. Und mit Dell fühlte es sich irgendwie richtig an. Sogar Quinn schien das zu spüren, denn sie starrte ihn mit ihren großen, gelbbraunen Augen an.

„Mach langsam, kleiner Welpe", flüsterte er und berührte ihre Nase.

Anjali grinste. „Ja, sie kann manchmal ein bisschen wie ein Tiger sein."

Dells Mundwinkel zuckten. „Eher wie eine Löwin. Die Sorte, die erwachsen wird und sich von niemandem etwas gefallen lässt, nicht einmal von den großen Jungs."

Sie lachten beide. Als sich ihre Blicke trafen, hielt Anjali den Atem an. Sie konnte nicht mehr zählen, wie oft sie sich in der letzten Woche gesagt hatte, dass sie sich nicht zu sehr darauf einlassen durfte. Aber sie hatte sich bereits in das Baby mit den goldbraunen Augen verliebt. Und hier war ein Mann, der genau wie dieses Baby aussah. Ein Mann, der so herzlich war. . .

Ihr Herz klopfte und ihre Wangen färben sich rot. Fast hätte sie sich ein paarmal selbst geohrfeigt. Es war eine Sache, dass sie sich am Vorabend in Dells Augen verloren hatte, als sie erschöpft gewesen war. Aber sie hatte gut geschlafen. Welche Ausrede gab es dann jetzt?

Dells Lippen zuckten und seine Augen leuchteten. Oder war das ein Trick des Lichts?

Für die nächste Minute war das einzige Geräusch das Schlucken von Quinn. Dann schüttelte sich Dell ein wenig, blickte zu Quinn hinunter und dann wieder zu Anjali auf.

„Ich danke Ihnen", flüsterte er.

„Wofür?"

Er schenkte ihr ein schwaches Lächeln. „Dafür, dass Sie sich um Quinn gekümmert haben. Dass Sie mich gefunden haben. Dass Sie den ganzen Weg hierhergekommen sind."

Seine Stimme war tief und aufrichtig, und sein Gesicht ernst, was Anjali zum Lächeln brachte.

„Selbstverständlich. Lourdes war meine Freundin. Ich würde alles für sie tun."

In dem Moment, als sie es aussprach, traf es sie erneut. Lourdes war weg. Tot.

Ich muss zur Arbeit gehen. Anjalis eigene Worte rauschten zu ihr zurück und verfolgten sie. Eines Morgens vor nicht allzu langer Zeit, war sie aus ihrer Wohnung gestürmt, um mit ein paar Firmenkunden essen zu gehen, und hatte Lourdes und Quinn zurückgelassen. *Wir sehen uns dann später, okay?*

Sie runzelte die Stirn und erinnerte sich daran, wie viel Frustration sie in ihren Worten hatte mitschwingen lassen. Es war schwer gewesen, eine Freundin und ein Baby bei sich einziehen zu lassen. Jetzt spürte sie nur noch Gewissensbisse. Es hatte kein *Später* gegeben, denn Lourdes war nicht lange danach gestorben. Ein Kloß bildete sich in Anjalis Hals. Hätte sie nicht mehr Geduld haben können? Hätte sie nicht mehr helfen können?

„Hey", flüsterte Dell. „Tun Sie das nicht."

Sie neigte den Kopf. „Was denn?"

„Bedauern", sagte er mit solcher Kraft, dass er das Wort an die Wand hätte nageln können. „Es hat keinen Sinn, etwas zu bedauern, was man nicht ändern kann."

Sie schaute ihm aufmerksam in die Augen. „Etwas, worin Sie ein Experte sind, nehme ich an?"

Seine Augen funkelten – mit Belustigung? Traurigkeit?

„Das könnte man so sagen."

Er kratzte sich die Brust und schaute nach unten. Es war erstaunlich, wie er innerhalb eines Wimpernschlags vom *unbesiegbaren Krieger* zum *unbekümmerten Playboy* zum *trauernden Bruder* werden konnte. Sie hatte das Gefühl, die ersten beiden fielen ihm leicht, während der dritte... Nun, er musste seine Trauer noch immer verarbeiten.

„Wussten Sie von Ihrem Bruder und Lourdes?"

Er schüttelte den Kopf und ein Schatten des Kummers ließ seine Augen dunkler werden. „Nein. Quent hat kein Wort gesagt. Jedenfalls nicht zu mir." Er blickte auf Quinn hinunter und berührte eines ihrer kleinen Händchen. Dann schaute er wieder auf. „Es tut mir leid."

Sie zuckte mit den Schultern. „Es ist nicht Ihre Schuld."

„Zumindest nicht dieser Teil", murmelte er so leise, dass sie es fast überhört hätte. Eine weitere stille Sekunde verging.

„Erzählen Sie mir von ihr", flüsterte Dell und blickte auf Quinn hinunter.

Anjali zuckte mit den Schultern und berührte Quinns Füßchen. „Was Sie sehen, kriegen Sie auch. Sie trinkt, schläft... "

Er schüttelte den Kopf. „Ich meinte Lourdes."

Anjali runzelte die Stirn. Wo sollte sie anfangen?

„Sie liebte Katzen. Kitschige Country-Musik. Schokoladenkuchen."

Dell lächelte.

„Wir haben immer hinter meinem Haus gespielt. Die anderen Mädchen spielten Mutter-Vater-Kind, aber Lourdes wollte immer Tierheim spielen. Sie holte alle ihre Stofftiere heraus und pflegte sie wieder gesund."

Dell lachte. „Und was haben Sie gemacht?"

Anjali grinste. „Ich hing am Telefon – am Spieltelefon – und habe ein neues Zuhause für die Tiere gefunden."

Sie hätte erwartet, dass Dell lachen würde, aber er blickte nur auf Quinn hinab.

„Haben Sie sich jemals über das Schicksal gewundert?", fragte er ganz leise.

Anjali nahm einen langen tiefen Atemzug und starrte in die Ferne. Ihre Mutter hätte es abgetan und stattdessen von Karma gesprochen. Ursache und Wirkung, Aktion und Reaktion – die Überreste früherer Leben, die sich bemerkbar machten. Aber welche Kraft auch immer dort am Werk gewesen war, diese Kindheitstage waren ganz gewiss prophetisch gewesen. Sie verbrachte immer noch ihr halbes Leben am Telefon – und jetzt war sie auf Hawaii, um ein Zuhause für Quinn zu finden.

„Schicksal? Ich bin mir nicht sicher."

Quinn trank mit geschlossenen Augen und Anjali strich ihr über die Wange.

„Es steckt nicht viel von Lourdes in Quinn", sagte sie schließlich und machte da weiter, wo sie aufgehört hatte. „Zumindest nicht äußerlich."

Dell fuhr mit einem Finger über das feine Haar des Babys. „Ich verstehe immer noch nicht, was passiert ist. Quent war überhaupt nicht der Typ, der einem Mädchen Hoffnungen macht und sie dann sitzenlässt. Er wäre sofort zu ihr gekommen, wenn er gewusst hätte, dass Lourdes Quinn erwartet."

„Das glaube ich. Aber wie gesagt, hat Lourdes selbst erst nach Quentins Tod erfahren, dass sie schwanger war. Ich habe sie innig geliebt, aber sie war … eine Chaotin."

Unausgesprochene Fragen schwammen in Dells Blick und Anjali tat ihr Bestes, um die Details zu erklären.

„Meine Vermutung ist, dass Ihr Bruder hinter die chaotische Fassade schauen konnte und die Person gesehen hat, die Lourdes wirklich war. Das Mädchen, mit dem ich aufgewachsen bin, bevor alles auf die schiefe Bahn geriet. Er hat ihr Potenzial gesehen und wollte ihr helfen, es zu erreichen."

Dell seufzte. „Ja, das klingt allerdings nach Quent."

Anjali stand auf und ging zum Geländer der Veranda. Die Sonne ging über Maui auf und es war herrlich. Ein herrlicher

Start in einen herrlichen Tag und die arme Lourdes war nicht mehr da, um es zu erleben.

„Lourdes war schon immer eine Art Freigeist, könnte man sagen. Aber als wir an die Highschool kamen... Nun ja... Die übliche Geschichte eben. Ihre Familie hatte Probleme – ernste Probleme. Sie fing an, mit den falschen Leuten herumzuhängen, zu trinken, Drogen zu nehmen." Sie hielt inne und räusperte sich. „Die Welt ist irgendwie so ungerecht. Manche Leute bekommen alles und andere nichts."

„Warum sagen Sie das?"

Anjali zuckte mit den Schultern. „Es war irgendwie so, als stünden die Sterne genau richtig für mich, wissen Sie? Lourdes hat ihr Leben nie auf die Reihe bekommen und als ihre Eltern sich getrennt haben... " Ihre Gedanken schweiften zurück zu dieser schrecklichen Zeit in ihrer beider Leben. „Lourdes pendelte hin und her und als ihre beiden Eltern neue Beziehungen eingingen – schlimme noch dazu – wurde es immer schwieriger."

Sie runzelte die Stirn, als sie sich daran erinnerte, wie Lourdes' Augen von strahlend und funkelnd zu glasig und stumpf übergingen. Das war ungefähr in der zehnten Klasse passiert, als sie sich mit einem älteren Typen eingelassen hatte. Einem viel älteren Mann. Eine ungesunde Beziehung führte zur nächsten und es ging immer weiter bergab. Lourdes' Eltern sorgten sich genug, um sie ein paarmal in eine Entzugsklinik einzuweisen, aber sie schaffte es immer wieder, schnell herauszukommen und sich selbst für geheilt zu erklären – bevor sie sich direkt in die Arme des nächsten Typs warf, der ihr gab, was sie wollte. Drogen. Sex. Alles außer Liebe.

Anjali drehte sich um und lehnte sich mit dem Rücken gegen das Geländer, während sie Quinn ansah. Sie würde alles tun, um das kleine Mädchen davor zu bewahren, in die Fußstapfen ihrer Mutter zu treten.

Aber das wäre nun nicht mehr ihre Aufgabe. Quinns Zukunft ruhte ganz auf Dells Schultern. Konnte er wirklich mit der Verantwortung umgehen?

Sie starrte auf die Decke und das Kissen, die zusammengerollt in einer Ecke der Couch lagen. Vielleicht konnte er es.

Vielleicht gab es an Dell, genau wie bei Lourdes auch, mehr, als nach außen hin sichtbar war.

„Haben Sie letzte Nacht hier draußen geschlafen?"

„Ja. Sie wissen schon, nur für den Fall, dass Sie etwas brauchen."

Sein lässiger Tonfall täuschte sie nicht. Sie konnte die Furchen um seine Augen herum sehen. Dell hatte letzte Nacht nicht so viel Schlaf bekommen wie sie – und wer konnte es ihm nach der Überraschung, die sie ihm beschert hatte, verdenken.

Quinn stieß ihn an und er ging sofort zu Babysprache über und fummelte an ihrer Decke herum. „Alles gut, Süße? Lecker Milch? Mmm, das schmeckt."

Quinn schloss die Augen erneut und entspannte sich in seinen Armen.

Anjali schluckte. Babys brauchten erfahrene Eltern nicht so sehr, wie sie Liebe brauchten. Und nach der Art zu urteilen, wie Dell Quinn ansah...

Er nahm die Hand des Babys und führte sie zu ihrer Flasche. „Siehst du? Du kannst sie ganz alleine halten."

Ihre Hand rutschte wieder ab, aber das hielt Dell nicht davon ab, das Baby leise anzulachen. „Wie gut, dass du mich hast."

Anjali schloss die Augen und stellte sich vor, wie Quinn aufwachsen würde. Wie sie ihre ersten Schritte machte und ihre ersten Worte sprach. Auf dem Weg zu ihrem ersten Schultag und eines Tages zum Schulabschluss. All das mit Dell an ihrer Seite, der ihr aufmunternde Worte zuflüsterte.

Dann riss Anjali die Augen wieder auf. Eine schöne Vorstellung, aber alles, was er bisher getan hatte, war, das Baby zu füttern. Einmal. Er hatte noch einen sehr langen Weg vor sich.

Sie studierte ihn und redete sich ein, dass sie nur seine Fähigkeit beurteilen wollte, das kleine Mädchen aufzuziehen. Aber ihr Puls beschleunigte sich und ihr Atem stockte, als sie sich schließlich auf ganz andere Dinge konzentrierte. Die Erkennungsmarke, die an einer silbernen Kette um seinen Hals hing. Die Narbe an seiner Schulter. Das Grübchen in seiner Wange. Der Kiefer, der so entschlossen wirkte.

Vielleicht hatte er mehr mit seinem Bruder gemeinsam, als er zunächst zugeben wollte. Vielleicht war er sogar vielschichtiger als sein Bruder, denn es war ziemlich einfach, ein guter Kerl zu sein. Aber auf dem schmalen Grat zwischen *gut* und *unanständig* zu wandeln, war hingegen...

Er begegnete ihrem Blick und schenkte ihr ein winziges Lächeln. Keins dieser Hollywood-Lächeln, das Köpfe verdrehen könnte. Eher eins, das sagte *Ich kann nicht glauben, dass das alles passiert, aber ich werde mein Bestes geben.*

Es lag auch ein Hauch von Trauer darin, so dass sie sich selbst flüstern hörte: „Erzählen Sie mir von Quentin."

Dells Lächeln wirkte angespannt und er schob seinen Kiefer hin und her, bis Anjali ihn anstoßen und sagen wollte *Es ist okay, über ihn zu sprechen. Es hilft. Glauben Sie mir.*

„Er ist... war..." Dell schluckte schwer und fuhr fort. „... gut im Fußball. Lausig beim Pokern. Ein treuer Freund."

Anjali konnte sich bei dieser Aufzählung ein Lächeln nicht verkneifen.

„Er war zwei Jahre älter als ich und nach allem, was meine Mutter sagt, war er schon von Anfang an verantwortungsbewusst. Und das ist er auch geblieben." Dells Blick schweifte in die Ferne. Schaute er auf den glitzernden Ozean oder in die Vergangenheit zurück? Schließlich blickte er wieder zu Quinn hinunter und flüsterte: „Glauben Sie, dass es zwischen ihm und Lourdes ernst war?"

Anjali schüttelte den Kopf. „Ehrlich gesagt, nein. Ich glaube, Lourdes wusste es auch. Sie nannte ihn einen Freund, nicht ihren Lebensgefährten. Sie hat auch nicht über die Zukunft gesprochen – lediglich darüber, dass er ihr geholfen hat, einen Neuanfang zu starten."

Dell verzog das Gesicht. „Der gute, alte Quentin. Er liebte es, ein Held zu sein. Ich schätze, er war auch wirklich gut darin."

Lag in diesem Kommentar ein Hauch von Bitterkeit oder einfach nur eine Menge Schmerz?

Sie schaute auf Quinn hinunter und es schnürte ihr die Kehle zu. Lourdes war nicht mehr da. Quentin auch nicht. Zwei junge, gesunde Menschen, deren Tod so sinnlos war. Sie schloss die

Augen und öffnete sie kurz darauf bei einer sanften Berührung. Es war Dell, der ihr eine Träne von der Wange wischte.

Der Blick in seinen Augen ließ Hoffnung in ihre Seele zurückrieseln. Das Leben konnte so grausam sein, aber es gab auch Schönheit. Wie das Lächeln eines fast Fremden. Das Wunder eines Babys. Die Wärme eines sonnigen Morgens auf Maui.

Sie hob einen Finger und strich damit auch über seine Wange. Sie war vollkommen trocken, aber trotzdem. Die Tränen versteckten sich irgendwo dort drin, auch wenn er sie nicht zeigen wollte.

Die Standuhr im Flur des Plantagenhauses schlug und während der ersten paar tiefen, klangvollen Töne starrte sie wie gebannt in Dells Augen. Aber als der letzte Schlag erklang, riss sie den Kopf hoch.

„Oh Gott. Wie spät ist es?"

Er winkte mit der Hand. „Vielleicht sieben?"

Anjali sprang auf die Füße. „Oh, nein. Dann ist es bereits Mittag in Chicago. Entschuldigen Sie mich bitte für einen Moment."

Sie stürmte in ihr Zimmer, schnappte sich ihre Arbeitstasche und eilte zurück auf die Veranda, während sie nach ihrem Telefon kramte. Sie hatte versprochen, sich an diesem Morgen bei der Arbeit zu melden, und verdammt. Sie war bereits zu spät.

Bis zu diesem Moment hatte sie nicht einmal bemerkt, wie entspannt sie gewesen war. Mit Dell, dem Baby und diesem perfekten Maui-Morgen hatte sie fast vergessen, dass sie irgendwo dort draußen ein Büro hatte. Aber jetzt, da sie sich erinnerte, rauschte der Stress zu ihr zurück und drückte mit vertrauter Last auf sie.

Quinn trank ihr Fläschchen aus und schaute Dell mit schläfrigen, zufriedenen Augen an.

Welpe war eine passende Beschreibung, jetzt, wo Anjali darüber nachdachte.

„Sie muss ein Bäuerchen machen. Schaffen Sie das?", fragte sie.

Dell grinste und öffnete den Mund, um etwas zu erwidern, besann sich dann aber plötzlich eines Besseren. „Entschuldigung. Fast wäre ich der Versuchung erlegen."

Anjali verzog das Gesicht und stellte sich all die dummen Witze vor, die ein Typ über das Aufstoßen machen könnte. Zum Glück hatte Dell diesem Impuls widerstanden. Das sagte doch etwas aus, nicht wahr?

„Kein Problem." Er sah ihren zweifelnden Blick. „Ich mach das schon."

Anjali blieb stehen. Konnte er es? In ihrem Kopf tickte die Uhr weiter und erinnerte sie genau daran, wie verspätet sie schon war.

„Hey, mein kleiner Welpe", gurrte Dell und stand mit Quinn im Arm auf. Seine Stimme war allerdings ein wenig zittrig und seine Hände waren es ebenfalls. Er hob sie in einer Reihe von endlosen, vorsichtigen Streicheleinheiten und kleinen Bewegungen an seine Schulter. Vielleicht waren seine Hände zu groß für ein so kleines Baby.

„Sie wird nicht zerbrechen", murmelte Anjali und wiederholte damit etwas, das Lourdes einmal zu ihr gesagt hatte.

Dell spitzte die Lippen und war trotz allem weiterhin übermäßig vorsichtig. „Ich würde es hassen, derjenige zu sein, der Ihnen das Gegenteil beweist."

Es war verblüffend, wie er von einem *frechen Bengel* zu einem *übervorsichtigen Onkel* werden konnte.

„Sie müssen...", fing Anjali an, verstummte dann jedoch wieder, als Dell Quinn in die richtige Position brachte und begann, auf und ab zu gehen.

„Ich schaffe das", murmelte er, sowohl zu sich selbst als auch zu Anjali.

Sie flitzte hinein, schnappte sich ein Handtuch und legte es ihm über die Schulter. „Glauben Sie mir, Sie werden es brauchen. Ich habe es auf die harte Tour gelernt."

Er schaute verwirrt, aber sie bestand darauf, da Quinn schon auf zu viele ihrer Kostüme gespuckt hatte. Natürlich trug Dell kein Oberhemd, also gab es nichts zu ruinieren. Aber verdammt. Je weniger sie auf diese breite, muskulöse Brust schauen musste, desto höher stand ihre Chance, dass sie nicht den Kopf verlieren würde. Sie war nicht die Mutter des Babys und sie war auch nicht auf Maui, um sich einen heißen Typen anzulachen. Sie war die Leiterin der Marketingabteilung Nord- und Mittelamerika für Gleason Associates und das sollte sie besser nicht vergessen.

Sie drehte sich um und versuchte, sich auf ihr Handy zu konzentrieren, während sie vor sich hin murmelte. „Oh Gott. Oh Gott…“ Sie wandte sich hin und her und versuchte, besseren Empfang zu bekommen.

„Haben Sie einen strengen Boss?“, fragte Dell.

Sie schüttelte den Kopf. Sie war der Boss, zumindest in ihrer Abteilung. Aber trotzdem war es nicht gut, den verabredeten Zeitpunkt zu verpassen, an dem sie sich hatte melden sollen. Sie ging die Veranda entlang und zur Vorderseite herum, bevor sie abrupt stehen blieb. Ein unsichtbares Gummiband zog sie mit jedem Schritt zurück zu dem Baby – und zu Dell.

Sie runzelte die Stirn. Warum zu Dell? Sie kannte den Mann kaum.

Es wäre sicher schön, ihn besser kennenzulernen, kicherte ihre Weiblichkeit.

Sie runzelte die Stirn und konzentrierte sich auf ihr Handy. In dem Moment, in dem sie es einschaltete, erschienen Dutzende von Nachrichten. Bestürzt überflog sie sie alle. Wo sollte sie nur anfangen?

Gerade als sie die Nummer ihrer Assistentin wählte, entdeckte sie ihr Spiegelbild in einem der Fenster. Sie trug immer noch das extra lange T-Shirt, in dem sie geschlafen hatte, und ihr Haar war ein einziges Durcheinander. Es war verdammt gut, dass ihre Kollegen sie jetzt nicht sehen konnten.

Sie ertappte sich dabei zu lächeln. Dell schien es nicht gestört zu haben.

Crystal, ihre Assistentin, antwortete gestresst. „Anjali? Wo sind Sie gewesen?“

Anjali starrte auf den Pazifik. *Maui* zu sagen, würde irgendwie nicht reichen. „Wie ich schon sagte. Ich musste das Baby zu seinen Angehörigen bringen.“

Zu ihrem attraktiven Angehörigen, fügte das Luder in ihrem Kopf hinzu und löste damit einen ganzen Strom unerwarteter Gefühle aus. Emotionen, die sie unter Verschluss gehalten hatte, weil Romantik und Karriereambitionen zwei sich gegenseitig ausschließende Dinge waren.

„Wo wohnen die denn, in Timbuktu?", erkundigte sich Crystal. „Ich hoffe, sie wissen zu schätzen, was Sie getan haben."

Anjali ließ den letzten Abend gedanklich noch einmal Revue passieren. Die anderen hatten Quinn alle als Problem angesehen, aber Dell... Sie schloss die Augen und erinnerte sich daran, wie er einen Arm um ihre Schulter geschlungen hatte, als sie sich dem Zusammenbruch nahe fühlte. Sie dachte an den sanften Ton, in dem er gesprochen hatte. An das aufmunternde Lächeln, auch wenn seine Augen seine eigene Unsicherheit verrieten.

Ich danke Ihnen. Dafür, dass Sie sich um Quinn gekümmert haben. Dass Sie mich gefunden haben. Dass Sie den ganzen Weg hierhergekommen sind. Seine Worte hallten in ihren Gedanken nach und ihr wurde bewusst, wie eng sie vor ein paar Minuten noch zusammengesessen hatten. Hüfte an Hüfte, um genau zu sein.

Anjali runzelte die Stirn. Bei der Arbeit wäre das unprofessionell. Und in ihrem Privatleben...

Du hast kein Privatleben, erinnerte sie sich mit einem Seufzer.

Okay, es war also schon eine Weile her, seit sie sich die Zeit für eine Verabredung genommen hatte. Aber selbst wenn sie es getan hatte, war sie nie der Typ gewesen, die bei der ersten Verabredung füßelte oder Händchen halten würde. Aber mit Dell...

Das war keine Verabredung, sagte sie sich selbst. *Es ist nur ein Geschäft.* Schon bald würde sie Quinn Dells Obhut übergeben und für immer davonfliegen.

Seltsam, dass ihr bei diesem Gedanken schlecht wurde.

„Also, wie schnell können Sie zurückkommen?", fuhr Crystal fort.

Anjali biss sich auf die Lippe. „... mit dem ersten Flug, den ich kriegen kann."

„Möchten Sie, dass ich einen für Sie buche?"

„Nein", bellte sie ein wenig zu schnell. „Ich meine, ich mache das schon."

„Nun, was auch immer Sie tun, tun Sie es schnell", vertraute Crystal ihr in einem leiseren, gedämpften Ton an. „Richard hat es auf die neue Position abgesehen, wissen Sie. Ihre zukünftige Position als Marketingdirektorin für die gesamte nordamerikanische Abteilung."

Instinktiv fuhr sich Anjali mit den Fingern durchs Haar. Zu Hause in Chicago hatte sie für das Vorstellungsgespräch für ihren Traumjob geübt. Aber dann war Lourdes aufgetaucht und hatte ihr Leben auf den Kopf gestellt. Zum Glück war das Vorstellungsgespräch verschoben worden, während der Firmenchef auf einer Geschäftsreise war, aber sobald er zurückkam...

„Sie wissen, dass sie lieber Sie einstellen würden", flüsterte Crystal. „Aber es ist noch keine sichere Sache. Wenn Sie diesen Job wollen..."

Anjali umklammerte ihr Handy fest. Natürlich wollte sie diesen Job.

„... dann kommen Sie besser schnell zurück."

Anjali wischte sich den Schweiß von der Handfläche, kramte in ihrer Arbeitstasche nach einem Block herum und begann wütend, Notizen zu kritzeln, während Crystal ihr tausend Details über mehrere laufende Geschäfte erzählte. Gott, es gab schon so vieles, was sie verpasst hatte.

Die Windrichtung der Meeresbrise veränderte sich und blies ihr den reichen Duft exotischer Blüten entgegen. Auf der anderen Verandaseite gluckste Quinn fröhlich und Dell lachte. Die Dielen der Veranda fühlten sich glatt unter ihren nackten Füßen an und ihr Haar wehte leicht im Wind. Ihre Beine waren nackt, aber warm in der tropischen Brise.

Anjali schloss die Augen und versuchte, alles auszublenden. Dann hörte sie Schritte und blickte auf. Sie entdeckte eine der Frauen, die sie am Abend zuvor kennengelernt hatte – Hailey –, die mit einem freundlichen Lächeln und zwei Tassen dampfenden Kaffees die Verandastufen erklomm. Irgendwie kam Hailey ihr bekannt vor, aber Anjali konnte nicht genau sagen woher.

Haben Sie gut geschlafen? hauchte Hailey.

Anjali antwortete nicht, sondern dachte nur *Ich habe so gut geschlafen wie seit Jahren nicht.* Es musste ihr im Gesicht geschrieben stehen, denn Hailey lächelte.

„Ich lasse die hier bei Dell.“

Der Duft von kräftigem Kona-Kaffee wehte vorbei, als Hailey an ihr vorbeiging. Dampfschwaden stiegen in die Luft, bevor sie von der sauberen, frischen Brise weggeweht wurden.

„Also, wann kommen Sie wieder?“, fragte Crystal am anderen Ende der Leitung.

Anjali drehte sich ruckartig um und starrte zur Auffahrt, die den Hügel hinauf und zur Außenwelt führte. Es gab so viel Arbeit, die auf sie wartete, und dieser Job war alles, wovon sie immer geträumt hatte. Warum fiel es ihr dann so schwer, sich selbst wieder an ihrem Schreibtisch zu sehen?

„Ähm... ich komme wieder... “, flüsterte sie und schaute in die Richtung des Gästezimmers, „... sobald ich kann.“

Kapitel 6

Dell pirschte auf der Veranda auf und ab, klopfte dem Baby dabei auf den Rücken und fragte sich, ob er es richtig machte. Quinn rülpste nicht – zumindest nicht so, wie er es erwartet hätte, obwohl sie von Zeit zu Zeit kleine Schluckauf-Geräusche von sich gab. Sie strich mit ihren winzigen Finger über seine Schulter und zog an seinen Haaren, was ihn an Löwenwelpen denken ließ, die mit der Mähne und den Ohren ihres Vaters spielten. Die Sache war nur, dass der männliche Löwe vor seinem geistigen Auge ein edler Alphatyp war, kein fröhlicher Wanderer, der seine Familie erst noch stolz machen musste.

Und ehrlich gesagt, hatte es ihm nie etwas ausgemacht, diese Rolle zu spielen. Er mochte sie sogar. Entspannt leben und sich frei fühlen. Tatsächlich war er sogar stolz darauf, gegen die strengen Erwartungen der Löwengestaltwandler zu rebellieren. Dieser ganze Mist über Würde, anderen zu dienen und verantwortungsvollem Handeln. Nicht jeder Löwe war aus dem gleichen Holz geschnitzt.

Und doch war er hier und dachte über diese drei Dinge nach. Tat er es für Quentin? Für das Baby? Für seine eigene traurige Seele? Oder wollte er nur versuchen, Anjali zu beeindrucken? Denn sie hatte etwas an sich, das ihn dazu brachte, angeben zu wollen. Nicht, dass sie darauf hereinfallen würde – dafür war sie nicht der Typ. Eigentlich war sie überhaupt nicht *sein* Typ. Sie war zu verklemmt. Ein zu *nettes* Mädchen. Zu spießig. Und doch faszinierte ihn jede ihrer Bewegungen und jedes Wort, das sie sprach.

Ich habe es dir doch gesagt, warf sein Löwe ein. *Sie ist unsere Gefährtin.*

Er räusperte sich. Vielleicht war sie nicht seine Gefährtin.

Vielleicht fühlte er sich einfach nur zu ihr hingezogen. Das war doch möglich, nicht wahr?

Sein Löwe missbilligte dies und strafte ihn mit Schweigen.

Wie dem auch sei, Anjali hatte nichts damit zu tun, warum er sich verpflichtet fühlte, sich um Quinn zu kümmern. Was die Frage aufwarf, warum er sich so strikt gegen den Gedanken sträubte, das Baby zur Adoption in ein gutes Zuhause zu geben?

Er tätschelte Quinn den kleinen Rücken, verfluchte seinen Bruder und ging weiter auf und ab. In Wirklichkeit ging er nirgendwohin, aber in seinen Gedanken sah er sich eine lange, gewundene Straße hinunterwandern. Eine, die er sich selbst nicht ausgesucht hätte, aber es schien, als hatte er keine andere Wahl. Vor ihm lagen verdammt viele Hügel und Täler und er hatte keine Ahnung, wo die Straße endete.

Schicksal, flüsterte sein Löwe.

Er schnitt eine Grimasse. Das Schicksal sollte geborenen Helden wie Quentin begegnen. Nicht einem Typen wie ihn.

„Sie sieht genauso aus wie du", flüsterte er, als ob sein Bruder ihn hören könnte. „Und sie trinkt wie der letzte Welpe in einem Wurf von Vieren, der daran gewöhnt ist, nichts abzubekommen."

Darüber musste er grinsen. Die kleine Quinn war wirklich etwas Besonderes. Sie hatte in Windeseile drei Viertel der Flasche hinuntergesaugt, bevor sie schließlich ein wenig seufzte und langsamer wurde.

Sie schien kein weiteres Bäuerchen mehr zu machen, also setzte er sich wieder auf die Couch und wiegte sie an seiner Brust. Er schaute nach unten, während Quinn zu ihm aufsah. Sie musterte ihn mit einem misstrauischen Blick, der fragte, *Wer hat dir erlaubt, heute mein Helfer zu sein?*

Das Schicksal, wollte er sagen.

Ihre gelbbraunen Augen huschten umher, als ob sie nach einer besseren Möglichkeit suchte und Dell schluckte den Kloß hinunter, der sich in seinem Hals bildete. Suchte das Baby nach Anjali oder nach ihrer Mutter?

„Was du siehst, bekommst du auch, Kleines", flüsterte er traurig.

Er streichelte die Wange des Babys und berührte sie so sanft, wie er nur konnte. Die Flasche war warm in seiner Hand und das Baby roch ganz blumig und süß. In Quinns Augen zu starren, fühlte sich an, als würde er in einen Spiegel schauen. Oder zumindest in einen Spiegel der Erinnerungen, denn diese Augen waren klarer und unschuldiger, als seine es inzwischen waren.

Dann beugte er sich vor und kniff die Augen zusammen, denn scheiße. Eine Träne war aus seinem Augenwinkel gerollt. Erst eine und dann noch eine. Tränen für seinen Bruder, der dieses winzige Wunder nie in seinen Armen halten würde. Tränen für das Baby, das schon so viel verloren hatte, und so früh.

Schritte erklangen, bewegten sich leise über die Veranda und Dell zwang sich, ein Lächeln vorzutäuschen und aufzuschauen. Aber es war Joey, nicht Anjali oder einer der anderen.

„Hey, Joey“, sagte Dell mit einer kratzigen Stimme.

Joey zögerte kurz, bevor er näher trat. „Weinst du...?“

Dell zwang sich zu einem Lächeln, als ihm eine weitere Träne über die Wange lief. „Ja, Mann. Ich schätze schon.“

Der kleine Rotschopf dachte einen langen Moment darüber nach, bevor er fragte: „Warum?“

Weil mein Leben chaotisch ist und ich nicht weiß, was ich tun soll, war keine angemessene Antwort. Also erwiderte Dell: „Weil ich traurig bin, nehme ich an.“

Joey runzelte die Stirn. „Ist das Baby krank?“

Dells Herz zog sich zusammen. Oh Gott. Bitte. Nein.

„Nein. Der Vater dieses Babys war mein Bruder und ich vermisse ihn.“

Joey ließ sich neben ihm nieder und nickte ernsthaft. „Ich vermisse meinen Dad.“

Und da war es wieder – dieses Ziehen im Bauch und der Stich im Herz. An manchen Tagen schien das Leben so sonnig und schön. An anderen war es einfach nur grausam.

„Aber Mommy sagt, ich soll die Augen schließen und mir Daddy vorstellen oder zu den Sternen aufschauen“, fügte Joey hinzu.

Dell schloss die Augen und dachte an Quent. Er machte sich auf ein Bild gefasst, das ihn noch trauriger machen würde. Aber stattdessen sah er Quent, der ihm in einem der seltenen Fälle, in denen Dell alles richtig gemacht hatte, zunickte. Hmm. Was hatte es wohl damit auf sich?

„Was sagt deine Mutter sonst noch?", flüsterte Dell. Joey verzog das Gesicht und dachte angestrengt nach. Dann zuckte er mit den Schultern. „Nichts. Sie umarmt mich einfach."

Eine Sekunde später schlossen sich zwei dünne Ärmchen um Dells Hals. Joey gab ihm eine winzige, kindliche Umarmung. In Kindergröße, aber gleichzeitig löwengroß, denn dieser Junge hatte mehr Mut, als er ahnte.

Dell tätschelte Joeys Arm und kämpfte gegen das Brennen in seinen Augen an. „Danke, Kumpel."

Joey löste sich von ihm. „Willst du spielen?"

Dell lachte. Es war witzig, wie ein Fünfjähriger einen erwachsenen Mann daran erinnern konnte, wie man leben sollte.

„Das würde ich gern, Kumpel. Aber heute vielleicht keine X-Wing-Flüge."

Am Ende nahmen sie Quinn mit in den Sandkasten und spielten dort Bauarbeiter. Nun, Joey spielte Bauarbeiter. Dell saß mit Quinn am Rand des Sandkastens, machte Vorschläge und reichte ihm Dinosaurierfiguren – denn Dinosaurier *liebten* das Bauen, wie er Joey erzählte. Quinn schaute wie gebannt zu. Anjali saß immer noch auf der Veranda und führte eine Million Anrufe, die aus Gründen, die er nicht nachvollziehen konnte, sehr dringend klangen. Aber es war schön, ihr zuzuhören. Die Melodie ihrer Stimme zu hören, ihr dabei zuzusehen, wie sie ihr langes Haar zwischen den Fingern zwirbelte. Und jedes Mal, wenn sie beim Auf-und-ab-Gehen näher kam, stieg ihm ein Hauch ihres verführerischen Duftes in die Nase – teils Weihrauch, teils Jasmin mit einem Hauch von Ringelblume.

Dann fing er sich wieder und schnaubte. Es mochte Babys beruhigen, wenn sie wussten, dass eine besondere Person in der Nähe war, aber ihm sollte es nicht so gehen.

Anjali ist etwas Besonderes, knurrte sein Löwe.

Er knirschte seinen Kiefer von einer Seite zur anderen und warf Joey einen weiteren Dinosaurier zu. „Pass auf. Tieffliegender Pterosaurier.“

Joey griff nach dem Spielzeug und ließ es über die Sandhügel sausen, die er gebaut hatte. „Das ist ein Drache.“

Dell warf einen Blick in Anjalis Richtung. Sie schien zu beschäftigt zu sein, um etwas zu hören. Und was wäre schon dabei, wenn sie es gehört hätte? Kinder konnten doch Drache spielen, oder?

Irgendwann kam Cynthia heraus und beobachtete ihn und Joey mit einem ihrer unergründlichen Blicke.

Das ist sehr edel von Ihnen. Aber überlegen Sie es sich gut...

Dell wich ihrem Blick aus. Er überlegte es sich *tatsächlich* gut, verdammt noch mal. Aber irgendwie kam er immer wieder zu dem Schluss, dass er mit dem Baby allein zurechtkommen würde.

Cynthia spitzte die Lippen. Hatte sie eine Andeutung seiner Gedanken lesen können? Dell bezweifelte es, warf ihr aber trotzdem einen entschlossenen Blick zu. Cynthia mochte Co-Alpha ihres Rudels sein, aber verdammt, diese Entscheidung lag bei ihm.

Cynthia räusperte sich und verschwand im Haus, aber irgendwie half das nicht. Und es half auch nicht wirklich, dass Connor vorbeigeschlendert kam. Cynthia rief Joey zum Frühstück ins Haus, so dass nur noch Dell, Quinn und Connor übrig blieben, der ihn lange anstarrte.

„Was?“, forderte Dell, als die Stille unerträglich wurde. Connor rollte den Kopf von einer Seite zur anderen. „Ich habe darüber nachgedacht, was Cynthia gestern Abend gesagt hat.“

„Darüber Nachforschungen in Bezug auf Lourdes anzustellen?“ Er gab sich keine Mühe seinen neunmalklugen Tonfall zu verbergen.

Connor runzelte die Stirn. „Darüber, ein Zuhause für das Baby zu finden. Ein gutes Zuhause mit Gestaltwandlern, die sich richtig um sie kümmern können.“

Connors ganze Betonung lag auf *gut* und *richtig* und Dell sträubte sich.

„Ich habe eher daran gedacht, das zu tun, was mein Bruder für mich tun würde. Und jetzt hör auf, sie nervös zu machen.“

Connor verzog das Gesicht, aber er wich von der zunehmend gereizten Quinn zurück. „Hör mal, ich weiß, dass du versuchst, das Richtige zu tun... "

Dell starrte ihn an und zwang Connor, auch den Rest zu sagen. Er wusste, dass es so etwas wie *Aber du wirst versagen, und zwar gewaltig* sein würde.

Connor räusperte sich. „Mein erster Instinkt war derselbe – dass wir es Quent schuldig sind, uns um dieses Baby zu kümmern. Aber je mehr ich darüber nachdenke, desto mehr denke ich, dass Cynthia recht hat. "

Dell runzelte die Stirn. „Was ist aus ‚Sie wären überrascht, was Dell alles zustande bringen kann' geworden? "

„Das habe ich ernst gemeint. Aber trotzdem. Sich um ein Baby zu kümmern – sich wirklich so richtig um sie zu kümmern, wie ein richtiger Vater – das wird schwer werden. Wirklich schwer. "

„Was du nicht sagst ", knurrte Dell. Dann zeigte er auf Quinn. „Schau. Ich versuche es. Was willst du denn noch? "

„Was ist, wenn *versuchen* nicht genug ist? Ich habe die ganze letzte Nacht darüber nachgedacht und kann mir einfach nicht vorstellen, wie ich im Moment mit einem Baby zurechtkommen sollte, nicht einmal mit Jennas Hilfe. Wie willst du es dann alleine schaffen? "

„Ich kümmere mich doch schon um sie. Ich habe ihr eine Flasche gegeben und alles. "

Connor schnaubte. „Es gibt einen Unterschied zwischen Babysitten und Vatersein. " Dann seufzte er und wurde ein wenig sanfter. „Schau mal, du gehst toll mit Joey um. Aber ein Kind für ein oder zwei Stunden zu unterhalten, ist nicht dasselbe, wie ein Baby Vollzeit aufzuziehen. "

„Dann gib mir Zeit. Ich werde es lernen. "

Connor musterte ihn genau. „Ich weiß, dass du es willst. Zum Teufel, ich will, dass du es machst. Aber kennst du das dumme Sprichwort – wenn du etwas wirklich liebst, lässt du es gehen? Das trifft jetzt auch zu. Wenn wir wirklich das Beste für Quinn wollen, sollten wir vielleicht zugeben, dass wir nicht ihre beste Option sind. " Seine Stimme klang heiser, als er sprach, und er musste einen Moment innehalten. „Es bringt mich um, das überhaupt zu sagen. Aber es wäre besser für Quinn." Ein langer, stiller Moment zog sich in die Länge, bevor er sich vorbeugte und seine Stimme senkte. „Cynthia hat bereits ein paar Leute kontaktiert."

Dell umarmte Quinn ein wenig fester. „Jetzt schon?"

Connor nickte und holte tief Luft. „Hör zu, wenn du diese Sache wirklich durchziehen willst, werde ich dich unterstützen. Das werden wir alle. Aber du musst dir sicher sein. Und du musst es beweisen."

Dell runzelte die Stirn. Connor zeigte ihm diese liebevolle Strenge, nicht wahr? Als wäre er ein Kind. Der Mann sollte verflucht sein.

„Wie ich schon sagte, ich lerne es", beharrte Dell.

„Nun, du lernst besser schnell. Ab heute. Und nicht nur für ein oder zwei Stunden. Du musst in der Lage sein, dich den ganzen Tag um Quinn zu kümmern, wenn du sie behalten willst."

Dell verbarg ein Zucken. Den ganzen Tag? Er hatte vorgehabt, an seiner Hütte zu arbeiten, wollte dann ein Nickerchen machen und danach...

In dem Moment fing er sich. Connor wollte, dass er den Verantwortungskapitän spielte? Also gut. „Na gut, schon gut. Ich kümmere mich den ganzen Tag um sie."

Connor nickte ihm knapp zu. „Und du musst dir überlegen, was du mit ihr machst, während du auf der Arbeit bist."

Dell runzelte die Stirn. Scheiße. Daran hatte er noch gar nicht gedacht. Seine Tätigkeit als Barkeeper war zwar nur Teilzeit, aber trotzdem. Was sollte er mit Quinn machen? Ganz zu schweigen von den Sicherheitspatrouillen, die den Rest seiner Arbeitszeit ausmachten.

Verdammt. Wie schafften es alleinerziehende Mütter überhaupt?

Er schaute Quinn an und fing an, an seiner eigenen Entschlossenheit zu zweifeln. Aber dann schaute sie ihn mit so großen Augen und so unschuldig an, dass es ihn erschütterte. Wie könnte er sie jemals weggeben? Sie war eine Blutsverwandte. Seine letzte Verbindung zu seinem Bruder. Sie gehörte zur Familie.

Er nahm einen tiefen Atemzug. Es wäre der erste Schritt, einen ganzen Tag zu überstehen. Er hatte bereits herumtelefoniert und andere Leute gefunden, die für die kommende Woche im Lucky Devil einspringen würden. Also hatte er zumindest das. Und in der Zwischenzeit...

„Und was ist mit den Ermittlungen?", fragte er mit leiser Stimme.

Connor nickte ihn grimmig an. „Die werden wir übernehmen."

„Gibt es schon etwas Neues?"

Connor verzog das Gesicht. „Wir fangen gerade erst an herauszufinden, wie chaotisch Lourdes' Leben tatsächlich war."

Dell hielt Quinn ein wenig fester und widerstand dem Drang, ihr die Ohren zuzuhalten. „Vielleicht war es nicht nur ihre Schuld", murmelte er und erinnerte sich daran, was Anjali gesagt hatte.

„Vielleicht." Connor klang nicht überzeugt. „Wir haben ein paar Hinweise auf den Ex-Freund, aber wir warten noch darauf, dass unsere Kontakte an der Ostküste weitere Informationen schicken."

Quinn zappelte herum, also setzte Dell sie wieder auf seinen Schoß und reichte ihr einen von Joeys Dinosauriern – einen der groß genug war, um keine Erstickungsgefahr darzustellen.

Siehst du? wollte er sagen. *So viel weiß ich.*

„Wie ich schon sagte, konzentriere du dich auf das Kind", knurrte Connor.

Dell beugte sich vor, um Quinn zuzuraunen: „Drachen. So herrisch. Sei froh, dass du eine Löwin bist, Kleines."

Connor warf ihm einen Blick zu, der sagte *Mit Witzen löst man keine Probleme, weißt du.*

Oh ja, das wusste er. Aber es machte das Leben lustiger. Bedeutete ein Baby, dass man keinen Spaß mehr haben durfte?

Er ließ die Schultern hängen. Vielleicht war es das Beste, wenn er für Quinn ein Zuhause bei Eltern fand, die nicht so viel zu verlieren hatten wie er.

Nicht verlieren, flüsterte sein Löwe. *Gewinnen.*

Schritte erklangen auf der Veranda und er drehte sich um. Anjali kam hinunter und plötzlich schien alles in Zeitlupe zu geschehen. Sein Herz schlug langsamer, aber doppelt so laut. Sein Blick folgte jeder ihrer Bewegungen, vom Gleiten ihrer Hand über das Geländer bis zum Schwung ihres Haars. Sie hatte sich eine knielange, braune Hose und ein gelbes T-Shirt angezogen und er wünschte sich, sie trüge noch immer dieses oberschenkellange T-Shirt, in dem sie geschlafen hatte. Nicht so sehr wegen des Sex-Appeals, sondern wegen der Chance, sie ein wenig lockerer und entspannter wirken zu lassen. Ein bisschen freier.

Das ist es, was sie ist, entschied sein Löwe. *Eine Löwin im Käfig. Es ist unsere Aufgabe, sie zu befreien.*

Dell dachte darüber nach. Er hatte bereits eine unmögliche Mission zu bewältigen. Eine zweite anzunehmen, wäre die Garantie für ein sicheres Scheitern in beiderlei Hinsicht.

Vielleicht gehören sie zusammen, überlegte sein Löwe.

Er verzog das Gesicht. Was, wenn Anjali gar nicht befreit werden wollte?

„Guten Morgen", sagte sie mit dieser Stimme, die Musik für seine Seele war.

„Morgen", sagte Connor unwirsch.

Anjali kam hinüber und hockte sich lächelnd hin. Ihr Lächeln war ganz auf Quinn gerichtet, aber Dell fühlte sich trotzdem auf Wolke sieben.

„Hey, Süße. Was hast du denn da?"

Quinn zeigte ihren mit Spucke überzogenen Dinosaurier, während Dell für sie antwortete. „Gigantosaurus." Dann warf er Connor einen Blick zu. *Siehst du?*

Dank Joey kannte er alle möglichen Dinosaurierarten. Zählte das nicht als väterliche Fähigkeit? Oder Scheiße. Fiel das unter Babysitten?

Babysitten, sagte Connors Blick.

Aber Dells Gedanken kreisten bereits um eine andere Sache. Anjali war so nah, dass er nicht widerstehen konnte, ihren reichhaltigen Jasminduft einzuatmen.

„Haben Sie Ihre Anrufe erledigt?", fragte er und fühlte sich lächerlich... verbunden mit ihr. So als wären sie ein Pärchen und er würde sie nach ihrem Tag fragen.

Sie seufzte. „Ich fange gerade erst an."

Einen Augenblick lang hatte es sich so angefühlt, als wären Anjali, er und Quinn die einzigen drei Wesen auf der Welt, aber dann meldete sich Connor zu Wort. Er wandte sich an Anjali.

„Hören Sie, wir würden Sie gern einladen, ein paar Tage zu bleiben. Es klingt, als hätten Sie viel zu tun, aber es wäre gut, um... nun, Sie wissen schon. Für den Übergang."

Dell hielt Quinn ein wenig näher. Connor sprach davon, das Baby direkt wieder aus seinem Leben zu reißen.

Trotzdem wäre es ein guter Anfang, Anjali für ein paar Tage bei sich zu haben. Vielleicht konnte er in dieser Zeit eine bessere Lösung finden.

„Wenn es für Sie passt", fügte Dell in einem Ton hinzu, der viel sanfter war als das für Connor typische Knurren.

Anjali schaute Quinn an, dann auf ihr Telefon und schließlich zu Dell. In dem Augenblick, als sich ihre Blicke trafen, wurde sein Körper ganz warm.

Gefährtin, schnurrte sein Löwe und schlug den Schwanz von einer Seite zur anderen.

Sekunden – Minuten? – später riss Anjali ihren Blick von ihm los und räusperte sich. „Technisch gesehen habe ich noch eine Woche frei." Sie zwang sich zu einem Lächeln. „Das hat man davon, wenn man es drei Jahre lang versäumt, Urlaub zu nehmen. Und es *wäre* das Beste für Quinn..." Ihr Blick wanderte zu Dell, bevor sie ihn erneut abwandte. „Also ja. Es passt. Natürlich nur, wenn es Ihnen nichts ausmacht."

In jeder anderen Situation hätte Dell einen Witz gerissen. Eine schöne Frau, die ihm anbot, ein paar Tage in seiner Nähe zu verbringen? Nein, es machte ihm nichts aus.

Aber er biss sich auf die Zunge und schaffte es, höflich zu bleiben. „Das wäre großartig. Vielen Dank."

Anjalis Lächeln war der einzige Dank, den er brauchte. Das Problem war, dass sein inneres Biest sich mit tausend Ideen überschlug. Zum Beispiel, wie er Anjali besser kennenlernen könnte, um sie aus ihrem Käfig zu befreien.

Um auch uns selbst aus unserem Käfig zu befreien, flüsterte sein Löwe, obwohl Dell keine Ahnung hatte, was das bedeuten sollte.

Er schaute zu Quinn hinunter und nickte entschlossen. Er würde lernen, sich um ein Baby zu kümmern. Wie schwer konnte es schon sein?

„Gut", murmelte Connor und erhob sich, um zu gehen. „Dell wollte gerade in die Stadt fahren, um alles zu besorgen, was das Baby braucht."

Dell riss seinen Kopf nach oben. „Ach ja?"

„Ich kann so lange auf Quinn aufpassen, wenn Sie wollen", bot Anjali an. „Sie wird bald ein Nickerchen machen und ich kann ein paar Anrufe tätigen."

Dell neigte den Kopf. „Wie wäre es, wenn Sie mit mir kommen? Sich Lahaina anschauen. Sie können doch nicht nur arbeiten und nie Freizeit haben."

In dem Augenblick, als er die Worte aussprach, warf Connor ihm einen strengen Blick zu.

Anjali schaute zwischen ihnen hin und her und versuchte offensichtlich, die Dynamik zwischen ihnen zu verstehen. Was schwierig sein würde. Wie sollte ein Mensch etwas von Drachen und Löwen verstehen? Oder von Soldaten, die genug zusammen durchgemacht hatten, um sich näherzustehen, als Brüder es taten?

„Also gut", seufzte Dell. „Der große Boss hier will, dass ich es alleine mache. Wie ein Test, schätze ich." Er runzelte die Stirn und strahlte dann wieder. „Aber ich kann Sie in der Stadt absetzen. Lahaina ist wirklich schön. Sie können sich dort umsehen, während ich... ähm... Milchpulver und so etwas besorge." Er wandte sich an Connor. „Ist das erlaubt, Boss?"

Connor warf ihm einen Blick zu, der sagte, *Pass auf Kumpel,* aber er sagte kein Wort.

Anjali zögerte. „Ich habe eine Menge Anrufe zu erledigen."

Es war verrückt, wie verzweifelt er sich wünschte, dass Anjali ihn begleitete. Wie begierig er darauf war, diese arbeitswütige Frau dazu zu bringen, sich gehenzulassen.

„Dann machen Sie Ihre Anrufe in der Stadt. Machen Sie ein – wie nennt man es gleich? Ein Arbeitsmittagessen daraus. Kommen Sie schon, gönnen Sie sich etwas."

Begleiten Sie mich, flehte sein Löwe leise. *Bitte kommen Sie mit.*

Anjali blickte noch einmal auf ihr Telefon und erlaubte sich schließlich ein vorsichtiges Lächeln. „Ich schätze, ich sollte mir ein wenig von Maui ansehen, solange ich die Gelegenheit dazu habe."

Dell hätte fast triumphierend die Arme hochgerissen. „Das sollten Sie auf jeden Fall." Dann sah er Connors Stirnrunzeln und fügte schnell hinzu: „Während ich mit Quinn einkaufen gehe."

Einen Moment lang stellte er sich vor, wie schön es wäre, Anjali im Park zu treffen. Vielleicht einen Spaziergang am Meer zu machen und anschließend etwas trinken zu gehen. Dann gurrte Quinn und sein Löwe knurrte.

Kein Alkohol. Nicht mit einem Kind im Schlepptau.

Er dachte kurz darüber nach. Dann eben Smoothies.

Fast hätte er laut gelacht. Bald würde er einen Minibus fahren und auf den Spielplatz gehen. Könnte er das wirklich alles schaffen? Und nicht nur das, könnte er tatsächlich eine Gefährtin haben?

Connor klopfte ihm auf die Schulter und wandte sich zum Gehen. „Dell, der durch die Babyabteilung im Supermarkt schlendert. Das muss ich sehen."

Dell erblasste und stellte sich Kartons mit Windeln vor, Dutzende verschiedene Sorten Milchpulver und... Was brauchten Babys noch?

Die Panik musste ihm ins Gesicht geschrieben stehen, denn Anjali beugte sich mit einem aufmunternden Blick zu ihm vor. „Machen Sie sich keine Sorgen", flüsterte sie. „Ich gebe Ihnen auf dem Weg dorthin ein paar Tipps."

Kapitel 7

„In Ordnung. Ich melde mich morgen wieder." Anjali schaltete ihr Telefon aus und seufzte. Technisch gesehen war sie im Urlaub. Aber nachdem sie zwei Stunden lang geschäftliche Anrufe getätigt hatte, fühlte es sich überhaupt nicht so an.

Sie hob den Kopf und zwang sich mit einem Blinzeln nach Maui zurück. Sie war fast überrascht, türkisfarbenes Wasser und Palmen zu sehen. Einen Moment lang schloss sie ihre Augen und atmete die frische Luft und den Duft der tropischen Blumen ein. Dann überflog sie den Horizont ein weiteres Mal. Sie hatte den Pazifik noch nie zuvor gesehen und er war spektakulär. Zwei Inseln erhoben sich am Horizont, doch dahinter erstreckte sich der Ozean in immer tieferen Blautönen weiter und weiter. Auf der anderen Seite des Wellenbrechers am Hafen waren Surfer auf den Wellen unterwegs – einige Anfänger und andere schon etwas geübter. Anjali war fasziniert davon, wie sie auf dem Wasser wippten und auf die nächsten Wellen warteten. In Chicago saß niemand herum und wartete auf irgendetwas, schon gar nicht mitten am Tag.

Aber so schön es auch war, ertappte sie sich doch immer wieder dabei, dass sie nach unten schaute, um nach Quinn zu sehen. Dann überkam sie ein hohles, leeres Gefühl, wenn sie erkannte, dass das Baby bei Dell war. Anjali nahm einen tiefen Yoga-Atemzug und erinnerte sich selbst daran, dass dies die ganze Zeit über der Plan gewesen war. Aber verdammt. Sie freute sich nicht darauf, sich tatsächlich zu verabschieden, wenn die Zeit gekommen war. Nicht von Quinn und nicht von Dell.

Sie verzog das Gesicht und überflog schnell ihren Terminkalender. Dell war die Art von Kerl, mit dem sie vielleicht geflirtet hätte, wenn sie die Chance bekäme, noch einmal zwanzig zu sein. Und nicht annähernd so besessen von ihren Noten, wie sie es damals gewesen war. Er war absolut nicht der Typ, von dem eine verantwortungsbewusste Karrierefrau in ihren Dreißigern träumen sollte. Was war schon dabei, wenn der Typ gut aussah?

Er ist süß, flüsterte eine kleine Stimme in ihrem Hinterkopf. *Und er macht Spaß.*

Sie lächelte unwillkürlich. Dell hatte sie auf der Fahrt nach Lahaina mit seinen Witzen zum Lachen gebracht und sie hatte sogar noch mehr gelacht, als er sie darum gebeten hatte, aufzuschreiben, welche Art von Babynahrung und Windeln er kaufen sollte.

„Größen? Die gibt es in verschiedenen Größen?" Er starrte sie verängstigt an.

„Ich könnte mitkommen und helfen. Nur dieses eine Mal."

Aber Dell hatte den Kopf geschüttelt. „Nein, danke. Ich soll mich als Verantwortungskapitän präsentieren, wissen Sie."

Sie lachte. Von allen Spitznamen war dies der letzte, den sie mit Dell in Verbindung gebracht hätte. Aber er war entschlossen geblieben, hatte sie im Stadtzentrum abgesetzt und war mit Quinn einkaufen gegangen.

„Aloha", sagte eine tiefe Stimme und sie drehte sich um.

Anjali lächelte strahlend, denn es war Dell.

„Aloha", sagte sie und schnurrte fast bei seinem Anblick.

Sie wäre auch fast ins Schwitzen gekommen, denn diese Kombination von einem *sehr stattlichen, muskulösen Mann* und einem *winzig kleinen Baby* ließ ihre Eierstöcke praktisch kribbeln. Dell schien sich ebenfalls zu freuen, sie zu sehen, wovon ihr nur noch wärmer wurde.

„Sag Aloha, Süße." Dell hob Quinns Händchen zu einem kleinen Winken.

Er hatte eine dieser Babytragen gekauft, in der sich das Baby an seine Brust schmiegen konnte und er die Hände frei hatte. Und Quinn schien sich ganz zu Hause zu fühlen.

So ein Glückskind, seufzte Anjali in Gedanken und Dell lächelte sie an. „Wow. Sie sehen aus wie ein Profi!"

Dells Augen funkelten, als er sich neben ihr ins Gras plumpsen ließ. Ohne nachzudenken, griff Anjali nach Quinn, bevor ihre Hand an der Wange des Babys erstarrte. Was hatte es zu bedeuten, dass sowohl Dell als auch Quinn ihr Herz höherschlagen ließen? Sie würde in ein paar Tagen abreisen. Es war nicht der richtige Zeitpunkt, auch nur davon zu träumen, sich zu verlieben – nicht in das Baby und schon gar nicht in den Mann.

Aber verdammt, sie half Dell bereits, die Trage abzuschnallen, was bedeutete, dass sie seine Hände und Brust berühren *und* das Baby knuddeln durfte. Nicht gerade ein Rezept, um gefährliche Emotionen zu vermeiden.

Dell wischte sich über die Stirn und ließ dieses Siegergrinsen aufblitzen – eine Kombination aus *Ich bin jetzt schon erschöpft* und *Das macht tatsächlich Spaß. Wie steht es mit Ihnen?*

Nun, sie hatte mit ihren Telefongesprächen nicht sehr viel Spaß gehabt. Aber jetzt? Jetzt schon. Irgendetwas an Quinn brachte eine ganz neue Seite ihrer Seele zum Erstrahlen und Dell ließ alles wieder sonnig und leicht erscheinen.

„Oh mein Gott." Er stieß einen übertriebenen Seufzer aus. „Ich fühle mich wie nach einem Höllentrip."

Anjali zog eine Augenbraue hoch.

„Die Babyprodukte im Supermarkt", erklärte er. „Sie haben mir nicht gesagt, dass es Milchpulver für den Tag *und* für die Nacht gibt. Und eine angereicherte Sorte. Und eine antiallergische. Und von den Windeln will ich gar nicht erst reden. Woher soll ich denn wissen, wie viel sie wiegt? Sie ist winzig. Das ist alles, was ich weiß."

Anjali lachte. Sie hatte vor einer Woche dasselbe durchgemacht. „Warten Sie nur, bis sie größer wird. Ich habe gehört, Teenager sind noch schlimmer."

Er bedeckte sein Gesicht mit den Händen. „Oh Gott, fangen Sie damit bitte gar nicht erst an." Dann drehte er den Kopf und blickte zu den Surfern hinüber. *Ich hätte heute dort draußen sein können* stand ihm deutlich ins Gesicht geschrieben. Aber dann schaute er wieder auf Quinn und fing langsam an, heimlich zu lächeln. Vielleicht gab es in ihm ja doch einen Verantwortungskapitän.

„Das sieht praktisch aus." Sie berührte die Babytrage.

„Praktisch, ja." Er ließ sie dabei helfen, Quinn herauszuziehen. „Und teuer. Ich glaube, ich habe gerade den Studienfonds für dieses Kind verprasst."

Anjali hob Quinn ganz nah an ihr Gesicht und gurrte sie an. „Nicht billig, was?"

„Nicht, wenn man dieses Ding kauft." Dell zeigte auf die Trage und hob dann die Arme, um einen ganzen Berg von Ausrüstung anzudeuten. „Und ein Kinderbett, einen Kinderwagen, eine hypoallergene Bettdecke..."

Anjali kicherte. „Es gibt so etwas wie Secondhand, wissen Sie."

„Ich weiß. Aber A hatte ich es eilig und B will ich nur das Beste für das Kind." Seine Stimme schwankte von scherzhaft zu traurig. „Ich dachte, sie hat schon zu viel durchgemacht. Nicht, dass ein neues Kinderbettchen den Verlust ihrer Mutter wettmachen würde, aber..."

Er verstummte und sie waren beide eine Zeit lang still. Dann gluckste Quinn und er lachte. „Das ist ein Hut, Süße. Ein Hut." Er zog den Rand eines bezaubernden gelben Sonnenhuts aus Quinns Mund. „Das ist kein Snack. Ich schwöre, das Kind würde das Auto essen, wenn ich sie ließe." Dann begann er wieder, Quinn zu tadeln. „Ich habe dich deinen Lieblingshut aussuchen lassen und jetzt schau dir an, was du damit machst."

Anjali lächelte und stellte sich Dell mit einer fünfjährigen, einer zehnjährigen und einer fünfzehnjährigen Quinn vor. Er war vielleicht nicht der konventionellste Vater der Welt, aber er überschüttete sie mit bedingungsloser Liebe. Die Frage war nur, ob er auch alles andere in den Griff kriegen würde.

Anjali schob diese Gedanken einen Moment lang beiseite. Sie hatte sich endlich ein wenig entspannt und das sollte auch so bleiben.

„Und wie genau hat sie sich diesen Hut ausgesucht?"

Dell zuckte mit den Schultern. „Ich habe ihr zwei gezeigt und das ist der, auf den sie zuerst gesabbert hat."

Dann ließ er sich ins Gras zurückfallen und verschränkte die Arme hinter dem Kopf, während Anjali Quinn wiegte. „Ich schwöre, ich habe für meinen ersten Einsatz im Irak weniger Ausrüstung gebraucht als mit diesem Kind."

Anjali musterte ihn aus dem Augenwinkel. Waren seine Witze eine Art, ernstere Erlebnisse zu überspielen, oder waren sie eine Folge davon, der jüngere Bruder des strengen Quentins zu sein? Vielleicht ein wenig von beidem? So oder so, begann sie zu sehen... nun, nicht durch Dell hindurch, sondern in ihn *hinein.*

Dann erhob er sich langsam in eine sitzende Position zurück und Anjali schluckte. Dort, wo Quinn an seinen Körper geschmiegt gewesen war, gab es eine schweißnasse Stelle. Das T-Shirt klebte an seiner Haut und zeigte die Umrisse jedes einzelnen sich anspannenden Muskels.

„Möchten Sie einen Smoothie?" Er stand so flink wie eine Katze auf.

Als sie zu ihm aufschaute und blinzelte, gingen ihr ein Dutzend schmutziger Gedanken durch den Kopf. Wirklich schmutzige, wie sie sie schon lange nicht mehr gehabt hatte. Wie vor ihm auf die Knie zu gehen, ihm zu helfen, die Cargo-Shorts auszuziehen und...

Sie hustete den Gedanken weg. „Ein Smoothie wäre toll."

Er zog eine Augenbraue hoch. Ups. Hatte er ihre Gedanken gelesen?

„Eine bestimmte Geschmacksrichtung?", fragte er mit leicht heiserer Stimme.

Und wieder rauschten ein paar heiße Bilder durch ihren Kopf. Sie holte tief Luft. „Ihre Wahl."

Seine Augen funkelten. Verdammt. In diesen Worten schwangen alle möglichen Anspielungen mit und sie errötete.

Schließlich grinste er und drehte sich um. Gott sei Dank. Anjali beäugte bestimmt zehn Sekunden lang seinen perfekten, wohlgeformten Hintern, bevor sie ihren Blick schließlich von ihm losriss und sich um Quinn bemühte, die sich ihren Hut vom Kopf gezogen hatte. Anjali fächelte sich Luft damit zu. Wenn Dell es tatsächlich schaffte, diese Sache mit der Kindererziehung hinzukriegen, könnte er zu Hawaiis erotischstem Vater des Jahres gekrönt werden – jedes Jahr.

Als Quinn einen Moment später zu weinen begann, drehte Dell sich um und kam zurückgetrabt.

„Sieht aus, als hätte sie Hunger", murmelte Anjali.

„Ich habe ihr nach dem Einkaufen ein Fläschchen gegeben", sagte er.

In der Sekunde, in der er sich näherte, brabbelte Quinn fröhlich. Anjali grinste. Anscheinend war sie nicht die Einzige, die sich in Dell verliebte.

Und, ups. Es war gut, dass Quinn Dell mochte. Aber dass sie, eine erwachsene Frau, ebenfalls auf seinen Charme hereinfiel. . .

Dell trat hinter Anjali, um Quinn über ihre Schulter anzulächeln. Er schlang seine Arme locker um Anjalis Schultern, um das Baby zu streicheln. Und da standen sie nun. . . Er, sie und das Baby, alle auf eine höchst intime Art und Weise aneinander gekuschelt. Nicht intim im sexuellen Sinne, sondern intim im Sinne von *vertraut* und vollkommen entspannt. Anjali schloss die Augen und atmete die berauschende Kombination aus Männer- und Babyduft ein. Sie hätte noch ewig dort stehen und die Empfindungen genießen können, die sich gleichzeitig fremd und angenehm anfühlten. Aber jemand räusperte sich und veranlasste sie dazu, sich umdrehen.

„Chase." Dell löste sich von ihnen, um Chase zu begrüßen. „Schön, dich zu sehen."

Chase war der Jüngste und Stillste der Gruppe, mit der Dell sich die Plantage teilte – einer der drei Hoving-Brüder, wenn Anjali sich richtig erinnerte. Er war genauso ein Augenschmaus wie der Rest von ihnen und ebenso durchtrainiert, obwohl seine Augen etwas Verletzliches ausstrahlten. Fast wie ein Hund, der erst vor Kurzem ein gutes Zuhause gefunden hatte.

„Hallo Chase", sagte Anjali.

Er nickte höflich und verdiente sich dann weitere hundert Bonuspunkte, indem er Quinns Kinn mit der Art von gewinnendem Lächeln kitzelte, dass Anjalis Hoffnungen steigen ließ. Offensichtlich stand Dell seinen Freunden nahe. Wirklich nahe. Und das bedeutete, dass er die Art von Beistand hatte, die er brauchen würde, um das Vatersein zu meistern.

Sie schaute Quinn an. Es war gut. Wirklich gut. Und doch strömte Kummer in ihr Herz. Bald schon würden weder Dell noch Quinn sie brauchen und sie würde in ihr altes Leben zurückkehren.

Sie starrte in die Ferne. Moment. War es nicht das, was sie wollte? Unbedingt?

„Wir wollten uns gerade Smoothies holen", sagte Dell zu Chase. „Willst du auch einen?"

Chase nickte eifrig und ging voran zu dem Imbisswagen, der sich am Rand des Strandparks befand. Dell trug Quinn und fiel zurück, um Anjali etwas zuzuflüstern.

„Schauen Sie sich das einmal an."

Sie hätte fast *Was anschauen?* geflüstert, als Dell mit einem Zwinkern auf Chase deutete.

„Hi, Chase", hauchte das Mädchen hinter dem Tresen des Imbisswagens. Sie wirkte wie ein süßer, brünetter Bücherwurm mit ihren zwei französischen Zöpfen. In der Sekunde, in der ihr Blick auf Chase fiel, färbten sich ihre Wangen rosa.

„Hi, Sophie", flüsterte Chase und wurde ebenfalls rot.

Dell flüsterte Anjali ins Ohr. „Es hat einen ganzen Monat gedauert, bis sie es geschafft haben, sich mit Namen anzusprechen."

Anjali verbarg ein Lächeln. Für erwachsene Menschen waren sie unglaublich niedlich. Und verlegen, obwohl es keinen von beiden zu stören schien. Sie standen einfach nur da, lächelten und wurden rot wie zwei verliebte Teenager.

„Hi, Sophie. Hi, Coco", rief Dell. „Und hi...?" Er beugte sich hinunter, um die Hunde zu streicheln, die im Schatten des Wagens angebunden waren.

„Darcy", murmelte Sophie, ohne ihren Blick von Chase abzuwenden.

„Darcy, hmm?" Dell lachte leise.

Coco, ein räudiger kleiner brauner Köter, wedelte sanft mit dem Schwanz, aber Darcy, ein Jack Russell Terrier, fletschte die Zähne, was Dell zum Lachen brachte. Er murmelte: „Er wird gleich herausfinden, wer hier der Platzhirsch ist."

„Was darf es sein?", fragte Sophie, die Dell kaum bemerkte. Was eine ziemliche Leistung war, denn Anjali erwischte mindestens sechs andere Frauen in der Nähe, die ihren Mann und Quinn beäugten.

Sie schüttelte den Kopf. Ups. Nicht ihr Mann. Und auch nicht ihr Baby.

Chase schien von Sophies Frage überfordert zu sein und Dell rollte mit den Augen.

„Tropical Swirl oder Ananas?" Sophie biss sich auf die Lippe, als hätte sie gerade den Mut aufgebracht, ihn um eine Verabredung zu bitten.

„Ja, bitte", flüsterte Chase.

Sophie strahlte und zog dann die Stirn in Falten, als sie seine Worte verarbeitete. „Oh. Welchen?"

Chase verzog das Gesicht, als hätte er einen fatalen Fehler gemacht. „Ähm... den ersten?"

Das brachte Sophie wieder zum Strahlen. Und Chase ebenfalls und sie waren wieder genau da, wo sie angefangen hatten.

Dell seufzte und stupste Chase an. „Machen Sie zwei Swirls und einen Ananas daraus, bitte." Er hob Quinn von einer Schulter an die andere und fischte in seiner Hosentasche nach seiner Brieftasche herum, wobei er das Baby bereits sicherer festhielt als zuvor. Vielleicht hatte Connor recht damit gehabt, darauf zu bestehen, dass Dell einen Tag allein zurechtkommen musste.

Dell legte zwölf Dollar auf den Tresen und steckte einen weiteren in das Trinkgeldglas. Offensichtlich waren er und Chase Stammgäste hier. Dann zwinkerte er Anjali zu und deutete auf eine Wiese vor der niedrigen Ufermauer. „Wir warten dort drüben", sagte er zu Chase. Und Anjali flüsterte er zu: „Das könnte eine Weile dauern."

Sie lächelte und hatte das Gefühl, alle Zeit der Welt zu haben. Angesichts ihrer Aufgabenliste, die nach ein paar Anrufen immer länger geworden war, war dies eine Illusion, aber zum Teufel damit. Sie stellte ihre Tasche mit ihrem Handy neben sich ab und die Seiten ihres Planers flatterten im Wind.

„Sie werden wohl nachlässig, wie ich sehe", scherzte Dell und deutete mit einem Nicken auf die Klebezettel, Kritzeleien und dringenden Erinnerungen, die sie in ihrer sauberen Schrift notiert hatte.

Anjali betrachtete ihren Kalender mit neuen Augen. Er sah aus wie jede normale Woche in ihrem Leben, aber was genau sagte das über sie aus? Sie täuschte ein Lächeln vor und rückte den Hut auf Quinns Köpfchen zurecht.

Dells Lächeln verblasste. „Geschäftiger Tag, was?"

„Das ist es in Chicago. Und ich bin hier, um das neue Satellitenbüro in Maui zu führen."

„Ich dachte, Sie hätten Urlaub."

Ein bitteres Lachen entwich ihren Lippen. „Es gibt verschiedene Definitionen für dieses Wort." Sie zuckte mit den Schultern und schaute sich um. „Aber es ist schön, hier zu sein."

Das war die Untertreibung des Jahres, denn sie hatte die meiste Zeit des Vormittags draußen verbracht. Entweder in der Sonne oder im Schatten – je nachdem, wonach ihr gerade der Sinn stand. Jedes Rascheln der Bäume hatte einen beruhigenden Unterton, ebenso wie das Rauschen der Wellen über den Kieselsteinen am Strand.

„Es ist um Längen besser, als auf einen tropischen Kalender zu starren."

Dell schaute sie an, als spräche sie eine Fremdsprache.

Warum einen Kalender, wenn man es in Wirklichkeit leben kann? schienen seine Augen zu fragen. Oder projizierte sie ihre eigenen heimlichen Fantasien auf ihn?

„Was machen Sie überhaupt beruflich?", fragte er.

Sie zupfte an ein paar Grashalmen und wandte den Blick ab, während sie sprach. Sie erzählte ihm von den gewöhnlichen Dingen bis hin zu Teilen, über die sie nur selten mit jemand anderem sprach. Über ihre Chance auf eine Beförderung, obwohl es ihr schwerfiel, sich darauf zu freuen. Über Richard, den schmierigen Kollegen, der sich diesen Job erschleichen könnte, wenn sie nicht aufpasste. Sie erzählte immer weiter und teilte viel mehr Dinge mit Dell, als er hören musste. Er wiederum hörte jedem Wort aufmerksam zu. Der Stress. Die Eile. Die ständigen Abgabetermine.

Warum? fragten seine Augen. *Ist es das wirklich wert?*

Anjali fing an, sich das auch selbst zu fragen.

Dell warf einen blinzelnden Blick auf ihren Terminplaner und antwortete schließlich. „Finden Sie zwischen all dieser Arbeit jemals Zeit für Vergnügen?"

Seine Stimme klang matt und besorgt, nicht neckisch, was sie zum Nachdenken brachte.

„Tatsächlich tue ich das." Sie blätterte in ihrem Planer und versuchte, einen leichteren Tonfall anzuschlagen, als sie auf einen Eintrag zeigte. „Sehen Sie hier. Ich mache einmal in der Woche Kathak."

Dell neigte den Kopf. „Was ist das?"

Sie hob ihre Hände hoch, winkelte die Handgelenke an und streckte die Finger. „Ein traditioneller indischer Tanz."

Dells Augen strahlten. „Den sollten Sie mir mal zeigen."

Gott, das würde sie wirklich gern. Aber der Gedanke, dass er ihr dabei zusah, wie sie in einem Sari herumwirbelte, brachte sie auf alle möglichen schlechten Ideen, also zeigte sie wieder auf ihren Kalender. „Ich mache auch Yoga. Jeden zweiten Tag."

Dell beugte sich vor, um den Eintrag zu sehen, und pfiff dann. „Wow. Jeden zweiten Tag... mittags. Eine Viertelstunde lang." Er zog eine Augenbraue hoch. „Exakt fünfzehn Minuten?"

Sie ließ die Schultern hängen. „Wenn sich die Teambesprechung nicht über 10:45 Uhr hinauszieht."

Er studierte sie genau. So genau, dass sie selbst darüber nachdenken musste. Es klang wirklich ziemlich lächerlich.

Sie schaute sich um. Vielleicht war Dell gar nicht so verrückt oder unverantwortlich, vor der Welt davonzulaufen und als Teilzeit-Barkeeper auf Maui zu arbeiten.

„Kommen Sie", sagte er und nahm ihr Quinn ab. „Lassen Sie mich das übernehmen." Sie neigte fragend den Kopf und er grinste. „Zeit, ein wenig Yoga nachzuholen."

„Ich bin zu müde", protestierte sie.

„Genau dann braucht man es am meisten." Er deutete mit dem Kinn auf die Wiese vor ihnen. „Also los, Sonnengruß – *surya namaskar*. Kommen Sie schon."

Sie schaute sich um. „Was, hier?"

Er lachte und deutete um sich. Nicht allzu weit entfernt lag ein Mann schnarchend im Gras. Drei Teenager kauerten am Wasser und beobachteten die Surfer. Zwei ältere Frauen plauderten im Schatten eines Baumes und ein paar Touristen mit Sonnenbrand studierten ihren Reiseführer.

„Genau hier. Kommen Sie. Es wird Ihnen guttun."

Er schien sie halb herauszufordern und halb aus Fürsorge zu bitten, so dass Wärme durch ihre Adern strömte. Yoga half ihr immer, lockerer zu sein. Also stand sie auf, richtete sich leicht verlegen das Oberteil und wandte sich dem Wasser zu.

Dell hielt Quinn zwischen seinen Beinen hoch und half ihr mit der Pose. „Arme hoch... "

Anjali kicherte. Yoga in einem Raum voller gestresster Geschäftsleute zu machen, hatte seine eigene Atmosphäre, egal wie ruhig die Musik im Hintergrund spielte. Yoga jedoch in einem grasbewachsenen Park am Meer zu machen, war...

„Ausatmen... Und zur Vorwärtsbeuge hinunter... ", murmelte Dell und führte Quinns Arme herum.

Seine Stimme war leise und Anjali schloss ihre Augen. Sie folgte seinen Anweisungen durch die nächsten Bewegungen. Ihre Planke fühlte sich kraftvoller an als je zuvor und die Luft, die sie während der Kobra-Pose atmete, war frisch und sauber. Der herabschauende Hund hatte sich noch nie so entspannend angefühlt und als sie in die Kriegerstellung kam und die Augen öffnete...

Wow. Sie blinzelte ein paar Mal. So sollte sich Yoga also anfühlen.

„Schön. Noch einmal", sagte Dell. „Nur dieses Mal nicht so viel sabbern."

Anjali warf ihm einen scharfen Blick zu und er grinste. „Ich meinte Quinn."

„Das will ich doch hoffen", sagte sie und gab ihr Bestes, beleidigt zu klingen. Dann wiederholte sie die Sequenz noch einmal.

„Denken Sie nicht so viel nach", sagte Dell. „Lassen Sie einfach alles los."

Sie schwang sich von einer Bewegung zur nächsten und fragte sich, wie viel Dell wohl über das Loslassen wusste.

„Einatmen... Ausatmen... ", murmelte Dell, als ob er die Übungen zur gleichen Zeit machen würde.

Ihre Gedanken wanderten von Chicago nach Maui und dann nach… Nun, ins Nichts, was sich wirklich gut anfühlte.

„Und jetzt versuchen wir die Fliegende Baby-Stellung", murmelte Dell.

Anjali riss die Augen auf. „Die Fliegende, was?"

Dell lag auf dem Rücken und grinste, während er Quinn in die Luft streckte. „Die Fliegende Baby-Stellung. Ich glaube, sie gefällt ihr. Schauen Sie mal."

Quinn machte kleine Schwimmbewegungen und gurgelte, obwohl sie nicht ängstlich klang.

„Das ist das Niedlichste, was ich je gesehen habe", seufzte eine vorbeigehende Frau zu ihrer Freundin.

Anjali verbarg ein Lächeln. Das hätte sich auf das Baby und auf Dell beziehen können.

„Es wäre allerdings ein schlechter Zeitpunkt für eine epische Windelexplosion", scherzte Dell und senkte Quinn langsam hinunter. Er legte sie auf seine Brust, wo sie mit ihren Gliedmaßen strampelte wie eine kleine Babyschildkröte, die ihre ersten Schritte im Sand machte.

Anjali setzte sich neben ihn. „Fliegendes Baby, was?"

Er nickte und übergab ihr Quinn vorsichtig. „Hier. Probieren Sie es."

Sie legte sich langsam auf den Rücken und fühlte sich zunächst unbeholfen. Aber dann richtete sie ihre ganze Aufmerksamkeit auf Quinn und schenkte Dell, der seine eigene Reihe von Yogaübungen begann, nur einen kleinen Rest davon.

Und verdammt. Sein *Krieger* war phänomenal und seine Planke eine perfekte gerade Linie. Sein herabschauender Hund sah so entspannt aus, fast sogar katzenhaft, und als er sich vorwärts auf seine Arme lehnte…

Anjali hielt den Atem an und beobachtete, wie Dell sich in einen Handstand erhob, als wäre es die einfachste Sache der Welt. Er senkte seine Beine in die eine und seine Hüfte in die andere Richtung und hob dann langsam eine Hand.

„Angeber", neckte sie ihn.

Sogar kopfüber und auf einer Hand balancierend hatte Dell kein Problem, ein breites Grinsen aufblitzen zu lassen. „Vielleicht ein klein wenig. Aber psst. Lassen Sie es mich beenden."

Er führte seine Füße in der Luft zusammen und winkelte seine Knie so an, dass seine Beine eine Raute formten. Sie bildeten einen Rahmen für das blaueste Himmelsquadrat, das Anjali je gesehen hatte. Sie atmete langsam ein und versuchte, sich dieses Bild einzuprägen. Mit Quinn, die leise auf ihrem Schoß brabbelte und der kühlen Meeresbrise schien die Welt in diesem Moment ziemlich perfekt zu sein.

„Haben Sie Yoga beim Militär gelernt?", murmelte sie, als er sich erneut zum herabschauenden Hund hinabsenkte.

„Nein. Von einer Ex-Freundin."

Seine Stimme klang dabei etwas schroff und ließ keinen Raum für Fragen. Fragen, die Anjali sowieso nicht zu stellen gedachte, denn sie wollte wirklich nicht wissen, wie viele Ex-Freundinnen ein Mann wie Dell haben musste.

„Und Sie machen es, weil...?"

Er zuckte mit den Schultern und kehrte in die Bergstellung zurück. „Es hilft."

Er sagte nicht, wobei Yoga half, aber einen Moment lang verkrampfte sich sein Kiefer. Oberflächlich betrachtet war Dell ein Mann, der sich um nichts auf der Welt zu sorgen schien. Aber hinter der Fassade...

„Einatmen", flüsterte sie eine Minute später, als er sich immer noch nicht bewegt hatte. „Ausatmen..."

Dell lächelte strahlend und schien einfach so zehn stressige Jahre abzuschütteln. „Danke für die Erinnerung. Und hey – wir sollten das zu einer regelmäßigen Sache machen."

Seine Stimme klang leicht und flirtend – und schon war er wieder der andere, der unbeschwerte Dell. Aber jetzt, da Anjali einen Blick auf seine ruhigere, widersprüchlichere Seite geworfen hatte, konnte sie die Spuren davon in den Linien an seinen Augenwinkeln sehen. Sie war auch in den angespannten Muskelsträngen seiner Unterarme und im Aufflackern eines kleinen Schattens hinter dem Strahlen seiner Augen sichtbar.

„Schön", sagte Dell und beendete seine Übungen. „Mehr Vergnügen als Arbeit, finden Sie nicht?"

Sie nickte. „Letztes Jahr hat meine Firma einen Gastredner eingeladen, der über den Wert des Spielens gesprochen hat, sogar für Erwachsene."

Dell lachte. „Ich glaube, ich habe meine Berufung verfehlt. Dafür kann man tatsächlich bezahlt werden?"

Sie nickte. „Dieser Typ schon. Alle haben sich Notizen gemacht und sind dann direkt wieder zurück an ihre Schreibtische gegangen." *Einschließlich mir,* hätte sie fast hinzugefügt. Aber der Redner hatte recht gehabt. Spielen war schön. Spielen war gut.

Chase kam zu ihnen hinüber und sie drehte sich um. Plötzlich war sie wieder befangen. Aber Chase war der Verlegene. Er reichte ihnen die Smoothies und murmelte etwas von Arbeit, bevor er ihnen zum Abschied winkte.

„Tschüss", rief Anjali.

„Tschüssi." Dell winkte mit Quinns Arm.

Chase grüßte die kleine Quinn zurück. Dann warf er einen Blick in die Richtung des Imbisswagens und winkte Sophie zu, wobei er sofort wieder rot wurde.

„Glauben Sie, sie werden jemals zusammenkommen?", flüsterte Anjali.

Dell schlürfte seinen Smoothie. „Gletscher bewegen sich schneller als diese beiden. Aber wer weiß?" Er setzte sich und schloss ihren Terminkalender mit einem zufriedenen Schlag. „Sehen Sie? Jetzt haben Sie heute ihr Yoga nicht verpasst."

Sein Lächeln war purer Sonnenschein und wärmte sie von innen.

Sie lächelte zurück. „Und was ist mit Ihnen? Haben Sie heute etwas verpasst?"

Sie neckte ihn, aber Dell wurde wieder ernst. Er schaute auf den schnarchenden Mann und auf die Surfer, die vor dem Wellenbrecher auf der Wasseroberfläche wippten. Dann studierte er Quinn und antwortete schließlich mit entrückter Stimme. „Ich schätze, die Wellen werden morgen immer noch da sein und mein Bett ebenfalls." Dann schaute er auf Quinn hinunter und murmelte: „Also nein. Nicht so viel, wie ich dachte."

Anjali holte tief Luft. Sich nicht in Dell zu verlieben, würde viel schwieriger werden, als sie gedacht hatte. Je schneller sie

Maui verließ, desto besser wäre es also wirklich.

Sie schaute sich noch einmal um und nahm alles in sich auf. Die herrliche Aussicht. Die tropischen Farben. Die schiere Ruhe. Wollte sie alledem wirklich den Rücken zukehren und so bald abreisen? Vielleicht würde sie sich besser fühlen, wenn das Baby sich eingewöhnt hatte.

Aber trotzdem tat es ihr weh. Selbst wenn sie eine Woche bliebe – oder zwei oder drei – wie sollte sie die Kraft aufbringen, sich von diesem Baby zu verabschieden... und von diesem Mann?

Kapitel 8

Dell sah Anjali an und wünschte, er könnte ihr alles beichten. Aber wo sollte er anfangen?

Manchmal denke ich, dass ich es schaffen kann, mich um das Baby zu kümmern. In anderen Augenblicken habe ich die größte Angst, denn wie soll ich denn ein Kind großziehen?

Und das war nur ein Teil davon, denn es gab noch mehr. *Oh, und übrigens bin ich ein Löwengestaltwandler und ich denke, dass du meine Schicksalsgefährtin bist.*

Nicht gerade die Art von Geständnis, mit dem man in einem öffentlichen Park herausplatzte, was?

Es hatte ihn jeden Funken Selbstdisziplin gekostet, Anjali am Vormittag abzusetzen und wegzufahren. In ihrer Nähe schien die Welt sonnig und leichter zu bewältigen – selbst die Herausforderung, ein Kind aufzuziehen. Aber ohne Anjali schien das alles unmöglich. Er war praktisch durch den Park gerannt, um sie wiederzusehen, und fühlte sich genauso hoffnungslos verliebt, wie Chase in Sophie war.

Dell öffnete den Mund und versuchte, etwas zu sagen – irgendetwas. Aber ausnahmsweise fehlten ihm die Worte und er spitzte stattdessen die Lippen.

Anjali war auch ganz ernst geworden und wich seinen Blicken aus, während sie versuchte, ihren Terminkalender in ihre Tasche zu schieben. Er wollte einfach nicht hineinrutschen, also kramte sie in der Tasche herum und zog ein Stofftier heraus. Ein kleines, gelbbraunes.

„Oh, sieh mal, Quinn. Hier ist dein Lieblingsfreund", gurrte sie und reichte es dem Baby.

Dell erstarrte und fixierte das Plüschtier.

„Oh, meine Süße", sagte Anjali. „Nicht deinen armen Löwen beißen."

Das Stofftier war ein Löwe. Ein faustgroßer, flauschiger Löwe. Quinn quietschte, als sie ihn erkannte, und fing an, an einem der Füße zu saugen.

„Was hast du denn da?", fragte Dell in einem vorsichtig bemessenen Ton.

Anjali blickte mit einem Lächeln auf, das ihn mitten ins Herz traf. Ein Lächeln, das von innen heraus strahlte und die Hülle von Stress durchbrach, die sie so oft mit sich herumzutragen schien.

„Niedlich, was?"

Er bemühte sich, seinen Schock nicht nach außen zu zeigen. „Ja. Niedlich. Wo haben Sie den denn her?"

Anjalis Lächeln wurde bittersüß. „Sie hatte ihn schon immer. Ich meine, Lourdes hat ihn mitgebracht."

Dells Gedanken rasten. Das konnte doch nur ein Zufall sein, nicht wahr?

„Die arme Lourdes." Anjali seufzte. „Sie war überzeugt, dass der Löwe wichtig war. Sie sagte, er wird sie beschützen."

Dell hätte fast den Schluck Smoothie ausgespuckt, den er getrunken hatte, um seine Überraschung zu verbergen.

Anjali nickte nur. „Ja, ich weiß. Lourdes war manchmal ziemlich durcheinander."

Eine lange, stille Minute verging – die erste unangenehme Minute des ganzen Nachmittags –, während Dell nach den richtigen Worten suchte.

„Hat sie gesagt, dass er irgendetwas Spezielles bedeutet?"

Anjali zuckte mit den Schultern. „Lourdes meinte, er erinnere sie an Quentin."

Dell war völlig regungslos. Hatte Lourdes gewusst, dass sie sich mit einem Gestaltwandler eingelassen hatte? Wie war das möglich? Quentin hätte keinem Menschen jemals sein größtes Geheimnis verraten. Andererseits hätte Dell auch schwören können, dass sein Bruder nie unwissentlich ein Kind gezeugt hätte.

„Ist alles in Ordnung?" Anjali musterte ihn genau.

Er zwang sich zu einem knappen Lächeln. „Ja. Sicher. Es ist nur... Ich schätze, er erinnert mich auch an Quentin." Das war doch neutral genug, oder?

Er warf Anjali einen Blick zu und fragte sich, ob sie mehr wusste, als sie zugeben wollte. Hatte Lourdes ihr noch etwas anvertraut?

Quinn fing an, sich intensiv mit dem Löwen zu beschäftigen, und er beobachtete sie genau. Warum war das Kind so aufgewühlt? Spürte sie, dass etwas nicht stimmte? Er schnupperte in der Luft, konnte jedoch keine Spur von Täuschung bei Anjali entdecken. Was auch Sinn machte. Es war unmöglich, dass sie etwas über Gestaltwandler wusste.

Aber er roch etwas anderes und rümpfte seine Nase.

„Ups." Anjali griff nach Quinn. „Wann haben Sie sie das letzte Mal gewickelt?"

Dell konnte sich nicht erinnern. Verdammt. Das hatte er irgendwie vergessen. Aber er hatte Gott sei Dank die Babytasche dabei, die Anjali ihm an diesem Morgen gegeben hatte. Er schaute sich um.

„Ähm... es ist schon eine Weile her. Aber wo soll ich es denn machen? Direkt hier?"

Anjali lachte. „Babys empfinden keine Scham."

Er biss sich auf die Lippe. Nein, vermutlich nicht. Aber er hatte Quinn bisher nur ein einziges Mal gewickelt und dies mit Anjalis Hilfe. Es war zwar keine Wissenschaft, aber doch schmutziger gewesen, als er erwartet hatte. Wie konnte ein so kleines Baby so viel kacken?

„Moment." Er hob die Babytasche über die Schulter und griff nach Quinn. „Ich weiß, wo wir sie wickeln können."

„Wir? Oder Sie?"

Er hob mit gespielter Frustration einen Finger. „Sie sind schon genauso schlimm wie Connor."

Sie lächelte belustigt, was ihm einen Stich versetzte. Wie konnte eine so verklemmte Frau nur so wunderschön sein?

„Verantwortungskapitän, wissen Sie noch?"

Er zog eine Grimasse. „Kann der Verantwortungskapitän eine Gehilfin haben? Sie wissen schon – jemanden, der ihm zur Seite steht, wenn er Mist baut?"

Sie grinste. „Sicher. Nennen Sie mich... ähm... die Fantastische Anjali."

Er lachte. „Die Fantastische Anjali. Das gefällt mir."

Und so kam es, dass er Anjali an den letzten Ort führte, zu dem er an diesem Tag hatte gehen wollen – nämlich ins Lucky Devil. Wenn die Typen dort ihn mit einem Baby sahen...

„Kein Wort", bellte er Keanu, den Mann an der Tür, an. Oben warf Dell Candy der Kellnerin denselben durchdringenden Blick zu. Sie starrte ihn mit riesengroßen Augen an, als sie herbeigeeilt kam. Augen, die sich dann auf Anjali konzentrierten und ihr Blicke zuwarfen, die töten könnten. Dell baute sich mit einem unausgesprochenen *Nein, das wirst du nicht tun*, vor ihr auf, während sein innerer Löwe knurrte.

Niemand schaut meine Gefährtin auf diese Weise an. Niemand.

Er musste ein wenig zu viel Gestaltwandlerenergie versprüht haben, denn die arme Candy wich sofort erschrocken zurück.

„Wir müssen zu den Toiletten." Er wandte sich dem Gang zu, der zu den Unisex-Toiletten führte.

„Soll ich Ihnen helfen?", bot Anjali an und zögerte, als er hineinging.

Sie berührte seinen Arm und sein inneres Biest beruhigte sich sofort.

Verdammt ja, hätte er fast gesagt. Aber er entschied sich stattdessen für ein leises „Bitte."

Es dauerte nicht lange und obwohl Anjali ihn beim Wickeln Schritt für Schritt anleitete, registrierte Dell kaum, was er tat. In Gedanken war er immer noch damit beschäftigt, die Blicke zu verarbeiten, die ihm seine Kollegen zugeworfen hatten. Blicke, die sagten *Ein Kind? Deins? Unmöglich!*

Nein, Quinn ist nicht von mir, wollte er brüllen. Aber gleichzeitig wollte er das Baby knuddeln und schreien *Ja, sie ist meine. Nun, jetzt jedenfalls.* Warum traute ihm niemand zu, dass er es schaffen könnte?

Niemand außer Anjali, die ihn geduldig durch die letzten Schritte führte. „Perfekt. Und jetzt die Lasche dort drüben. Ein bisschen fester..."

Wenn er sich auf ihre sanfte, seidige Stimme konzentrierte, funktionierten seine Finger besser. Und langsam löste sich seine Anspannung.

„Sehen Sie? Sie sind ein Profi", verkündete Anjali, als er den Strampler des Babys zuknöpfte.

„Sie sind der Profi, Fantastische Anjali."

Sie lachte. „Ich habe das meiste selbst erst vor einer Woche gelernt. Und ich habe oft genug auf die Kinder meiner Brüder aufgepasst, um ein klein wenig Übung zu haben... "

Ihre Stimme hatte einen wehmütigen Ton und er blickte auf und fragte sich, wie tief diese Sehnsucht ging.

„... aber hauptsächlich ist es praktische Übung, die hilft. Wenn man etwas tun muss, findet man einen Weg, nicht wahr?"

Dell wurde es warm ums Herz. Er konnte sich Anjali zwar nicht in Kampfausrüstung vorstellen, aber diese Einstellung erinnerte ihn an die besten Soldaten, mit denen er gedient hatte.

Dell schaute Quinn an. Das Soldatenleben hatte nichts mit Kindererziehung zu tun, aber trotzdem. Anjali hatte recht. Er musste es schaffen. Für Quentin. Für Quinn. Als er sich die Hände wusch, warf er einen genauen Blick in den Spiegel. Verdammt, vielleicht musste er es sogar für sich selbst tun.

Er hob Quinn hoch und sie kitzelte seinen Bart.

„Als Nächstes wird sie ihr Fläschchen wollen und dann sollte sie ein Nickerchen machen", sagte Anjali.

Dell überlegte, wie genau er das anstellen sollte, und nickte schließlich mit dem Kopf in Richtung Tür. „Wie wäre es, wenn wir uns alle eine Flasche gönnen?"

Sie setzten sich an den Ecktisch – das Lokal war zu dieser Zeit am Nachmittag ziemlich ruhig – und ein paar weitere strenge Blicke genügten, damit seine Kollegen ihn und Anjali in Ruhe ließen, nachdem sie es Quinn mit ihrem Fläschchen und sich mit Softdrinks bequem gemacht hatten.

„Netter Laden. Sie arbeiten als Barkeeper hier?" Anjali schaute sich um.

Das Lucky Devil war mit bunten Signalflaggen dekoriert, die von den Dachbalken hingen. Schwarz-Weiß-Fotos vom alten Lahaina in dicken schwarzen Rahmen zierten die Wände. Diese klassischen Akzente glichen den Kitsch der überall verteilten

Teufelsmotive aus. Das Sonnenlicht glitzerte auf den beiden Silberschwertern, die über der Bar hingen, und ein Regenbogen schimmerte durch das Glas einer antiken, alten Angelpose. Jenseits davon eröffnete sich die Terrasse auf einem atemberaubenden Blick auf das türkisfarbene Meer, schaukelnde Boote und vorgelagerte Inseln, deren Berggipfel in flauschige, weiße Wolken gehüllt waren.

„Ja. Nur Teilzeit.“

Er fragte sich, wie er seine Arbeitsschichten mit Quinn in seinem Leben bewältigen sollte. Das und sein Patrouillendienst, der sein eigentlicher Job war. In Koakea zu leben und zu arbeiten war großartig, aber es war kein Freifahrtschein. Die Gestaltwandler von Koa Point hatten ihn und seine Kumpels als Sicherheitskräfte angeheuert und das musste er auch bedenken. Sie wären sicher nicht allzu erfreut über die Ablenkung, die ein Baby darstellen würde.

Und verdammt. Sie wären sicherlich auch nicht glücklich darüber, wenn er sich von einer Gefährtin ablenken ließ.

Sein Kiefer verkrampfte sich. Nun, sie würden lernen müssen, damit zu leben, verdammt noch mal.

Wenn du Quinn behältst, geisterte eine Stimme durch seinen Hinterkopf.

Er runzelte die Stirn. Natürlich würde er Quinn behalten. Das musste er doch, nicht wahr?

Er schaute auf das Baby auf seinem Schoß. Ihre Augen waren geschlossen und sie war von angestrengtem Saugen zu einem schläfrigeren Nuckeln übergegangen. Mit einer Hand umklammerte sie den Löwen. Dem Stofftier war ein breites Lächeln ins Gesicht genäht worden, aber Dell wollte nur schmollen.

„Ähm... “ Er beugte sich vor. „Ich frage das nur ungern, aber... wegen Lourdes. Was genau ist passiert? Sie haben gesagt, die Polizei hätte es als Selbstmord bezeichnet.“

Aller Glanz verschwand aus Anjalis Augen, als sie in die Ferne starrte. „Sie haben gesagt, sie wäre in der Nähe der Fullerton-Station im Dunkeln vor einen Zug gesprungen.“

Es kam nicht oft vor, dass ein Stirnrunzeln schmerzte, aber das tat es bei dem Bild, das vor Dells innerem Auge aufstieg.

Er schaute auf die kleine Quinn hinunter und schüttelte den Kopf.

„Ein Baby zurückzulassen. . . "

Anjalis Stimme hatte etwas mehr Biss als sonst, als sie antwortete. „Wie ich bereits sagte, war Lourdes überfordert – und sie hatte große Angst vor etwas, worüber sie nicht mit mir sprechen wollte. Die Polizei hat es Selbstmord genannt. Aber was wirklich passiert ist, kann man nur vermuten. "

„Wie meinen Sie das? "

„Überlegen Sie doch mal. Wie viele Frauen bringen sich um, indem sie sich vor einen Zug werfen? " Anjali hielt einen Moment inne und schüttelte dann den Kopf. „Nicht viele. Es sind meistens Männer. Ich habe mir die Statistiken angesehen. Glauben Sie mir, Lourdes war nicht der Typ dafür. " Sie beugte sich näher zu ihm heran. „Und wer kann schon sagen, dass sie nicht vor den Zug gejagt wurde? "

Dell runzelte die Stirn. „Meinen Sie, sie ist vor jemandem weggelaufen? "

Anjali nickte, aber dann betrat eine Gruppe älterer Frauen die Kneipe, verteilte sich darin und ging auf die Kunden zu. Eine von ihnen steuerte direkt auf Dells Tisch zu und er seufzte. „Hallo Doris. "

„Hallöchen, Dell! Du bist einmal nicht hinter der Bar, wie ich sehe. "

Doris und die anderen Damen waren Stammgäste, die vom Besitzer des Lucky Devil die Erlaubnis erhalten hatten, einmal in der Woche vorbeizuschauen, um Spenden für einen guten Zweck zu sammeln.

„Ja. Eine kurze Pause. " Er griff nach seiner Brieftasche, bevor Doris mit ihrem Vortrag über die Maui Kids Foundation beginnen konnte. Es war eine großartige Wohltätigkeitsorganisation, aber im Moment hatte er andere Dinge im Kopf. „Hier bitte schön. " Er stopfte ein paar Scheine in ihr Glas.

Doris schaute zweimal hin – nicht wegen der Spende, denn er spendete jede Woche – sondern wegen Quinn und Anjali.

„Ich glaube, die Leute dort drüben wollen etwas spenden. " Dell deutete auf einen anderen Tisch und hoffte, Doris würde den Wink verstehen.

„Ja. Nun. Oh", stotterte Doris, die offensichtlich versuchte, zu verstehen, wessen Baby dies war.

Sie ist meine, aber sie ist nicht von mir, wollte er sagen.

„Genau", sagte Doris schließlich und überwand ihre Überraschung. Sie streckte ein zweites Glas nach vorn. „Such dir einen Preis aus, Dell."

Dell deutete auf Anjali. „Suchen Sie sich etwas aus. Wer weiß? Vielleicht ist es etwas Gutes. Ich habe mal eine Spielzeuguhr gewonnen."

Anjali lächelte und griff in das Glas. „Vielleicht ist heute mein Glückstag."

Sie zog einen der in braunes Papier gewickelten Preise heraus und hielt ihn in der Hand.

„Danke, Doris", sagte Dell und neigte den Kopf. „Oh – pass auf. Ich glaube, die anderen gehen gleich." Er deutete auf die anderen Damen.

Doris huschte los und rief über ihre Schulter. „Danke, Schätzchen."

Er wandte sich wieder Anjali zu, die eine ihrer perfekten Augenbrauen hochzog. Sein Herz setzte einen Schlag aus.

Er zuckte mit den Schultern. „Was soll ich sagen? Die Kids Foundation leistet großartige Arbeit. Machen Sie sich aber keine allzu großen Hoffnungen."

Er beobachtete, wie Anjali den Preis auspackte, und war völlig fasziniert von den winzigen Veränderungen in ihren Gesichtszügen. Ihr Ausdruck wandelte sich von amüsiert zu neugierig und schließlich zu echter Überraschung.

„Wow."

Er blinzelte. *Wow,* passte zu ihrer natürlichen Schönheit, so viel war sicher. Ihre weiche Haut, ihre mandelförmigen Augen. Die hohen Wangenknochen, die er so gerne küssen würde. Aber was war so toll an dem Preis?

Anjali zog eine lange dünne Kette heraus, die durch eine Art dunkle Kugel gefädelt war. „Ist das eine Perle?"

„Eine Spielzeugperle vielleicht. Selbst auf Maui verteilt die Kids Foundation nicht solche Sachen."

Aber Anjalis Blick war von dem Anhänger wie gefesselt. „Im Ernst. Schauen Sie genauer hin.“

Er blickte kurz darauf und winkte dann unbeeindruckt mit der Hand ab. „Sie ist braun.“

Anjali verzog das Gesicht. „Das bin ich auch.“

Er lachte. „Und Sie sind beide schön, aber das habe ich nicht gemeint. Perlen sollten doch weiß sein.“

„Es gibt sie auch in anderen Farben. Zumindest glaube ich das.“ Anjali blickte auf und rief: „Entschuldigung...“ Sie verstummte jedoch, als Doris und die anderen die Treppe hinunter verschwanden.

„Sehen Sie sich die Kette an. Sie ist aus Plastik“, sagte er amüsiert.

„Das ist sie. Aber diese Perle...“

Er beugte sich vor. Jetzt, wenn er sie näher betrachtete, sah sie ziemlich solide aus.

Perle... knurrte sein Löwe und dachte darüber nach.

In den letzten Monaten waren zwei Perlen ans Licht gekommen – legendäre Perlen mit geheimnisvollen Kräften. Aber es war völlig ausgeschlossen, dass eine der legendären Perlen des Verlangens im Preistopf eines billigen Gewinnspiels auftauchen würde. Dell betrachtete die schokoladenfarbene Perle in Anjalis Hand und lehnte sich dann zurück. Er war überzeugt, dass sie wertlos war. Seine scharfen Gestaltwandlersinne hatten die Macht der beiden anderen Perlen gespürt, die vor Kurzem ans Licht gekommen waren – eine unglaubliche Kraft, die wie ein bis aufs Maximum verstärktes Magnetfeld gewirkt hatte. Aber er hatte auch viele normale Perlen gesehen – verdammt, Cynthia trug jeden Tag eine ganze Halskette davon – und diese taten nicht viel mehr, als zu glänzen.

„Sie ist hübsch“, sagte er schließlich, um Anjali nicht zu enttäuschen.

„Das ist sie. Auch wenn sie nicht echt ist.“ Zu seiner Überraschung zog sie sich die Halskette über den Kopf. „Wie gefällt sie Ihnen?“

„Wunderschön.“ Er lächelte und tat so, als ob er die Perle meinte. Aber in Wirklichkeit war es ihre glatte, mokkafarbene

Haut, die ihn faszinierte. Ihre dunklen Augen. Jede anmutige Bewegung ihrer Finger.

Sie tätschelte die Perle. „Nun, sie gefällt mir. Ein Souvenir von Maui."

Ihr Lächeln strahlte – vielleicht sogar noch heller als die Sonne – und Dell schluckte, als sein Löwe schnurrte.

Gefährtin.

Aber als Anjalis Blick auf Quinn fiel, verzog sie das Gesicht. Er konnte die Traurigkeit deutlich sehen. Eine flaue Traurigkeit, die mit einer Vielzahl anderer Emotionen kämpfte, über die er in den letzten vierundzwanzig Stunden selbst einen Crashkurs erhalten hatte. Liebe. Hoffnung. Grenzenlose Träume – und grenzenlose Traurigkeit. Selbst wenn sich ein Baby wie das eigene anfühlte, hieß das nicht, dass es das auch war.

Ein Boot fuhr nicht allzu weit entfernt aus dem Jachthafen und hupte. Dell schaute finster. Es war nur allzu leicht, dies mit dem letzten Aufruf für ein abfliegendes Flugzeug auf dem Weg zum Festland zu vergleichen.

Er schaute Anjali in die Augen und einen Moment lang dachte er, sie würde es laut aussprechen. *Ich will nicht gehen. Ich will bleiben. Bei ihnen. Bei Quinn. Ich will das alles irgendwie schaffen.*

Was verrückt war, denn verantwortungsbewusste Erwachsene warfen keine Karrieren für fast Fremde weg. Besonders keine verantwortungsbewussten Menschen, denen beigebracht worden war, ihrem Geldbeutel und sauber vorgezeichneten Lebensfaden zu folgen, anstatt ihren Herzen. Gestaltwandler waren für letzteres offener, weil sie die Macht des Schicksals verstanden.

Aber Dell konnte sich nicht dazu bringen, es auszusprechen. Er konnte nur hoffen.

Ich möchte, dass Sie bleiben. Bei mir. Bei Quinn. Ich will uns eine Chance geben.

Aber er kannte Anjali kaum. Sein Leben war völlig durcheinander, während das von Anjali geordnet und erfolgreich war. Sie war klug. Fähig. Stilvoll. Was sollte sie denn von ihm wollen?

Er riss seinen Blick von ihr los. Vielleicht hatte das Schicksal einen Fehler gemacht?

Das Schicksal macht keine Fehler, knurrte sein Löwe.

Er runzelte die Stirn. Natürlich konnte es das. Warum hätte es ihm sonst Quinn bringen sollen?

Sein Löwe knurrte und verstummte schließlich, obwohl er nicht aufhörte, innerlich auf und ab zu pirschen.

Er räusperte sich. „Wie dem auch sei. Wegen Lourdes... "

Dieses stille Etwas, das soeben noch zwischen ihnen existiert hatte – der Hauch einer möglichen Zukunft – flackerte auf und verblasste dann. Anjalis Miene verhärtete sich, so dass er die Worte am liebsten zurückgenommen hätte. Aber es war zu spät, denn sie nickte und wurde ganz sachlich. Der Moment verflog.

„Lourdes wollte mir nichts davon erzählen, aber sie hatte von dem Moment an, als sie bei mir ankam, Angst vor jedem Schatten. Sie ging nicht an ihr Telefon und nur selten aus dem Haus. Ich habe sie gefragt, ob sie in Schwierigkeiten steckte, aber sie wollte mir kein Wort sagen. Dann hinterließ sie diesen Zettel... "

Dell runzelte die Stirn. „Der über... Was stand gleich darauf?"

„*Falls mir etwas zustößt...* " Anjali berührte die Kunstperle.

„Was hat die Polizei dazu gesagt?"

Sie runzelte die Stirn und hob ihre Finger zu Gänsefüßchen in die Luft. „Klassischer Fall eines instabilen Geistes."

Wut flackerte in ihm auf. Wie konnte jemand eine Frau in Not abschreiben?

„Und was denken Sie?" Er beugte sich zu ihr.

Anjali schaute sich um, bevor sie sich näherte. „Lourdes war verwirrt, aber hinter der Fiktion, die sie vielleicht manchmal hinzugefügt hat, steckten trotzdem Fakten."

Dell nickte und berührte den Löwen, der neben Quinn lag.

„Ich bin nach Fullerton gefahren und habe versucht, mir vorzustellen, wie sie dort Selbstmord beging. Aber ich konnte es einfach nicht. Was sollte Lourdes in dieser Nacht dort draußen gemacht haben? Es ergab einfach keinen Sinn. Ich konnte nicht an die Stelle gelangen, an der es passiert ist, aber ich sprach mit einem der Wartungsjungs. Seine Theorie war, dass Lourdes vor einem Kojoten geflohen ist."

Dell schnaubte. „In Chicago?"

„Sie wären überrascht. Ich habe einen Artikel gelesen, in dem stand, dass es bis zu zweitausend Kojoten innerhalb der Stadtgrenzen gibt, sogar im Stadtzentrum. Dieser Mann von der L, der Metro, meinte, dass er sie selbst gesehen hat. Und er hat ihre Spuren gesehen." Sie hielt ihre Hände im Abstand eines mittelgroßen Tellers auseinander. „Laut diesem Typ waren die Tierspuren, die er dort am nächsten Tag gesehen hat, richtig groß. So groß wie die eines Wolfes."

Ein Schauer lief Dell den Rücken hinunter. Konnte es sein, dass Lourdes mit einem anderen Gestaltwandler zusammen gewesen war, bevor sie Quentin traf?

Anjali nahm einen Schluck von ihrem Getränk und starrte in ihr Glas. Dann zuckte sie mit den Schultern. „Ich weiß nicht. Es macht immer noch keinen Sinn."

Nein, das tat es nicht, dem musste Dell zustimmen. Es sei denn, es war ein Gestaltwandler im Spiel.

„Sie haben etwas über Lourdes' Ex gesagt. Ein Ex-Ehemann?"

„Ex-Freund. Brody." Sie schaute finster drein.

„Brody, wer?"

„Brody Mc-irgendwas. McGee, vielleicht? Ich habe ihn nie kennengelernt, aber alles, was Lourdes über ihn erzählt hat, schrie nur so nach Ärger. Sie hatte sogar eine Narbe."

Dell packte den Tisch, als seine Wangen heiß wurden. „Eine Narbe? Er hat sie verletzt?"

Anjali strich in der Nähe ihres Augenwinkels über ihre Wange. „Ein langer Schnitt, genau hier. Brody wurde gewalttätig, wenn er betrunken war, zumindest nehme ich das an. Er hat angeblich diesen Ring getragen..." Sie ließ ihre Finger der einen Hand über die andere kreisen, so dass Dell sich etwas Großes und Protziges vorstellte wie einen Super-Bowl-Ring. „Als sie sich das erste Mal trafen, war Lourdes ganz beeindruckt davon. Aber mit der Zeit..." Anjali verstummte und schloss die Augen.

Dell biss die Zähne zusammen und kochte vor Emotionen. Wut. Sogar Zorn. Kummer. Aber der Schmerz siegte – der Schmerz, den Anjali für ihre Freundin empfand.

Sanft, ganz sanft, berührte Dell Anjalis Wange. Ihre Wangen färben sich rosa und sie schmiegte sich in seine Berührung, bevor sie ihre eigene Hand auf seine legte. Langsam strich Dell mit seinem Daumen über ihre Haut und mit jeder kleinen Bewegung schien die Außenwelt einen weiteren Schritt zurückzuweichen. Schon bald gab es nur noch ihn und sie. Den Atem. Die Berührung. Das Kribbeln.

Wünsche.

Er holte tief Luft, denn ein guter Soldat wünschte sich nichts. Er plante.

Stück für Stück zwang Dell sich, die Gedanken zu ordnen, die in seinem Kopf herumwirbelten. Verschwommene Vorstellungen von Rache. Sorge um Anjalis und Quinns Sicherheit. Fragen bezüglich der Zukunft, denn der Fall Lourdes war dabei, sich in eine Büchse der Pandora zu verwandeln.

Anjali ist kein Problem, knurrte sein Löwe. *Genauso wenig wie Quinn.*

Er knirschte mit den Zähnen. Nein, das waren sie nicht. Aber was zum Teufel sollte er mit so vielen Dingen auf einmal tun?

Finde eine Lösung, befahl ihm sein Löwe knapp und scharf.

Fast hätte er gelacht. Na sicher. Ganz einfach.

Also gut. Denke wie Quent. Was würde er tun?

Dell verzog das Gesicht. Sein Bruder würde die Dinge in logische Einzelteile zerlegen und das Problem Stück für Stück angehen.

Er starrte auf den Ozean hinaus und zuckte schließlich mit den Schultern. In Ordnung. Es war einen Versuch wert.

Langsam durchdachte er alles und versuchte, die Informationsbruchstücke, die er hatte, miteinander zu verknüpfen. Das Löwenspielzeug. Eine Frau auf der Flucht. Tierspuren am Ort ihres Todes. Wo sollte er anfangen?

Allmählich begannen die sich bewegenden Zahnräder sich auszurichten und alle in eine Richtung zu zeigen.

Sein Griff wurde fester und Anjali schaute auf. Sie spürte die veränderte Stimmung in ihm.

„Brody", knurrte er. Er hasste den Mann jetzt schon. „Brody, wer?"

Kapitel 9

Anjali wünschte, sie wüsste mehr über Brody, aber das tat sie nicht. Und als sie anbot, ein paar Anrufe zu tätigen und ein paar Dinge herauszufinden, schüttelte Dell entschieden den Kopf.

„Überlassen Sie ihn uns. Ich möchte nicht, dass Sie noch mehr mit hineingezogen werden, als es ohnehin schon der Fall ist."

Seine Augen funkelten, als er sprach, und er ballte die Hände zu Fäusten. Die Anspielung auf Gefahr erschreckte sie – falls Brody tatsächlich etwas mit Lourdes' Tod zu tun hatte. Aber Dells Worte wärmten sie auch, weil er wie ein Ritter sprach, der schwor, sich ihrer Sache zu verschreiben.

Also überließ sie Dell und seinen Freunden die Ermittlungen und verbrachte die nächsten drei Tage damit, ihm alles darüber beizubringen, wie man sich um Quinn kümmerte. Es stellte sich als mehr heraus, als sie gedacht hätte, wenn man in Betracht zog, dass sie selbst gerade erst ihren eigenen Crashkurs hinter sich hatte. Ansonsten tat sie ihr Bestes, um bei der Arbeit auf dem Laufenden zu bleiben, obwohl es immer schwieriger wurde, eine Art Gleichgewicht zu finden. An den ersten ein oder zwei Tagen auf Maui war sie versucht gewesen, auf Hochtouren zu arbeiten und sowohl Stunden mit Arbeit als auch mit Quinn zu verbringen. In den nächsten Tagen ertappte sie sich jedoch dabei, wie sie immer langsamer wurde und sich das Verhältnis ein wenig ausglich. Allein der Aufenthalt auf Maui entspannte sie, mit all der Sonne, den milden Temperaturen und dem ruhigen, faulen Tempo.

„Nicht faul", korrigierte Dell sie. „Gesund. Die Stadtmenschen sind diejenigen, die es falsch machen."

Sie fing an, später ins Bett zu gehen und länger zu schlafen. Sie ließ ihr Telefon in ihrer Arbeitstasche, anstatt auf ihrem Nachttisch liegen. Sie reckte und streckte sich. Atmete und schnupperte die frische Brise. Und anstatt Quinn durch jedes Fläschchen und jeden Windelwechsel zu hetzen, hatte sie den Luxus, es auszudehnen und die gemeinsame Erfahrung zu schätzen, anstatt sie zu einer lästigen Pflicht zu machen.

Da Dell die meisten dieser Aufgaben inzwischen übernahm, konnte sich Anjali natürlich noch mehr entspannen. In der Sekunde, in der Quinn nach ihrer morgendlichen Mahlzeit schrie, tauchte Dell mit seiner umwerfenden, zerzausten Art auf, zwitscherte ein herzliches *Guten Morgen* und schnappte sich das Baby. Dann setzte er sich auf die Couch, auf der er draußen auf der Veranda geschlafen hatte, und hielt das Baby in seiner Armbeuge, während es aus der Flasche trank, die er bereits vorbereitet hatte. Quinn verbrachte ihre ganze Zeit damit, in Dells fast löwenhafte Augen zu schauen, und wer könnte es ihr verdenken? Anjali war versucht, dasselbe zu tun.

Der frühe Morgen war die schönste und friedlichste Tageszeit. Das Licht der Morgendämmerung verlieh den Hängen der Plantage einen goldenen Glanz. Die letzten Gerüche der Nacht verflogen und wurden durch die von duftenden Blumen ersetzt, die sich in der Sonne öffneten. Der Ozean rauschte, als die Wellen in ein paar hundert Metern Entfernung über den Strand rollten. Dell summte Quinn ein Lied zu und Anjali konnte nicht anders, als sich neben ihn zu setzen und mitzuhören.

„Sie machen das gut mit ihr", flüsterte Anjali am fünften Morgen ihres Aufenthalts.

„Ach. Ich lerne immer noch. Es hilft, eine gute Lehrerin zu haben."

Sein Lächeln war wie ein Kunstwerk und sein Blick strahlte. Für den nächsten langen, magischen Moment starrten sie sich gegenseitig in die Augen. Ihre Oberkörper hoben und senkten sich mit jedem leisen Atemzug und ihre Finger streiften sich an Quinns Seite.

Küss' ihn, flüsterte eine kleine Stimme in ihrem Hinterkopf.

Küss' ihn, drängte sie das Rauschen der Blätter über dem Verandadach.

Dells Gesicht wurde völlig ernst und sie konnte schwören, dass seine Augen glühten.

Sie öffnete die Lippen leicht, genauso wie er es tat, und ihre Welt reduzierte sich auf diese weiche, rosafarbene Linie. Sie hätte nie gedacht, dass *Dell* und *weich* zusammenpassen könnten, aber wow. Manchmal taten sie das. Trotz seiner Aura des kampferprobten Kriegers nach außen, schien er innerlich ganz Seele zu sein. Fast einsam.

Was eigentlich lächerlich sein sollte. Dell – einsam? Er lebte mit einem halben Dutzend guter Freunde zusammen. Ganz zu schweigen von all den Frauen, die sich ihm praktisch an den Hals warfen, wohin er auch ging. Warum sollte ein solcher Mann an ihr interessiert sein? Und warum fühlte sie sich zu einem Mann hingezogen, der überhaupt nicht ihr Typ war?

Schicksal. Sie hörte das Wort in Gedanken. Die Stimme erinnerte sie an die von Dell.

Ihr Herz schlug schneller und sie strich mit der Hand über seine. Das Schicksal war nichts, über das sie viel nachgedacht hatte, und doch schwirrte ihr das Wort im Kopf herum, bis es sich immer mehr verstärkte.

Anjali war so sehr mit diesem Echo beschäftigt, dass sie gar nicht bemerkte, wie sie sich nach vorn beugte und Dell dasselbe tat. Aber als sich ihre Lippen mit dem weichsten, zartesten Kuss aller Zeiten trafen – oh ja. *Das* bemerkte sie allerdings.

Sie riss die Augen weit auf, schloss sie jedoch eine Sekunde später erneut und ihre Seele seufzte geradezu. Ihr ganzer Körper wurde warm, als wäre sie in ein warmes Bad gesunken und ihr Geist wurde vollkommen leer. Dell bewegte seine Lippen auf ihren und streichelte sanft ihre Wange. Sein Kuss hatte nichts Kühnes oder Forderndes an sich. Nichts Cooles oder Geübtes. Nur pures Staunen.

Als sie sich schließlich voneinander lösten, sah sie, wie Dell sich auf die Lippe biss. Er riss die Augen auf eine Weise auf, die vermuten ließ, dass sich endlich ein Wunsch für ihn erfüllt hatte.

„Ich muss auf mich aufpassen", sagte er mit heiserer Stimme. „Mich in zwei Frauen gleichzeitig zu verlieben…"

Anjali kreischte fast. „Zwei Frauen?"

Dell grinste breit. „Allerdings. In sie." Er neigte sein Kinn zu Quinn hinunter. „Und in dich. Anjali, darf ich du sagen?"

Und sofort schmolz ihr Herz von Neuem. „Aber natürlich. Dell." Und dann fügte sie hinzu: „Komisch, ich dachte eigentlich, ich wäre diejenige, die auf sich aufpassen muss."

Er wollte ihr gerade antworten, aber sie unterbrach ihn mit einem weiteren Kuss. Mit einem, der eine brennende Sehnsucht in seinem Körper entfachte. Aber Quinn quietschte und ihr Kuss endete damit, dass sie beide verdrossen auf das Baby hinunterblickten.

„Dell", flüsterte Anjali und wusste nicht, was sie sagen sollte.

Doch in diesem Moment kam Joey um die Ecke gestürmt. „Dell? Dell?"

„Hallöchen, Kumpel." Dells Augen sprühten mit einem Dutzend unausgesprochener Hoffnungen und er drückte Anjalis Hand.

„Dell! Willst du spielen?" Joey sprang in Sichtweite.

Anjali stand auf und sorgte dafür, dass Joey nichts zwischen ihr und Dell sehen konnte. Nicht, dass Joey solche Dinge bewusst gewesen wären, aber trotzdem...

„Sicher", sagte Dell. „Sobald Quinn ihre Flasche ausgetrunken hat. Willst du einen Countdown zählen?"

Joey nickte und stellte sich neben Dells Schulter, als er zu zählen begann. „Eins, zwei, drei... "

Technisch gesehen zählte er aufwärts, aber wow. Es war das Niedlichste überhaupt. Der kleine Joey legte Quinn zur Begrüßung eine Hand auf den Kopf. Dell zählte mit ihm und übernahm die Führung, als die Zahlen größer wurden. Quinn grinste um den Rand ihrer Flasche herum und sah absolut und völlig zufrieden aus.

Anjali stieß einen dieser seelentiefen Seufzer aus, die man nur dann seufzen konnte, wenn die Welt völlig in Ordnung zu sein schien.

Als Quinn ihre Milch ausgetrunken hatte, trug Dell sie hin und her, bis sie ihr Bäuerchen machte, während er sich angeregt mit Joey unterhielt. Dann schnallte Dell die Babytrage an seine Brust und schob die kleine Quinn hinein.

„Ist mein X-Wing Fighter-Co-Pilot bereit für die Gefechtsstation?", fragte er Quinn.

Gefechtsstation? Anjali erbleichte.

Er zog den Sonnenhut des Babys ein wenig fester und zwinkerte. „Kommst du, Prinzessin Anjali?"

Sie warf einen Blick auf ihre Arbeitstasche. Sie hatte ihre
Arbeit schon viel zu lange vor sich hergeschoben...

„Hüte dich vor der dunklen Seite der Macht", rief Dell.
„Komm mit mir!" Dann wandte er sich an Joey. „Bist du bereit,
junger Jedi?"

„Bereit!", quietschte Joey.

„Löwe bereit?" Dell steckte das Plüschtier neben Quinn in
die Trage.

„Bereit", schrie Joey.

„Dann kann es losgehen! Komm, Prinzessin Anjali!"

Dell marschierte auf den vorderen Teil der Veranda zu und
Anjali konnte nicht anders, als ihm zu folgen.

„Fertigmachen zum Absprung", verkündete Dell, als er sich
der oberen Stufe der Treppe näherte.

Cynthia kam aus dem Haus und sah besorgt aus. „Oje.
Joey..."

Aber Joey war bereits die Treppe hinuntergesprungen und
Dell sah so aus, als wollte er ihm folgen. Anjali blieb erschrocken stehen und beobachtete ihn. Er hatte doch nicht
wirklich vor, mit dem Baby in der Trage die Treppe hinun-
terzuspringen, oder?

„Man lebt nur einmal", rief er. „Aber keine Sorge. Katzen
landen immer auf ihren Füßen."

Anjali riss die Augen weit auf, als er durch die Luft segelte. Aber verdammt. *Katze* passte irgendwie. Jede Bewegung,
die Dell machte, war anmutig und kontrolliert. Seine Landung
war geschmeidig und gleichmäßig und er lief weiter, ohne ins
Stolpern zu geraten. Das heißt, bis er sich umdrehte und ein
Siegergrinsen aufblitzen ließ.

„Komm mit, Prinzessin Anjali. Die Macht ist mit uns!"

Cynthia warf Anjali einen Blick zu, die nur mit den Schultern zuckte. „Ich wurde befördert."

„Sie Glückliche", sagte Cynthia. „Ich bin immer noch die böse Hexe des Westens." Ihre Worte klangen mürrisch, aber ein kleines Lächeln spielte um ihre Lippen.

„Komm mit, Prinzessin Anjali", warf auch Joey ein.

Cynthia schüttelte missmutig den Kopf und nickte Anjali dann zu. „Sie sollten besser gehen. Können Sie mir bitte einen Gefallen tun?"

Anjali zog eine Augenbraue hoch. „Behalten Sie die beiden Jungs für mich im Auge." Cynthia hob ihre Finger zu Gänsefüßchen um *Jungs*.

Anjali trottete los und grinste von einem Ohr zum anderen, während sie sich fragte, wann sie das letzte Mal so etwas Kindisches getan hatte. Sie fragte sich, wer um alles in der Welt jemals gestohlene Küsse und ein Star Wars-Spiel in eine solch kurze Zeit packen konnte wie Dell. Aber verdammt. Er hatte recht. *Man lebt nur einmal.*

Joey und Dell stürmten im Zickzack über das riesige Grundstück, schlugen unsichtbare Feinde und schrien sich gegenseitig Befehle zu. Dell hielt eine schützende Hand um die Babytrage und Quinn schien der ganze Trubel überhaupt nicht zu stören. Anjali wünschte sich, sie hätte ihr Handy dabei – nicht um jemanden anzurufen, sondern um ein paar Fotos von Joey, Quinn und Dell zu schießen. Sie gaben eine tolle kleine Familie ab.

Gerade als ihr dieser Gedanke durch den Kopf ging, drehte Dell sich um und schaute sie mit einem wehmütigen Ausdruck in den Augen an, der sagte *Genau. Außer, dass du auch dazu gehörst.*

Sie beide erstarrten, als dieses Gefühl wieder über sie hereinbrach – als würde die Zeit stillstehen, dieses Schlagen einer verhängnisvollen Trommel. Das Gefühl einer großen Macht außerhalb ihrer Kontrolle.

„Komm schon, Dell", rief Joey.

Dell blinzelte leicht und war immer noch auf Anjali konzentriert.

„Dell?", rief Joey.

Dell schreckte aus seiner Trance auf und drehte sich mit einem Winken zu Joey um. „Lass mich nur schnell die geheime

Botschaft von der Prinzessin holen."

Anjali hielt den Atem an, als Dell zu ihr zurückgestürmt kam und nach ihrer Hand griff.

„Geheime Botschaft?", flüsterte sie.

Dell grinste und beugte sich zu einem Kuss vor. Ein viel zu kurzer Kuss, der ihr aber trotzdem den Atem raubte.

„Komm schon, Jedi-Meister", rief Joey und schon sprangen sie wieder los.

Anjali tat ihr Bestes, um mitzuhalten, – über Stock und Stein und um eine Ecke, wo Joey schließlich langsamer wurde.

„Darf ich mir etwas zu trinken holen?"

„Sicher", sagte Dell und erlaubte ihm voranzugehen.

Anjali blieb wie angewurzelt stehen. „Wow."

Der Bach, der das Grundstück teilte, stürzte von einem Felsvorsprung und bildete einen winzigen Wasserfall, der in einen natürlichen Pool plätscherte. Das Wasser schwappte leise vor sich hin, bevor es in einem weiteren Gefälle zum Meer hinunter sprudelte. Es war ein Anblick wie aus dem Garten Eden mit einem Haus, das aus der Landschaft zu entspringen schien.

„Wow. Das ist dein Haus?"

Dell nickte. „Allerdings. Es war früher eine Mühle."

Das erklärte das Wasserrad, das sich langsam in der Strömung drehte. Aber das Mühlenhaus selbst war kaum mehr als eine Hütte mit einem einzigen Raum. Der Hauptteil des Gebäudes war ein raffinierter, zweistöckiger Anbau. Das Erdgeschoss hatte einen direkten Zugang zum Bach und verlieh dem Wohnzimmer das Gefühl, es wäre offen. Die zweite Etage war wie in den Hang geschlagen und zu einer Seite hin abgewinkelt, wo eine riesige Sonnenterrasse den Blick über die Plantage bis hinunter zum Meer gewährte.

„Oh mein Gott. Hast du das selbst gebaut?" Ihr Blick schweifte über die Kombination aus Stein, Holz und Glas, die dem Haus einen altmodischen und doch durch und durch modernen Charakter verlieh.

„Ja."

Joey sprang über eine Planke, die über einen schmalen Abschnitt des Baches führte und lief hinein.

„Es ist unglaublich", murmelte sie.

„Aber nicht gerade babysicher." Dell seufzte. „Jetzt weißt du, warum ich Quinn noch nicht hierher gebracht habe."

Anjali nickte und fragte sich, was es mit dem Anflug von Traurigkeit in seiner Stimme auf sich hatte. Aber dann wurde es ihr schlagartig klar. Dieses Haus war neu und, den Werkzeugen und Holzstapeln nach zu urteilen, noch nicht einmal ganz fertig. Dell hatte an seiner eigenen Junggesellenbude gebaut. Aber dieser Lebensstil war ihm gerade schlagartig gestohlen worden. Keine nächtlichen Partys, kein Faulenzen in der zwischen zwei Balken aufgespannten Hängematte. Es wäre schon schwer genug für einen alleinstehenden Mann, ein Kind großzuziehen, geschweige denn, dies am Rande eines Baches zu tun.

„Ich weiß nicht. Du könntest vielleicht ein... ähm... " Sie bemühte sich, ihm Hoffnung zu machen, aber es fiel auch ihr schwer.

„Genau." Er seufzte und deutete nach vorn. „Wie dem auch sei. Ich bin noch nicht dazu gekommen, eine richtige Brücke zu bauen, also gibt es im Moment nur eine Planke."

„Eine Piratenplanke", rief Joey vergnügt und kam mit einem Glas Wasser wieder aus dem Haus.

Eine sehr breite und stabile Piratenplanke, Gott sei Dank. Anjali folgte Dell hinüber und hielt inne, als er es tat. Er hielt an, um hastig über den Boden zu kratzen und irgendeine Spur wegzuwischen, von der er nicht wollte, dass sie sie sah.

„Beweise für deine letzte Party?", neckte sie ihn.

Er lächelte, aber es sah gezwungen aus. „Äh... nur Sägespäne."

Anjali betrachtete das Muster im Dreck und blinzelte dann. War das eine Art Tierfährte? Aber Dell wuselte durch die Gegend und hob die Arme.

„Also ja. Mein trautes Heim. Zumindest sollte es das werden."

Anjali spitzte die Lippen. „Gibt es noch einen anderen Ort, wo du wohnen könntest?"

Er verzog das Gesicht. „Nur einen. Oben hinter dem Hügel. Ein niedliches, kleines Häuschen mit einem weißen Lattenzaun."

Sie neigte den Kopf. „Nicht dein Stil, was?"

„Nicht unbedingt." Seine Augen waren traurig, obwohl ihm ein Lächeln gelang, als er Quinns Hut zurechtrückte und ihr die Wange kitzelte.

„Kann ich ein Eis am Stiel haben?", fragte Joey.

Dell lachte. „So früh? Deine Mutter würde mich umbringen. Aber ich habe ein paar Bananen." Er drehte sich um und deutete auf Quinn. „Kannst du sie kurz nehmen?"

Anjali griff begeistert nach dem Baby und schaute sich um. Für den kürzesten Augenblick verlor sie sich in einer Fantasie. Eine, in der sie an diesem Ort wohnte und mit dem Plätschern des Baches aufwachte. In der sie auf dieser Terrasse Yoga machte oder dem Sonnenuntergang zuschaute. Und all das mit einem guten Mann, einem Kind und ja – einem wirklich langen Babygitter.

Dann schüttelte sie sich ein wenig und schaute sich um. Wem wollte sie etwas vormachen?

Quinn gab einen brabbelnden Laut von sich und streckte die Hand in die Richtung aus, in die Dell gegangen war.

„Du magst ihn, was?", flüsterte Anjali und zog sie enger an sich.

Quinn gluckste vernehmlich.

Anjali nickte nachdenklich und flüsterte: „Ja. Ich mag ihn auch."

Kapitel 10

„Brody McGuire", murmelte Connor und las von seinen Notizen ab, die er zusammengetragen hatte. „Nach allem, was wir in Erfahrung bringen konnten, ein echter Mistkerl."

Dell rieb sich mit der Hand über das Gesicht. Fünf Tage waren seit seinem Gespräch mit Anjali im Lucky Devil vergangen. Lange Tage, denn es brauchte Zeit, um Informationen über Lourdes' Hintergrund zu sammeln, und seine Geduld wurde wieder und wieder auf die Probe gestellt. Schöne Tage, weil er die meiste Zeit davon mit Anjali verbringen konnte. Ermüdende Tage, denn so süß Quinn auch war, sie war ein Baby und verdammt, Babys hatten seltsame Tagesabläufe.

Er selbst hatte sich ebenfalls einen seltsamen Rhythmus angewöhnt und machte immer dann Nickerchen, wenn Quinn es tat, damit er seine nächtlichen Patrouillen auf dem Koa Point Anwesen und dem Gelände der Koakea Plantage absolvieren konnte. Aber diese nächtlichen Patrouillen halfen auch. Sich in seine Löwengestalt zu verwandeln, fühlte sich immer gut an, und er verbrachte Ewigkeiten damit, seine Krallen in den Boden zu graben und durch das Unterholz zu schnüffeln. Er und Cruz, einer der Tigergestaltwandler von Koa Point, hatten sich ein paarmal zum Wettstreit getroffen und taten ihr Bestes, um nicht wild in die Nacht hinauszubrüllen, während sie rangen und sich aufeinander stürzten. Es hielt ihn in Kampfform und entschärfte die Emotionen, die er lieber vermeiden würde.

Das Verwandeln half also, bis auf einen Teil. Jedes Mal, wenn er seine Mähne ausschüttelte, sich zurück zur Plantage schlich, wo Anjali und Quinn schliefen, und sich wieder in seine menschliche Form zurückverwandelte, fühlte er sich wie ein Lügner.

Hast du gut geschlafen? würde Anjali fragen.

Ähm. . . ja, war seine üblicherweise zittrige Antwort.

Er hatte sich schnell an Quinns Schlafrhythmus gewöhnt und es nie verpasst, wenn sie aufwachte, aber trotzdem. Was würde er nicht dafür geben, sich zu outen und Anjali alles zu erzählen.

Mein Bruder war ein Löwengestaltwandler. Quinn wird ebenfalls einer werden. Oh, und ich bin auch ein Löwe. Ich habe die letzte Nacht damit verbracht, auf vier Pfoten durch die Gegend zu streunen, mit meinem Schwanz zu peitschen und meine Reißzähne zu fletschen. Du kannst dir gar nicht vorstellen, wie gut sich das anfühlt.

Aber stattdessen lächelte er nur, holte ein Fläschchen für Quinn und tat so, als wäre er ein ganz normaler Mensch.

Er schlief immer noch auf der Veranda vor Anjalis Zimmer, angeblich, um Quinn beim Eingewöhnen zu helfen. In Wahrheit machte ihm die Vorstellung, sich in seinem Haus ganz allein um das Baby kümmern zu müssen, eine Heidenangst. Anjali in der Nähe zu haben, ließ alles möglich erscheinen. Der Versuch, Quinn allein aufzuziehen, fühlte sich dagegen wie eine Katastrophe an, die nur darauf wartete, zu geschehen.

Er versuchte es. Er versuchte es wirklich. Aber manche Dinge wären ihm einfach nicht in den Sinn gekommen. Warum würde ein Baby versuchen, von einem Wickeltisch zu rollen? Warum sollte Quinn versuchen, alles was ihr in die Finger kam, in ihren Mund zu stopfen?

Also ja. Er versuchte es, aber er hatte nicht immer Erfolg. Es wäre so viel einfacher, loszustürmen und es mit bloßen Händen – oder seinen Klauen – mit einem Feind aufzunehmen. Aber dies war eine andere Art von Kampf. Einer, von dem er sich nicht sicher war, ob er ihn allein gewinnen konnte.

Du musst es nicht allein machen, sagte sein Löwe immer wieder.

Das war die andere Sache. Er war Tag und Nacht Feuer und Flamme für Anjali gewesen und es wurde immer schwieriger, sein inneres Biest unter Kontrolle zu halten. Manchmal, wenn Anjali lachte oder lächelte, war er sich sicher, dass sie ihn auch begehrte. Aber Anjali hatte eine zweite Seite, genau wie er. Nicht als Gestaltwandler, sondern als Sklavin einer Firma, deren Job sie einfach nicht in Ruhe lassen wollte. Natürlich verdiente sie ein gutes Gehalt und genoss großen Respekt. Sie hatte ihre Unabhängigkeit. Warum sollte sie ihn brauchen? Dell schloss die Augen. Jeder Moment, den er mit Anjali verbrachte, fühlte sich wie ein ganzes Leben an. Zusammen Yoga zu machen, über Quinn zu lachen, einander kennenzulernen. Der Gedanke, dass sie abreisen würde, tat genauso weh wie der Gedanke, Quinn gehen zu lassen.

Und was seine Freunde betraf? Connor hatte, seinem Wort getreu, Nachforschungen über Lourdes angestellt – und zunehmend auch über Brody McGuire. Zu Beginn war es nur langsam vorangegangen, aber nachdem Connor sich die Unterstützung von Silas Llewellyn – dem einflussreichen Drachengestaltwandler, dem das Koa Point Anwesen gehörte – sichern konnte, ging alles schneller voran.

„Lass mich raten. Er ist ein Kojotengestaltwandler." Dell wirbelte mit der Hand durch die Luft, um Connor dazu zu bewegen, schneller zu sprechen. Er hatte etwa fünfzehn Minuten Zeit, bevor Quinn anfangen würde, nach ihrer nächsten Flasche zu schreien.

„Wolf", knurrte Connor.

Chase gab ein knappes, bellendes Schnauben von sich, das sagte, *Hey, ich bin auch ein Wolf.*

Natürlich konnte Chase niemand etwas anderes als unbeholfene Manieren vorwerfen. Brody hingegen…

„Strafregister mit mehreren Verhaftungen…" Connor warf einen Computerausdruck nach dem anderen auf den Tisch. „Bewaffneter Raubüberfall. Trunkenheit am Steuer. Körperverletzung. Und das sind nur die Male, bei denen er erwischt wurde."

Dell runzelte die Stirn. „Wie sieht es mit Mord aus?"

Connor schüttelte den Kopf. „Zumindest nicht in den Akten. Das und er hat auch keinem Menschen seine Gestaltwandlerseite gezeigt. Also immerhin etwas."

Dell schnitt eine unbeeindruckte Grimasse.

„Klassischer Fall eines abtrünnigen Schurken", fuhr Connor fort. Wäre Dell in besserer Stimmung gewesen, hätte er vielleicht gelacht. Connor war vielleicht nie selbst abtrünnig geworden, aber er war zu seiner Zeit eine tickende Zeitbombe gewesen. Jetzt war der Mann auf dem besten Wege, ein respektabler Alpha zu werden. Witzig, wie sich die Dinge änderten.

Bedeutete das, dass Dell sich auch ändern konnte? Wie immer wanderten seine Gedanken zurück zu Anjali. Aber er hatte sich geschworen, die Sache systematisch anzugehen. Und das bedeutete, jede potenzielle Gefahr abzuschätzen. Dann konnte er sich überlegen, was er mit Quinn machen wollte, und erst dann konnte er über Anjali entscheiden.

Es gibt nichts zu entscheiden, beharrte sein Löwe. *Sie ist unsere Gefährtin. Du weißt es und ich weiß es, nur sie weiß es nicht. Und wenn du nicht schnell handelst, könnte es zu spät sein.*

Aber Connor sprach weiter und Dell lenkte seine Gedanken zurück auf das aktuelle Thema.

„Unseren Nachforschungen zufolge lernten sich Brody und Lourdes vor acht Jahren kennen. Sie waren etwa ein Jahr lang zusammen und haben sich dann getrennt.“

„Sie hat mit ihm Schluss gemacht?“, fragte Dell hoffnungsvoll.

Connor schnitt eine Grimasse. „Ja. Woraufhin sie mit drei gebrochenen Knochen im Krankenhaus gelandet ist.“

Tim fluchte und Hailey erblasste.

„Brody ist abgehauen und kam dann zurück.“ Connor ratterte eine Liste mit groben Daten hinunter. „Lourdes zog oft um und er verfolgte sie immer wieder. Er benutze sie als Basis, ob sie es wollte oder nicht. Manchmal, allein. Andere Male brachte er Freunde mit.“

Dell riss den Kopf herum. Der Gedanke, dass eine Bande abtrünniger Schurken in Lourdes' Wohnzimmer einfallen würde, brachte ihn um. Vor allem, wenn er sich Quinn in einem Körbchen in der Ecke dieses Zimmers vorstellte.

Connor deutete auf die Papiere, die er zusammengetragen hatte. „Brodys Bündnisse wechseln ständig. Er läuft mit jedem Rudel mit, das er gerade finden kann. Wölfe, Kojoten, Bären – was auch immer. Er führt einen schmutzigen Plan nach dem anderen durch.“

Tim runzelte die Stirn. Er war tief in Gedanken versunken. „Und dann kommt Quentin daher, ganz der Ritter in glänzender Rüstung, und verscheucht dieses Arschloch."

Dell nickte. „Das kann ich mir gut vorstellen. Quentin hätte Brody bis über die Staatsgrenze gejagt."

„Genau. Aber sagen wir mal, Brody findet heraus, dass Quentin tot ist...", fing Tim an, laut zu denken.

„Lourdes flieht als letzten Ausweg zu Anjali...", fügte Dell hinzu.

„Brody folgt ihr", sagte Connor. „Und..."

Alle verstummten und keiner wollte diesen Gedanken zu Ende führen. Dann räusperte sich Hailey und sprach leise. „Es ist so leicht, daran zu denken, was Lourdes alles falsch gemacht hat. Aber wisst ihr was? In gewisser Weise war es heldenhaft, was sie getan hat. Keine Mutter würde ihr Baby verlassen – es sei denn, sie dachte, das Baby wäre ohne sie sicherer."

Ein Knoten bildete sich in Dells Magen. Wenn er jetzt so darüber nachdachte...

„Du meinst, Lourdes wollte Brody von Quinn fernhalten?", fragte Tim.

Hailey nickte. „Das höchste Opfer."

Eine schwere Stille legte sich über die Gruppe und selbst Connors Blick wurde weicher.

Tim rieb sich mit einer Hand über das Kinn. „Aber die Frage ist, wo hört es auf? Lässt Brody es darauf beruhen oder hat er es auch auf das Kind abgesehen?"

Dells Mund klappte auf. „Quinn?"

Tim nickte langsam. „Es ist schwer, wie ein Abtrünniger zu denken, aber ja. Wie viel Rache ist genug? Belässt Brody es jetzt dabei, da Lourdes tot ist? Oder will er die ultimative Rache an Quentin, indem er seine Tochter ins Visier nimmt?"

Dell sprang ruckartig auf. „Das ist doch krank."

„Ich sage ja nicht, dass ich es gut finde. Nur, dass es möglich ist."

Connor kratzte mit dem Fuß über den Boden. „Es ist möglich. Wir müssen Quinn beschützen."

„Und Anjali", schnappte Dell.

Connor zog die Stirn in Falten. „Der beste Weg, Anjali zu schützen, ist, sie aus der Sache herauszuhalten.“

„Sie steckt bereits mittendrin“, sagte Dell.

Connor warf ihm einen strengen Blick zu. „Ja, das tut sie allerdings. Und sie rutscht immer tiefer hinein.“

Chase wandte den Blick ab und Hailey und Tim taten es ihm gleich. Jenna berührte Connors Arm, um ihn zu beruhigen. Ein unangenehmes Schweigen überkam die anderen und Dell kämpfte gegen eine brodelnde innere Wut an. Welches Recht hatte Connor, ihm zu empfehlen, sich nicht mit Anjali einzulassen?

Nur, dass er sich die ganze Zeit genau das Gleiche gesagt hatte. Das Problem war, dass es nicht funktionierte.

Natürlich nicht, erwiderte sein Löwe schnippisch. *Es ist Schicksal.*

Offensichtlich sah Connor es anders, aber er hatte zumindest den Anstand, das Thema vorsichtig anzugehen. „Je wichtiger Quinn Anjali wird, desto wahrscheinlicher wird es sein, dass sie uns besuchen kommt. Quinn ist eine Gestaltwandlerin. Was dann?“ Er ließ die Stille seinen Standpunkt unterstreichen und fuhr dann fort. „Und nicht nur das. Wie viele Herzen willst du denn noch brechen, Mann?“

Dell funkelte ihn an. Glaubte Connor etwa, dass er es nicht ernst mit Anjali meinte?

„Es wird dir bereits alles abverlangen, dieses Baby aufzuziehen, wenn du das wirklich ernst meinst“, fuhr Connor fort.

„Natürlich ist es mir ernst“, knurrte Dell. „Ich kann es schaffen. Ich weiß, dass ich es kann.“

Er versteifte die Schultern und biss die Zähne zusammen. Er konnte es, verdammt noch mal. Er musste es schaffen.

„*Ich kann es schaffen,* ist kein Plan“, betonte Cynthia. „Was genau werden Sie tun? Und wie?“

Dell funkelte sie an. Verdammt noch mal, musste sie immer so herrisch sein? Aber tief in seinem Inneren wusste er, dass sie recht hatte. Die Details waren wichtig.

„Schauen Sie.“ Cynthia wurde ein wenig weicher. „Ich habe ein reizendes Gestaltwandlerpärchen ausfindig gemacht, das Quinn ein gutes Zuhause geben möchte.“

Dell wurde es schlecht, als Cynthia ein Drachenehepaar aus dem Bilderbuch beschrieb.

„Was wissen die schon über Löwen?", protestierte er.

„Was wissen Sie denn über kleine Mädchen?", fragte Cynthia.

Dell schaute sich auf der Suche nach Unterstützung um, aber auf allen anderen Gesichtern lagen ähnliche Mienen, die sagten, *Sie hat nicht ganz unrecht.*

Cynthia redete immer weiter. Die anderen Jungs sahen alle genauso niedergeschlagen aus, wie Dell sich fühlte. Aber sie schienen sich entschieden zu haben. Sie nickten missmutig, als ob sie mit jedem Punkt in Cynthias Plan einverstanden wären.

Nun, er war nicht einverstanden, verdammt noch mal.

„Also kann Dell nach Chicago fliegen und die nötigen Papiere unterzeichnen... " Connor klang traurig, aber entschlossen.

„Ich werde mich mit dem Paar und ihrem Anwalt in Verbindung setzen... ", fügte Cynthia hinzu.

„Buch den nächsten Flug... "

Dell hörte zu und traute seinen Ohren nicht. Er war unfähig zu sprechen, so wütend war er. Seine Freunde meinten es nur gut, aber sie irrten sich alle. Tief in seinem Inneren wusste er, dass sie sich irrten. Er konnte sich um Quinn kümmern.

Also, dann tu etwas! Sofort! brüllte sein Löwe.

„Und wenn er zurückkommt, kann er diesem Paar das Baby überschreiben... "

Noch nie in seinem Leben war Dell so versucht gewesen, seine Freunde mit einem wütenden Knurren zum Schweigen zu bringen. Das oder aufzustehen und zu verschwinden. Er könnte ein paar Bäume zerkratzen, um seinen Frust herauszulassen, sich dann Anjali und Quinn schnappen und einfach abhauen. Auf gar keinen Fall würde er Quinn irgendjemandem überschreiben.

Aber das waren alles verrückte, impulsive Pläne im typischen Dell-Stil und er wusste es selbst. Wenn er Quinn behalten wollte – und um eine Chance mit Anjali zu haben –, musste er die Dinge langsam angehen und durchdenken.

So wie Quent, hauchte sein Löwe, der es endlich zu begreifen schien.

Er nickte langsam und hörte kaum hin, während die anderen weitersprachen. Er fing damit an, seinen eigenen Plan zu schmieden.

„Wir sind uns also einig", schloss Connor das Thema irgendwann ab. „Dell, hast du den Plan verstanden?"

Dell starrte in die Ferne und nickte nur leicht. Oh ja, er hatte allerdings einen Plan. Zumindest die Anfänge davon. Die Frage war nur, ob er das Zeug dazu hatte, ihn durchzuziehen.

Kapitel 11

Anjali stand auf der Veranda des Plantagenhauses und hielt
Quinn fest in ihren Armen, während sie die Aussicht genoss.
Sie seufzte ein wenig, denn dies war ihr letzter Morgen auf
Koakea. Ihre Woche auf Maui war vorbei und es war an der
Zeit, nach Hause zu fliegen.

Sie schloss die Augen und atmete Quinns pudrigen Duft
ein. Wenigstens musste sie sich jetzt noch nicht von Quinn oder
Dell verabschieden. Sie reiste mit ihnen nach Chicago, wo Dell
die Papiere zur Adoption von Quinn unterschreiben würde, bevor die beiden wieder zurück nach Maui fliegen würden. Das
bedeutete, dass Anjali sich noch nicht von den Menschen verabschieden musste, nur von dem Ort.

Und Gott sei Dank dafür, denn sie würde wie ein Schloss-
shund heulen, wenn es so weit wäre. Quinn war zwar nicht ihre
Tochter, aber Anjali hatte eine Verbindung zu ihr aufgebaut,
die schwer zu erklären war. Etwas, das über eine Betreuungs-
person hinausging und eher so etwas wie eine Ersatzmutter
war. Und was ihre Gefühle für Dell betraf...

Sie holte tief Luft. Nicht eine Nacht verging, in der sie nicht
davon träumte, ihn zu berühren. Kein Tag verging, an dem ihr
Herz nicht vor lauter Sehnsucht und Verlangen schmerzte. Es
war verblüffend, wie stark sie sich mit ihm verbunden fühlte.

Aber Dell hatte sich in den letzten beiden Tagen schlagartig verändert, nachdem er ein Treffen mit den anderen gehabt hatte. Das offene Interesse in seinen Augen war von etwas überdeckt worden, das eher dem Blick eines Soldaten glich.
Entschlossenheit. Disziplin. Ein Mann mit einer Agenda, die er
nicht teilen würde. Ein Mann, der beschlossen zu haben schien,
dass er nur eine Sache haben konnte – Quinn.

Anjali ließ den Kopf hängen. Wenn sie Dell doch nur zu einer anderen Zeit oder in einer anderen Situation getroffen hätte...

Aber dann stoppte sie sich. Nur eine Extremsituation wie diese konnte sie und Dell zusammenbringen und sie zu ... mehr als nur Freunden machen. Sie hatte sich nie für flirtende, lustige Typen interessiert, genauso wie Dell nie an einem sittsamen Mädchen wie ihr interessiert gewesen wäre. Und doch hatte Anjali in den letzten Tagen immer wieder gespürt, wie eine Kraft sie zu Dell hinzog. Jedes Mal, wenn sich ihre Körper auch nur streiften, kochte ihr Blut. Jedes Mal, wenn er grinste, wollte sie seine Lippen schmecken.

Aber irgendwie sollte es nicht sein.

Sie zwang sich, die positive Seite zu sehen. Egal wie die Umstände waren, Dell war Dell, und er brachte sie immer noch ein Dutzend Mal am Tag zum Lachen. Sein Lächeln war immer noch genauso sonnig, sein Schritt noch genauso schnell. Aber hinter alledem steckte eine Ernsthaftigkeit, die sie sich fragen ließ, was sich für ihn verändert hatte.

„Du Glückskind", flüsterte sie Quinn zu und ließ ihren Blick von den grünen Hängen der Plantage zum glitzernden Ozean schweifen. „Du darfst an diesem wunderschönen Ort aufwachsen. Und mit netten Menschen noch dazu."

Anjali schluckte den Kloß in ihrem Hals hinunter. Vielleicht könnte sie hin und wieder zu Besuch kommen. Nach Quinn sehen und Dell Hallo sagen. Vielleicht könnte sie anfangen, regelmäßig Urlaub zu nehmen, anstatt jahrein, jahraus wie ein Roboter zu arbeiten.

Sie schaute sich traurig um. Es würde nicht dasselbe sein und sie wusste es. Langsam ging sie die Veranda entlang und bog um die Ecke zur Vorderseite des Hauses.

„... nur ein paar Tage", sagte Dell zu Joey.

Die beiden saßen nebeneinander auf der unteren Stufe der Treppe und warfen Kieselsteine auf den Gehweg. Anjali lächelte. Trotz der Tatsache, dass Dell sich mit den Veränderungen, die Quinn in sein Leben bringen würde, auseinandersetzen musste, hatte er es geschafft, immer noch Zeit mit Joey zu verbringen. Die anderen rollten mit den Augen und scherzten, dass Dell im Herzen selbst ein Kind sei und ihm das Spielen daher leichtfiel. Aber Anjali wusste es besser. Es kostete Zeit und Mühe, um die Dinge sowohl für Joey *als auch* für Quinn interessant zu gestalten. Dell und Joey hatten Verstecken gespielt, während Quinn in der Babytrage gebrabbelt und vor sich hin gekichert hatte. Wenn sie im Sandkasten spielten, steckte Dell Quinns Füßchen in den Sand und ließ sie strampeln, während Joey schaufelte. Eines Tages hatten sie sogar Kekse gebacken, wobei Dell Joey zeigte, wie man eine Ausstechform benutzte, während Quinn an der Kante einer weiteren saugte.

„Plastik. Ungiftig. Ich habe es überprüft", hatte er sich beeilt zu erklären, als Anjali sie in der Küche fand.

Sie lehnte sich an das Verandageländer und beobachtete die beiden im Morgenlicht.

„Hey, ich habe etwas für dich." Dell reichte Joey ein Paket.

„Ein Malbuch." Joey quietsche vor Freude.

„Mit Buntstiften. Glitzernden Farben und alles." Dell zeigte darauf. „Dieses hier hat nur Drachen..."

Joey blätterte durch das erste Malbuch. Er hielt bei einer Seite inne und lachte. „Sie haben die Ohren falsch gemacht."

Anjali kicherte leise. Joey hatte eine blühende Fantasie. Drachen gab es doch gar nicht. Wer sollte denn wissen, wie ihre Ohren aussahen?

„Tja, nun. Du kannst sie ausbessern." Dell reichte ihm das andere Buch. „Dieses hier hat lauter Katzen. Tiger. Geparden..."

„Löwen!", jubelte Joey, als sie zur nächsten Seite blätterten.

Dell grinste von einem Ohr zum anderen. „Ja. Und sogar mit richtigen Ohren und allem. Aber tu mir einen Gefallen und lass ihn ein bisschen königlicher aussehen, als er es mit diesem Schmetterling auf der Nase tut."

Anjali lachte. Dell drehte sich zu ihr um und ließ ein Lächeln aufblitzen. Dann huschte ein Schatten über seinen Blick und sie fragte sich, was los war. Einen Sekundenbruchteil später klappte Dell das Buch zu und reichte es Joey.

„Wie auch immer. Jedenfalls kannst du malen, während ich weg bin. Ich habe mir von Tim versprechen lassen, dass er dich auf seinem Rücken reiten lässt.“

Joey schaute sich um, bevor er flüsterte: „Er ist nicht so gut darin wie du.“

Dell schnaubte. „Natürlich nicht. Niemand ist das. Aber wie ich schon sagte, ist es nur für ein paar Tage.“ Er stand auf und hob Joey auf eine höhere Stufe, damit sie sich in die Augen schauen konnten. „Und jetzt versprich mir, dass du den Laden am Laufen hältst, bis ich zurückkomme.“

Joey nickte feierlich. „Ich verspreche es.“

„Versprich mir, dass du dich um deine Mutter kümmerst und nicht auf alles hörst, was sie sagt.“

„Wie bitte?“, murmelte Cynthia und tauchte aus dem Haus auf.

Joey kicherte und Dell grinste. „Wie ich schon sagte, stelle sicher, dass du auf alles hörst, was deine Mutter sagt.“ Er zwinkerte und schaute dann zu Cynthia auf. „Denken Sie, Sie können ein paar Tage ohne mich überleben, Cynth?“

„Cynthia, Mister O’Roarke“, seufzte sie und korrigierte ihn zum hundertsten Mal. „Irgendwie glaube ich, dass ich es schaffen könnte.“

Ihre Stimme klang erschöpft, aber Anjali konnte den Hauch eines Lächelns in ihren Augen erkennen. Dann setzte Cynthia einen strengen Blick auf und räusperte sich. „Ich denke, Sie sollten jetzt besser gehen. Es wäre doch bedauerlich, wenn Sie Ihren Flug verpassen, Mister O’Roarke.“

Anjali blieb im Hintergrund, während Dell sich von allen verabschiedete. Gespielt beiläufig erschienen seine Freunde, einer nach dem anderen. Anjalis Herz ging auf. Dell und seine Militärkameraden mochten vielleicht gern so tun, als wären sie schroff, hart und stets kontrolliert, aber sie konnte die Zuneigung in ihren Augen sehen. Sie waren ein wahrer Bund von Brüdern und die Abreise eines einzelnen berührte sie alle, auch wenn es niemand laut zugeben wollte. Jenna und Hailey schauten ebenso amüsiert zu wie Anjali, als Connor und die anderen Dell auf den Rücken klopften und Quinn die kleine Wange rieben.

„Wir sehen uns bald.“ Dell zwang sich zu einem fröhlichen Ton.

„Vielleicht nicht zu bald", scherzte Tim, obwohl seine Augen das Gegenteil sagten.

Selbst Connor, der härteste der Bande, sprach mit kratziger Stimme, auch wenn er nicht viel sagte. Sie bedankten sich ausgiebig bei Anjali, halfen Dell, Quinn im Auto anzuschnallen, und standen eine lange Minute winkend da, bevor sie schließlich aus dem Blickfeld verschwanden. Selbst dann schaute Dell noch einmal zurück.

Die Fahrt zum Flughafen verlief still und nachdenklich. Anjali konzentrierte sich auf die Aussicht und versuchte, sich jeden Duft von Maui einzuprägen. Dieser Ort war ihr in kurzer Zeit sehr ans Herz gewachsen. Natürlich war die Insel wunderschön, aber die Plantage war ihr anfangs ein wenig zu ruhig für ein Stadtmädchen erschienen. Sogar ein wenig zu idyllisch. Aber jetzt, nachdem sie ein paar Tage dort verbracht hatte...

Das offene Gelände. Die satten, tropischen Farben. Die milden Temperaturen. Was zu schön erschienen war, um wahr zu sein, war Wirklichkeit geworden. Vielleicht musste der Lebensstil auf Maui gar nicht auf kurze Urlaubsaufenthalte und Fantasien beschränkt bleiben. Dell und die anderen konnten jeden Tag dort leben. Warum sollte sie es nicht auch können?

„Gute Reise", rief Tim, als er sie am Flughafen absetzte und davonfuhr.

Anjali starrte dem Fahrzeug hinterher. Was wäre, wenn sie gar nicht wegwollte?

„Auf geht's." Dell tätschelte Quinn nachdenklich, als ob ihm erst jetzt klar wurde, was ihn am anderen Ende des Fluges erwartete – nämlich Chicago und die Papiere, die Quinn zu seiner Adoptivtochter machen würden.

„Auf geht's", wiederholte Anjali und versuchte, nicht zu bedrückt zu klingen. So stark Dell auch sein mochte, er brauchte jetzt ihre Unterstützung. Sie konnte es an der Art spüren, wie er nervös mit den Tickets hantierte und sich um Quinn bemühte. Einmal blieb er sogar stehen und starrte in einen Ganzkörperspiegel, an dem sie vorbeikamen.

„Was?", fragte Anjali.

Er holte tief Luft und deutete mit einem Nicken auf sich selbst. „Ich schätze... ich fühle mich wie ein richtiger Erwachsener. Ich weiß nicht, ob das zu mir passt.“

Er sagte den letzten Teil mit leichtfertiger, scherzhafter Stimme, aber Anjali bemerkte den besorgten Unterton. Sie griff nach seiner Hand und drückte sie. „Du machst es toll. Du *wirst* es großartig machen.“

„Ja. Großartig.“

Sein Blick fiel auf sie. Seine Lippen bewegten sich und sie lauschte in der Hoffnung, so etwas wie *Anjali, bitte bleib’ bei mir* zu hören. Aber dann fiel mit einem lauten Knall ein Koffer um. Dell ging sofort in eine schützende Position und war wieder ganz der Soldat. Einen Augenblick später entspannte er sich, aber der Moment war verflogen.

Das Einchecken verlief reibungslos, ebenso wie die Sicherheitskontrolle. Als sie an ihrem Gate ankamen, kamen immer wieder Leute auf sie zu, die sie, Dell und Quinn anhimmelten. Okay, in Wirklichkeit nur Dell und Quinn, denn was könnte denn niedlicher sein als ein junger Vater, der sein Kind vergöttert?

„Ist Ihre Tochter nicht ein Schätzchen?“ Eine ältere Frau kitzelte Quinns Ärmchen.

Dells Mund öffnete und schloss sich wieder und Anjali war sich sicher, dass sie dort ein *Sie ist nicht meine Tochter* erkennen konnte. Er sprach es jedoch nicht laut aus.

„Wie alt ist sie denn?“, fragte eine andere Dame.

„Dreizehn Wochen.“ Dell klang wie ein stolzer Vater. Er drehte sich um, um Quinn ihren Bewunderern zu zeigen, und ließ sein Siegergrinsen aufblitzen.

Die älteren Damen seufzten, während die Jüngeren praktisch sabberten. Anjali war sich nicht sicher, ob sie Dell oder Quinn meinten, wenn sie *So niedlich* trällerten. Sie ertappte sich dabei, wie sie Dells Schulter berührte und Aufhebens um Quinn machte. Mit anderen Worten, ihr Revier markierte.

Was verrückt war, denn abgesehen von ein paar unbedachten Küssen war nichts zwischen ihr und Dell passiert. Nach außen hin mochten sie vielleicht wie die perfekte kleine Familie aussehen, aber im wahren Leben...

Anjali runzelte die Stirn und berührte gedankenabwesend ihre Kunstperlenkette. Das war ihr Problem – sie vergaß immer wieder, wie die Realität aussah. Sie schaute Dell viel zu oft in die Augen und sie lächelten sich ein wenig zu lange an. Ihre Hände berührten sich immer wieder und als sie über seine Schulter schaute, um nach Quinn zu sehen, schmiegte sie ihren Körper an seinen. Auf dem Flug bekamen sie zwei Plätze neben einem leeren dritten, saßen aber trotzdem Seite an Seite und ganz nah beieinander. Als die Lichter in der Kabine gedämmt wurden und Quinn in dem Babybettchen lag, das an der Trennwand befestigt war, legte Anjali ihren Kopf auf Dells Schulter. Er schob seinen Arm um ihre Schultern und lächelte.

„Es ist ganz schön anstrengend, nicht wahr?", sagte er.

Sie nickte erschöpft. „Aber Quinn war ein echter Superstar. Wir können uns glücklich schätzen."

„Wir Glückspilze", fügte Dell hinzu.

Ihre Blicke trafen sich und wie aus dem Nichts brach eine Fantasie über sie herein. Dass sie und Dell vielleicht eine Lösung finden würden, so dass sie sich nicht trennen müssten. Vielleicht könnte er für eine Weile in Chicago bleiben.

Diese Welle der Hoffnung war verrückt, aber Anjali kümmerte sich nicht mehr darum. Sie schmiegte ihre Hände um Dells Gesicht und zog es näher zu sich.

„Vielleicht könnten wir wirklich Glück finden", flüsterte sie. Sie war so müde, dass sie nicht mehr klar denken konnte.

„Vielleicht könnten wir das", grummelte Dell und beugte sich näher.

Vielleicht solltet ihr euch küssen, beharrte eine kleine Stimme.

„Vielleicht… " Anjali versuchte, den Mut aufzubringen, so etwas zu sagen, wie *Vielleicht sollten wir uns eine Chance geben.*

Aber Dells Lippen berührten ihre und verwandelten die Worte in einen Kuss. Ein Kussmarathon, vollgepackt mit all den *Vielleichts,* die keiner von ihnen laut auszusprechen vermochte.

Sie lösten sich für einen kurzen Atemzug voneinander und küssten sich dann erneut – ein heißer, beseelter Kuss, der durch ihre Adern rauschte und sich in ihr Herz schlich. Ein weiterer folgte und dann noch einer. Dell strich über ihre Arme und einige ihrer Küsse wurden intensiver. Andere waren leichter und manche trauriger, so dass sie ihn trösten wollte. Einige waren geradezu heißhungrig und als Dells Bart über ihre Haut kratzte, kicherte sie mit purem Vergnügen.

„Wünschst du dir nicht, wir könnten erster Klasse fliegen?", flüsterte sie nur halb im Scherz. „So viel Platz."

„So viel Privatsphäre." Dell schenkte ihr ein freches Grinsen. „Aber wenn wir in Chicago ankommen... "

Sie lächelte. Gott, es war gefährlich, laut zu fantasieren. Ihre Hand wanderte zu ihrer Perle, die sich warm anfühlte. Fast so, als würde sie ihre Fantasien von wahrer Liebe anfeuern.

Sie ließ sie los und lachte über sich selbst. Ihre Fantasie ging wirklich mit ihr durch.

„Was ist, wenn wir in Chicago ankommen?", neckte sie ihn und stellte sich vor, wie er sie langsam entkleidete und auf ihr Bett hinabsenkte.

„Nun, zuerst werde ich dir dieses Abendessen kochen, das ich dir schon so oft versprochen habe."

Sie grinste. Die Gruppe von Freunden, die auf Koakea lebte, aß die meisten Mahlzeiten zusammen und alles, was Dell gekocht hatte, war köstlich gewesen. Er hatte ihr jedoch ein indisches Essen versprochen, das die Kochkünste ihrer Mutter in den Schatten stellen würden. Aber Essen war überhaupt nicht das, was sie jetzt im Kopf hatte.

„Kochen und was noch?", fragte sie unverhohlen.

Er wurde todernst und strich mit einem Finger über ihre Wange. „Was immer du willst. Wozu auch immer du bereit bist. Aber Anjali... "

Sie zuckte zusammen. Komisch, dass sie diejenige war, die sich leichtfertig fühlte, während Dell die Verantwortung übernahm.

„Ich bin mir nicht sicher, ob das eine gute Idee ist."

„Es ist eine schreckliche Idee", gab sie zu. Es würde sie ohnehin schon umbringen, sich von ihm und Quinn verabschieden zu müssen. Warum es also noch schwieriger machen?

Sie ernüchterten beide und Dell schaute auf den Boden.

„Vielleicht... ", begann Anjali und er schaute hoffnungsvoll auf.

Sie starrten sich eine gute Minute lang an und sagten so vieles, ohne auch nur ein Wort auszusprechen. Schließlich berührte Dell sanft ihre Wange und sagte: „Vielleicht sollten wir etwas schlafen. Während der Boss ein Nickerchen hält, meine ich." Er deutete mit einem Nicken auf Quinn.

Anjalis Lächeln war schwach, aber es wurde breiter, als er auf seine Schulter klopfte. Sie lehnte ihren Kopf dort an und schloss die Augen.

„Aber vielleicht. . . ", flüsterte Dell, so dass sie noch einmal aufschaute.

„Vielleicht?", fragte sie und hegte viel zu viel Hoffnung.

„Vielleicht können wir uns später etwas einfallen lassen."

Die Worte allein hätten vielleicht nicht geholfen, aber sie kamen mit einem Kuss. Mit einem langen, langsamen Kuss, der die Anspannung und den Kummer aus ihr heraussaugte und sie mit einem süßen, wenn auch zarten Gefühl des Friedens erfüllte. Anjali schloss die Augen, war jedoch überzeugt, dass sie nicht einschlafen könnte.

Aber sie tat es dann doch, genau wie Dell. Der Flug, den sie gefürchtet hatte, wurde so zu einer angenehmen Auszeit anstatt zu einer lästigen Pflicht. Sie konnte die ganze Zeit eng an Dell gekuschelt verbringen und sich all den Fantasien hingeben, die ihr durch den Kopf gingen. Quinn wachte auf, trank und strampelte fröhlich auf Dells Schoß. Stunden vergingen und anstatt die Minuten zu zählen, genoss Anjali jede einzelne. Sie versteckte sich vor der Wolke der Trauer, die sie von Zeit zu Zeit überwältigen wollte. Was wäre, wenn sie nie wieder ein Baby im Arm halten würde? Ihr eigenes Baby, keinen Neffen oder eine Nichte. Was, wenn sie nie die Familie ihrer Träume bekäme?

Stunden später schaute sie beklommen aus dem Fenster. „Chicago."

„Es gibt vieles, worauf wir uns freuen können", sagte Dell. „Wie das versprochene Abendessen."

Er lenkte sie mit diesem Gedanken während des gesamten Weges durch den Flughafen und der Taxifahrt nach Hause ab. Der Aufzug fuhr gleichmäßig zu ihrer Wohnung im achten Stockwerk hinauf. Mit jedem *Ping* näherten sie sich ihrem Zuhause. War sie wirklich nur eine Woche weg gewesen? War sie tatsächlich schon zurück?

Sie fummelte mit dem Schlüssel herum und fühlte sich erneut völlig erschöpft. Sie war erleichtert, zu Hause zu sein, hatte jedoch auch Angst, dass dies das Ende war.

„Hey." Dell bedeckte ihre Hand mit seiner und half ihr, den Schlüssel festzuhalten. „Alles wird gut."

Sie nickte ruckartig. Sicher. Klar. Nur, dass sie Lourdes das Gleiche gesagt hatte und es nicht gut ausgegangen war.

Schließlich schwang sie die Tür auf und schaltete das Licht ein.

Da wären wir, wollte sie sagen, aber die Worte blieben ihr im Halse stecken, als ihr Blick auf das Chaos im Flur fiel.

„Ich nehme an, du bist eilig abgereist?" Dell spähte über ihre Schulter. Eine Jacke lag quer über dem Boden und Bücher überall verstreut. Außerdem ein einzelner Schuh und die Post, die sie vor ihrer Abreise nicht mehr hatte lesen können.

Anjali wich zitternd zurück. „Nein, das war ich nicht."

Dell fluchte und kam zu der gleichen Erkenntnis wie sie. Ihre Wohnung war ein Schlachtfeld. Sie war durchwühlt worden.

„Oh nein." Ihre Stimme zitterte, als sie sich umsah.

Quinn musste ihre Angst spüren, denn sie begann zu weinen. Dells Nasenlöcher bebten und sein Gesicht wurde grimmig. Er trat weiter in die Wohnung hinein und vergewisserte sich, dass die Luft rein war. Dann zog er sein Telefon aus der Tasche und winkte ihr eindringlich zu.

„Schnell. Packe, was auch immer du brauchst. Wir müssen von hier verschwinden."

Sein barscher Ton erschreckte sie genauso wie der Zustand ihrer Wohnung. Anjali schaute sich um und fragte sich, wohin sie gehen könnten.

„Ich kann meine Eltern anrufen."

Er schüttelte entschieden den Kopf. „Wir wollen sie nicht mit hineinziehen. Ich habe eine Idee."

Er wandte sich ab und fing an, in sein Telefon zu murmeln, während er durch die mit Vorhängen verhangenen Fenster spähte. Anjali schaute sich um und musste immer noch ihren Schock verarbeiten. Jemand war in ihrer Wohnung gewesen. Wonach hatten sie gesucht? Und warum?

Sie schnappte sich eine Tasche und stopfte ein paar Kleidungsstücke und eine Ersatzkreditkarte hinein. Aus einer Laune heraus griff sie ebenfalls nach einem der umgekippten Bilderrahmen aus dem Bücherregal – das Bild von sich selbst und Lourdes, wie sie als Kinder in einem Baumhaus saßen. Warum sich das so wichtig anfühlte, konnte sie nicht erklären. Dann schaute sie sich um. Was brauchte sie noch?

„Bist du so weit?", fragte Dell von der Tür aus.

Sie schluckte und ließ ihren Blick noch einmal durch die Wohnung schweifen, bevor sie sich ihm anschloss. „Wohin gehen wir?"

Er spähte in den Flur hinaus, bevor er vorausging. „An einen sicheren Ort für die Nacht. Silas, der Dra–" Er hustete und fing noch einmal an. „Der Typ, dem das Koa Point Anwesen gehört, hat ein Haus nicht weit von hier. Dort können wir übernachten."

Wenige Minuten später waren sie draußen auf dem Bürgersteig, wo Anjali Quinn sanft wiegte und sich sagte, dass alles gut werden würde.

Aber nichts fühlte sich gut an. Statt in der Ruhe des sonnigen Mauis, befanden sie sich auf dem kühlen Gehweg einer düsteren Straße in der Stadt. Und anstatt dem sanften Flüstern einer Meeresbrise zu lauschen, waren sie von Hupen, Sirenen und dem Lärm der Züge auf der L umgeben.

Dell winkte ein Taxi heran und rief dem Fahrer eine Adresse zu, während sie hastig einstiegen.

„North Astor?" Der Fahrer pfiff. „Nette Gegend."

Anjali starrte ihn an, als sie den Namen des Viertels an der Gold Coast erkannte. Dells Freund besaß ein Haus dort? Andererseits, wenn ihm ein Anwesen auf Maui gehörte, sollte sie vielleicht nicht überrascht sein.

„Nicht mein Haus. Das eines Freundes", antwortete Dell.

„Wer ist das noch mal?", flüsterte sie und fragte sich, wer von den Menschen, die sie auf Maui getroffen hatte, es sein könnte.

„Silas. Ein Freund. Boss. Ehemaliger Kommandant." Dell winkte mit der Hand ab. Offensichtlich war Silas alle diese Dinge. „Jedenfalls werden wir dort sicher sein."

Anjali griff nach seiner Hand, während Quinn sie mit großen, unschuldigen Augen anschaute. Die Fahrt dauert eine Ewigkeit, aber schließlich hielten sie vor einem Herrenhaus aus Naturstein, das mindestens einhundert Jahre alt sein musste, an. Der Fahrer war nicht der Einzige, der pfiff. Anjali hätte es fast auch getan – besonders, als ein uniformierter Butler herauskam und die Autotür öffnete.

War es sicher? Sie bezweifelte es nicht. Der Butler war ein älterer Mann, aber er war fast genauso groß und muskulös wie Dell. Der Sicherheitsmann, der schweigend an der Treppe stand, hatte einen Hals so dick wie ein Baumstamm. Sie beide hatten die gleiche pulsierende Unterströmung roher Kraft, die Dell und alle Männer auf Koakea versprühten. Sie alle wirkten wie athletische Elite-Krieger. Oder vielleicht noch etwas mehr als das, obwohl sie nicht wusste, was es genau sein könnte.

„Ist das dein Ernst?", flüsterte Anjali Dell zu.

Er verzog das Gesicht. „Todernst. Lass uns hineingehen."

Kapitel 12

Um elf Uhr am nächsten Vormittag starrte Anjali auf den Computerbildschirm in ihrem Büro und hatte Mühe, sich zu konzentrieren. Normalerweise war ihr Schreibtisch ordentlich und aufgeräumt, aber heute häuften sich Dokumente und Arbeitsblätter darauf. Sie hatte versucht, mit dem Durchsehen ihrer E-Mails zu beginnen, aber mit hunderten von ungelesenen Nachrichten und Anhängen begann alles zu verschwimmen. Sie schaute sich um und wünschte, sie könnte das Geräusch klingelnder Telefone durch das von Singvögeln ersetzen. Sie ließ ihren Blick nach rechts schweifen. Anstatt eines strahlend blauen Himmels bestand ihre Aussicht aus ihrem Büro im sechzehnten Stockwerk hauptsächlich aus weiteren Büros im sechzehnten Stockwerk der benachbarten Gebäude. All diese Bürozellen. All diese Menschen. All diese Hektik und Geschäftigkeit. Wozu war das alles gut?

Ein Sturm braute sich zusammen und sie beobachtete, wie dunkle Wolkenschwaden um jedes Gebäude krochen, als ob sie nach etwas suchten. Sie drückte Dell und Quinn die Daumen, die dort draußen unterwegs waren. Hoffentlich würden sie nicht durchnässt werden, wenn der unvermeidliche Wolkenbruch kam. Der Wind pfiff bereits zwischen den Gebäuden hindurch und der einsame Vogel, der draußen dahinflog, flatterte praktisch auf der Stelle.

Als Anjali ihren Blick losriss, landete er direkt auf dem Foto von ihr und Lourdes als Kinder im Baumhaus. Sie hielt inne und brummte dann vor sich hin.

„Geh endlich deine E-Mails durch.“

Sie schob ihre düstere Stimmung auf den Mangel an Schlaf. Obwohl Dell neben ihr geschlafen hatte, war sie in den wenigen Stunden, die ihr zur Verfügung gestanden hatten, von Albträumen geplagt worden. Quinn hatte ihre Angst gespürt und war unruhig gewesen, während Anjali sich die Nacht um die Ohren schlug. Wer war in ihre Wohnung eingebrochen? Wonach hatte der Täter gesucht?

Wenn Dell nicht gewesen wäre, hätte sie nicht gewusst, was sie hätte tun sollen. Aber selbst er konnte die hässlichen Szenarien nicht aufhalten, die sich in ihrem Kopf abspielten, als sie schließlich in Silas' Haus angekommen waren. Sie hatten sich etwas zu essen bestellt, worüber Dell mit den Zähnen geknirscht hatte.

„Ich schwöre, irgendwann koche ich dir dieses Abendessen", hatte Dell geseufzt, als sie die Behälter des gelieferten, indischen Essens öffneten.

Sie hatte seine Hand gedrückt. Essen war das Letzte, worüber sie sich Gedanken gemacht hatte, aber die Leidenschaft seines Versprechens ging ihr direkt zu Herzen.

Also ja. Es war eine herrliche Nacht gewesen und ein ziemlich hektischer Morgen, an dem sie und Dell sich selbst und Quinn zurechtmachen mussten. Dell war nicht begeistert gewesen, dass Anjali zur Arbeit ging, aber sie hatte darauf bestanden und er hatte sie den ganzen Weg bis in ihr Büro begleitet.

Und Junge, hatten sich Köpfe gedreht. Ein attraktiver Mann mit einem süßen Baby, der mit der unscheinbaren Anjali Jain ins Büro kam? Und noch faszinierender: Ein Mann mit der Ausstrahlung eines Elitesoldaten – aber einer, der ein Baby vor seiner Brust trug. Ein blondes Baby, das unmöglich ihres sein konnte. Anjali konnte sich das Getuschel am Wasserspender schon vorstellen. Und nicht nur darüber, mit wem sie ins Büro gekommen war, sondern auch darüber, wie Dell sich verabschiedet hatte.

Ihr Atem stockte, wenn sie nur daran dachte. Er hatte nach ihren Armen gegriffen und seine Hände zu ihren Wangen gleiten lassen, um ihr Gesicht zu streicheln.

„Sei vorsichtig", hatte er mit heiserer Stimme gesagt. „Ruf mich an, wenn du etwas brauchst. Und Anjali… " Er hielt inne und hatte ihr suchend in die Augen gesehen.

Ich liebe dich. Die Worte schossen ihr durch den Kopf. Seine Lippen hatten sich nicht bewegt und doch hätte sie schwören können, dass seine raue tiefe Stimme in ihren Gedanken erklang. *Ich liebe dich.*

Ich liebe dich auch, hätte sie fast gesagt.

Aber Dell hatte es nicht ausgesprochen, also musste es ihre Einbildung gewesen sein, nicht wahr?

Sie errötete. Eines war sicher – den Kuss, mit dem Dell sich verabschiedet hatte, hatte sie sich nicht eingebildet. Intensiv und fordernd hatte er ihre Lippen völlig bedeckt – nein, verschlungen – und seine Stimme war heiser gewesen, als er danach wieder sprach.

„Sei vorsichtig. Ich meine es ernst. Ruf mich bei der kleinsten Sache an und ich komme sofort."

Sie hatte ihn angestarrt. Dies war ein anderer Dell. Verschwunden war der lässige Strandstreicher und Schürzenjäger. Dieser Mann war ein Ritter in glänzender Rüstung, der sich ihrer Sache völlig verschrieben hatte.

Also ja. Sie konnte es ihren Kollegen nicht verdenken, dass sie über das, was sie durch die Glaswände ihres Büros gesehen hatten, tuschelten. Aber wie sollte sie sich danach noch konzentrieren können? Ihr Herz flatterte bei der bloßen Erinnerung an ihn und ihre Finger zuckten, als sie sich ihn zurückwünschte.

Sie rieb sich das Gesicht und versuchte, sich zusammenzureißen. Dell war weg und unterwegs zum Jugendamt, bereit, das volle Sorgerecht für Quinn zu übernehmen. Also lief eigentlich alles nach Plan.

Abgesehen davon, dass ihre Wohnung durchsucht worden war. Ihre Kindheitsfreundin auf brutale Weise ums Leben gekommen war. Ihr eigenes Leben auf den Kopf gestellt wurde… Draußen wurde der Sturm immer wilder und dunkle Wolken zogen wie eine Armee heran.

Sie erschauderte und wandte den Blick ab. *Zurück an die Arbeit.* Sie war bereits eine Woche weg gewesen und wenn sie nicht schnell in die Gänge kam, würde sie die Beförderung, von der sie geträumt hatte, auf gar keinen Fall bekommen.

In der Reflexion, die sie ganz leicht auf ihrem Computerbildschirm erkennen konnte, sah sie ihren eigenen finsteren

Blick. Es war wohl eher die Beförderung, von der sie früher geträumt hatte. Jetzt träumte sie von Babylachen. Vom sonnigen Himmel. Von der Stimme eines Mannes, auf den sie sich nicht einlassen sollte. Der Mann, der sie die ganze Nacht über festgehalten hatte, und sie um den Verstand küsste, als er vor ein paar Stunden gegangen war.

Sie warf einen Blick auf ihr Handy. Sie hatte eine Menge Nachrichten empfangen, jedoch keine von Dell.

Crystal, ihre Assistentin, klopfte an die Tür, bevor sie mit einem Arm voller Akten und einer Tasse Kaffee hereinkam. „Hier. Sie sehen aus, als könnten Sie den gebrauchen."

Anjali verbarg ein Stirnrunzeln. Früher hatte sie ihre Gefühle nie gezeigt. Was war jetzt anders?

„Danke. Für alles", sagte sie. Dann öffnete Crystal den Mund und Anjali schüttelte sofort den Kopf. „Was auch immer Sie tun, fragen Sie nicht." Crystal grinste und beugte sich vor. „Nicht einmal, wenn seine Küsse so heiß sind, wie er aussieht?"

Ein Grinsen entglitt ihr, bevor Anjali es aufhalten konnte. „Nicht einmal dann. Also, was haben Sie für mich?"

Crystal stieß einen theatralischen Seufzer aus und ließ die Papiere auf ihren Schreibtisch fallen. „Sie haben in einer Stunde eine Teambesprechung und um drei ein Meeting mit Hugh. Hier sind die Berichte." Sie ließ genau eine Sekunde verstreichen, bevor sie sich näher zu Anjali lehnte und flüsterte: „Ich dachte, Sie wären erleichtert, das Baby loszuwerden. Aber da der Daddy offensichtlich Teil des Pakets ist... "

Anjali warf Crystal einen scharfen Blick zu. „Ich wollte das Baby nicht loswerden."

Crystal verzog den Mund. „Ach was Sie nicht sagen."

Anjali hätte fast protestiert, aber dann erinnerte sie sich. Sie hatte vielleicht nicht genau diese Worte benutzt, aber etwas Ähnliches, als sie sich Crystal vor zwei Wochen anvertraut hatte.

Zwei Wochen, in denen sich so vieles verändert hatte. Wie die Traurigkeit, die sie in ihrer Brust spürte, wenn sie Dell mit Quinn weggehen sah.

„Crystal", knurrte sie und warnte ihre Assistentin, sich zurückzunehmen.

Crystal drehte sich um, hielt dann aber noch einmal inne. „Oh, und das hätte ich fast vergessen. *Sie* ist heute hier, also seien Sie gewarnt."

Einen Moment lang konnte Anjali nicht zuordnen, wer mit *sie* gemeint sein könnte, aber dann fiel es ihr wieder ein. „Scheiße. Die neue Aktionärin?"

Crystal nickte ernsthaft. „Die *Haupt*aktionärin. Höchstpersönlich. Und verdammt. Wenn ein Mensch Feuer speien könnte, würde ich wetten, dass sie es tut. Ms. LeGrange ist im Moment im Obergeschoss." Crystal blickte in die Richtung der Chefetage. „Alle haben bereits Angst vor ihr."

Anjali trank einen Schluck Kaffee und hätte sich an der Bitterkeit fast verschluckt. Sie verbarg eine Grimasse und schluckte den Kaffee hinunter. Wow. Maui hatte sie in mehr als einer Hinsicht verwöhnt.

„Ich hab sie im Vorbeigehen gesehen und ich schwöre, sie hat das Lächeln einer Natter", sagte Crystal vertraulich. „Auch wenn sie versprochen hat, keine großen Veränderungen vorzunehmen, glaube ich ihr kein Wort."

Das Telefon auf Crystals Schreibtisch klingelte und sie huschte, sehr zu Anjalis Erleichterung, hinaus. Gerüchte über die neue Großaktionärin kursierten schon seit einem Monat im Büro, aber dafür hatte sie jetzt keine Zeit. Sie musste sich an die Arbeit machen und das schnell.

Mit einem letzten sehnsüchtigen Blick auf die winzigen, zwischen den Nachbargebäuden sichtbaren Himmelsfetzen – Gott, was würde sie nicht für einen verjüngenden Atemzug frischer Maui-Luft geben – machte sie sich an die Arbeit. Es dauerte gute fünf Minuten mentalen Kampfes mit sich selbst, aber schließlich bekam sie sich in den Griff. Sie vertiefte sich so sehr, dass sie fast die Teambesprechung verpasst hätte, und schließlich zu ihrem Termin mit dem Abteilungsleiter um fünfzehn Uhr eilen musste. Nach beiden Meetings rasten ihre Gedanken. In einer Woche war so viel passiert – und doch war irgendwie gar nichts passiert. Es war alles derselbe Kreislauf, der sich immer wiederholte. Während ein Projekt über die Hürden der Planung taumelte, raste ein anderes der Fertigstellung entgegen. Sie waren alle unterschiedlich und doch deprimierend ähnlich.

Währenddessen hatte Quinn in der letzten Woche angefangen, mehr zu schlafen. Sie saß aufrechter. Versuchte, sich
auf den Bauch zu rollen. Monumentale Veränderungen, wenn
man es genau betrachtete. Die Art, die man nicht zu verpassen
wagte, weil sie nie wiederkommen würden.

Anjali seufzte vor sich hin und raffte sich wieder auf. Wieder
auf Kurs zu kommen, wurde zu ihrem Mantra, und es gab so
viel zu tun. Also zwang sie sich, an einem weiteren geschmack-
losen Kaffee zu nippen und noch eine Stunde durchzuarbeiten.
Und dann noch eine und noch eine und...

Die Tür zu ihrem Büro flog zum dritten Mal innerhalb der
letzten Stunde auf. „Was ist es dieses Mal?", fragte Anjali,
ohne aufzublicken.

Ein dunkles, bedrohliches Gefühl machte sich in ihrer Magengrube breit. Die Härchen in ihrem Nacken stellten sich auf.
Sie verkrampfte die Finger – und das alles, bevor sie überhaupt
aufgeschaut hatte.

„Ach nichts", schnurrte die Frau an der Tür regelrecht. Das
Schnurren einer Katze, die sich für etwas Spaß bereit über eine
Maus beugte.

Anjali riss die Augen weit auf, als sie die Fremde an ihrer
Tür musterte. Rotes Seidenkleid. Tiefschwarzes Haar. Durch-
dringende Augen.

Crystal stand hinter der Frau und hauchte: *Passen Sie auf!
Das ist sie.*

„Entschuldigung." Anjali sprang auf die Beine. „Es war ein
anstrengender Tag. Was für eine Freude, Sie kennenzulernen."
Sie streckte eine Hand aus. „Anjali Jain, Leiterin der Marketingabteilung Nord- und Mittelamerika."

Die Augen der Frau leuchteten. War sie beeindruckt
von Anjalis Gelassenheit? Amüsiert darüber, dass sie sie
überrumpelt hatte?

Anjali machte sich auf einen dieser allzu festen
Händedrücke gefasst, mit denen sich Frauen in einer von
Männern dominierten Welt beweisen wollten. Aber darüber
hinaus fiel ihr auf, wie kalt die Hand der Frau war. Fast
reptilienhaft.

„Moira LeGrange." Die Frau starrte Anjali weiter in die Augen. „Ich bin hier, um mich mit Ihrer Abteilung vertraut zu machen. Ich bin sicher, es macht Ihnen nichts aus."

Ihre Worte klangen herausfordernd, als ob sich die Frau tatsächlich wünschte, dass ihr zur Abwechslung einmal jemand die Stirn bot. Und wenn das passierte... würden wahrscheinlich Köpfe rollen.

„Natürlich nicht." Anjali deutete auf einen Stuhl. „Was auch immer Sie wünschen."

Moira schob die Tür mit einem scharfen Klicken zu und schritt dann direkt an Anjalis Schreibtisch vorbei und in ihren persönlichen Bereich. Sie überflog die auf der Arbeitsfläche angeordneten Papiere, während sie mit den Fingern über den Rand eines Aktenschrankes nach dem anderen fuhr, bereit, alles zu öffnen, was sie wollte.

Anjali sträubte sich. Verdammt noch mal, das war ihr Büro. Für wen hielt sich diese Frau?

Dann kämpfte sie gegen ihre Empörung an. *Diese Frau* war Moira LeGrange und ihr gehörten zweiunddreißig Prozent von Gleason Associates. Also gehörten diese Schubladen und Akten technisch gesehen ihr. Sie konnte sie nach Belieben durchwühlen.

Trotzdem gefiel es Anjali nicht. Nicht im Geringsten.

„Wie kann ich Ihnen behilflich sein, Ms. LeGrange?", fragte sie und war darauf bedacht, geschäftsmäßig und nicht gereizt zu klingen.

Moira drehte sich um und Crystals Worte hallten in Anjalis Gedanken wider. *Das Lächeln einer Natter.* Ja, das passte wirklich.

Moira lehnte sich zum Schreibtisch und drückte ihren Arsch auf die Akten an der Kante. Anjali registrierte die Geste. Bei allem Reichtum und Adel, den die Frau auszustrahlen versuchte, stammte sie doch aus bescheidenen Verhältnissen. Das machte Moira doppelt gefährlich, denn es bedeutete, dass sie sich ein Vermögen in Millionenhöhe erkämpft hatte. Nein, Milliarden. Und der Blick in Moiras Augen war der einer Jägerin, die ihres Sportes noch lange nicht überdrüssig war.

„Erzählen Sie mir von dem Cumberland-Auftrag." Moira lächelte ohne den geringsten Anflug von Humor oder Wärme.

Anjali blinzelte. Der Cumberland-Auftrag war groß und das Projekt war in Anjalis Abwesenheit mit Volldampf vorangetrieben worden. Sie hatte es von Maui aus nur am Rande mitverfolgen können. Wollte Moira sie testen?

Anjali war nie eins der Kinder gewesen, die in der Schule in der letzten Reihe saßen und herumalberten – die Art, die die Lehrer versuchten, unvorbereitet zu erwischen. Aber jetzt merkte sie zum ersten Mal, wie sich diese Kinder gefühlt haben mussten.

Gott sei Dank hatte sie den Tag damit begonnen, sich auf genau diesen Auftrag zu konzentrieren. „Selbstverständlich. Was möchten Sie wissen?"

Moiras Blick flackerte unzufrieden auf. „Wie der Stand der Dinge ist. Was Sie tun, um den Erfolg zu sichern."

Anjali fing an, Zahlen herunterzurasseln, zog Diagramme hervor und zeigte ihr Wissen auf eine Art und Weise, wie sie es seit der Verteidigung ihre Abschlussarbeit an der Uni nicht mehr hatte tun müssen. Moira beugte sich unterdessen so nah an Anjali ran, dass sie ihren heißen Atem in ihrem Nacken spüren konnte.

Und verdammt. Wenn ein Mensch Feuer speien könnte, würde ich wetten, dass sie es tut. Anjali hatte gedacht, Crystal hätte übertrieben, aber vielleicht auch nicht.

Als Anjali von ihrem Schreibtisch wegtrat, um sich ein wenig Luft zu verschaffen, schlenderte Moira durch ihr Büro und berührte die Bilder und Erinnerungsstücke, mit denen Anjali den Raum subtil dekoriert hatte. Sie fühlte sich dadurch irgendwie angegriffen. Als Moira innehielt, um das Foto der zwei Mädchen in dem Baumhaus zu betrachten, drehte sich Anjali der Magen um. Moira hatte ihr den Rücken zugewandt, so dass Anjali ihren Gesichtsausdruck nicht lesen konnte, aber sie war sich sicher, dass sich die Schultern der Frau anspannten.

Trotz allem sprach Anjali weiter und schaffte es, ihre Stimme ruhigzuhalten. Als sie fertig war, drehte sich Moira um und ließ eine unerwartete Bemerkung fallen.

„Wenn ich es richtig verstehe, sind Sie gerade aus dem Urlaub zurückgekommen."

Anjali blinzelte überrascht. Woher sollte eine neue Aktionärin das wissen? Dann straffte sie die Schultern und schaute Moira direkt in die Augen. Als Angestellte hatte sie Rechte und sie wusste es.

Aber es tat irgendwie körperlich weh, Moira direkt anzuschauen. Ihre Augen waren hart und funkelnd, manchmal sogar fast wirbelnd.

„Familienangelegenheiten." Anjali sagte sich, dass sie cool bleiben musste. „Ich habe meine Urlaubstage für einen genehmigten Sonderurlaub genutzt." *Da haben Sie es,* hätte sie am liebsten hinzugefügt.

Moira zog eine ihrer perfekt gezupften und nachgezogenen Augenbrauen hoch. „Aha. Ein genehmigter Sonderurlaub ... auf Hawaii?"

Anjali umklammerte ihren Stift so fest, dass er fast zerbrach. Verdammt noch mal, wer hatte Moira gegenüber Hawaii erwähnt? „Es ging bei dieser Angelegenheit nicht darum, am Pool herumzuhängen, falls Sie das andeuten wollen."

Moira lächelte und entblößte dabei leicht spitze Zähne. „Ich deute überhaupt nichts an."

Aber Anjali musste sich schwer beherrschen, um nicht herauszuplatzen: *Ach nicht? Gut! Dann verschwinden Sie aus meinem Büro und lassen Sie mich weiterarbeiten, Miststück.*

Außerhalb ihres Büros war der Rest der Etage still und regungslos. Die wenigen Leute, die durch das normalerweise geschäftige Büro wuselten, schlichen sich vorbei und wandten ihre Blicke ab. Selbst Crystal wagte es nicht, einen Blick darauf zu werfen, was wohl vor sich gehen könnte.

„Womit kann ich Ihnen noch behilflich sein?", fragte Anjali und versuchte, Moira zum Gehen zu bewegen.

Moiras unruhige Augen schweiften noch einmal durch den Raum und blieben auf dem Bild von Anjali und Lourdes als Kinder hängen. Sie griff nach dem Rahmen und studierte ihn mit einem grausamen Lächeln.

Anjali verspannte sich und ballte die Hände zu Fäusten. Warum ließen die Leute die arme Lourdes nicht in Ruhe?

„Oh, die guten alten Zeiten. Unschuldige Zeiten", seufzte Moira und stellte das Bild zehn Zentimeter von seinem ursprünglichen Platz wieder ab.

Anjali widerstand dem Drang, es zu richten und zu schreien, *Verschwinden Sie.*

Aber Moira ging weiter auf Erkundungstour. Wühlte durch Papiere und ließ sie an einem anderen Ort liegen. Ein Stift hier, ein Ausdruck dort. Anjali erinnerte sich an den Anblick ihrer durchwühlten Wohnung und sie ertappte sich dabei, wie sie Moira auf den Rücken starrte. Aber nein. Es war lächerlich. Moira LeGrange würde sich mit dieser Art von Niedertracht nicht die Hände schmutzig machen.

„Also, erzählen Sie mir von... ", fing Moira an und drehte sich wieder zu Anjali um. Doch als ihr Blick auf die Glaswand hinter Anjali fiel, schien sie praktisch wie erstarrt. Zuerst sah Moira so aus, als hätte sie einen Geist gesehen. Dann fing sich das Licht in ihrer Iris und ihre Augen schienen zu glühen. Moira lächelte auf eine zuckersüße Art, während ihr Blick raubtierhaft wurde. Einen Moment lang war Anjali erleichtert, dass sich der Fokus der Frau auf etwas anderes richtete. Doch dann entdeckte sie das Objekt von Moiras Aufmerksamkeit und erblasste.

Dell stand wie erstarrt vor ihrem Büro. Er hielt Quinn in ihrer Trage und ein Bündel Papiere in seiner Hand. Die Adoptionsunterlagen? Anjali hätte es nach Feiern zumute sein sollen, aber sie spürte nichts als Übelkeit. Auch Dell schien völlig überrumpelt. Seine rechte Wange fing an zu zucken, wo eigentlich das Grübchen hätte sein sollen.

Aus einem Instinkt heraus, den Anjali nicht erklären konnte, trat sie zur Seite und versperrte Moira dadurch die Sicht.

Sie kam allerdings zu spät. Moira leckte sich praktisch die Lippen, stürmte an ihr vorbei und murmelte: „Danke, Ms. Jain. Das wäre dann alles. "

Die Luft verdichtete sich – genau wie die Gewitterwolken draußen – als Moira an ihr vorbeistürmte. Der Raum bebte regelrecht um Anjali herum und die kleinen Härchen auf ihren Armen stellten sich auf. Mein Gott, wer war diese Moira? Und was wollte sie von Dell?

Kapitel 13

„Mr. O'Roarke, nehme ich an", säuselte Moira.

Dell konnte sie hinter dem Brüllen in seinen Ohren kaum hören. Das Blut rauschte durch seine Adern und jeder Muskel spannte sich an. Die Spitzen seiner Reißzähne drückten gegen sein Zahnfleisch, als sein Löwe darum kämpfte, sich zu befreien.

Töte sie. Reiße sie in Stücke. Jetzt, solange du noch kannst, schrie sein Löwe.

Die Versuchung war groß. Sehr groß. Aber mit Quinn in seinen Armen...

Eine ganz neue Emotion formte sich in seinem Bauch, die sich zur Abscheu und zu der Wut gesellte, die dort bereits herumschwirrten. Es war Angst – verzweifelte Angst – wie er sie noch nie zuvor empfunden hatte. Nicht um sich selbst, sondern um Quinn – und um Anjali.

Was zum Teufel hatte Moira dort zu suchen?

Er drückte Anjali Quinn in den Arm und schrie vier Worte in ihre Gedanken. *Nimm sie und lauf.* Dann packte er Moira beim Arm – er packte sie richtig und drückte fest zu – und marschierte mit ihr durch den Flur in einen leeren Besprechungsraum, wo er sie gegen eine Wand drückte. Der Raum hatte eine Glaswand, was bedeutete, dass er sich nicht in seine Löwengestalt verwandeln konnte, um ihr die Kehle herausreißen. So ein Pech.

Er knallte die Tür zu und pirschte sich Schritt für rachsüchtigen Schritt weiter vor. Moira LeGrange, Drachengestaltwandlerin. Todfeindin der Gestaltwandler von Koa Point. Eine intrigante, mörderische Schlampe, die in ihrem Streben nach Macht vor nichts haltmachen würde.

Vor gar nichts, stimmte ihr Blick zu.

Nicht vor einem winzigen Baby. Nicht vor Anstand oder Stolz. Nicht vor einem unschuldigen Menschen, der zufällig mit hineingezogen wurde.

Anjali, brüllte sein Löwe.

„Moira", knurrte er und stellte sicher, dass seine Abscheu offensichtlich war.

Sie berührte ihren Arm an der Stelle, die er gequetscht haben musste, und lächelte, als ob es ihr gefallen hätte. Himmel, wie krank war sie denn?

Wahrhaftig krank, antwortete sein Löwe.

Und unglaublich alarmierend, denn Moira und ihr Partner Drax waren von Silas und Cassandra, zwei Drachengestaltwandlern von Koa Point, besiegt worden. Drax war dabei getötet worden. Moira konnte entkommen und war infolgedessen ihrer Macht beraubt und von jedem aufrichtigen Drachenclan geächtet worden.

Sieht so aus, als hätte sie sich erholt, knurrte sein Löwe und begutachtete ihren teuren Schmuck und die manikürten Fingernägel. Entweder zog Moira eine gute Show ab oder sie hatte einen Weg gefunden, einen Teil des Vermögens ihres toten Liebhabers an sich zu reißen und gut zu investieren.

Töte sie, knurrte sein Löwe. *Töte sie, solange wir die Chance dazu haben.*

Sie wurden von außerhalb des Konferenzraumes von dutzenden Augenpaaren beobachtet. Er konnte sie auf seinem Rücken spüren. Es gab überhaupt keine Möglichkeit zu tun, was getan werden musste. Außerdem hatte er jedes Überraschungsmoment verloren, das er möglicherweise gehabt hatte. Wenn er sich jetzt verwandelte, würde Moira es auch tun und das Letzte, was er brauchte, war ein randalierender Drache auf der anderen Seite des Flurs der beiden Frauen, die er liebte.

Er blinzelte. Liebe? Es kostete ihn all seine Kraft, sich nicht zu Anjali und Quinn umzudrehen. Pflichtgefühl und Schicksal waren bereits mächtige Emotionen. Genug, um das Leben eines Gestaltwandlers zu bestimmen. Aber ihnen auch noch Liebe hinzuzufügen, bezog seine menschliche Seite mit ein. Außerdem war Liebe angsteinflößend. Liebe konnte einen Mann dazu bringen, seinen Kopf zu verlieren. Liebe konnte einen hartgesottenen Soldaten zum Weinen bringen. Liebe konnte das Leben eines Mannes auf den Kopf stellen.

Er biss sich auf die Lippe. Die Liebe hatte diese Dinge alle schon mit ihm gemacht.

Natürlich, sagte sein Löwe. *Wir sind bereits voll investiert.*

Moiras Blick zuckte zu einem Punkt hinter ihm und sein Magen zog sich zusammen. Er konnte es sich nicht leisten, auch nur anzudeuten, was Anjali und Quinn ihm bedeuteten. Moira würde es zu ihrem Vorteil nutzen, um herauszuquetschen, was sie nur konnte.

Aber verdammt. Es war bereits zu spät. Moira hatte es bemerkt und er konnte praktisch sehen, wie sie das Wissen abspeicherte.

„Was zum Teufel machen Sie hier?" Er zwang ihre Aufmerksamkeit auf sein Gesicht zurück.

„Oh, mir gehört diese Firma jetzt." Sie grinste und strich sich ganz korrekt und damenhaft mit den Händen über das Kleid. Der einzige Hinweis auf einen *rücksichtslosen Killer* lag in ihren Augen. „Nun, die Mehrheit der Aktien. Die Frage ist also, mein lieber Löwe, was Sie hier machen?" Ihre Augen strahlten voller Hoffnung auf. „Sie sind gekommen, um mich zu sehen, nicht wahr?"

Dells Kinnlade klappte auf. War die Frau wahnsinnig?

Ja, erwiderte sein Löwe sofort.

Er konnte es in ihren Augen sehen, wenn er genau hinsah. Jenseits des gierigen Gestaltwandlerglühens wurde sie von einem blassgelben Flackern verraten.

Dell ballte seine Fäuste. Großartig. Er hatte es nicht nur mit einer herzlosen, gierigen Mörderin zu tun. Er hatte es mit einer herzlosen, gierigen, geistig instabilen Mörderin zu tun. Eine, die die halbe Innenstadt von Chicago abfackeln könnte, wenn sie es wollte.

„Warum sollte ich Sie sehen wollen?", bellte er und gab sich Mühe, die Worte verletzend wirken zu lassen.

Aber Moira schien es nicht zu hören. Sie lächelte nur und war wie verloren in ihrer eigenen Welt. „Ja... "

Sie umkreiste ihn, so wie ein Pferdetrainer ein vielversprechendes neues Vollblut umkreisen würde.

Dell drehte sich mit und hielt seine Hände dabei hoch. Er war jederzeit bereit für einen Angriff. Sie hätte genauso gut mit einer Stahlbürste über seinen Körper kratzen können, so fühlten sich ihre Augen auf seiner Haut an.

„Ja", murmelte sie vor sich hin. „Sie könnten genau richtig sein."

Dell runzelte die Stirn. Wovon zum Teufel sprach sie?

„Ich habe Sie zwar nicht erwartet", säuselte Moira und strich mit einem Finger über seinen Kieferknochen. Er zuckte zurück, aber sie lächelte und fuhr fort. „Aber Sie werden genau richtig sein."

Das Leuchten in ihren Augen ging von aufmerksam zu erregt über, als sie ihren Blick an seinem Körper auf und ab schweifen ließ und ihn mit den Augen entkleidete. Sie strich mit einer Hand auf eine viel zu intime Weise über seine Schulter, nickte dann vor sich hin und verkündete: „Ich mache Ihnen ein Angebot."

Dell riss die Augen weit auf. Was zur Hölle? „Was auch immer es ist, ich bin nicht interessiert."

„Das gleiche Angebot, das ich Ihrem Bruder gemacht habe", sagte Moira, als hätte er gar nichts gesagt. „Ein Angebot, dass Sie sicher nicht ausschlagen können."

Dell ballte seine Hände so fest zu Fäusten, dass sich seine Fingernägel in seine Haut bohrten. Was hatte Quentin mit dieser Sache zu tun?

„Sie haben nichts, woran ich interessiert bin", knurrte er.

„Ach nein?" Moira drückte die Schultern durch und ihre Brüste nach vorn.

„Nichts", grunzte Dell voller Übelkeit.

Moira zog eine Augenbraue hoch und warf einen Blick in die Richtung von Anjalis Büro. Das Blut gefror ihm zu Eis in den Adern. „Wirklich gar nichts?"

Sie ließ die Stille eine gute Minute lang im Raum stehen, um die Drohung zu verdeutlichen, bevor sie in einem ganz anderen Ton fortfuhr. In dem einer Geschäftsfrau, die einen ganz normalen Plan erläuterte. Nur war an ihren Details überhaupt nichts normal.

„Wie Sie wahrscheinlich schon gehört haben, suche ich neue Mitarbeiter. Und ich nehme nur die Besten."

Dell war versucht, hinauszustürmen, sich Anjali und Quinn zu schnappen und sie an einen sicheren Ort zu bringen. Wie zum Beispiel in Silas' Haus. Moira würde es nicht wagen, dort zuzuschlagen. Aber eine rote Warnflagge leuchtete in einer Ecke seines Verstandes auf. Die Gestaltwandler von Koa Point und der Koakea Plantage waren alle besorgt darüber, was Moira als Nächstes anstellen könnte. Bisher hatte sie sich bedeckt gehalten und niemand hatte einen Hinweis auf einen konkreten Plan aufdecken können. Dies war seine Chance, genau herauszufinden, welche Art von Gefahr sie wirklich darstellte.

Also schluckte er seinen Widerwillen hinunter und murmelte: „Nur die Besten, was?"

Sie nickte. „Ich habe eine Reihe von Sicherheitsjobs zu besetzen, auf allen möglichen Ebenen."

Die Ebene, auf der ihr Blick ruhte, war ungefähr auf seiner Schritthöhe. Dell wandte sich halb ab und versuchte, sich die Details einzuprägen, anstatt sich vom Ekel zerfressen zu lassen. Offensichtlich war Moira dabei, ihre Truppen wiederaufzubauen. Die Frage war nur, wofür? Plante sie einen Schlag gegen Rivalen wie die Gestaltwandler von Koa Point? Oder bereitete sie sich auf eine mafiöse Machtergreifung in der Geschäftswelt vor?

„Meine treuesten Männer werden mit leitenden Positionen belohnt. Mit allen möglichen Zusatzleistungen natürlich." Sie schlich sich an ihn heran und presste ihre Brüste gegen seinen Arm. Gleichzeitig strich sie ihm langsam mit der Hand über die Brust.

Dell wich nicht einfach zurück – er sprang rückwärts und schubste Moira dabei so heftig, dass sie gegen den Konferenztisch in der Mitte des Raumes geschleudert wurde. Aus den Augenwinkeln heraus sah er, wie eine Person im Flur die Augen weit aufriss. Die Frau huschte davon und meldete ihn zweifelsohne dem Sicherheitsdienst.

Moira hingegen leckte sich die Lippen und lächelte. „Oh ja, ich wäre auch zu dieser Art von Zusatzleistung bereit." Sie klopfte auf den Tisch hinter sich und sandte ihm ein heißes Bild in den Kopf.

Sein Magen drehte sich um. Glaubte Moira wirklich, dass er an derben Sexspielen interessiert war? Mit großer Anstrengung schloss er seine mentalen Barrieren. Nur einem mächtigen Gestaltwandler gelang es, in den Kopf eines Fremden einzudringen. Und er wollte Moira ausschließen. Weit weg, vor allem, während er selbst versuchte, Sinn aus alledem zu machen.

Moira… Quentin. Hatte sie seinem Bruder das gleiche Angebot gemacht? Wann? Quentin hatte so etwas nicht direkt erwähnt, aber er hatte eine Randbemerkung darüber fallenlassen, dass er einen Söldnerjob abgelehnt hatte, als sie über das Leben nach der Armee gesprochen hatten. Natürlich hätte Quentin Moira abblitzen lassen und das hätte sie wütend gemacht.

„Was ist mit diesem Wolf – Brody?", schlug er vor, um einer Vermutung nachzugehen. „Sie könnten ihn anheuern."

Moira spottete. „McGuire? Seine Art ist für bestimmte Sachen gut, da gebe ich Ihnen recht. Aber er ist für gelegentliche Säuberungsaktionen besser geeignet."

Dell kniff die Augen zusammen. Würde eine solche Säuberungsaktion auch beinhalten, Lourdes zu töten? Aber warum? War das eine kranke Form der Rache an Quentin?

„Brody ist nicht annähernd Manns genug für mich." Moira fuhr sich mit der Zunge über die Lippen und ließ ihren Blick erneut über Dells Körper schweifen. „Nicht so wie Sie."

„Kein Interesse."

Moira schüttelte tadelnd den Kopf. „Ein Mann mit Ihren Talenten… "

„Sie haben keine Ahnung, wo meine Talente liegen", murmelte er, während sein Löwe sich vorstellte, ihr die Kehle herauszureißen. Das war ein *Talent*, das er nur selten einsetzte. Aber verdammt, er würde sich nicht zurückhalten, wenn er die Chance dazu bekäme.

„Vielleicht würde ich es gern herausfinden. Und ich wette, auch Sie würden es gern in Erfahrung bringen." Sie trat näher und schwang ihre Hüfte. „Warum genießen Sie es nicht für eine Weile, böse zu sein, Mr. O'Roarke? Ich kann doch sehen, dass Sie nicht wie ihr Bruder sind."

Dell versteifte sich. Was wollte sie denn damit andeuten?

„Oh, ich habe meine Quellen, wissen Sie. Ich weiß genau, was auf diesem Anwesen vor sich geht, das Silas betreibt – und wer nebenan auf dieser heruntergekommenen ... Farm ... wohnt, nicht wahr?"

Plantage, hätte er fast gebellt, aber er war zu sehr damit beschäftigt, seine Überraschung zu verbergen. Wie viel wusste Moira?

„Der arme Silas", seufzte Moira. „Er muss sich mit der zweiten Klasse begnügen. Eine zweitklassige Gefährtin, ein zweitklassiges Zuhause... Alles zweiter Klasse."

Dell sträubte sich. Silas Llewellyn war der edelmütigste Gestaltwandler, den er kannte. Silas' Gefährtin Cassandra war unglaublich und gemeinsam arbeiteten sie hart dafür, Frieden und Stabilität in einer unbeständigen Gestaltwandlerwelt aufrechtzuerhalten. Moira war diejenige, die zweitklassig war.

„Und der arme Mann hat überhaupt keinen Spaß", fuhr Moira fort. „Sie hingegen... "

Dell funkelte sie an. Was zum Teufel? Er mochte sich vielleicht vergnügen, aber er kam auch seinen Pflichten nach.

Moira starrte ihn amüsiert an. „Sie sind ein Mann, der weiß, wie man das Leben im Gleichgewicht hält."

Er runzelte die Stirn. Wusste er das?

Sie lachte. „Ich kann sehen, dass Sie versuchen, den edelmütigen Ritter zu spielen, aber es steht Ihnen nicht."

Ich spiele nicht, knurrte sein Löwe und dachte an Anjali und Quinn.

„Das Leben zu genießen ist viel besser", sagte Moira. „Geld. Sex. Macht."

Dell runzelte die Stirn. Vor nicht allzu langer Zeit hätte seine Liste noch mit *Faulenzen in der Sonne* begonnen. Immerhin war er ein Löwe. Als Nächstes käme das Feiern – nicht zu viel und nie zu laut, um jemanden zu stören, aber ja – Spaß haben.

In letzter Zeit standen jedoch ein paar ganz neue Formen von Spaß ganz oben auf seiner Liste. Wie zum Beispiel Quinn dabei zuzusehen, wie sie an ihrem Fläschchen nuckelte und sich dabei von einem ausgehungerten, schreienden Baby zu einem zufriedenen, schläfrigen wandelte. Oder mit Anjali den Sonnenaufgang zu betrachten und abends, wie die Sonne unterging. Mit ihr zu lachen und sich zu unterhalten. All diese kleinen Dinge.

Er entspannte seine Fäuste wieder. Er war vielleicht nicht Quentin, aber er war auch nicht mehr der alte Dell.

Moira plapperte weiter. „Ich kann Ihnen versichern, dass es viel mehr Spaß macht, unanständig zu sein. Man lebt nur einmal, wissen Sie. "

Dell zog eine Grimasse, als er das Echo seiner eigenen Worte hörte. Irgendwie inspirierten sie ihn jedoch nicht mehr dazu, so wie früher Unfug zu treiben. Stattdessen wollte er seine Zeit gut verbringen. Quinn aufziehen – und es richtig machen. Anjali lieben. Seine Tage auf Maui verbringen. . .

Er fing an, Moira auszublenden, aber was sie als Nächstes sagte, schockte ihn.

„Schauen Sie sich doch nur einmal Cynthia an. "

Er zog seine Lippen knurrend nach oben und entblößte die Zähne. „Cynthia? "

Moira gackerte. „Oh ja. Ich weiß mehr über Ihre kleine Gestaltwandlerkommune, als Sie sich vorstellen können. Wie zum Beispiel die Tatsache, dass meine liebe Cousine sich dort versteckt. "

Dells Kinnlade klappte auf. Moira musste ihn verarschen. Auf gar keinen Fall war sie mit der edlen, blaublütigen Cynthia verwandt. Unmöglich.

Er streckte seine Hände zur Seite und sagte sich selbst, dass er Moira nicht gegen die Wand stoßen und sie erwürgen würde. Er und Cynthia hatten ihre Differenzen, aber ganz ehrlich? Er mochte sie. Respektierte sie. Cynthia war für ihn genauso zu einer Schwester geworden, wie die Hovings seine Brüder waren. Und Joey. . .

Eine düstere, brennende Wut flammte in seiner Brust auf. Wenn Moira in demselben verachtenden Tonfall, mit dem sie über Cynthia sprach, auch nur ein Wort über Joey verlieren würde, würde er ausrasten.

„Cynthia. So verantwortungsbewusst. So anständig.“ Moiras Stimme triefte vor Geringschätzung. „Damit hat sie sich auch kein Glück erkauft, nicht wahr?“

Ein Anflug von Triumph schlich sich in ihren Ton ein und ließ Dell erbleichen. Hatte Moira etwas mit dem Tod von Cynthias Gefährten zu tun?

„Glück erkaufen?“, konnte sich Dell nicht verkneifen zu sagen. „Ich bin mir nicht sicher, ob das so funktioniert.“

Moira blickte finster und registrierte endlich, dass er sich nicht auf sie einließ. „Die Bezahlung habe ich noch nicht einmal erwähnt.“

„Das brauchen Sie auch nicht.“

Sie schniefte und ließ ihren Blick in die Richtung von Anjalis Büro schweifen. „Natürlich können Sie mein Angebot ablehnen… “

„Und wenn ich das tue?“, antwortete er und riss ihre Aufmerksamkeit auf sich zurück.

Sie zuckte mit den Schultern. „Dann werden Sie es natürlich bereuen. So wie jeder andere auch.“ Und wie aus dem Nichts ließ sie ein strahlendes Lächeln aufblitzen, als wäre dies ein genauso gutes Ergebnis, wie ihn einzustellen. Dann neigte sie den Kopf. „Oder… “

„Oder was?“ Dell ließ seine Löwenzähne aufblitzen.

Moiras Lippen zuckten. „Oder Sie nehmen mein Angebot an, so wie Sie es tun sollten. Sie werden es nicht bereuen, das verspreche ich. Tatsächlich würde ich Ihre – Freundin? – und dieses bezaubernde Kind in Ruhe lassen.“

Eine Sekunde lang stand Dell wie erstarrt dort. Schockiert darüber, wie viel Moira wusste. Dann drehte etwas in ihm durch. Er schleuderte Moira gegen die nächste Wand und drückte ihr eine Hand auf die Kehle.

„Wagen Sie es ja nicht“, spie er durch zusammengebissene Zähne.

Moiras Augen blitzten aufgeregt auf, mit Erregung sogar, was verdammt beängstigend war. Er drückte fester zu und schnürte ihr die Luft ab, während er sich fragte, ob er tatsächlich einen Mord durchziehen konnte. Er konnte ein paar Gestaltwandler spüren, die sich vom Flur her näherten – zweifellos Moiras persönliche Sicherheitskräfte. Aber er hatte einen Vorsprung und Moira schien es nicht eilig zu haben, sich in ihre Drachenform zu verwandeln, um sich zu retten. Sie starrte ihn einfach nur mit diesen verrückten Augen an, die sagten: *Oh, das fühlt sich so gut an.*

Tu es, brüllte sein Löwe. *Befreie die Welt von diesem Übel, ein für alle Mal.*

Aber draußen schrien die Leute alarmiert auf und ein dutzend Zeugen schauten zu. Für sie sah es so aus, als würde ein großer Mann eine zierliche Frau angreifen. Wenn sie den rücksichtslosen Drachen in Moira nur spüren könnten. Natürlich wäre es das wert, vor einem menschlichen Gericht wegen Mordes angeklagt zu werden. Sein persönliches Opfer für das Wohl aller Gestaltwandler.

Aber dann sah er Anjali, die Quinn in ihrem Arm hielt. Ihre erschrockenen Augen sagten, *Nein, Dell. Bitte nicht.*

Quinns dünne, blonde Locken bewegten sich, während das Baby weinte. Das Geräusch drang zwar nicht in den Konferenzraum hinein, aber er konnte spüren, wie es an seinem Herzen zerrte. Sie hatte das Löwenstofftier mit ihrer winzigen Hand fest umklammert und schwang es herum, während sie strampelte.

Nein, Dell. Bitte nicht.

Ein Dutzend weitere Stimmen drängten sich in seinen Kopf – die Stimmen seiner Freunde in Koakea. Er bildete sich den Klang nur ein, aber es reichte aus, um in seinen Gedanken etwas anderes als Wut aufsteigen zu lassen.

Er schüttelte Moira. „Was genau planen Sie?"

„Würden Sie das nicht gerne wissen?" Ihre Stimme klang erstickt, aber auf ihrem Gesicht spiegelten sich alle möglichen ruchlosen Pläne wider.

Er packte noch fester zu. Ein weiteres Drücken und Moira wäre tot.

Tu es, forderten ihre Augen. *Tu es.*

Dells Arm zuckte und tausend Gedanken durchfluteten seinen Verstand. Sollte er? Oder sollte er nicht?

Einen Moment später schleuderte er Moira zur Seite und ließ sie auf den Boden fallen.

Moira lachte. Sie sah seltsam triumphierend für eine Frau aus, die auf den Knien war. „Sie sind genau wie Ihr Bruder.“

Er schnaufte. Er war überhaupt nicht wie Quentin, der Ehrenhafte, Verantwortungsbewusste. Dell war einfach nur ... Dell.

„Sie sind ein Niemand. Ein Nichts“, schnaufte er und dachte, das würde Moira am meisten verletzen.

Dann drehte er sich um und schritt zur Tür. Die Menge, die sich vor dem Fenster versammelt hatte, zerstreute sich und ermöglichte ihm einen Blick durch das Büro. Drei stämmige Männer kamen von links auf ihn zu – Gestaltwandler, die ihrem Boss zur Seite eilten. Er schnaubte. Ja, Moira brauchte auf jeden Fall ein paar neue Mitarbeiter. Sie wurden von zwei Sicherheitsleuten in Uniformen begleitet. Zu seiner Rechten führte der Gang zu einer zweiten Reihe von Aufzügen.

„Dell“, flüsterte Anjali und griff nach seinem Arm.

Ein Strom der Wut raste durch seine Adern, aber bei ihrer Berührung wandelte er sich in ein Plätschern. Er griff nach der Babyschale und schlang eine Hand um Anjalis Schultern, um sie dicht an sich zu ziehen.

„Komm“, knurrte er und stürmte zum anderen Ende des Flurs.

Kapitel 14

„Dell", tadelte Anjali, als er sie den Flur hinunterdrängte. Alle starrten sie an und das aus gutem Grund. Wie nah dran war er gerade gewesen, die neue Chefin zu erwürgen?

Nicht, dass Anjali etwas dagegen gehabt hätte, Moira eine kleine Abreibung zu verpassen. Aber sie hatte Angst davor, wie weit Dell gehen würde. Noch nie zuvor hatte sie jemanden wütender oder gefährlicher wirken gesehen – ein Krieger, der bereit war, das ultimative Opfer zu bringen.

Aber so bedrohlich Dell für Moira auch gewesen war, für Anjali war er der perfekte Beschützer. In dem Moment, in dem er sich ihr näherte, schlang er seinen Arm fest um ihre Schultern und bildete einen gepanzerten Mantel. Sein Arm fühlte sich wie harter Stahl an, obwohl die Wut, die durch ihn strömte, leicht nachließ, als sie ihn berührte. Quinns verzweifeltes Schreien hatte sich zu einer blubbernden Art von Weinen beruhigt und das half ebenfalls.

„Mach dir keine Sorgen, meine Süße", murmelte er Quinn zu. „Ich passe auf dich auf."

Noch nie zuvor hatte Anjali ihn so intensiv den *beschützenden Daddy* ausstrahlen sehen. Er war nicht länger nur ein *vernarrter Onkel,* sondern ein *Daddy.* Ein rauer, harter Daddy, der vor nichts zurückschrecken würde, um sein kleines Mädchen zu beschützen.

„Dell", flüsterte sie und versuchte, ihn zu beruhigen.

„Wir verschwinden von hier", murmelte er.

Als sie die Aufzüge erreichten, drückte er eilig auf den Knopf und wirbelte herum, um zurück in den Flur zu starren. Oder besser gesagt, auf Moira, die aus dem Konferenzraum gekommen war und seltsam befriedigt aussah.

Was hatte es nur mit dieser Frau auf sich? Anjali runzelte die Stirn. „Steht sie darauf, angegriffen zu werden, oder will sie die Leute nur provozieren?"

„Beides", stöhnte Dell.

Als die Fahrstuhltür sich öffnete, winkte Dell alle darin befindlichen Personen mit einem kompromisslosen Blick hinaus. Dann schob er Anjali hinein und drückte den Abwärtsknopf.

„Ich kann nicht einfach von der Arbeit verschwinden", protestierte sie.

„Doch, das kannst du."

„Ich bin gerade erst von einer Woche Abwesenheit zurückgekommen. Ich könnte meinen Job verlieren."

Dell sagte nichts, aber ein Muskel in seiner Wange zuckte.

„Dell...", fing sie wieder an, aber als sie bemerkte, dass es nichts brachte, versuchte sie einen anderen Ansatz. Sie hoffte, es würde ihm helfen, sich zu beruhigen. „Möchtest du Quinn halten?"

Er zog seine Lippen zu einem dünnen Lächeln. „Ja, aber nein. Ich denke, wir sollten sie vorerst in ihrer Babyschale lassen. Ist das in Ordnung?"

Er ballte die Hände zu Fäusten und Anjali nickte. „Gut. Aber bitte versuche, auf dem Weg hinaus niemanden zu töten."

Er schnaubte. „Nur diese Schlampe, falls sie mir noch einmal über den Weg läuft."

Anjali ließ die zwölfte, elfte und zehnte Etage an sich vorbeiziehen, bevor sie fragte: „Du kennst Miss LeGrange?"

„Ich habe von ihr gehört."

Er presste seine Lippen zu einer schmalen Linie zusammen und Anjali beschloss, dass es an der Zeit war, nachzugeben.

Der Aufzug hielt in der neunten Etage an, aber nach einem Blick auf Dell wichen die beiden Geschäftsleute, die dort warteten, mit einem kleinlauten „Wir nehmen den nächsten." zurück.

Dells Augen glühten förmlich und er hatte sogar die Zähne gefletscht. So blieben sie den ganzen Weg durch die Lobby und auf die Straße hinaus, wo es zu regnen begonnen hatte. Es goss in Strömen und die Fußgänger suchten Schutz. Anjali öffnete ihren Blazer und versuchte Quinn zu bedecken, während Dell seine Jacke über ihre Köpfe zog. Trotzdem war Anjali völlig durchnässt, als sie sich in ein Taxi drängten.

„Wohin?", fragte der Fahrer, während die Scheibenwischer mit Höchstgeschwindigkeit hin und her wischten.

Dell bellte ihm die North Astor-Adresse entgegen und zückte sein Handy.

Anjali schnallte Quinn an und beobachtete Dell schweigend. Jedermann wusste, dass Moira LeGrange überaus anspruchsvoll war, aber Dell hielt sie für gefährlich. Und wenn Anjali an das unheimliche Gefühl zurückdachte, das sie in ihrem Büro mit ihr gehabt hatte, wunderte sie sich nicht. Die Frage war, was genau verlieh Moira diese Aura der Macht? Und warum fühlte sie sich so ähnlich an wie die unterschwellige Energie, die Dell verströmte?

„Connor?", murmelte Dell in sein Handy. „Hör zu... "

Er fuhr fort, traf Vereinbarungen und schaute die ganze Zeit immer wieder durch die Heckscheibe hinaus. Der Fahrer hatte das Radio an und Anjali konnte Dell kaum verstehen, aber was sie mitbekam, ließ ihre Kinnlade hinunterklappen.

„Erster Flug... Moira... Quentin... "

Sie runzelte die Stirn. Was hatte Dells Bruder mit Moira zu tun? Und was hatte es mit einem Flug auf sich?

„Wir sind doch gerade erst angekommen", protestierte sie.

Dell deckte das Telefon ab und deutete mit einem Kopfnicken in Richtung Quinn. „Es ist hier nicht sicher für sie. Für dich wahrscheinlich auch nicht."

Und was ist mit dir? wollte Anjali fragen, aber er konzentrierte sich bereits wieder auf sein Telefongespräch.

Das Taxi fuhr langsam, während der Regen auf das Dach und die Windschutzscheibe prasselte. Es gab Anjali das Gefühl, durch Raum und Zeit zu fliegen, auch wenn die Geschwindigkeit am Boden langsam war. Stirnrunzelnd betrachtete sie ihr eigenes Spiegelbild im Fenster. War dieses Gefühl, dass alles außer Kontrolle geriet, das Gleiche, was Lourdes in ihren letzten verzweifelten Tagen erlebt hatte?

Anjali beugte sich vor, um Quinn zu knuddeln, die sie mit riesengroßen Augen musterte. Anjali tat ihr Bestes, um positive Energie auszustrahlen, aber es fiel ihr schwer.

„Willst du deinen Löwen haben?“ Sie zog das Stofftier aus der Babytasche.

Quinn griff danach und saugte an seinem Ohr.

Anjali zwang sich zu einem Lächeln. Lourdes hatte darauf bestanden, dass der Löwe Quinn beschützen würde. Wenn das nur wahr wäre.

Dell blickte hinüber und starrte den Löwen an, während er weitertelefonierte. Erst als Anjali seinen Arm berührte, entspannte er sich ein wenig. Also legte sie ihre Hand auf seine und hielt sie den Rest der Fahrt fest. Als sie die Natursteinvilla erreichten, empfing sie der Sicherheitsmann am Bordstein mit einem Regenschirm und geleitete sie ins Haus. Drinnen verschwand er nach einem kurzen Nicken, das andeutete, dass er in alles eingeweiht war, was Dell plante.

„Der erste Flug wohin?“, fragte Anjali, als sie in den Salon in der zweiten Etage kamen und die Tür hinter sich schlossen.

„Maui.“ Dell nahm Quinn aus dem Autositz und fing an, auf und ab zu gehen. Das Baby griff nach seinem Bart und er knabberte sanft an ihren Fingern, was sie zum Glucksen brachte.

„Maui? Ich kann nicht einfach so gehen. Ich habe noch nicht einmal meinen Laptop dabei.“

Er blieb stehen und schaute sie an. „Erstens, hör dir bitte einmal selbst zu.“

Sie verzog das Gesicht. Es war schon ziemlich abgedreht, in so einem Moment an ihren Laptop zu denken. Aber verdammt. Sie konnte nicht einfach abreisen und ihre Arbeit zurücklassen.

„Zweitens“, fuhr er fort, „ist es nicht sicher hier.“

Sie verschränkte ihre Finger. Dass ihre Wohnung durchwühlt worden war, war schlimm genug, und Moira hatte ihr auch Angst gemacht. Aber war das wirklich Grund genug, aus der Stadt zu fliehen?

„Dell, bitte sag mir, was vor sich geht.“

Er zog sie in eine Umarmung, bei der Quinn in ihre Mitte geschmiegt war. „Das werde ich. Ich schwöre, das werde ich. Sobald ich alles geregelt habe.“

Er lehnte seinen Kopf einen Moment lang an ihren, seufzte dann und löste sich nach einem Klingeln seines Telefons von ihr. Er reichte ihr Quinn zurück.

„Connor?" Er hielt inne und fluchte dann. „Verdammt noch mal, kriegst du das nicht besser hin?"

Anjalis Augenbrauen schossen in die Höhe. Connor war zwar Dells Freund, aber er und Cynthia waren eindeutig die Anführer dieser Gruppe und sie hatte noch nie gesehen, dass Dell einen der beiden derartig herausgefordert hätte.

„Verdammt. Dann nimm den Hubschrauber und treffe uns in Oahu. Ja, Oahu. Tu es einfach, okay?" Er legte auf und schaute finster. „Der erste Flug nach Hawaii geht erst morgen früh. Und er geht über Oahu. Aber Connor kann uns von dort aus nach Hause fliegen."

Nach Hause klang wirklich gut, aber Anjali zwang sich, den Kopf zu schütteln. „Hawaii? Das kann ich nicht machen."

Er packte sie bei den Schultern. „Das musst du. Diese Sache ist größer, als wir alle dachten."

Sie erstarrte. „Größer? Wie meinst du das?"

Er schüttelte den Kopf. „Das versuche ich immer noch herauszufinden, aber Moira bedeutet nichts Gutes. Wirklich überhaupt nichts Gutes. Das, in Kombination mit dem, was mit Lourdes passiert ist."

Draußen heulte der Wind, als der Sturm seinen Höhepunkt erreichte.

Ein Kloß schnürte Anjali die Kehle zu. „Es war kein Selbstmord."

„Kein Selbstmord. Nicht, wenn deine Wohnung auch durchwühlt worden ist. Das ist kein Zufall."

„Willst du damit sagen, dass Lourdes' Mörder in meiner Wohnung waren? Wonach suchen sie?"

Dell sagte kein Wort und Angst machte sich in ihrer Magengrube breit. Langsam schauten sie beide Quinn an.

„Nein." Anjali umklammerte Quinn fester. „Warum?"

Dell streichelte Quinns Wange, was das Baby fröhlich brabbeln ließ. „Ich glaube, es könnte genauso viel mit Quentin wie mit Lourdes zu tun haben."

Draußen tobte der Sturm weiter. Regen peitschte gegen die Fenster und strömte an den Scheiben hinunter, als würde er versuchen, hineinzugelangen.

„Wie das?"

Dell warf Quinn einen Blick zu. „Es hat auch etwas mit ihr zu tun."

„Aber wie? Wer würde einem unschuldigen Baby etwas antun wollen?"

Dell verzog das Gesicht. „Moira zum Beispiel."

Anjali schnappte nach Luft. Das konnte doch nicht sein Ernst sein, aber anscheinend war es das. Todernst.

„Hör zu, Quinn ist etwas Besonderes", begann Dell.

Anjali konnte sich ein Lächeln nicht verkneifen. Dell hatte sich definitiv vom *Onkel* zum *stolzen Daddy* verwandelt. „Natürlich ist sie das."

Er schüttelte den Kopf und fingerte an dem Stofflöwen herum. „Nein. Ich meine, wirklich besonders."

„Jedes Baby ist etwas Besonderes."

„Dieses hier sogar noch mehr." Dell schaute ihr in die Augen und seine Lippen bewegten sich, was ihr das Gefühl gab, dass gleich eine große Ankündigung bevorstand.

Aber dann klopfte es an der Tür und Dell riss den Kopf herum. „Ja?"

„Sir", murmelte der Butler und rief ihn zu sich.

Dell zögerte und Anjali wollte schreien. Was hatte er gerade sagen wollen? Was war hier los?

„Ich bin gleich wieder da", sagte Dell und entfernte sich.

Während Dell hinausging, um mit dem Butler zu sprechen, trat Anjali ans Fenster. Noch am Morgen hatte sie von dort aus einen unglaublichen Blick auf den See gehabt. Jetzt konnte sie kaum noch bis zum Bürgersteig sehen. Wasser sprudelte über die Dachrinnen hinaus und Bäume bogen sich im Wind. Ein Mann eilte vorbei und hielt sich seine Aktentasche über den Kopf. Ein anderer stand gebeugt neben einem Laternenpfahl und schaute ... nach oben?

Anjali huschte vom Fenster weg. Hatte der Fremde in ihre Richtung geschaut?

Sie spähte noch einmal hinaus, aber der Mann war verschwunden. Hatte sie ihn sich etwa nur eingebildet?

Sie umarmte Quinn und pirschte weiter auf und ab. Verdammt. Jetzt sah sie schon überall Gefahr. War Dell paranoid oder war die Gefahr wirklich so groß? Und wenn sie es war...

Sie blickte auf Quinn hinunter und hörte ihrem eigenen Herzschlag zu. Was auch immer die Gefahr war, sie würde alles tun, um Quinn zu beschützen.

Was, wenn dich das deinen Job kostet? fragte eine kleine Stimme in ihrem Hinterkopf. *Oder deine Karriere ruiniert?*

Anjali starrte in den leeren Kamin und stieß einen langen, langsamen Atemzug aus. Würde es wirklich so weit kommen?

∞∞∞

Es dauerte ewig, bis Quinn an diesem Abend zur Ruhe kam, aber schließlich schlief sie in einem Nest aus Decken ein, das Dell für sie neben dem Bett hergerichtet hatte. Sie hatten sich aus dem Wohnzimmer in das gemütliche Gästezimmer im hinteren Teil des zweiten Stockwerks zurückgezogen. Der Raum war mit Gemälden von Schlössern dekoriert und im Kamin knisterte ein Feuer. In den Kaminsims war ein Drache mit juwelenbesetzten Augen gemeißelt worden und die Flammen schienen in seinen Augen zu flackern. Es war kein gruseliges Flackern, sondern eher ein beruhigendes und beschützendes. Anjali saß mit Dell auf der Couch und beobachtete die Flammen, die jedes Mal aufgewirbelt wurden, wenn ein Windstoß durch den Schornstein heulte.

„Nur fürs Protokoll: Das war nicht so gut wie das von meiner Mutter." Anjali versuchte, die Stimmung aufzulockern, indem sie auf die halb leeren Essensbehälter zeigte, die den Tisch in der Mitte des Raumes übersäten. Ihr zweiter Abend mit geliefertem, indischem Essen war genauso unruhig gewesen wie der erste.

Es war schön, Dell lächeln zu sehen, wenn auch nur schwach. „Ich schwöre, eines Tages werde ich für dich kochen."

Er hatte den ganzen Abend immer wieder Anrufe entgegengenommen, ihr jedoch zwischendurch auch noch etwas mehr über Moira erzählt. Dass sie versucht hatte, Quentin anzuheuern, und er sie hatte abblitzen lassen. Dass Dells Freunde in der Vergangenheit Schwierigkeiten mit Moira hatten. Aber bei allem, was er ihr erzählte, hatte Anjali stets das Gefühl, dass er noch etwas verschwieg.

„Moira und Silas kennen sich schon sehr lange", hatte er gesagt.

Anjali schaute sich um. „Silas – der Typ, dem dieses Haus gehört?"

Dell nickte. „Seine Familie gehört zu einem dieser blaublütigen Clans. Er hat ein Vermögen geerbt, einschließlich dieses Hauses. Aber er ist ein großartiger Typ. Sehr bodenständig. Ein guter Kommandant."

Anjali wollte mehr darüber wissen, welche Schwierigkeiten Silas und Moira genau gehabt hatten – und auf welche Art *Clan* sich Dell bezog – aber es schien nicht der richtige Zeitpunkt zu sein.

„Ihr steht euch alle sehr nah, nicht wahr?", flüsterte Anjali.

Dell nickte. „Ich schätze, zehn Jahre gemeinsamen Militärdienstes bewirken so etwas. All das Training. All das Warten. All das Kämpfen." Seine Stimme brach und er räusperte sich. „Also ja. Wir stehen uns nahe."

Sie verschränkte ihre Finger mit seinen. *Du hast auch deinem Bruder nahegestanden,* hätte sie fast gesagt. *Du vermisst ihn mehr, als du es zugeben willst.*

Eines Tages würde sie Dell dazu bringen, die Trauer herauszulassen. Aber heute Abend... Sie stieß einen langen, langsamen Atemzug aus. Für einen Abend mussten sie sich schon mit genügend Dingen auseinandersetzen.

Allmählich hatte sie sich mit dem Gedanken abgefunden, Chicago zu verlassen. Was auch immer vor sich ging, war definitiv eine Nummer zu groß für sie. Und wenn sie einen zweiten Langstreckenflug innerhalb von zwei Tagen überstehen wollte, musste sie sich ein wenig entspannen. Und Dell ebenfalls. Sie hatte ihn noch nie so angespannt gesehen.

„Okay", verkündete sie und stand auf.

Dell schaute zu ihr auf. „Okay was?"

Sie zog ihn auf die Beine. „Zeit für Yoga."

Er stöhnte. „Ich bin zu müde.“

Sie hob einen tadelnden Finger. „Ein weiser Mann hat mir einmal gesagt, dass man es dann am meisten braucht.“

Eine Erinnerung an jenen Tag in Lahaina blitzte durch ihren Kopf und wärmte sie von innen. Sie schaute zu ihm auf. Er war derjenige gewesen, der sie an diesem Tag aus ihrem Tief gerissen hatte. Jetzt lag es an ihr, ihm zu helfen.

Dell verzog das Gesicht. „Dieser Versager? Der ist nicht sehr weise.“

Sie trat näher und legte eine Hand an sein Kinn. „Dieser Typ war nie ein Versager. Er wusste nur bis jetzt nicht, was in ihm steckte.“

Dell sagte kein Wort, aber sein Kehlkopf wippte.

„Und er muss definitiv lockerer werden“, fügte sie hinzu. „Also Bergstellung. Auf geht's.“

Sie hatte sich längst bequemere Kleidung an- und die Schuhe ausgezogen, so dass sie nur ihre Hände vor der Brust zusammenpressen musste, um anzufangen. Dell tat es ihr gleich. Er stand etwa einen Meter von ihr entfernt und war einen ganzen Kopf größer als sie. Seine Augen glänzten dankbar.

„Einatmen, Arme nach oben…“ Sie führte ihn durch die Bewegungen.

„Ausatmen, Uttanasana, stehende Vorbeuge“, murmelte er.

Sie grinste, als sie ihm in die Vorwärtsbeuge folgte. Auch sie musste lockerer werden.

Sie wechselten sich mit den Anweisungen ab, senkten sich hinunter zur Planke und in die Kobrastellung dann zum Herabschauenden Hund, wobei sie beide lange tiefe Atemzüge nahmen.

„Seitliche Winkelstellung.“ Sie streckte einen Arm seitlich in Richtung Dell aus.

„Einschlagen“, scherzte er, als sich ihre Hände berührten. Ein Schwall der

Wärme wanderte durch ihren Arm hinunter und in ihre Brust.

„Die gefällt mir“, gab sie zu.

„Mir auch. Das Gleiche auf der anderen Seite. Bereit?“

Verdammt ja, sie war bereit. Alles, um einen beschissenen Tag hinter sich zu lassen.

Sie ließen sich von einer Bewegung zur nächsten treiben und endeten mit der gleichen Stellung auf der anderen Seite.

„Einschlagen", lachte Dell leise, als sich ihre Hände wieder trafen.

Das Witzige war, dass keiner von ihnen aufschauen musste, damit sich ihre Handflächen perfekt ausrichteten. Das passierte einfach ganz von allein.

„Oh, ich weiß noch eine", sagte Dell mit viel entspannterer Stimme als zu Beginn. „Mach' du so… "

Und weiter ging es. Sie probierten ein halbes Dutzend verschiedener Bewegungen aus, ahmten einander nach und berührten sich von Zeit zu Zeit.

„Ich nenne das hier ‚Fußeinschlagen'". Dell beugte sich vor, streckte ein Bein hinter sich hoch in die Luft und wackelte mit dem Fuß. „Na los, mach schon."

Anjali lachte und machte es ihm nach. Sie tippte seinen Fuß mit ihrem an.

„Oh, und von hier können wir … das hier machen", sagte sie und zeigte ihm, was sie vorhatte.

Am Ende saßen sie sich mit zu einem V gespreizten Beinen gegenüber und hielten sich an den Händen, damit sie nicht nach hinten umfielen. Trotz seines größeren Gewichts balancierten sie es perfekt.

Das Feuer knisterte und die Außenwelt schien sich immer weiter zu entfernen. Anjali zog ihren Pullover und ihre Socken aus und spürte, wie ihre Wangen heiß wurden. Die Sorgenfalten auf Dells Stirn glätteten sich und seine Augen funkelten. Anjali grinste ihn an und fragte sich, warum sie rot wurde. Sie machten doch nur Yoga, nicht wahr?

Die nächsten paar Bewegungen waren enger und komplexer, so dass sich ihre Körper immer wieder berührten. Sie riss ihren Blick widerwillig von ihm los und begegnete ihm erneut, als sie sich wieder gegenüberstanden. Als sie schlussendlich in die Bergstellung zurückkehrten, stand Anjali ganz nah vor ihm und ihre Lippen waren nur wenige Zentimeter voneinander entfernt. Dells Blick fiel auf ihren Mund und seine Augen blitzten auf.

Anjali hielt den Atem an und kämpfte gegen den Drang an, ihn zu küssen. Aber dann schwankte sie und Dell schenkte ihr ein Grinsen.

„Wir werden richtig gut."

Anjali zupfte an der Vorderseite ihres T-Shirts und fächelte sich Luft zu. „Allerdings."

Er streckte seine Hand aus und sie griff wie von selbst danach. Dann hielt Dell ihr auch die linke Hand hin und überkreuzte sie mit seiner rechten. „Jetzt lehne dich langsam zurück..."

Sie gingen beide in die Hocke, stützten sich gegenseitig ab und schauten sich in die Augen.

Dells Augen blitzten mit einer neuen Idee auf. „Oh, hier ist noch eine. Warte kurz."

Sie quietschte, als er sich zurücklehnte und sie nach vorn zog. Aber Dell lachte nur. „Erinnerst du dich an die Fliegende Babystellung?"

Sie nickte und hielt sich an seinen Händen fest. „Wie könnte ich die vergessen?"

„Es funktioniert nicht nur mit Babys, weißt du." Er zwinkerte und lehnte sich langsam zurück. „Eins... Zwei... Drei..."

Auf *Drei* zog er sie nach vorn und plötzlich schwebte sie in der Luft. Mit den Füßen stützte er ihre Hüfte, während er ihre Hände in seinen hielt, um sie direkt über seinem Körper mit ausgestreckten Armen abzustützen.

Sie kreischte. „Oha. Nächstes Mal vielleicht eine Vorwarnung?"

Dell lachte. „Wer braucht denn eine Vorwarnung? Schau doch nur. Du machst es ja."

Sie lächelte auf ihn herab. „Fliegendes Baby, was?"

„Diese Version nennt man Fliegende Schönheit."

Sie grinste. Er hob sie so mühelos in die Luft und sein Blick war so warm, dass es ihr nur allzu leicht fiel, ihm zu glauben. Und wer wusste es schon? Vielleicht war sie wirklich schön. Frei. Vielleicht brauchte sie nur einen Mann wie Dell, um das zu erkennen.

Ihr Selbstvertrauen stieg und ganz langsam ließ sie seine Hände los, so dass er sie nur noch mit den Füßen abstützte.

„Jetzt fliegst du wirklich", sagte er.

Es fühlte sich so gut an, dass sie noch mutiger wurde. „Okay, warte mal. Hast du mich?"

„Darauf kannst du deinen Arsch verwetten."

Sie streckte einen Arm über ihre Schulter und griff nach ihrem Fuß. Sie streckte sich... und streckte sich... und...

Dell murmelte ehrfürchtig, als sie ihren Fuß ergriff und sich langsam nach hinten bog.

Sie hatte ihren Blick auf einen Punkt an der Decke fixiert und fühlte sich dank Dells perfekter, ruhiger Beine stark und ausbalanciert.

„Du hast es geschafft", hauchte er.

Anjali strahlte, als sie in die Bogenstellung kam. Wow. Sie hatte es wirklich geschafft. Die Bogenstellung – und das nicht auf der Erde, sondern hoch oben in der Luft. Ohne Hände oder irgendetwas. War sie das wirklich?

Sie löste sich langsam aus der Bewegung, griff nach Dells Händen und strahlte von einem Ohr zum anderen. Er senkte sie herab, bis sie nur noch wenige Zentimeter über seinem Körper hing und ihre Gesichter perfekt aufeinander ausgerichtet waren. Und dieses Mal fragte sie sich nicht mehr, ob sie es wagen sollte, ihn zu küssen. Sie tat es einfach.

Sie ließ seine Hände los, umfasste sein Gesicht und bedeckte seinen Mund mit einem Kuss. Zuerst zaghaft, dann tiefer. Hitze schoss durch ihren Körper und ihre Brust hob sich, als sie ihren Körper auf seinen herabsenkte.

Ja, wollte sie summen. *Ja.*

Dell schlang seine Hände um ihre Taille und bewegte seine Lippen unter ihren. Sanft. Behutsam. Er überließ ihr die Führung und versuchte nicht, irgendetwas zu beweisen. Sie war diejenige, die etwas beweisen wollte.

Wie was zum Beispiel? fragte eine kleine Stimme in ihrem Hinterkopf.

Sie küsste ihn weiter, als ihr die Antwort langsam dämmerte. *Beweisen, dass ich loslassen kann.*

Ihr ganzes Leben lang war sie das vorsichtige, verantwortungsbewusste Mädchen gewesen. Diejenige, die sich aus Schwierigkeiten heraushielt und das Richtige tat. Aber Dell hatte etwas Verruchtes in ihr geweckt und plötzlich wollte sie nur noch loslassen. Keine Sorgen mehr. Keine Hemmungen mehr. Keine Regeln.

„Anjali", murmelte er unter ihrem Kuss.

Sie schüttelte den Kopf. Sie würde auf keinen Fall zulassen, dass er die Dinge verlangsamte. Er schmeckte zu gut und sie brauchte ihn so sehr…

„Anjali", flüsterte er noch eindringlicher.

Sie hielt inne und kam wieder zu Atem. „Ich bin damit beschäftigt, dich zu küssen, falls du es nicht bemerkt hast."

Er grinste und strich ihr das Haar zurück. „Oh ja, ich habe es gemerkt. Aber das Baby… " Er deutete auf die andere Seite des Zimmers.

„… schläft tief und fest." Sie platzierte kleine Küsse auf sein Kinn.

„Und der Butler… "

Sie schnaufte. „Der sollte besser in der nächsten Zeit nicht hereinkommen."

Dells Lächeln wurde breiter. „Nicht?"

„Nein", sagte sie entschlossen. Dann bäumte sie sich auf und blickte direkt in seine unglaublichen Augen. Goldbraun, wie die eines Löwen. „Ich habe eine Fantasie, die ganz ähnlich aussieht."

„Witzig, ich habe auch eine." Seine Stimme war tief und heiser.

„Außer, dass wir in meiner nackt sind", sagte sie mit einem Anflug von Mut.

Seine Augen funkelten. „In meiner auch."

Sie erwartete halb, dass seine witzige Seite zum Vorschein kam und er vorschlagen würde, es einmal auszuprobieren. Aber stattdessen verblasste sein Lächeln.

Sie lehnte sich näher an ihn und war nicht gewillt, ihn einfach so vom Haken zu lassen. Er wollte sie. Sie wollte ihn. Warum kämpfte er dagegen an?

„Sag mir, dass du das nicht auch fühlst", flüsterte sie.

„Und wie ich es fühle“, sagte Dell ganz heiser.

Sie grinste, denn sie konnte spüren, wie er an all den richtigen Stellen hart wurde.

„Aber zum ersten Mal in meinem Leben versuche ich, verantwortungsbewusst zu handeln“, fügte er hinzu.

Sie schnaufte. „Zum ersten Mal in meinem Leben versuche ich zu leben.“

Er biss sich auf die Lippe. „Also was machen wir dann?“

„Ganz einfach. Du tust, was ich sage.“

Er lachte. „Du bist der Boss, was?“

„Ja. Heute Nacht bin ich das.“ Sie ließ ihre Hüfte über ihm kreisen und sah, wie seine Augen vor Verlangen aufflackerten.

Es war offensichtlich, dass auch er sie begehrte. Sie konnte es am Heben und Senken seiner Brust erkennen, ganz zu schweigen von den Funken in seinen Augen. Aber er hielt sich zurück. Sein Blick wanderte zu Quinn hinüber und er schien über den verrückten Tag nachzudenken, der hinter ihnen lag – und darüber, was vielleicht als Nächstes passieren könnte.

Sie nahm sein Gesicht zwischen ihre Hände. „Ausnahmsweise will ich einmal nicht vorausplanen. Ich will nicht jede Option abwiegen und entscheiden, was das Beste ist. Ich will einfach nur...“

Sie verstummte dann. Wie genau sollte sie das alles in Worte fassen?

„Was willst du?“, flüsterte er.

Als sie sich in dem elegant eingerichteten Zimmer umsah, schien sie nicht klar zu sehen. Doch sowie sie sich auf seine Augen konzentrierte, war ihr die Antwort sofort klar.

„Dich, Dell. Ich will dich.“

Seine Lippen zuckten und sie konnte spüren, dass er mit einer anderen Seite von sich selbst rang. Aber einen Moment später schien er einen Schalter in sich umgelegt zu haben und seine Augen spiegelten das Feuerlicht wider. Seine Muskeln spannten sich an und er rollte sie herum, so dass er sie in den weichen Teppich drückte. Er bedeckte sie mit Küssen, die gleichzeitig sanft und wild waren. Es war, als gäbe es zwei Dells, von denen jeder sie auf seine eigene Weise lieben wollte.

Sie fuhr mit den Fingern durch sein Haar, bis sie den ungeordneten Dutt an seinem Nacken erreichte. Sie löste den Zopf, ohne sehen zu können, was sie tat, und ließ sein Haar über seine Schultern fallen.

„Das wollte ich schon eine ganze Weile machen", gab sie zu und kämmte mit den Fingern durch seine blonden Locken.

Er lächelte. „Es gibt eine Menge Dinge, die ich schon eine Weile machen wollte." Dann wurde er ernst und schwebte ein paar Zentimeter über ihren Lippen. „Letzte Chance. Du weißt schon – hast du Zweifel?"

„Ich habe keine." Sie schlang ein Bein um seins herum.

In seinen Augen blitzte ein animalisches Funkeln auf und jagte ihr ein Kribbeln über den Rücken. Es machte sie nur noch heißer. Noch begieriger.

„Wenn ich erst einmal anfange, werde ich nicht mehr aufhören wollen." Dell strich mit den Fingern über ihre Kieferpartie.

Anjali neigte den Kopf zurück, um ihm Raum zum Erkunden zu geben. Ihre Sicht verschwamm und es knisterte in ihren Ohren, als wären die wirbelnden Flammen des Kamins auf ihre Adern übergesprungen. Dann bäumte sie sich auf und er rollte sie herum, so dass sie wieder oben lag.

„Aufhören?" Sie lachte und rieb ihren Kiefer an seinem. „Wer hat etwas von aufhören gesagt?"

Kapitel 15

Dell kämpfte darum, die Kontrolle zu behalten, aber es war schwer, da sein Löwe in seinem Kopf brüllte.

Markiere sie! Nimm sie! Mach sie zu der Unseren!

Das könnte er. Ein Biss und Anjali wäre für immer an ihn gebunden. Es wäre ein Kinderspiel. Aber er wollte ihr Vertrauen auf gar keinen Fall auf diese Weise missbrauchen.

Mit einem mentalen Peitschenhieb beruhigte er das Tier. Er zwang auch seine menschliche Seite, sich zu beruhigen, denn es schien von entscheidender Bedeutung zu sein, dass Anjali die Führung übernahm. Egal wie verzweifelt er all sein aufgestautes Verlangen loswerden wollte. Als ob es noch eine Lektion über die Liebe zu lernen gäbe.

Liebe? schnaufte sein Löwe. *Ich weiß alles über Liebe.*

Früher hätte er dem wahrscheinlich zugestimmt. Aber jetzt war er sich nicht mehr so sicher. Liebe war nicht nur Spiel und Spaß, und auch nicht nur Schmerz.

Was ist es dann? forderte sein Löwe.

Sein Kopf war leer, bis er in Anjalis Augen blickte. Und darin sah er die Antwort – Liebe war eine Mischung aus allem. Hoffnung. Freude. Aufopferung.

Liebe ist nicht Nehmen. Liebe ist Geben, erklang eine Frauenstimme in seinem Kopf. Eine Stimme, die er nicht kannte. *Warten, wenn es sein muss.*

Warten? grummelte sein Löwe. Anjali bewegte sich über ihm, atmete tiefer und küsste ihn intensiv.

Warten, stimmte Dell zu und strich mit seinen Händen an ihren Rippen hinauf.

„Ja", flüsterte Anjali. „Bitte."

Er neckte den unteren Rand ihrer Brüste gerade lange genug, dass Anjali sich zu winden begann. Gott, war sie schön. Ihre Haut war genauso seidig, wie er es sich vorgestellt hatte. Und ihre Lippen spiegelten ihre Persönlichkeit wider. Sanft und doch eindringlich. In einem Moment zaghaft, im nächsten kühn.

Seine innere Bestie knurrte zustimmend. *Genau wie eine Löwin.*

Jeder Mensch hatte eine versteckte, animalische Seite. Und er träumte davon, ihre zu erwecken. An ihrer Seite durch wildes Grasland zu streifen. Sich auf dem Felsvorsprung bei seinem Haus mit einer Seite seines Körpers an sie geschmiegt zu sonnen.

In seinem Kopf spielte sich eine ganze Szene ab, die so real war, dass es ihn aus der windgepeitschten Villa in Chicago in sein Haus auf Maui versetzte. Er und Anjali lagen in Löwengestalt aneinander gekuschelt auf der Terrasse. Quinn lag zwischen ihnen und spielte mit seinen buschigen Ohren. Sie lächelte ihr Babylächeln und war völlig friedlich. Die Sonne schien und das Leben war gut.

Sein Herz schlug heftiger und sogar sein Löwe hielt inne, um mit seinem Schwanz zu schlagen. *Ja,* grummelte das Biest. *Ja.*

Dann blinzelte er und riss seine Gedanken zurück in das völlig übermöblierte Schlafzimmer im hinteren Teil der Villa. Eine Fantasie nach der anderen, nicht wahr?

Aber selbst die Gegenwart erschien ihm unwirklich. Regen prasselte gegen die Fenster der jahrhundertealten Villa und Zweige schlugen gegen die Außenwände. Das Flackern des Kamins spiegelte sich auf Anjalis Haut und ihr Duft nach Jasmin und Kokosnuss kitzelte seine Nase. Sie hielt über ihm inne, studierte sein Gesicht und er fragte sich, ob sie auch Dinge sah. Aber einen Moment später blitzte ein freches Glitzern in ihren Augen auf und sie lehnte sich zurück, um ihre Bluse auszuziehen.

Er schaute ihr zu und war fasziniert vom Weiß ihres BHs auf ihrer dunkleren Haut. Es war verdammt gut, dass Silas' Villa über einen Sicherheitsdienst verfügte, denn er spürte, wie ihm die Aufmerksamkeit entglitt, die er brauchen würde, um seine Gefährtin und sein Kind zu beschützen. Und als Anjali hinter ihren Rücken griff, um ihren BH zu öffnen...

Oh, wie *aufmerksam* er plötzlich war. Er konnte nur nichts anderes sehen als Anjali. Das wütende Klatschen der Äste auf dem Dach wandelte sich zu einem entfernten Kratzen und das Heulen des Windes wurde zu einem Hintergrundgeräusch.

Beim Anblick der Perle, die knapp über ihren Brüsten hing, kicherte er. „Hübsch."

Ihre Augen funkelten. „Ein Souvenir von Maui, weißt du."

„Ich weiß", sagte er und berührte ihre Rippen. „Schade, dass sie nicht echt ist."

Ihre Augen funkelten. „Man weiß es nie. Was echt sein könnte, meine ich."

Was wir haben, ist echt. Echte, große Liebe, flüsterte sein Löwe. *Gefährtin. Es ist Schicksal.*

Schicksal, hallte eine Frauenstimme tief in seinem Hinterkopf wider.

Flüsterte das Schicksal ihm zu? War es die Perle? Dell konnte es nicht sagen. Aber es kümmerte ihn auch nicht weiter. Nicht, wenn sich Anjali zu ihm hinunterbeugte, um seinen Mund zu küssen. Er griff nach ihren Brüsten und schloss die Augen, um sich dem Rausch der Gefühle hinzugeben.

„Gott, du bist so wunderschön."

Sie kicherte. „Deine Augen sind geschlossen."

Er nickte, ließ sie zu und konzentrierte sich auf das sanfte Gleiten seiner Daumen über ihr weiches Fleisch. „Wunderschön in jeder Hinsicht. Zu berühren. Zu riechen. Zu schmecken."

Sie verstand den Wink und rutschte höher, um eine ihrer Brustwarzen an seinen Mund zu führen. Er verwöhnte sie mit seinen Lippen und während er praktisch vor Vergnügen brummte, stöhnte Anjali laut auf. Sie wiegte sich über ihm und bot ihm erst die eine, dann die andere Seite an. Aber irgendwann lehnte sie sich wieder zurück, als ob sie sich daran erinnerte, dass sie hier das Sagen hatte.

Sie zog an seinem T-Shirt. „Das muss weg. Pronto."

„Ja, Ma'am." Er erhob sich zu einer halben Rumpfbeuge und riss sich das T-Shirt über den Kopf. Anjali ließ ihren

Blick über jede einzelne Vertiefung seiner Bauchmuskeln wandern. Er blieb einen Moment länger als nötig mit angespannten Bauchmuskeln sitzen, nur damit sie sich satt sehen konnte.

„Angeber", tadelte sie ihn eine Sekunde später und riss ihren Blick von ihm los.

Er lachte. „Vielleicht ein klein wenig."

„Die hier muss auch weg." Anjali berührte seine Hose und war wieder ganz der Boss.

Sein Lächeln wurde breiter. „Wir sind wohl etwas gierig?"

„Das auf jeden Fall." Sie nickte, während sie seinen Reißverschluss öffnete.

Diese Frau war überaus effizient und in kürzester Zeit waren sie beide nackt. Nackt und ein wenig aufgeregt, wie er zugeben musste. Denn ihr Körper war der perfekte Anblick, ganz mokkafarben, bis auf die dunkleren Spitzen ihrer Brüste und die Locken am Scheitelpunkt ihrer Beine. Ihre dunklen Augen strahlten und sein Körper kribbelte, wo auch immer sie ihn mit ihren Händen berührte. Ihr Streicheln brachte ihn zum Stöhnen.

„Oh oh." Sie strich mit den Fingerspitzen an seinem Schwanz entlang. „Dagegen müssen wir wirklich etwas tun."

Er verdrehte die Augen, so dass das Weiße aufblitzte, und jeder Muskel in ihm spannte sich an. „Ich fände es wunderbar, wenn du etwas dagegen tun würdest."

Er stellte sich vor, wie Anjali ihre sanften Finger um ihn schlang und sie schnell auf und ab bewegte, aber als sie sich nach vorn beugte, um seinen Bauch zu küssen, ging in seinem Kopf ein ganzes Feuerwerk los. Wollte sie etwa wirklich...?

Sie rutschte tiefer und drückte in einer langen sinnlichen Linie Küsse über seinen Bauch. Eine Linie, die direkt auf...

Er hielt den Atem an, als sie ihre Lippen um seine Schwanzspitze schloss. Ein zaghaftes Zupfen führte zu einem weiteren und schon bald drückte sie ihre Hände flach auf seine Oberschenkel, während sie ihn ganz in ihren Mund saugte.

Draußen heulte der Wind und verdammt – Dell hätte es fast auch getan. Jeden Moment würde er aufwachen und dieser Traum wäre vorbei. Er wäre gezwungen, in die Realität seines alten Lebens zurückzukehren – sich hinter einem Lächeln zu verstecken und Gefühle mit Witzen zu überspielen. So zu tun, als würde er flirten und sich amüsieren, obwohl alles, was er wollte...

... *Anjali war,* warf sein Löwe ein.

Aber der Traum endete nicht – unglaublicherweise. Die Ekstase ging weiter und weiter und machte ihn wild. Erst als Anjali einen Atemzug nahm, schnappte auch er nach Luft.

„Mache ich es richtig?"

Sein Lachen schallte durch den Raum. „Musst du das fragen?"

Sie kicherte und machte eine weitere volle Minute der Glückseligkeit damit weiter. Dann schmatzte sie mit den Lippen und kroch wieder an ihm nach oben. Sie tauschte ein Vergnügen gegen ein anderes aus, als sie die Beine über seinem harten Schwanz spreizte.

„Kondom", schaffte er es, zu flüstern.

Sie stöhnte auf, ließ ihn jedoch ins Badezimmer stürmen, wo er den Waschtisch durchwühlte und – Gott sei Dank – ein paar Kondome fand. Als er zurück zu Anjali eilte, machte sie genau da weiter, wo sie aufgehört hatten. Sie spreizte ihre Beine über ihm und nahm ihn langsam in sich auf.

Oh ja, stöhnte sein Löwe, als er tiefer und noch tiefer in sie eindrang.

„Lehn' dich einfach zurück und genieße es", flüsterte Anjali.

Sie warf ihren Kopf zurück und fing an, sich auf ihm zu bewegen. Er musste sie nur an der Hüfte festhalten. Was auch alles war, was er in diesem Moment tun wollte. Das und zu versuchen, sich irgendwie zusammenzureißen. Löwen bevorzugten harten, besitzergreifenden Sex auf allen vieren. Es sollte unmöglich sein, dass sich die gute alte Cowgirl-Stellung so gut anfühlte. Er war noch nicht einmal gekommen, aber es war bereits jetzt der umwerfendste Sex seines Lebens.

Die juwelenbesetzten Augen des Drachen, der in den Kamin geschnitzt war, glitzerten und sein Löwe knurrte in seinem Kopf, *Natürlich ist es das. Sie ist unsere Gefährtin.*

Er stieß ihr sein Becken entgegen und beobachtete, wie Anjalis Brüste sanft wippten. Ihre Lippen formten stumme Schreie, als sie sich auf ihm bewegte. Er hoffte inständig, dass es sich für sie genauso gut anfühlte wie für ihn und dass Gefährten keine einseitige Sache waren. Die Perle baumelte von ihrer Halskette und Dell hätte schwören können, dass sie glühte. Oder war das nur ein Trick des Lichts?

Anjali bewegte sich schneller, steigerte sich zu einem Höhepunkt, aber jedes Mal, wenn er dachte, sie würde über den Abgrund taumeln, zog sie eine Grimasse und stöhnte auf.

„So nah dran... ", murmelte sie und sackte über ihm zusammen. „Aber... "

Er hasste es, dass sie ihre Erlösung nicht ganz finden konnte.

Dann tu etwas dagegen, schnappte sein Löwe.

„Wie wäre es, wenn ich es von hier übernehme?", flüsterte er ihr ins Ohr. Nun, er versuchte zu flüstern, aber es kam eher wie ein Knurren heraus.

„Ja bitte. "

Die Worte hatten kaum ihren Mund verlassen, als er sich auch schon mit ihr herumrollte, so dass er oben war. Dann hob er sie in seine Arme und stand auf. Einen Augenblick später lagen sie im Bett. So schnell, dass die Kerze, die Anjali zuvor angezündet und auf den Nachttisch gestellt hatte, aufflackerte und zu erlöschen drohte. Anjali sank genauso in die Matratze, wie Dell in sie eindrang – dankbar, mit großen begierigen Augen und zittrigen Händen. Geschmeidig, als wären sie füreinander geschaffen. Gierig, weil sein Löwe nach seiner Erlösung verlangte.

Nimm sie. Zeige es ihr, brüllte die Bestie.

Er zog sich ein paar Zentimeter zurück, hob ihre Beine höher und stieß wieder hinein. Anjali stöhnte auf und bohrte ihre Fingernägel in seinen Rücken.

Okay? ließ er seine Augen fragen.

So gut, antworteten ihre.

Er positionierte seine Hände erneut neben ihrem Körper und machte es noch einmal – zog sich zurück und stieß dann wieder hinein. Wieder und immer wieder, bis sein Körper völlig in Flammen stand und nach Erlösung schrie. Seine Löwenzähne drängten gegen sein Zahnfleisch und er konnte nicht anders, als sich vorzustellen, wie gut es sich anfühlen würde, sie bei einem Paarungsbiss in ihr zu versenken. Und obwohl er wusste, dass er so weit nicht gehen konnte, gab es etwas, das er tun *konnte*. Nämlich ihr den sinnlichsten Rausch ihres Lebens zu verschaffen.

„Ja!" Anjali schrie bei jedem Stoß auf.

Ihre inneren Muskeln spannten sich an und brachten ihn zum Brennen. Ihre Brüste waren wie Kissen und ihr Oberkörper von einem Schweißfilm überzogen.

Er schloss die Augen, bewegte sich schneller und blinzelte die Schweißperlen weg. Im Stillen flehte er sie an, loszulassen, denn er war so nah dran und wollte mit ihr gleichzeitig kommen. Er griff nach unten, fand ihre Klitoris und drückte fest darauf, was Anjali aufstöhnen ließ. Und mit einem letzten, kraftvollen Stoß explodierte er in ihr.

Anjali schrie auf und krümmte sich ihm entgegen.

Er hielt sie während seines Höhepunktes fest an seinen Körper gezogen. Wahrscheinlich zu fest, aber Anjali schien es nicht zu stören. Sie schlang ihre Arme genauso fest um ihn und ihre Stimme war wie in weiter Ferne, als sie ihren eigenen Höhepunkt herausstöhnte.

Draußen klapperte ein Fensterladen und der Wind heulte. Das Feuer knisterte und wirbelte herum. Aber selbst bei all diesen Hintergrundgeräuschen konnte Dell seine Seele singen hören. Er wollte sein Kinn heben und ein Löwengebrüll ausstoßen, das laut genug war, um den Sturm zu übertönen. Aber er schaffte es gerade so, es zu unterdrücken.

Meine Gefährtin, seufzte sein Löwe.

Dell hielt sie fest, als ein Muskel nach dem anderen in Anjalis Körper erschlaffte. Dann krampften sie sich alle noch einmal zusammen, als sie von einem Nachbeben der Lust erschüttert wurde. Anjali schrie auf und er versteifte sich in ihr, was ihrem Vergnügen einen zusätzlichen Reiz verlieh. Dann entspannte sie sich wieder und Stück für Stück tat er es auch.

„Hey", flüsterte sie und öffnete mit einem schüchternen Lächeln die Augen.

„Hey." Er lächelte und küsste sie. Er verlor sich von Neuem in der weichen, seidigen Berührung ihrer Lippen. Er nahm sich einen Moment Zeit, um das Kondom zu entsorgen, und drehte sich dann wieder zu Anjali um.

„Du hast ein Monster erschaffen", kicherte sie und strich mit ihren Händen über seinen Hintern.

Er tat so, als würde er sich umsehen. „Alles, was ich sehe, ist eine Fliegende Schönheit."

Sie lachte und fing dann an, sinnlich an seinem Ohr zu schnuppern. „Ich sollte erschöpft sein, aber alles, was ich will, ist mehr."

Er grinste und rieb seine Erektion an ihrer Hüfte. „Witzig, dass du das erwähnst... "

Und schon ging es in eine zweite Runde. Die meisten Frauen wären in die Matratze gesunken und hätten sich im warmen Nachglühen verloren, aber Anjali fing gerade erst an.

Sie würde mit Sicherheit eine tolle Löwin abgeben, grinste sein Löwe.

Dell erhob sich über ihren Körper und ließ alles, bis auf seine Geliebte, verschwimmen. Ihre Brüste waren weich und voll. Ihr Bauch glühte im Licht des Feuers. Und als er ihre Beine auseinanderdrückte, um sie tiefer zu erkunden...

Der Himmel. Es gab Leute, die behaupteten, der Himmel wäre auf Maui zu finden. Aber für ihn war der Himmel genau dort. Ihr Geschmack auf seiner gierigen Zunge. Das weiche, einladende Fleisch unter seinen Fingern. Der dunkle Tunnel der Nervenenden, der nach ihm rief.

„Ja... ", stöhnte Anjali, als er mit der Zunge schnippte und sie beide wild machte.

Ja, knurrte sein Löwe.

Sein Schwanz gierte nach Erlösung und sein Körper pulsierte mit einem süßen, sehnsüchtigen Schmerz.

„Dell", stöhnte Anjali.

Er zog sich zurück und sprach mit heiserer, drängender Stimme. „Dreh dich um."

Er konnte sie heute Nacht vielleicht nicht zu seiner Gefährtin machen, aber er konnte seinen Löwen ein wenig näher an die Oberfläche steigen lassen.

Anjali drehte sich um und schmiegte sich ihm auf allen vieren entgegen. Sie schaute über ihre Schulter und wackelte mit dem Hintern.

Ja, sagten ihre Augen. *Nimm mich. Markiere mich. Mach mich zu der Deinen.*

Dell schluckte. Wann hatte ihn eine Frau jemals mit so viel Vertrauen angesehen, dass sowohl sein Schwanz als auch sein Herz anschwoll?

Niemals, knurrte sein Löwe. *Niemand zuvor und niemand jemals wieder.*

„Dell", stöhnte sie und stieß ihm ihr Hinterteil entgegen wie eine rollige Katze.

Er packte ihre Hüfte und streifte ein paarmal gegen sie. Dann stieß er in sie hinein und sie stöhnten beide auf. Erst leise, dann lauter, passend zur Intensität seiner Stöße.

Anjali stemmte ihre Hüfte zurück und streckte die Arme nach vorne aus, um sich abzustützen. Sie krallte die Hände ins Bettlaken und die gedämpften Geräusche, die sie ausstieß, versicherten ihm, dass es sich gut anfühlte. Die Kurve ihrer Hüfte passte perfekt in seine Hände und die Perle schwenkte unter ihrem Körper, während sie sich beide bewegten.

Jedes Mal, wenn er in sie glitt, nahm das Brennen zu. Jedes Mal, wenn er sich ihr entzog, weinte seine Seele. Und jedes Mal, wenn Anjali vor Lust aufschrie, wollte auch Dell laut stöhnen.

Das habe ich noch nie mit jemandem gespürt. Mit niemandem außer dir.

Mit einem letzten harten Stoß explodierte er schließlich in ihr. Anjali keuchte, als er seinen Kopf mit einem tiefen, animalischen Knurren zurückwarf. Einen Moment lang waren sie so regungslos und hart wie eine erotische Statue. Dann beugte er sich langsam über sie und bedeckte ihre Hände mit seinen. Ein Tropfen Wachs lief langsam von der Kerze auf den Nachttisch und schmolz dahin ... genauso wie er.

„Oh. Mein. Gott." Anjali ließ sich auf ihren Bauch sinken.

Dell entspannte sich über ihr und drückte sie mit seinem Gewicht in die Matratze. Er atmete ihren wunderbaren Duft ein. „Zu schwer?"

Sie schüttelte ihren Kopf auf dem Kissen. „Genau richtig."

Er schnappte sich ein Stück Bettlaken und wischte sie beide ab. Dann schmiegte er sein Kinn an ihre Schulter und rieb es in langen, bedächtigen Zügen über ihre Haut.

Anjali seufzte, kicherte dann und quietschte schließlich. „Was machst du da?"

„Dich in Besitz nehmen", sagte er, ohne nachzudenken. Dann zuckte er zusammen. Scheiße. Das klang vielleicht nicht richtig.

Glücklicherweise kicherte Anjali nur und streckte sich. Sie hatte sichtlich Spaß. „Du bist wie ein Tier, weißt du das?"

Oh ja, das weiß ich, wollte er sagen.

„Vielleicht ein Bär." Sie kicherte.

Er schnaubte. „Ein was?"

Sie lachte. „Ist das nicht zivilisiert genug für dich? Okay, wie wäre es mit... ähm... " Sie dachte eine Sekunde lang nach. „Wie wäre es mit einem Löwen?"

Einen Moment lang bewegte er sich nicht und ließ den Blitz durch seine Adern zucken. Wusste Anjali Bescheid? Hatte er sich irgendwie verraten?

Liebt sie mich auch? fragte sein Löwe übereifrig.

Aber ihre Stimme hatte einen Tonfall, der andeutete, dass sie scherzte. Dell wusste nicht, ob er Erleichterung oder Scham empfinden sollte. Er strich mit einem weiteren langen Zug seines Bartes über ihren Rücken und zwang sich zu einem ebenfalls übermütigen Ton.

„Ein Löwe. Das gefällt mir. Der König des Dschungels und du bist meine Gefährtin."

„Ich sollte nicht mögen, wie das klingt, aber ich tue es." Sie seufzte unter ihm.

Er schloss seine Augen und stellte sich wieder den Felsvorsprung neben seinem Haus vor. Er und sie...

Anjali bewegte sich leicht und er rollte sich langsam herum, um mehr als nur ihren Rücken zu kraulen. Er schmiegte sein Kinn in das Tal zwischen ihren Brüsten und rieb es auf und ab, so dass ihre Haut ganz rosa wurde.

Sie fuhr mit den Fingern durch sein Haar. „Du wärst wirklich ein toller Löwe."

Er holte tief Luft. Wenn sie nur wüsste.

„Du auch", flüsterte er und gab ihr ein stilles Versprechen. In dem Moment, in dem sie nach Maui kamen, würde er ihr die Wahrheit sagen. Über sich selbst. Über seinen Bruder. Über Quinn. Aber im Moment...

Er schob eine Strähne ihres Haares beiseite und lächelte plötzlich bittersüß. „Wir sind wie sie, weißt du."

Anjali schmiegte sich an seine Schulter. Sie passte perfekt in die Krümmung. „Wie wer?"

„Quentin. Lourdes. Nur dass du Quentin bist – der Ritter in glänzender Rüstung, der mich rettet – und ich bin Lourdes."

Anjali lachte, umfasste sein Gesicht und strich mit dem Daumen über seine Wange. „Du siehst wirklich nicht so aus wie sie."

Er lächelte und versuchte, nicht in traurige Gedanken zu versinken. „Nein, ich schätze nicht."

„Und hey. Ich glaube, du bist derjenige, der mich gerettet hat", flüsterte Anjali.

Der Regen ließ nach und wurde zu einem leiseren Tröpfeln auf dem Dach. Unbehagen beschlich ihn bei dieser Erinnerung an die Außenwelt. Quentin war in Lourdes' Leben getreten, ohne etwas Böses im Sinn zu haben. Aber am Ende hatte er ihr eine Welt voller Probleme beschert. Könnte Anjali das Gleiche passieren?

Sein Löwe knurrte. *Ein großer Unterschied. Quentin hat Lourdes verlassen. Und diese beiden waren keine Gefährten.*

Dells Gesicht straffte sich, als er an die Stelle hinüberschaute, wo die kleine Quinn schlief. Er fragte sich, ob er es wirklich in sich hatte, sich der Herausforderung seines Lebens zu stellen. Sich um ein Kind zu kümmern, ja. Seine Gefährtin für sich zu gewinnen – verdammt, ja. Sich für Quentin zu rächen – dreifach ja. Aber alle diese Dinge gleichzeitig? Das war der knifflige Teil. Jedes Mal, wenn er sich auf eine Sache konzentrierte, riskierte er, bei den anderen beiden zu versagen.

„Hey." Anjali streichelte sein Gesicht. „Hör auf damit."

„Womit?"

Sie sagte nichts, aber ihre Augen verrieten es. *Ich durchschaue dich,* sagten sie. *Und ich liebe dich trotzdem.*

„Ich will nicht Quentin. Ich will dich", flüsterte Anjali. Dann seufzte sie und drückte einen Finger auf seine Lippen, bevor er antworten konnte. „Und jetzt muss ich wirklich schlafen. Und du musst es auch. Gott weiß, dass Quinn nicht die ganze Nacht durchschlafen wird."

Er täuschte ein Stöhnen vor. „Gott. Noch mehr Flaschen. Noch mehr Windeln."

Sie lachte und schmiegte sich eng an seine Seite. „Du liebst es doch."

Er küsste ihre Schulter und wollte gerade protestieren. Aber dann starrte er ins Feuer. Moment mal. Wie könnte jemand all diese mitternächtlichen Fütterungszeiten lieben? All die Stunden, in denen er mit Quinn sein Bestes gab, sich aber völlig überfordert fühlte. All die Weisen, wie dieses Baby innerhalb einer Woche sein ganzes Leben auf den Kopf gestellt hatte. Alles, was er aufgegeben hatte.

Anjali kicherte und klang schläfrig. „Du liebst es und du weißt es auch."

Er war so, so müde, aber als er die Augen schloss und auf sein Herz lauschte, war die Antwort glasklar.

Er blies die Kerze auf dem Nachttisch aus und flüsterte: „Du hast recht. Ich liebe es."

Kapitel 16

Anjali schlief so gut wie seit Jahren nicht mehr und driftete zwischen Träumen hin und her. Manche davon waren heiß und ließen sie den besten Sex ihres Lebens noch einmal erleben. Andere Träume waren seltsam und mystisch, aber gleichzeitig tröstlich. Sie träumte, dass der in den Kaminsims geschnitzte Drache herausstieg, aus dem Fenster flog und sich hundertfach vergrößerte. Er schwebte um das Haus herum und bewachte sie, Dell und Quinn. Sie träumte von einem knurrenden Wolf, der Eindringlinge auf Abstand hielt. Je näher sie sich an Dell schmiegte, desto realer erschienen ihr diese Träume. Es war, als ob der Butler und der Sicherheitsmann neue Formen annahmen und sich in der Nacht in Tiere verwandelten.

Der verrückteste Traum – und ihr liebster von allen – war der, in dem Quinns ausgestopfter Löwe vor der Tür stand und auf und ab pirschte, um sie zu beschützen. Er wuchs und wuchs, bis er seine volle Größe erreicht hatte und die ganze Zeit mit seinem Quastenschwanz peitschte. Dann drehte er sich um und schaute sie mit gelbbraunen Augen an, die denen von Dell glichen.

Komisch, dass diese Träume ihr ein Gefühl von Frieden gaben.

Sie wachte langsam und behaglich auf und rollte auf Dells Seite des Betts. Ihr Körper pulsierte praktisch vor Befriedigung und das Bett war noch warm, obwohl Dell nicht da war. Erschrocken schaute sie auf, aber dann lächelte sie. Das Sonnenlicht strömte hell und klar durch die Fenster. Offenbar hatte sich der Sturm verzogen. Dell ging im Zimmer auf und ab. Er trug eine Boxershorts, aber kein T-Shirt, und zeigte Quinn Bilder.

„Siehst du das Schloss hier, Süße? Drachen mögen Schlösser. Sie können herumfliegen... "

Anjali lächelte. Es war so niedlich, ihn Geschichten für das Baby erfinden zu hören.

„Allerdings ist es sehr zugig", fuhr er fort. „Maui ist auf jeden Fall besser. "

Anjali ließ sich wieder ins Bett sinken. Maui *war* besser. Besser als ein zugiges Schloss und besser als Chicago. Aber Maui war genauso sehr ein Märchen wie das Schloss auf dem Gemälde. Ein Ort, von dem man träumen konnte, und den man vielleicht ab und zu besuchte, aber kein Ort, an dem man ernsthaft leben könnte.

In dieser Hinsicht war Maui ein wenig wie Dell. Die Art von Mann, für den eine Frau schwärmen konnte, aber keiner, mit dem es ernster werden würde.

Sie spitzte die Lippen. Das mochte auf den alten Dell zutreffen, aber nicht auf den Mann, der jetzt vor ihr stand und das Baby sanft auf den Kopf küsste. Dieser Dell war ein Traummann. Natürlich hatte sie gerade eine leidenschaftliche Nacht in seinen Armen verbracht. Das machte es furchtbar schwer, ein rationales Urteil zu fällen, besonders mit dem Ausblick auf seine nackte Brust.

Dell hielt den Plüschlöwen hoch und ließ ihn herumspringen. „Und Löwen... Sie streifen gern umher. Sie jagen in der Nacht und sonnen sich zur Mittagszeit. "

Anjali lächelte. Witzig, wie sehr dies mit Dells Gewohnheiten übereinstimmte. Mit seiner Arbeit als Barkeeper und seinen Patrouillen auf dem Grundstück war er abends und nachts oft beschäftigt. Die frühen Stunden des Tages waren der Arbeit auf dem Plantagengelände oder an seinem schönen Haus am Bach gewidmet. Und ja, er genoss ein Mittagsschläfchen in der Sonne.

Anjali schloss die Augen und fragte sich, ob sie jemals in diese Art von Leben passen könnte.

„Hey", rief Dell leise.

Anjali schaute auf und lächelte zurück. „Hey. "

In dem Moment, als sich ihre Blicke trafen, wurde ihr Körper ganz heiß. Wäre Quinn nicht gewesen, die vor Energie nur so sprudelte, hätte sie das Gefühl gehabt, Dell wäre schnell zurück ins Bett gesprungen und hätte sie mit einer weiteren unglaublichen Runde Sex verwöhnt.

Stattdessen grinsten sie einander an, bis sie langsam aus dem Bett aufstand. Sie war splitternackt, aber Dells Blick blieb weiter auf ihre Augen gerichtet. Sie funkelten, als sie zu ihm hinüberkam.

„Guten Morgen." Sie küsste erst ihn und dann Quinn.

„Guten Morgen", wiederholte er und tippte Quinn auf das Näschen. „Kannst du Anjali einen Kuss geben, Süße? Nein? Okay, dann mache ich das."

Und Junge, wie er sie küsste. So innig, dass Anjali sich fragte, wie sie Quinn lange genug ablenken konnten, um sich zurück ins Bett zu schleichen.

Dann löste Dell sich mit einem Seufzer und sie tat es ihm gleich.

Vielleicht später, funkelten seine Augen.

Auf jeden Fall später, wollte Anjali sagen. Doch ein Blick auf die Uhr brachte die Realität wie eine Lawine dazu, über sie hinwegzurollen.

„Oha. Ist es wirklich schon sieben?"

Dell nickte. „Ich habe ein Taxi für sieben Uhr fünfundvierzig bestellt."

Erst als Anjali unter die Dusche trat, sank die Bedeutung seiner Worte ein. Stück für Stück. Ihr Flug nach Hawaii. Die Gefahr, der sich Dell so sicher war. Die Eile, Chicago zu verlassen.

Sie duschte sich eilig, trocknete sich ab und blinzelte in das Licht, das durch ein hohes Fenster im Badezimmer hereinströmte. In der vergangenen Nacht war es leicht gewesen, an eine Gefahr zu glauben. Besonders mit der Erinnerung an Moira und den Sturm, der auf sie niedergeprasselt war. Aber die morgendliche Heiterkeit ließ sie innehalten. Ihr Job war in Chicago. Ihre Familie lebte in der Vorstadt. Wie sollte sie diesen Ort verlassen?

„Fast fertig?", fragte Dell, als sie ins Zimmer zurückkam.

Die Türen zum Wohnzimmer standen offen und ein Frühstück war für sie vorbereitet worden. Die Babytasche war gepackt und stand neben der Tür bereit. Dell ging im Zimmer umher und sammelte die wenigen Dinge ein, die er mitgebracht hatte.

Anjali stand still und fühlte sich, als befände sie sich in einer Sackgasse. Ihr ganzes Leben lang hatte sie hart gearbeitet, stets alles durchdacht und jede Entscheidung abgewogen. War sie wirklich bereit, dies zu tun?

„Fast", flüsterte sie und versuchte, ihre Gliedmaßen in Bewegung zu setzen.

Sie zog sich an und griff nach ihrem Handy, was Dell dazu veranlasste, den Kopf herumzureißen.

„Ich muss auf der Arbeit anrufen", erklärte sie.

Sie konnte praktisch sehen, dass ihm ein scharfes *Tu es nicht* auf der Zunge lag, aber er verkniff es sich.

„Sag ihnen nicht, wohin wir fliegen oder wann. Keine Details."

Sein Gesicht war grimmig und sein knappes Nicken lenkte ihren Blick auf Quinn, die in einem Nest aus Decken auf dem Boden glücklich vor sich hin plapperte.

Und urplötzlich kam das unheilvolle Gefühl der Gefahr zurück in den Raum gerauscht.

Anjalis Hände zitterten, als sie im Büro anrief. Nicht ihre Assistentin Crystal, sondern Ken, ihren unmittelbaren Vorgesetzten, dessen Stimme kalt und schroff klang.

„Ms. Jain. Was genau geht vor sich?"

Sie schluckte. Ken hatte immer auf Vornamen bestanden, also war Ms. Jain mit Sicherheit ein schlechtes Zeichen. Sie zauderte, denn wie genau sollte sie es ihm erklären?

„Sie sind einfach verschwunden", sagte Ken.

Sie zuckte zusammen. „Es tut mir leid. Der Familiennotfall, den ich letzte Woche erwähnt habe, war nicht so unter Kontrolle, wie ich es gedacht hatte. Bitte lassen Sie es mich erklären."

„Ja. Warum kommen Sie nicht her und erklären es? Und wenn Sie schon dabei sind, können Sie auch gleich erklären, warum Sie unhöflich zu Ms. LeGrange waren."

Ihre Kinnlade klappte auf. „Entschuldigung, was?"

„Sie war sehr verärgert."

Sie war verärgert? Anjali wollte schreien, aber Ken sprach in demselben schnippischen Tonfall einfach weiter.

„Dann können Sie außerdem noch erklären, wie es möglich ist, dass Ihr unautorisierter Besucher unsere neue Hauptaktionärin angegriffen hat."

„Angegriffen?", kreischte Anjali, was Dell dazu veranlasste, von der Stelle, an der er kniete und Quinns Füße kitzelte, aufzuschauen.

„Wir haben Zeugen. Offensichtlich gehört der Mann einer ehemaligen Spezialeinheit an. Die Art von Typ, die mit ihren Händen töten kann. Und seine Hände waren auf Ms. LeGrange."

Anjali traute ihren Ohren nicht. „Ms. LeGrange hat seine Tochter bedroht. Was würden Sie tun, wenn jemand eines Ihrer Mädchen bedroht, Ken?"

Die Leitung wurde still – zumindest für eine halbe Sekunde.

„Offensichtlich dreht der Mann durch. Eine Art posttraumatische Belastungsstörung, wie ich gehört habe."

Anjalis Wangen wurden heiß. „Was?"

Dell schaute unvermittelt auf.

„Hören Sie, Anjali. Ich schätze die Qualität Ihrer Arbeit, also gebe ich Ihnen noch eine Chance. Lassen Sie den Mann gehen, wer auch immer er ist, und wir werden unser Bestes tun, um den Schaden zu begrenzen und die Sache zu vergessen."

Was vergessen? Moira war diejenige, die ihre Hände überall in meinem Büro hatte – und auf meinem Mann, wollte sie schreien.

Dell trug Quinn zum Fenster hinüber und nickte Anjali zu. Das Taxi wartete draußen.

„Hören Sie, ich muss los", sagte Ken.

Ich auch, hätte Anjali fast geflüstert.

„Nehmen Sie sich eine Stunde Zeit. Nein, nehmen Sie sich 2 Stunden", fügte Ken noch hinzu.

Oh danke, wollte sie sagen.

„Kriegen Sie sich wieder in den Griff. Dann kommen Sie her und arbeiten weiter. Haben Sie mich verstanden? Wenn Sie bis Mittag nicht hier sind…" Er verstummte.

„Ken..." Anjali starrte auf ihr Handy, als das Gespräch unterbrochen wurde.

Sie schloss die Augen. Scheiße. Wie konnten die Dinge nur so außer Kontrolle geraten?

„Zeit zu gehen", sagte Dell sanft.

Ihr Mund öffnete und schloss sich wieder, aber sie konnte nicht sprechen. Sie konnte Dell lediglich schweigend auf den Bürgersteig folgen, während sich alle Zahnräder in ihrem Kopf drehten.

Die klügste Entscheidung wäre, zur Arbeit zu gehen – und das sofort. Schadensbegrenzung, wie Ken gesagt hatte. Aber Dell drängte sie in das Taxi, als ob auf den benachbarten Dächern Scharfschützen lauern könnten. War die Gefahr wirklich so groß oder bildete er sich das alles nur ein?

Offensichtlich dreht der Mann durch.

Hatte sie ihn falsch eingeschätzt?

„Dell... ", sagte sie, aber es kam nur als Flüstern heraus.

Er lehnte sich über die offene Tür des Taxis und winkte sie hinein. Quinn lag in seinen Armen und griff nach ihr, als wollte sie sagen: *Du kommst doch mit, oder?*

Anjali schluckte. Tat sie das?

Dell hatte die Adoptionspapiere unterschrieben. Er war auf dem Weg zurück nach Maui, wo seine Freunde ihm mit Quinn helfen würden. Das ergab Sinn. Aber was wäre mit ihr?

Wenn Sie bis Mittag nicht hier sind...

Sie hatte Jahre damit verbracht, ihre Karriere aufzubauen. Hatte sich aufgeopfert. Lange Überstunden geschoben. Wollte sie das wirklich alles wegwerfen?

Die Morgenluft war kühl, aber sie brach in Schweiß aus und ihre Beine weigerten sich, sich zu bewegen. Dell und Quinn jetzt gehenzulassen, würde sie erschüttern, aber vielleicht wäre es das Beste. Es war, als würde man ein Pflaster abreißen, um den Schmerz mit einem schnellen Riss geringzuhalten.

„Anjali", flüsterte Dell mit zittriger Stimme. Dieselbe Stimme, die in der vergangenen Woche einen neuen Teil ihrer Seele erweckt hatte – und die Stimme, die ihr in der Nacht zuvor all diese süßen Dinge zugemurmelt hatte.

„Kommen Sie, Lady?", rief der Taxifahrer.

Die gesamte Straße schien stillzustehen, während das Geräusch ihres schlagenden Herzens in ihren Ohren widerhallte.

Du musst nicht gehen, sagte eine kleine Stimme.

Anjali runzelte die Stirn. Nein, das musste sie nicht. Aber verdammt. Wie sollte sie es nicht tun?

Die Perle an ihrem Hals schien sich zu erwärmen. Und langsam verschwanden ihre Zweifel, einer nach dem anderen.

Einen Augenblick später lag ihre Hand fest in Dells und sie stieg in das Taxi. Sie nahm Quinn aus den kräftigen Armen ihres Geliebten und drückte sie fest an sich.

„Zum Flughafen", sagte Anjali zum Fahrer. „So schnell Sie können."

Kapitel 17

Anjali starrte aus dem Fenster, als das Taxi vom Bordstein des LaSalle Drive auf die Straße schwenkte. Als es auf die I-90 bog und in Richtung Flughafen fuhr, schaute sie Dell an.

„Ich schwöre, ich erkläre dir alles, wenn wir wieder auf Maui sind", flüsterte Dell und küsste ihre Hand.

Anjali schloss die Augen. Irgendwie bezweifelte sie, dass er es konnte. Genauso wie sie niemals in der Lage sein würde, die Entscheidung zu erklären, die sie gerade getroffen hatte. Ihre Hand zitterte in seiner. War ihm bewusst, was sie gerade getan hatte?

„Ich schwöre, dass ich es dir erklären werde", wiederholte Dell, als ob er ihre Gedanken gelesen hätte.

Seine Stimme klang entschlossen und in seinen Augen wirbelten Flammen. Sie wirbelten wirklich, was sie ihn anstarren ließ.

„Willst du das auch erklären?" Sie strich mit einem Finger über seine Wange.

Er blinzelte verwirrt. „Was erklären?"

„Deine Augen glühen. Schon wieder."

Dell sah alarmiert aus und sie hätte fast gelacht. Natürlich war ihr das aufgefallen – sogar schon mehrfach. Was dachte er denn?

Er holte tief Luft, griff nach ihren beiden Händen und neigte den Kopf. „Auch das werde ich erklären. Ich verspreche es."

Anjali neigte den Kopf. Seine Stimme klang entschlossen, aber zögerlich. Welches große Geheimnis verbarg Dell, das er noch nicht mit ihr geteilt hatte?

Sie drückte seine Hände und rollte ein paar Male mit den Schultern. „Okay. Um wie viel Uhr geht der Flug?"

Dell richtete sich auf und sah dankbar aus. „Um elf.“

Er zeigte ihr den Ausdruck ihrer Flugdaten, damit sie sich auf etwas anderes konzentrieren konnte als auf die Tatsache, dass sie im Begriff war, ihren Job zu verlieren. Ungefähr eine Stunde nach dem Start, wenn Ken es ernst gemeint hatte.

Quinn im Arm zu halten half ihr ebenso wie der Trubel des Flughafens. Dell zog genauso viele bewundernde Blicke auf sich wie damals auf Maui und sogar Anjali musste lächeln. Er trug seine üblichen Kampfstiefel und eine Cargohose, deren Taschen mit Babyutensilien vollgestopft waren – ein Fläschchen an seinem muskulösen Oberschenkel, der Löwe in einer anderen Tasche und eine Rassel in einer weiteren.

„Was?“, fragte er, als er ihr Grinsen entdeckte.

Sie gab ihm einen Klaps auf den Hintern, einfach weil sie es konnte. „Du siehst aus wie ‚Offizier Hinreißend‘. Jede Frau auf diesem Flughafen will dich und Quinn mit nach Hause nehmen.“

Er ließ sein Siegerlächeln aufblitzen. „Es gibt nur eine Frau, die ich in diesem ganzen gesamten Flughafen will. Korrektur: zwei Frauen. Dich und dich.“ Er zeigte auf sie und auf Quinn.

Lachen fühlte sich besser an, als sich zu sorgen, also ließ Anjali sich für eine Weile gehen. Sie tat so, als wäre sie nicht im Begriff, ihren Job zu verlieren. Dass Dell ihr Mann war und Quinn ihre Tochter. Sie tat so, als wäre Maui ihr Zuhause.

Das könnte es sein, flüsterte eine kleine Stimme in ihrem Hinterkopf.

Aber könnte es das? Alle Geschichten mit einem guten Ende, mit denen Anjali aufgewachsen war, handelten von verantwortungsvollen Entscheidungen, Sparplänen und sorgfältig abgewogenen Beschlüssen. Nicht von wilden Risiken, wie alles für einen Mann und ein Baby aufzugeben, das nicht ihres war.

Aber was wäre, wenn?

„Wie alt ist Ihre Tochter?“, fragte eine ältere Frau.

„Fast vierzehn Wochen“, antwortete Dell ohne die Millisekunde des Zögerns, die er noch vor ein paar Tagen gezeigt hatte.

„Sie sieht genauso aus wie Sie“, säuselte eine andere Frau.

Ein Schatten trübte Dells Gesicht und seine Stimme klang heiser, als er antwortete. „Ja. Ganz der Vater."

Anjali drückte seine Hand. Sein Schmerz um Quentin würde vielleicht nie vergehen, aber das musste ihn nicht davon abhalten, ein stolzer Elternteil zu sein. Natürlich würde er sich Gedanken darüber machen müssen, wie Quinn ihn nennen würde. Dad? Dell? Sie wagte jedoch nicht, dies zu fragen, denn es warf noch eine weitere Frage auf. Würde es jemals eine *Mom* für Quinn geben?

Anjali spitzte die Lippen. Vielleicht sollte sie dies auf die Liste der Dinge setzen, die sie besprechen sollten, sobald sie auf Maui angekommen waren. Dell hatte sich über nichts klar geäußert, außer über die Flucht vor der Gefahr, und ehrlich gesagt, hatte sie es auch nicht getan. Aber wenn sich die Dinge erst einmal beruhigt hatten – wenn sie das jemals taten – würden sie und er dieses Gespräch mit Sicherheit führen müssen.

Aber im Moment gab es andere Dinge, auf die sie sich konzentrieren musste. Dell studierte jeden Fremden und beäugte, genauso wachsam wie immer, jeden Ausgang. Als er zur Seite trat, um seine Freunde auf Maui anzurufen, verspannten sich seine Schultern. Erst als das Flugzeug abhob, entspannte er sich. In dem Augenblick, in dem das Anschnallzeichen erlosch, hob Anjali die Armlehne zwischen ihnen hoch und schmiegte sich näher an ihn. Der Kontakt schien ihn zu beruhigen und er half auch ihr.

„Schön", seufzte er, als sie ihren Kopf an seine Schulter legte.

„Schön", wiederholte sie und schloss die Augen. Quinn war immer noch aktiv und versuchte, an Dells Brust hochzukrabbeln und nach seinem Bart zu greifen. Aber irgendwie war das beruhigend. Dell knabberte an ihren pummligen Babyfingern und war die Geduld in Person. Auch Anjali spürte ihre Geduld zurückkommen. Vielleicht würde sich alles irgendwie regeln. Vielleicht würde alles gut werden.

Sie schloss die Augen und schlief ein. Sie träumte davon, wie Dell sie in der Nacht zuvor berührt hatte. *Wo* er sie berührt hatte und wie er sie hatte fühlen lassen. Wertgeschätzt, beschützt und respektiert, alles gleichzeitig.

Sie seufzte, öffnete die Augen und entdeckte Dell, der sie mit leidenschaftlichem Blick beobachtete.

Sie errötete. „Denkst du, was ich denke?"

Er zog die rechte Augenbraue hoch und räusperte sich. „Ich bin mir nicht sicher, ob deine Gedanken so schmutzig sind wie meine."

Sie lachte. „In meinen Gedanken waren wir nackt."

Er zuckte mit den Schultern. „Das versteht sich von selbst. Die Frage ist nur, wo? Und wie?"

Ihre Wangen wurden heiß, als sich die Fantasie in ihrem Kopf wiederholte. Eine Fantasie, die sie in der vergangenen Nacht hatte ausleben können – bei der sie auf Händen und Füßen war, den Kopf zur Matratze gesenkt und ihren Hintern in Dells Händen. Sie konnte seine harten Stöße praktisch spüren und die Perle an ihrer Halskette hypnotisch in der Luft schwingen sehen.

Sie fächelte sich Luft zu und beugte sich vor. „So wie letzte Nacht. Aber ich hatte mir uns an einem Strand vorgestellt, nicht in dieser Villa."

Seine Augen funkelten. „Welchen Teil der letzten Nacht?"

Hitze stieg in ihren Wangen auf. Sie hatte sich noch nie wirklich auf Dirty Talk eingelassen, aber andererseits war sie gerade dabei eine ganze Reihe von ersten Malen zu erleben.

„Doggy Style."

Dell winkte mit der Hand ab und wies den Begriff zurück. „So eine Fehlbezeichnung."

„Wie würdest du es denn nennen?"

Sein Blick wurde schelmisch und er flüsterte ihr ins Ohr. „Weißt du noch, was du über Löwen gesagt hast? Das hat mir besser gefallen."

Ein heißer Schauer der Lust strömte durch ihren Körper, als sie daran dachte, wie er sich an sie geschmiegt hatte. „Gott, warum muss der Flug nur so lang sein?"

Er lachte laut auf. „Warte nur, bis ich dich zu Hause habe. Warte nur."

Zu Hause. Anjali griff die Worte auf und ließ sie sich durch den Kopf gehen. Zu Hause war ihre Wohnung in Chicago, richtig?

Einen Moment später runzelte sie die Stirn, als sie an das durchwühlte Chaos dachte, das sie beim Öffnen der Tür vorgefunden hatte.

Dell stieß sie sanft mit dem Ellbogen an. „Hör auf damit. Denk' an etwas Schönes. "

„Was zum Beispiel? "

Sein Grinsen wurde geradezu schmutzig. „Zum Beispiel, wovon du sonst noch so träumst. "

Also raunten sie sich eine Weile schmutzige Dinge zu. Machten ein Nickerchen. Schauten sich einen Film an. Gingen mit Quinn im Gang auf und ab. Stunden später, in San Francisco, mussten sie in ein anderes Flugzeug umsteigen und eine Stunde Verspätung aushalten. Der Flug nach Oahu schien genauso lange zu dauern, aber schließlich setzte der zweite Flug zur Landung an.

„Nicht mehr lange", murmelte Dell erleichtert.

Anjali stellte ihre Uhr und beobachtete, wie Oahu in Sicht kam. Die Sonne ging gerade unter und brachte die zerklüfteten Hänge der Insel zum Strahlen, aber Dell schien nicht beeindruckt zu sein.

„Maui ist besser", murmelte er.

Sie lachte. „Wie lange lebst du erst auf Maui – vier Monate? "

„Fünf. "

Sie lachte leise. Wenn Dell sich einmal für etwas entschieden hatte, dann hatte er sich entschieden. Genau wie mit Quinn. Und auch mit ihr.

Zumindest hoffte sie das.

Anjali stoppte ihre Gedanken, bevor ihre Fantasie mit ihr durchgehen konnte. „Ein letzter Flug... "

Dell seufzte. „Gott, wird es sich gut anfühlen, wieder zu Hause zu sein. Hoffentlich wartet Connor schon am Gate. "

„Ich kann gar nicht glauben, dass ich hier bin", quietschte eine junge Frau, als der Flug endlich gelandet war und die

Passagiere in die feuchtwarme Luft von Oahu hinaustraten. „Hawaii."

Anjali spitzte die Lippen. Ja, Hawaii. Und was jetzt? Sie kannte den Plan – Connor finden, mit dem Hubschrauber nach Maui fliegen und in die Sicherheit von Koakea zurückkehren. Aber danach?

Die Babyschale stand am Gate für sie bereit und sie setzte Quinn hinein, um eine Pause von der Trage zu machen. Quinn brabbelte, strampelte mit den Füßen und schlug nach der Rassel, die vom Griff hinunterhing. Dell war nach Anjali aus dem Flugzeug gestiegen und sie konnte sehen, wie sich seine Brust mit einem tiefen Atemzug ausdehnte. Aber anstatt zu lächeln, als er die tropischen Düfte wahrnahm, runzelte Dell die Stirn.

Anjali schaute sich um. Stimmte etwas nicht?

Als sie die Rampe zur Eingangshalle hinaufgingen, neigte Dell sein Kinn nach oben und kräuselte die Nase. Die Hand, die er sanft auf ihren Oberarm gelegt hatte, verkrampfte sich und seine Augen weiteten sich alarmiert.

„Was ist los?" Sie umklammerte den Griff der Babyschale.

Es war genau wie die Szene in ihrem Büro am Vortag. Dell kniff die Augen zusammen, drückte die Schultern durch und sträubte sich, ohne ein Wort zu sagen.

Sie schaute sich um. Überall waren Menschen, aber sie konnte nichts Verdächtiges sehen. „Ist alles in Ordnung?"

Eine dumme Frage, denn Dell war in höchste Alarmbereitschaft übergegangen. Er sagte kein Wort, griff jedoch nach der Babyschale und fing an, Anjali vorwärtszudirigieren. Schnell.

„Bleib dicht bei mir."

Bleib dicht bei mir, verhieß nichts Gutes und Anjali drängte sich dicht an seine Seite. Er schlang einen Arm um ihre Schultern und ging immer schneller. Vor ihnen erstreckte sich die Eingangshalle und Anjali blickte zurück. Was hatte Dell derart alarmiert?

Er eilte weiter und kam dann abrupt zum Stehen. „Scheiße."

Anjali folgte seinem Blick. Vor ihnen standen drei Männer in Anzügen. Männer, die irgendjemand hätten sein können, nur dass sie Dell und sie direkt anstarrten.

Dell zog Anjali sofort in die entgegengesetzte Richtung und dann zu einem Seitenausgang, der mit einer Tür mit der Aufschrift *Nur für Personal* endete.

„Oha. Warte", rief Anjali, aber Dell schob sich einfach hindurch.

Ein Alarm ertönte, aber Dell hielt nicht einmal inne. Anjali schaute über ihre Schulter und erhaschte einen weiteren Blick auf die Männer, die sich mit bedächtigen Schritten vorwärtsbewegten. Eine Sekunde später knallte die Tür hinter ihnen zu und versperrte ihr die Sicht.

„Dell... " Sie versuchte, nicht der Paranoia zu erliegen. „Wohin gehen wir?"

„Raus." Er lenkte sie in den nächsten Gang und fing an zu joggen. „Wir müssen so schnell wie möglich hier raus."

Anjali murmelte, während er sie hinter sich her schleifte. „Was ist überhaupt los?"

Er machte ihr Angst – ganz zu schweigen von Quinn, die in der Babyschale wippte. Der Alarm läutete immer noch und es war nur eine Frage der Zeit, bis Sicherheitskräfte mit gezogenen Waffen auftauchen würden.

„Diese Typen... ", fing Dell an und verstummte dann wieder.

Anjali runzelte die Stirn. Was an diesen Männern hatte Dell in solchen Aufruhr versetzt? Sie hatte sie noch nie gesehen. „Kennst du sie?"

„Ich weiß, dass sie nichts Gutes bedeuten."

Anjali musterte ihn genau. Könnte ihr Chef recht gehabt haben? *Offensichtlich dreht der Mann durch. Eine Art posttraumatische Belastungsstörung.*

Dell verzog das Gesicht und blickte immer wieder zurück. Anjali tat es ebenfalls. Dann stürmten die drei Männer am Ende des Flurs in Sicht und sie erstarrte.

„Brody."

Das Blut gefror ihr in den Adern und ihr Körper versteifte sich. Sie hatte Brody nie persönlich kennengelernt, aber Lourdes hatte ihr einmal ein Bild geschickt – ein Foto aus glücklicheren Tagen, als Lourdes den Mann gerade erst kennengelernt hatte, der sie später über mehrere Jahre hinweg missbrauchen und quälen sollte.

So viel zum Thema, dass Dell paranoid war. Und Gott. Sie konnte Brodys Boshaftigkeit durch den ganzen Flur spüren.

„Brody", bestätigte Dell.

Er eilte mit ihr um die Ecke und schob sie dann durch eine weitere Tür. Er hielt kurz inne und verbarrikadierte die Tür mit einem leeren Gepäckwagen, bevor er sie auf das offene Rollfeld hinauswinkte.

„Lass uns gehen."

„Über die Landebahn?", protestierte Anjali. „Wir können dort nicht hinausgehen."

„Doch das können wir."

Er griff nach ihrem Arm und stürmte weiter. Der Himmel wirkte mit der Farbe der untergehenden Sonne wie Feuer und das Dröhnen der Düsentriebwerke brummte in Anjalis Ohren. Dann ertönte ein Knall, gefolgt von einem weiteren. Anjali blickte zurück und keuchte. Brody und die anderen Männer rammten die Tür und versuchten, auszubrechen.

„Connor?", bellte Dell in sein Handy. „Ich brauche dich hier, und zwar sofort."

Wie er erwartete, dass Connor ihn bei den Hintergrundgeräuschen des Rollfeldes hören konnte, wusste Anjali nicht. Aber der Gedanke, dass Dells Freunde von der Spezialeinheit zu ihrer Rettung kämen, gefiel ihr gut.

„Verdammt noch mal. Du bist wo?" Dell fluchte. „Nun, dann schwing' deinen Arsch hier rüber. Schnell." Damit legte er auf und schob das Handy in seine Tasche.

„Wo sind sie?", fragte Anjali.

„Immer noch am Hubschrauberlandeplatz. Am verdammten Hubschrauberlandeplatz", murmelte Dell. „Komm schon."

Ihr Joggen wurde zu einem Sprint – ein schwieriger Sprint, da sie Quinn tragen mussten. Während sie die ungeschützte Landebahn überquerten, fühlte sich Anjali schrecklich verwundbar. So als lauerten dort draußen Scharfschützen, die sie ins Fadenkreuz nehmen könnten. Ihr Herz klopfte und das nicht nur wegen der Anstrengung des Laufens.

Dann traf es sie wie der Schlag. Hatte sich Lourdes in jener Nacht an den Bahngleisen auch so gefühlt? Verzweifelt. Verängstigt. Gejagt?

„Brody", flüsterte sie. Sie war sich sicherer denn je, dass Lourdes' Tod kein Selbstmord gewesen war.

Kapitel 18

Direkt gegenüber der Landebahn befanden sich zwei massive Frachtgebäude. Anjali folgte Dell durch die schmale Gasse dazwischen und in einen unheimlich stillen Bereich voller Gepäckwagen. Dell eilte weiter und schlängelte sich um die ungleichmäßigen Reihen herum.

„Wie soll Connor wissen, wo er uns finden kann?", fragte sie, während sie weiterstürmten. Dell antwortete mit tiefer, rauer Stimme. „Glaube mir, er wird es wissen."

Sie runzelte die Stirn. Wie genau?

„Ich werde es dir erklären", murmelte Dell. „Später. Ich schwöre, ich erkläre es dir später."

Er bog nach links ab und eine Minute später rasten sie in einen riesigen Hangar. Dell rannte zum hinteren Ende, aber die Tür dort war verschlossen.

„Scheiße." Er probierte es auf der gegenüberliegenden Seite. Kabel schlängelten sich über den Boden und der ganze Ort war ein Minenfeld aus Mülleimern, Werkbänken und orangefarbenen Sicherheitskegeln.

„Verdammt noch mal", murmelte er. Noch eine Sackgasse.

Anjali wirbelte herum. *Verdammt noch mal* stimmte, denn Brody und zwei weitere Männer stürmten auf das offene Tor der Flugzeughalle zu.

Dell fluchte erneut und schaute sich um. In der Mitte des Hangars befand sich ein mittelgroßer Jet, umgeben von Kisten mit Ausrüstung, Gerüsten und Werkzeugen. Eine rollbare Treppe führte zur offenen Tür des Flugzeugs hinauf und am Heckbereich des Fliegers standen Gerüste.

„Warte mal." Dell reichte Anjali die Babyschale. Dann lehnte er sich mit seinem ganzen Gewicht gegen die bewegliche

Treppe. Langsam kam sie ins Rollen. Anjali half, so gut sie konnte, mit einem Arm mit, während Dell sie an die Tragfläche des Jets manövrierte.

„Okay, los." Er zeigte nach oben.

Sie wurde blass. „Dort hinauf?"

„Geh schon. Los", grunzte er, als Brody und die anderen beiden durch das Hangar Tor gestürmt kamen.

Ihre Schritte hallten auf dem Metall wider, als sie die Treppe hinaufeilte.

Dann hielt sie inne und beäugte den Abstand zur Tragfläche. Es war nur etwas über einen halben Meter – eigentlich nicht viel – aber aus dieser Höhe betrachtet...

Dell sprang hinüber und griff nach ihrer Hand. „Ich hab dich."

In dem Augenblick, als er seine Finger um ihre schloss, lief ein Kribbeln durch ihren Körper. Etwas pochte an ihrer Brust. Sie schaute nach unten und erwartete halb, Quinn dort zu sehen, die sich an ihrem T-Shirt festklammerte. Aber Quinn befand sich in der Babyschale und das Einzige, was an ihre Brust gedrückt war, war die Perle.

Anjali trat vom Rand der Tragfläche weg und kniete sich über Quinn, wobei sie Dells Worte wiederholte. „Ich hab dich."

Dell schlang seine Arme um sie beide und senkte seinen Kopf auf eine Weise, die ihr Angst machte. Was hatte er vor?

„Anjali", flüsterte er. „Ich hätte nie gedacht, dass es so weit kommen würde. Ich dachte, ich würde eine Chance bekommen, es zu erklären."

Erschrocken über das Bedauern in seiner Stimme umklammerte sie seine Hände. „Was erklären?"

Aber die drei Männer kamen immer näher und riefen sich gegenseitig etwas zu.

„Schnappt sie euch! Schnappt euch das Kind!"

Anjali erbleichte. Quinn strampelte herum und hätte dabei fast ihr Stofftier fallengelassen. Dell konnte es gerade noch rechtzeitig auffangen.

„Ich wollte eine Gelegenheit haben, es zu erklären", flüsterte er und reichte Anjali den kleinen Löwen. „Mich zu erklären."

Anjali starrte ihn an. Wovon redete er?

Er küsste ihre Fingerknöchel. „Ich liebe dich. Ich meine es ernst."

Ihre Kinnlade klappte auf. Das wollte er ihr hier sagen? Jetzt?

„Dell..."‚ flüsterte sie. Sie liebte ihn auch. So sehr sie sich auch gegen den Gedanken gesträubt hatte, war sie sich jetzt doch sicher. Aber im Moment wollte sie einfach nur verstehen, was zum Teufel los war.

„Vertrau' mir"‚ sagte Dell.

Dann wandte er sich entschlossen ab. Mit einer kräftigen Bewegung seines Fußes stieß er die Treppe weg. Sie rollte außer Reichweite und machte ihre Position damit unerreichbar. Aber anstatt zurückzuweichen oder nach seinem Telefon zu greifen, um Hilfe zu rufen, trat Dell an den Rand der Tragfläche und starrte hinunter.

Anjali riss die Augen weit auf. Wollte er etwa hinunterspringen? War er verrückt geworden? Er konnte doch nicht allein drei Männer abwehren.

„Warte"‚ schrie sie und griff nach ihm.

Es schmerzte sie, das Bedauern in seinen Augen zu sehen. „Ich habe schon zu lange gewartet." Dann zwang er sich zu einem Lächeln. „Bitte, vertrau' mir. Vertraue darauf."

Sie starrte das Löwenstofftier verwirrt an und blickte dann nach unten. „Es ist zu hoch, um zu springen."

Dell schenke ihr ein bittersüßes Lächeln. „Vertrau' mir. Katzen landen immer auf ihren Füßen."

Sein Blick schweifte zu Quinn hinüber und wurde langsam hart, als er sich abwandte.

„Dell!"‚ schrie Anjali.

Aber es war zu spät. Er war bereits gesprungen.

Entsetzt starrte sie ihm hinterher und erwartete, dass Knacken brechender Knochen zu hören, als er auf dem Betonboden des Hangars landete. Aber genau, wie er gesagt hatte, landete Dell anmutig wie eine Katze und hatte kaum den Boden berührt, als er sich abrollte, um den Aufprall abzufedern. Er sprang auf die Füße und stellte sich den drei Männern entgegen. Sie stürmten auf ihn zu, hielten dann aber abrupt inne und beäugten ihn.

„Aber, aber. Wen haben wir denn hier?", höhnte Brody.

Dell bewegte sich lautlos von einem Fuß auf den anderen und nahm eine Boxerhaltung ein.

Ein zweiter Mann lachte. „Moira hat keine Witze gemacht. Er sieht wirklich genauso aus wie sein Bruder."

Anjali starrte sie an. Moira hatte diese Schlägertypen geschickt?

Dell rollte seinen Kopf und knackte mit den Fingerknöcheln, ohne ein Wort zu sagen.

Der dritte Mann lachte. „Wirst du etwa auch versuchen, Lanzelot zu spielen?"

Lanzelot. Quentin. Anjalis Kopf schwirrte, als sie die Verbindung herstellte. Quentin hatte Brody von Lourdes weggejagt. So viel wusste sie. Aber was hatte das mit Moira zu tun?

Dell höhnte. „Verschwindet von hier, solange ihr noch die Chance dazu habt."

„Nicht ohne das Baby", grunzte Brody.

„Nicht dein Baby", schnauzte Dell.

„Auch nicht deins."

Dells Gesicht wurde hart. „Jetzt ist sie es."

Brody gackerte. „Du hättest Moiras Angebot annehmen sollen, als du noch konntest."

Anjali verachtete Brody bereits, aber als sich das Licht auf dem klobigen Ring an seinem Finger reflektierte, hasste sie ihn sogar noch mehr. Lourdes hatte eine Narbe von diesem Ring gehabt.

„Und du hast ihr Angebot attraktiv gefunden? Das sagt einiges aus." Dells Stimme war voller Hohn.

Brody ließ ein Lächeln aufblitzen. „Ich erkenne ein gutes Geschäft, wenn ich eins sehe."

Anjali wollte schreien. Was für ein Geschäft war es denn, ein unschuldiges Baby zu bedrohen?

Dell zog verächtlich die Lippen zurück. „Ich wette, dass tust du. Aber hier ist jetzt Endstation, Wolf."

Anjali kniff die Augen zusammen. Wolf?

Quinn zuckte, wodurch sich der Spielzeuglöwe bewegte. Anjali runzelte die Stirn und griff an ihre eigene Brust, als sie sich fragte, was dort pulsierte. Irgendetwas rieb sie dort und streifte über ihre Haut.

Brody lachte. „Für dich ist hier vielleicht Endstation. Für mich, nun, ich kann dir gar nicht sagen, wie befriedigend das ist. Es wird fast so sein, als würde ich deinen beschissenen Bruder umbringen."

Dells Wange zuckte. „Eine kranke Art der Befriedigung. Unschuldigen Frauen nachzustellen. Den falschen Kerl zu jagen..."

Brody grinste. „Einen Haufen Geld zu verdienen. Meine Rache zu bekommen."

Anjali schrie fast auf. Was für ein Mensch rächte sich denn an Babys?

Dell schnaubte. „Ja klar. Was ich jedoch nicht verstehe, ist, was Moira mit diesem Baby will."

Brody zuckte mit den Schultern. „Dasselbe wie ich. Jede Spur von deinem Scheißbruder auslöschen." Er grinste. „Ich Glückspilz. Ich bin an den richtigen Ort gekommen. Zwei für den Preis von einem – du und das Kind. Ganz zu schweigen von dieser Tussi." Er zeigte mit dem Daumen auf Anjali. „Verdammt, hat die Moira angepisst."

„Sie hat *mich* angepisst", murmelte Anjali.

Sie schaute sich um und betrachtete den Haufen Werkzeuge, der auf dem Gerüst lag. Junge, wie gern würde sie sich einen Hammer schnappen und ihn ihm entgegenschleudern.

„Schhh", flüsterte sie, als Quinn die ersten schniefenden Atemzüge eines Schluchzens machte.

Brody sah mit einem genervten Gesichtsausdruck auf. „Ja. Ich bin ja gleich bei dir, Schätzchen."

Anjali warf ihm einen bösen Blick zu und suchte weiter nach einem Mittel zur Verteidigung oder Flucht. Sie würde auf gar keinen Fall zulassen, dass Brody Quinn in die Finger bekam. Koste es, was es wolle, sie weigerte sich, dies geschehen zu lassen.

Dell schnippte mit den Fingern und lenkte Brodys Aufmerksamkeit von Anjali ab. „Letzte Chance, Arschloch."

Anjali blickte zur Tür des Hangars und hoffte, dass Dells Freunde auf wundersame Weise auftauchen würden. Aber Dell war nicht einmal in der Lage gewesen, ihren Standort richtig zu beschreiben. Es gab also keine Chance, dass Connor und die anderen in nächster Zeit erscheinen würden.

Brody lachte. „Du hattest deine Chance. Jetzt bekomme ich meine."

Anjali erwartete, dass er mit fliegenden Fäusten nach vorn stürzen würde, aber stattdessen krümmte sich Brody und fiel auf alle viere. Die beiden Männer, die ihn flankierten, taten dasselbe und einer von ihnen stöhnte auf.

Dell schaute mit einem Blick zu ihr auf, der um Verzeihung bat, obwohl Anjali nicht verstehen konnte, warum.

Ich liebe dich, hatte er gesagt.

Sie umarmte Quinn und murmelte die Worte zurück. *Ich liebe dich.*

Für einen kurzen sonnigen Moment brach Dell in ein breites Grinsen aus. War das der echte Dell, der da zum Vorschein kam? Dann erkannte Anjali, dass Dell beides war – lässig *und* verantwortungsbewusst. Unbeschwert *und* durch und durch ernsthaft.

Sein Grinsen verblasste, als er sich wieder Brody zuwandte und Anjalis Lächeln tat es ebenfalls.

„Was?", keuchte sie und wich einen Schritt zurück.

Aus Brodys Rücken sprossen rasend schnell Haare zu einem dichten Fell und er knurrte wie ein Hund. Die anderen beiden Männer waren auf Händen und Knien und ihre Hemden platzten an ihren Rücken auf.

Dell trat einen Schritt vor und blickte mit einem letzten schmerzverzerrten Blick zu ihr auf.

„Vertrau' mir", flüsterte er.

Anjali schüttelte den Kopf. Was auch immer Dell vorhatte, es machte ihr eine Heidenangst.

Als sie an ihm vorbeischaute, schnappte sie nach Luft. Dort wo Brody gestanden hatte, befand sich nun ein Wolf. Ein weiterer Wolf stand an der Stelle des Mannes auf der rechten und ein gestreifter Tiger auf der linken Seite.

Das war doch nicht möglich. Sie bildete sich Dinge ein, nicht wahr?

Dell gab einen erstickten Laut von sich.

„Nein", keuchte Anjali. Mit Dell passierte die gleiche schreckliche Sache. Seine Schultern krümmten sich, sein Hemd zerriss und...

„Dell..." Sie drückte sich ihre Hand auf den Mund.

Quinn winkte und gluckste und schwenkte ihr Stofftier herum. Anjalis Blick blieb kurz darauf hängen, bevor sie wieder Dell anstarrte. Sein goldener Bart wurde dichter und bedeckte immer mehr von seinem Gesicht und seinem Hals, bis er zu einer stattlichen Mähne geworden war.

Anjalis Mund klappte auf. Eine Mähne?

Nein, nicht nur eine Mähne. Er hatte auch einen Quastenschwanz und vier mit Krallen versehene Tatzen.

Sie stand wie angewurzelt da und starrte auf den Löwen – auf Dell? –, während sie versuchte, es zu verstehen.

Die Worte, die er gemurmelt hatte, geisterten ihr schwach durch den Kopf. *Ich wollte eine Gelegenheit haben, es zu erklären. Mich zu erklären.*

Ihr Mund öffnete sich und schloss sich wieder. Wow. Kein Wunder, dass es ihm schwergefallen war, es zu erklären. Sie konnte kaum fassen, was sie mit eigenen Augen sah.

Die Bestien unter ihr kreisten langsam und knurrend umeinander. Quinn strampelte und gurrte und Anjali kniete sich neben sie.

„Sieh nicht hin, meine Süße. Sieh nicht..." Anjali verstummte und starrte Quinn an.

Das Baby war das Ebenbild ihres Vaters, Quentin, und ebenso das von Dell. Blondes Haar. Runde Wangen. Kräftige Kieferparty...

Sie blickte auf Dell hinunter, der in Löwengestalt unter ihr auf und ab ging, und dann zurück zu Quinn.

Sie ist etwas Besonderes, hatte Dell gesagt.

Hätte Anjali nicht auf der gebogenen Tragfläche eines Flugzeugs gestanden, wäre sie vielleicht am Boden zusammengesackt. Ihre Knie zitterten ohnehin schon. Alles, was in den letzten Wochen passiert war, spielte sich nun in ihrem Kopf noch einmal in einem ganz anderen Licht ab.

Dells Reaktion, als er das Löwenstofftier sah. Seine Zurückhaltung, über bestimmte Dinge zu sprechen. Die Nächte, in denen er auf der Plantage herumgeschlichen war. *Schleichend*, genau wie die riesige Katze dort unten.

Vertrau' mir, hatte er gesagt. Worte, an die sie sich immer wieder erinnerte, vor allem, wenn sie schreien oder weglaufen wollte. *Vertraue darauf.*

Darauf war das Löwenstofftier, aber Dell hatte nicht von einem Spielzeug gesprochen. Er meinte, dass sie ihm vertrauen sollte, einem Löwen.

Anjali holte tief Luft und sagte sich selbst, dass sie ihren Nervenzusammenbruch später haben könnte. Im Moment musste sie auf Quinn aufpassen.

Ein Brüllen ertönte unter ihnen, gefolgt von einem hündischen Knurren. Anjali wollte nicht hinsehen, aber sie konnte nicht anders, als der Kampf ausbrach. Ein Wolf gegen einen Löwen mochte nicht wie ein fairer Kampf erscheinen, aber Brody hatte Unterstützung von einem zweiten Wolf und einem Tiger. Sie griffen alle gleichzeitig an, schlugen und schnappten nach Dell. Einen Moment lang verschwamm alles: die Streifen des Tigers, das braune Wolfsfell und Dells gelbbrauner Pelz. Dann sprangen sie auseinander und waren noch wütender als zuvor.

Anjali kniff die Augen zusammen und zwang sich dann, sie wieder aufzureißen. Sie konnte nicht einfach herumstehen und so tun, als würde nichts passieren. Sie musste etwas tun.

Für eine berauschende Sekunde füllte sich ihr Kopf mit Ideen, wie sie Dell helfen könnte. Aber dann schluckte sie und schaute das Baby an. Es war ihre Aufgabe, auf Quinn aufzupassen, nicht zu kämpfen.

Und scheiße. Der zweite Wolf pirschte sich nun nicht mehr an den Kampf heran. Er näherte sich der Tragfläche und blickte nach oben.

Anjali wich vor seinen roten, mörderischen Augen zurück.

Der Wolf hielt inne und konzentrierte sich auf die rollbare Treppe. Anjalis Herz blieb fast stehen, als sie den berechnenden

Blick des Tieres verfolgte. Gott, nein.

Das Maul des Tieres verzog sich zu einem Grinsen und es trottete zur Treppe hinüber und sprang, um das Gestell mit den Vorderfüßen anzuschieben.

„Nein", flüsterte Anjali.

Ja. Der Wolf leckte sich die Lippen und schob die Treppe Zentimeter für Zentimeter näher.

Dell brüllte, aber er konnte wenig tun, um es zu verhindern, während er von Brody und dem Tiger angegriffen wurde.

Anjali stürmte auf den Rumpf des Flugzeuges zu, wobei sie die sanfte Kurve nach oben musterte. Es wäre unmöglich, dass sie die mit einem Baby im Arm erklimmen könnte. Sie drehte sich um, eilte die Länge der Tragfläche zurück und starrte dann nach unten. Mit einem Schnauben wandte sie sich ab. Katzen mochten vielleicht auf ihren Füßen landen, aber sie würde ganz sicher nicht aus dieser Höhe hinunterspringen.

Sie wirbelte herum. Der Wolf kam immer näher. Inzwischen tobte der Kampf und eine der Katzen schrie vor Schmerz auf. Anjali zuckte zusammen. War das Dell?

Quinn fing an zu weinen und Anjali zwang sich, sich zu konzentrieren. Der Wolf näherte sich und sie hatte nichts, womit sie Quinn verteidigen konnte.

Eine vage Erinnerung schoss ihr durch den Kopf. Sie stürmte zurück zu dem Werkzeugkasten und durchwühlte ihn schnell. Darin befand sich ein riesiger Schraubenzieher, aber der Gedanke, ihn als Waffe zu benutzen, machte sie krank.

„Verdammt noch mal...", murmelte sie und schleuderte den Schraubenzieher beiseite.

Als Nächstes fand sie eine Säge, eine Schraubzwinge und einen Schraubenschlüssel von der Größe ihres Unterarms. Sie hielt inne und hielt den Schraubenschlüssel hoch. Würde das funktionieren?

Dell brüllte von unten. Gleichzeitig bebte die Tragfläche und Anjali duckte sich, um nicht das Gleichgewicht zu verlieren. Die rollbare Treppe hatte soeben gegen den Flugzeugflügel gestoßen, der Wolf sprang hinauf und kam auf sie zu.

Er hat es auf das Baby abgesehen, schrie ihr Verstand.

Sie starrte den Schraubenschlüssel an und versuchte, den Mut aufzubringen, ihn als Waffe zu benutzen. Aber sie spürte nichts als eine zermürbende, hoffnungslose Angst. Dass sie es nicht tun konnte. Dass sie nicht gut genug war. Dass sie versagen würde, und zwar gewaltig. Der Wolf würde Quinn erwischen und…

Anjali stoppte diese Gedanken und fletschte praktisch die Zähne. Nein, das würde er nicht. Niemals.

Sie schnappte sich den Schraubenschlüssel und machte einen Probeschwung. Das Ding war schwer, aber ja, es würde funktionieren.

Besser wäre es, sagte eine kleine Stimme in ihrem Kopf.

Sie wirbelte herum, schnappte sich die Babyschale und stürmte zum anderen Ende der Tragfläche. Dann stellte sie Quinn ab, ging zwei Schritte zurück und schrie den sich nähernden Wolf an.

„Lass uns in Ruhe."

Eine lange Speichelspur tropfte aus dem Maul des Tieres, als es grinste. *Ich werde euch nicht in Ruhe lassen,* sagte dieses Grinsen. *Nicht, bis ich bekomme, was ich will.*

Anjali schüttelte den Kopf und dachte, *Nur über meine Leiche.* Sie sprach es jedoch nicht laut aus, aus Angst, den Wolf auf schlechte Ideen zu bringen.

Das Biest senkte den Kopf und kroch näher. Seine Augen huschten von Anjali zu der Babyschale, während er warnend knurrte.

Anjali schwang den Schraubenschlüssel und bot dem Wolf einen guten Blick auf den langen, stählernen Schaft. „Ich sagte, dass du uns in Ruhe lassen sollst."

Der Wolf schnappte danach, als wäre es eine Fliege, so dass sie zusammenzucken wollte. Unten heulte der andere Wolf vor Schmerzen auf – Brody – und sie hätte Dell fast zugejubelt. Aber einen Moment später brüllte der Löwe vor Schmerz und wich vor dem Tiger zurück. Sie beide waren blutig und zerfleischt, aber Dells Schulter war in einer tiefen, klaffenden Wunde aufgerissen worden.

Der Wolf schnappte nach Anjali und nutzte den Augenblick ihrer Ablenkung, so dass sie nur noch schnell den Schraubenschlüssel schwingen konnte. Der Wolf sprang davon und bellte vor Wut. Einen Moment später hockte er sich hin und machte sich zum Sprung bereit.

Und im Bruchteil einer Sekunde spielte sich die unmittelbare Zukunft vor Anjalis Augen ab. Alles in Zeitlupe, so dass sie einen guten Blick auf ihr Verderben werfen konnte. Der Wolf würde sie angreifen und sie auf die Oberfläche des Flugzeugflügels drücken. Wenn sie auf dem Metall aufschlug, würde das Tier nach dem weichen Fleisch ihres Halses schnappen. Die Babyschale würde in Richtung Tragflächenrand rutschen und sie wäre nicht in der Lage, sie aufzuhalten. Schon bald würde Quinn fallen ... und fallen...

Eine Abfolge von allem, was ihr wichtig war, raste durch ihren Kopf. Ihre Eltern. Ihre Brüder. Aber vor allem Quinn und Dell. Was darüber hinaus auffällig war – abgesehen von diesen beiden – war die Tatsache, dass keines dieser *Ich bin im Begriff zu sterben*-Bilder ihren Job, ihre Wohnung oder Pläne für ihre Karriere beinhaltete. Im Gegenteil, all ihr Bedauern konzentrierte sich auf Sonnenuntergänge, die sie nun niemals sehen würde. Darauf, dass sie nicht in der Lage sein würde, Quinn aufwachsen zu sehen. Auf Dell und die Lebenszeit, die sie nun nicht mit ihm verbringen würde.

Aber schließlich beschwor ihr Verstand ein Bild von ihr und Dell herauf. Irgendwann in ferner Zukunft, in der sie Seite an Seite am Strand saßen und lachten. Sie sahen beide viel älter, aber auch viel glücklicher aus als zu dem Zeitpunkt, als sie sich kennenlernten.

Ihr Verstand präsentierte ihr all das und eine Sekunde später war alles wieder verschwunden.

Sie schnitt eine Grimasse. Ihre Großmutter hätte gesagt, dass das alles Karma war und dass sie im nächsten Leben eine weitere Chance bekommen würde. Aber sie wollte kein nächstes Leben. Sie wollte dieses hier.

Der Tod hätte ihr als Antwort darauf genauso gut ins Ohr gackern können. *Du bist dabei, alles zu verlieren. Verstehst du das nicht?*

Nein, sie verstand es nicht. Warum sollte ihr Quinn anvertraut worden sein, nur um es so enden zu lassen? Warum hätte sie sich in einen unglaublichen Mann verliebt, nur um ihn in einem blutigen Kampf zu verlieren? Warum sollte sie erkennen, was im Leben wirklich zählte, nur damit es ihr wieder genommen wurde?

Die Perle erhitzte sich an ihrem Hals und Anjali verzog das Gesicht. Fast knurrte sie. Sie schrie niemandem Bestimmten zu: „Nein!"

Und es war kein hoffnungsloses Aufjaulen oder ein Protest in letzter Sekunde. Es war ein trotziges Brüllen.

„Nein", schrie sie ein zweites Mal. Wer sagte denn, dass die Dinge so enden mussten?

Das müssen sie nicht, flüsterte eine Frauenstimme in ihrem Kopf.

Ein wütendes Dröhnen hallte in ihren Ohren wider, als hätte das Schicksal sie gehört und daran Anstoß genommen.

Nun, dumm gelaufen, hätte sie fast gemurmelt. *Ich nehme auch Anstoß an deinem dummen Plan.*

Das Dröhnen hörte auf und sie stellte sich vor, wie der Tod auf sie herabschaute und Bilanz zog.

Ach was? Was genau planst du dann zu tun? fragte eine urtümliche Stimme.

Die Zeit hatte sich verlangsamt. Aber genau in diesem Moment tickte sie weiter und der Wolf sprang in die Luft. Direkt auf sie zu, genauso wie sie es gesehen hatte. Sie holte mit dem Schraubenschlüssel aus, gewann an Schwung und biss die Zähne zusammen.

Das hier, knurrte sie vor sich hin. *Das ist es, was ich dagegen tun werde.*

Der Wolf war schon fast über ihr, aber sie weigerte sich, einen Rückzieher zu machen. Sie konzentrierte sich auf seinen riesigen Kiefer und zielte.

Und *zack!* Der Schraubenschlüssel traf die Schnauze des Wolfes und ließ das Biest aufheulen. Es sprang zur Seite und kam dem Rand der Tragfläche gefährlich nah.

Erwischt, hätte Anjali fast gejubelt.

Aber der Wolf drehte sich um. Er war wütender als je zuvor und sprang erneut los – und wieder und wieder, bis Anjali sich in einem Kampf wiederfand, der dem, der unten stattfand, sehr ähnlich war. Sie schlug auf ein Gewirr aus Fell und Reißzähnen ein. Krallen zerkratzen ihren Unterarm und ließen sie nach Luft schnappen, aber sie kämpfte trotzdem weiter. Sie spürte nichts als Wut, denn dieser Wolf wollte Quinn tot sehen.

Sie schwang den Schraubenschlüssel wie wild und spürte, wie die Schläge die Bestie mit einer Kraft trafen, die sie noch nie zuvor gespürt hatte. Sie trat und schlug und schrie wie eine Wahnsinnige. Und schließlich, als alles verloren schien, stieß sie den Wolf mit voller Kraft.

Das Biest taumelte rückwärts und riss verzweifelt die Krallen durch die Luft. Seine Hinterbeine rutschten von der Tragfläche ab und für den Bruchteil einer Sekunde kratzte der Wolf mit seinen Vorderfüßen über die glatte Metalloberfläche. Dann rutschte er mit einem Aufschrei ab und stürzte zu Boden.

Anjali wandte sich ab, kurz bevor der Wolf auf dem Betonboden aufschlug. Es ersparte ihr zwar den grässlichen Anblick, aber nicht das Geräusch eines tödlichen Knackens und auch nicht das der unheilvollen Stille, die darauf folgte. Als sie einen Blick hinunterwarf, schluckte sie. Wie konnte er sich nach einem solchen Sturz noch bewegen?

Aber der Wolf bewegte sich nicht – er verwandelte sich lediglich zurück in einen Mann. Ein Mann, der genauso leblos war wie der Wolf. Anjali starrte mit einem mulmigen Gefühl hinunter und schaute zu dem Tiger, dem Löwen und dem anderen Wolf hinüber. All diese blutrünstigen Bestien.

Sie drehte sich um und griff nach der Babyschale, halb versucht, sie zu greifen und wegzulaufen. Aber als ihr Blick auf Quinns gelbbraune Augen fiel, hielt sie inne.

Anjali schluckte, als sie die Katze in diesen Augen sah. Augen, die denen von Dell so ähnlich waren.

Sie stellte sich vor, wie er lachte und auf die Brandung zeigte. Wie er ihr tief in die Augen sah, während sie sich liebten. Dann dachte sie daran, wie er Quinn in den frühen Morgenstunden zuflüsterte. Wie er die Stirn des Babys küsste und versprach, dass er immer für sie da sein würde.

Anjali schwenkte ihren Blick zum Kampf unter ihnen zurück. Dell kämpfte vielleicht um ihr und Quinns Leben, aber er war keine blutrünstige Bestie. Brody und diese anderen Kreaturen waren es.

Ich liebe dich. Seine Worte hallten in ihrem Kopf nach.

Als der Kampf wieder in die Gänge kam, wollte sie am liebsten weinen. Der Tiger bedrängte Dell von vorn, während Brody ihn von hinten angriff. Langsam schwächten sie ihn immer mehr. Der Feind brauchte nur eine Gelegenheit und er würde zuschlagen.

Die Stelle an ihrer Brust wurde heiß und sie bedeckte die Perle mit ihrer Hand. Sie konnte ihre Wärme spüren – und ihre Kraft.

Eine Spielzeugperle vielleicht, hatte Dell gesagt, als sie sie aus dem Gewinnglas gezogen hatte. *Selbst auf Maui verteilt die Kids Foundation nicht solche Sachen.*

Anjali starrte die Perle an. Nicht?

Je fester sie sie hielt, desto intensiver wurde diese Hitze. Eine Flut von Liebe durchströmte sie, gefolgt von einem Ausbruch von Wut. Brody hatte Lourdes bis zum bitteren Ende das Leben zur Hölle gemacht. Er hatte Quinn zu einer Waise gemacht. Und jetzt kämpfte er auf dreckigste Weise gegen Dell.

Anjali richtete sich auf und packte den Schraubenschlüssel fest. Sie trat einen Schritt auf die bewegliche Treppe zu, die an der Tragfläche lehnte, und schaute dann noch einmal zu Quinn zurück.

Gott, war sie verrückt geworden?

Aber ein Blick auf das Baby versicherte ihr, dass sie das Richtige tat. Anjali setzte einen Fuß auf die oberste Stufe und starrte auf den tobenden Kampf. Dann warf sie einen letzten Blick auf Quinn.

„Ich bin gleich wieder da", versprach sie, bevor sie sich in Richtung Kampf aufmachte.

Kapitel 19

Als Dell brüllte, hallte der Klang durch den Hangar – und durch seine Ohren. Ein sicheres Zeichen dafür, dass der Wolf und der Tiger ihn fertigmachten, und das schnell.

Ich werde es nicht zulassen, knurrte sein Löwe. *Sie dürfen weder zu Anjali noch zu Quinn gelangen.*

Er blinzelte und versuchte, sich zu konzentrieren. Entschlossenheit half, einen Kampf zu gewinnen, allerdings musste der Körper auch mitspielen. Und seiner blutete bereits aus einem Dutzend Wunden. Verdammt, kämpften Brody und der Tiger mit unfairen Mitteln. Brody griff seine Flanke an und eine Sekunde später stürzte sich der Tiger mit seinen fünf Zentimeter langen Krallen von der anderen Seite auf ihn. Dann, wenn er herumwirbelte, um den Tiger abzuwehren, versenkte Brody seine Zähne in Dells Knöchel. Er hatte angenommen, dass sie nur ein paar abtrünnige Schurken waren, aber die beiden entpuppten sich als erfahrenes – und fieses – Kampfteam.

Nun, auch er hatte Erfahrung. Und dies war der Kampf seines Lebens, denn dort oben befanden sich seine Gefährtin und sein Kind.

Gefährtin, schrie sein Löwe und wollte verzweifelt nach oben schauen. Hatte Anjali Angst? Würde sie verstehen, dass er kein Ungeheuer war, das man fürchten oder verabscheuen musste?

Du hättest es ihr sagen sollen, zischte sein Löwe.

Ja, nun, er hätte eine Menge Dinge tun sollen. Aber bevor Anjali und Quinn in sein Leben getreten waren, hatte er wie auf Autopilot gelebt und niemals zu weit vorausgedacht. In den letzten Tagen hatte er viele dieser Dinge korrigiert. Aber war es zu spät?

Er biss die Zähne zusammen. Es durfte nicht zu spät sein. Er durfte nicht versagen. Er durfte es einfach nicht.

Der Tiger pirschte sich in die eine Richtung, während der Wolf in die andere ging, so dass er sich umdrehen musste. Hinter ihnen lag der Körper des zweiten Wolfes, der von oben herabgestürzt war. Dells Herz war fast stehen geblieben, als ein Schatten von der Tragfläche gestürzt war. Und noch nie zuvor hatte er eine solche Erleichterung verspürt, wie bei der Erkenntnis, dass es nicht Anjali war. Irgendwie hatte sie es ganz allein geschafft, einen Gestaltwandler abzuwehren.

Ich habe dir doch gesagt, dass sie unglaublich ist, raunte sein Löwe.

Das wusste er. Aber dort oben war noch etwas anderes am Werk. Eine Art übernatürliche Kraft, die die Luft mit einem tiefen Dröhnen erfüllte, das für menschliche Ohren nicht wahrnehmbar war. Gestaltwandlerohren hingegen...

Sogar Brody und der Tiger hatten aufgeschaut, als das Dröhnen vor nicht allzu langer Zeit begonnen hatte. Dieses Gefühl einer mysteriösen, neuen Kraft... Fast wie ein unangekündigter Gladiator, der die Arena betrat. Etwas, das den Kampf verändern würde, obwohl er keine Ahnung hatte, was es war. Aber er hatte auf der Tragfläche nur Anjali, die Babyschale und den Wolf erkennen können. War dort noch jemand, den er nicht sehen konnte?

In dem Augenblick, in dem ihm dieser Gedanke kam, kam sein Herz ins Straucheln. Was, wenn sich noch ein anderer Gestaltwandler von der anderen Seite an Anjali heranschlich?

Also schlug er seine Feinde zurück, drehte sich und sprintete zur Treppe hinüber. Brody und der Tiger folgten ihm direkt auf den Fersen. Innerhalb weniger Schritte legte Dell noch einen Zahn zu und baute sich einen Vorsprung auf. Angesichts seiner Erschöpfung hätte das nicht möglich sein sollen. Aber je näher er Anjali kam, desto mehr spürte er diese Kraft, die ihm entgegenstrebte. So als würde sie ihn willkommen heißen.

Was zum Teufel ist das? fragte sein Löwe.

Er hatte keine Ahnung. Nur, dass er zu ihr musste, und das schnell. Aber Oha. Anjali war bereits drei Stufen hinuntergestiegen und kam auf ihn zu. War sie verrückt geworden?

Nein, flüsterte sein Löwe. *Nur sehr, sehr mutig.*

Sein Herz trommelte. Anjali kam hinunter, um ihm zu helfen.

Es gab so vieles, was er sagen wollte, ihm blieb jedoch keine Zeit dafür. Er konnte nichts anderes tun, als alles, was er fühlte, in ein paar Worte zu packen und sie ihr in den Kopf zu drängen, damit sie ihn verstehen würde.

Verdammt, wie sehr ich dich liebe. Aber bitte, tritt zurück. Ich komme hoch.

Einen Schreckensmoment lang dachte er, sie würde sich nicht rühren. Aber dann nickte sie und kletterte zurück auf die Tragfläche, um ihm Platz zu machen.

Er stürmte von der obersten Stufe auf den Flugzeugflügel und blieb schlagartig stehen. Heilige Scheiße, sah Anjali grimmig aus. Die braune Perle hing an ihrem Hals und reflektierte das letzte Licht des Sonnenuntergangs. Etwas Metallisches blitzte in ihren Händen auf. Aber nichts davon war vergleichbar mit dem Glanz in ihren Augen, der sagte: *Versuch es doch, Arschloch. Versuche nur, mir dieses Baby wegzunehmen.*

Fast hätte er gegrinst. Aber als er merkte, dass ihre Augen auf ihn gerichtet waren, zuckte er zusammen. Alles, was Anjali sah, war ein blutverschmierter Löwe. Was in aller Welt würde sie denken?

Einen Augenblick später zeigte sie hinter ihn und schrie: „Pass auf!“

Er drehte sich gerade noch rechtzeitig um, um nach Brody zu schnappen. Der Wolf schlitterte auf den Rumpf des Flugzeuges zu und stand dabei so unbeholfen da wie ein Hund auf Eis. Der Tiger hingegen schlich sich mit einem Blick purer Freude nach vorn.

Oh, das wird ein Spaß, sagten die mörderischen Augen des Bastards.

Dell stieß ein donnerndes Brüllen aus, das im Hangar widerhallte. Nichts würde an ihm vorbei zur Spitze der Tragfläche gelangen, wo sich Anjali und Quinn befanden.

Seine Mähne war blutverschmiert, aber er bauschte sie auf und streckte sich. Er *fühlte* sich auf eine Weise groß und mächtig, wie er es noch nie zuvor gespürt hatte. Er hatte in

Dutzenden Schlachten gekämpft, sowohl als Gestaltwandler als auch beim Militär, aber er hatte immer das Gefühl gehabt, ein Spiel zu spielen. Selbst wenn der Tod ein mögliches Resultat gewesen war. Aber jetzt...

Er brüllte erneut. Noch nie zuvor hatte so viel auf dem Spiel gestanden. Sein Leben spielte keine Rolle, aber das von Anjali und Quinn schon. Und wenn er schwächelte...

Er schlug mit dem Quastenschwanz um sich und forderte den Tiger regelrecht heraus, sich zu nähern. Er würde nicht schwächeln. Er würde nicht versagen.

Der Tiger fletschte die Zähne und schlich immer näher, um eine Schwachstelle von Dell zu finden.

Dell hätte fast gelacht. *Äußerlich wirst du keine finden, Kumpel.*

Seine Schwachstelle war sein Herz. Konnte der Tiger das nicht sehen?

Brody tauchte hinter dem Tiger auf und sie nickten einander zu, als sie in Gedanken einen geheimen Plan austauschten. Dann stürmten sie beide knurrend los.

Es musste schrecklich für Anjali sein, aber alles, was Dell spüren konnte, war diese Kraft. Eine Art Energie, die er nicht einordnen konnte. Nicht die brachiale Kraft von Hass oder Rache. Eine sanftere Art von Macht. Eine, die entschlossener war als alles, was ihm je in seinem Leben begegnet war.

Und dann traf es ihn wie der Schlag. Es war die Macht der Liebe.

Er grinste wie ein Narr. Was passend war, denn er hatte sich in Bezug auf die Liebe geirrt. Liebe war kein Verlangen und sie war auch nicht die sprudelnde Energie einer kurzen Affäre. Liebe war die tiefste Quelle, der schnellste Fluss und der ruhigste Strom – alles in einem. Sie war weder ein Joch noch ein Zaun noch eine Augenbinde, die einem Mann seine Träume aus den Augen verlieren ließ. Liebe war der weiteste Horizont, den er je gesehen hatte.

Der Tiger knurrte verärgert über Dells Lächeln. Einen Sekundenbruchteil später stürzte er sich auf ihn. Auch Brody sprang nach vorn.

Warte. Konzentriere dich.

Dell verdrängte alles andere aus seinem Kopf, außer dem Feind und der vier Meter breiten Flugzeugtragfläche, die er um jeden Preis schützen musste, damit sie sich nicht an ihm vorbeidrängen konnten. Er fletschte die Zähne und fuhr seine Krallen aus, parierte die Schläge des Tigers und trieb die Bestie zurück. Aber gerade als Dell zum Todesstoß ansetzen wollte, sprang der Wolf auf seinen Rücken und riss an seiner Schulter. Dann stürzte sich der Tiger wieder auf ihn und trieb ihn gefährlich nah an den Rand der Tragfläche. Alles in allem führten sie einen feigen, aber effektiven Kampf als Team, der ihn immer weiter an seine Grenzen trieb. Und weiter und weiter...

Anjali schrie und eine Sekunde später tat Dell es ebenfalls. Der Wolf hatte sich an ihm vorbeigeschlichen und stürzte sich auf sie. Dell drehte sich um, um den Wolf zu verfolgen, aber der Tiger versenkte seine Krallen in seinen Flanken und bremste ihn ab.

Dell brüllte verzweifelt. *Nein, nein, nein!*

Anjali hob den Schraubenschlüssel und sah aus wie eine wütende Mutter. Eine rachsüchtige Freundin. Eine Geliebte, die entschlossen war, bis zum Tod zu kämpfen. Brody rannte weiter und stürzte sich in die Richtung ihrer Kehle.

Dell riss sich von dem Tiger los und ignorierte die Qualen der Krallen, die sich in sein Fleisch bohrten. Aber er kam zu spät. Der Wolf war bereits auf Anjali gesprungen...

„Nein!", schrie sie. Aber es war kein verzweifeltes *Nein*. Es war ein grimmiges, das sagte: *Hier ist Endstation.*

Sie stürzte rückwärts, als Brody sie angriff, aber der Schraubenschlüssel fand sein Ziel. Der Wolf grunzte und sackte benommen zur Seite. Anjali stürmte nach vorn und schlug immer wieder auf ihn ein.

Los, Anjali, wollte Dell jubeln, als Brody mit weit aufgerissenen Augen über die Kante stürzte und zu Boden fiel. Aber er hatte keine Zeit zum Jubeln, denn der Tiger hatte seinen nächsten Angriff bereits gestartet. Die Bestie drückte ihn nach unten, riss an seiner Kehle herum und versuchte, sich durch Dells dicke Mähne zu kämpfen, um ihn zu töten. Sie rollten und überschlugen sich und kämpften sich immer näher an Anjali und Quinn heran.

Dells Herz pochte heftig. Nur noch ein Stückchen näher und sie würden die Frauen, die er liebte, von der Kante der Tragfläche stoßen. Aber er konnte den Tiger nicht abschütteln, nicht in dem Zustand, in dem er war.

Seine Gedanken überschlugen sich, als er versuchte, eine andere Lösung zu finden, als über die Kante der Tragfläche zu rollen. Es würde ihn umbringen und obwohl es das wert wäre, zog er es wirklich vor, zu leben. Um Anjali endlich zu sagen, was er für sie empfand und um Quinn in seinen Armen zu halten. Um sie aufwachsen zu sehen. Um... um...

Der Tiger knurrte und zerrte ihn näher an den Rand des Abgrunds. Er ließ ihm keine Wahl.

Ich liebe dich, Anjali, flüsterte Dell. Doch alles, was herauskam, war ein verzerrtes Schnaufen. Dann spannte er jeden Muskel in seinem Körper an, hievte sich zur Seite und riss den Tiger mit sich. Für den ersten Teil der Rolle rutschte sein Fell über harten Stahl. Und dann...

Der Tiger brüllte überrascht.

„Nein!", schrie Anjali, als Dell und der Tiger über die letzten Zentimeter der Tragfläche rutschten.

Dann stürzte er durch leeren Raum. Und stürzte...

Nein, schrie sein Löwe, der doch noch nicht bereit zum Sterben war.

Nun, Pech gehabt, wollte er in den quälend langen Sekunden des freien Falls zum Betonboden sagen. Zwischen ihm und dem Boden gab es nichts als dünne Luft.

Nichts als einen Tiger zwischen uns und dem Boden, korrigierte sein Löwe und riss sich nach rechts herum. Wenn er sich genug drehte, konnte er den Körper des Tigers vielleicht als Landepolster nutzen.

Und dann, *wumm!* Dell kam zu einem plötzlichen Stillstand. Jeder Knochen in seinem Körper schrie und seine Zähne klapperten. Hätte Anjali nicht seinen Namen gerufen, hätte er vielleicht das Bewusstsein verloren. Vielleicht wäre er sogar in den Tod geglitten, denn nichts schien mehr von Bedeutung zu sein. Aber Anjali rief seinen Namen immer wieder und riss ihn zurück. Sie zerrte ihn von dem toten Körper des Tigers...

Daran blieben seine Gedanken hängen. Moment mal. Wie konnte das sein?

„Dell...", flüsterte Anjali und manövrierte ihn sanft zu Boden.

Er blinzelte. War Anjali wirklich an seiner Seite? Der Nebel in seinem Kopf lichtete sich ein wenig. Vielleicht war er gar nicht direkt auf dem Boden aufgeschlagen. Vielleicht hatte der Tiger seinen Sturz abgefedert. Vielleicht...

„Dell... "

Er hätte ewig so liegen bleiben können, aber warme Tränen benetzten das Fell seiner Wangen. Anjali weinte und es machte ihn fertig. Es gab ihm gerade genug Energie, um sich zurück in seine menschliche Form zu verwandeln und sich zu rühren.

„Quinn... ", flüsterte er.

Anjali starrte ihn an, nickte dann und stürmte los. Ihre Schritte hallten auf der metallenen Treppe wider. Einmal, als sie hinauflief, und ein zweites Mal, als sie wieder hinunterkam. Einen Moment später tauchte Anjali mit der Babyschale wieder auf und führte seine Hand an die Wange des Babys.

„Siehst du? Es geht ihr gut. Mir geht es auch gut. Also wage es ja nicht, uns zu verlassen. Hörst du mich?"

Er runzelte die Stirn. Warum sollte er sie verlassen? Dann schoss eine Welle des Schmerzes durch seinen Körper und verdeutlichte ihm, was sie meinte. Vielleicht war dieser dunkle Schatten, der am Rande seines Bewusstseins nagte, gefährlicher, als es schien.

„Ich gehe nirgendwohin." Er schob seine Finger in ihre – menschliche Finger, denn er hatte sich zurückverwandelt. Diese Berührung gab ihm den Schub, den er brauchte, um dem letzten Sog des Todes zu widerstehen. Und als die schwarze Wolke sich zurückzog, konzentrierte er sich auf die Perle, die an Anjalis Hals hing. Er griff nach oben und berührte sie.

„Wow", krächzte er und zog seine Hand zurück.

Anjali schluckte. „Wow stimmt allerdings. Spürst du das?"

Er nickte langsam. Ja, verdammt, er spürte es.

„Eine Perle des Verlangens“, flüsterte er. Was sonst sollte es sein?

„Eine Perle des was?“ Noch bevor er antworten konnte, schüttelte Anjali den Kopf. „Warte. Es ist mir egal, solange es dir gut geht.“

Er starrte sie an. Anjali hatte gesehen, wie er sich in einen Löwen verwandelt hatte. Sie hatte die Mähne gesehen. Die Zähne. Den Schwanz. Und darüber hinaus war er nun ein zerschrammtes, blutiges Wrack und außerdem splitternackt. War das wirklich alles in Ordnung für sie?

Offensichtlich hatte sie seine Gedanken gelesen, denn sie beugte sich vor, um ihn auf die Stirn zu küssen. „Mir ist alles egal, solange es dir gut geht.“

Erleichterung durchflutete seinen Körper und er schloss die Augen.

„Aber dir geht es doch gut, oder?“, fragte sie einen Moment später.

„Ich habe dir doch gesagt“, krächzte er, „Katzen landen immer auf ihren Füßen.“

Anjali starrte ihn einem Moment lang an und schob ihm dann sanft die Haare aus den Augen. Er machte sich auf Worte des Entsetzens oder der Überraschung gefasst, aber sie murmelte nur vier Worte: „Eine verdammt gute Sache.“

Abgesehen vom Schmerz in jedem seiner Knochen hatte er sich noch nie besser, glücklicher oder reicher gefühlt als in diesem Moment. Anjali war da, Quinn war da. Der Feind war weg.

Doch einen Moment später schrie Anjali vor Angst auf und sprang auf die Füße. Dell versuchte, sich umzudrehen, um aufzustehen, aber es fühlte sich an wie tausend Messer, die sich in seinen Körper bohrten und ihn aufhielten.

„Nein!“ Anjali griff nach dem Schraubenschlüssel, den sie fallengelassen hatte. „Da ist noch einer.“

Ein leises Bellen ertönte – eine knappe Silbe, gefolgt von einer weiteren und Dell ließ sich wieder auf den Boden sinken. „Ist schon gut. Das ist Chase.“

Anjalis Kinnlade klappte auf. „Chase?“

Schritte ertönten, zusammen mit einem leisen Pfeifen und einem gemurmelten: „Heilige Scheiße".

Dell winkte schwach. „Und das ist Connor." Glücklicherweise in Menschengestalt, denn Dell war sich ziemlich sicher, dass Anjali für einen Tag genügend Gestaltwandler gesehen hatte. Sie brauchte nicht auch noch einen Drachen zu Gesicht bekommen. Tim war ebenfalls da und auch in seinem menschlichen Körper.

Endlich war die Kavallerie angekommen.

Chase stürmte noch immer in Wolfsgestalt vorwärts und schnupperte an ihren toten Feinden. Anjali kauerte sich neben Dell und hielt den Schraubenschlüssel noch immer fest in der Hand.

„Bist du sicher, dass das Chase ist?", flüsterte sie.

Dell nickte und griff nach ihrer Hand. Gleichzeitig sandte er einen Gedanken in Chase' Kopf. *Ich weiß die Unterstützung zu schätzen, Kumpel, aber im Moment...*

Chase bellte leise und wich ein paar Schritte zurück.

Connor schritt auf sie zu. „Seid ihr alle okay?"

Dell brachte ein Schnauben zustande. „Abgesehen von Brody und seinen Männern? Ja. Ich schätze schon. Oder?" Er drückte Anjalis Hand.

Sie schluckte. „Abgesehen davon, dass ich ein wenig verwirrt bin, schätze ich schon."

Ein *wenig* verwirrt? Sie war wirklich unglaublich.

„Ich schwöre dir, dass ich es erklären werde." Dell wünschte sich nur, er hätte die Kraft, um sie zu umarmen.

Anjali spitzte die Lippen und schaute sich um. „Viel später, denke ich."

Heilige Scheiße. Connors Stimme dröhnte in seinem Kopf. *Sie hat einen Tiger und zwei Wölfe abgewehrt ... mit diesem Schraubenschlüssel?*

Dell grinste und grunzte zurück. *Nun, ich habe mit dem Tiger geholfen. Aber ja. Pass auf, dass du dich nicht mit meiner Frau anlegst.*

Connor zog eine Augenbraue hoch. *Deine Frau?*

Ja. Meine. Komm bloß nicht auf dumme Gedanken.

Connor schnaubte und Tim sprach als Nächster. *Du meinst deine, also so richtig deine? Im Ernst?*

Dell verzog das Gesicht. Natürlich meinte er es ernst.

Meine Gefährtin, knurrte er in ihre Köpfe. *Mein Kind. Und denkt nicht einmal daran, mich deswegen zu verarschen.*

Tim fing an, breit zu grinsen. *Oh ja, und wie viel Spaß wir damit haben werden. Sobald wir hier raus sind.* Sein Gesicht wurde ernst, als er sich umschaute.

Bis jetzt waren sie noch nicht vom Sicherheitsdienst erwischt worden, aber sie mussten sich beeilen. Dell konnte sich kaum bewegen und Quinn strampelte in ihrer Babyschale und fing an zu quengeln. Gegen Ende des Kampfes war sie still gewesen, als ob sie die Gefahr gespürt hätte. Jetzt, da alles vorüber war, begann sie zu weinen.

„Alles gut, meine Süße." Anjali hob das Baby in ihre Arme.

Aber das Baby schluchzte weiter, bis Anjali es näher zu Dell brachte. „Siehst du? Dell geht es gut."

Dell zwang sich, die Arme zu heben, um sie zu berühren. „Hey, meine Kleine. Wie geht es meinem Mädchen?"

Quinn weinte so schrecklich, dass sie ganz rot wurde, und sogar Connor versuchte, sie zu beruhigen. Aber nichts half, bis Anjali Quinn sanft auf Dells Brust legte und flüsterte: „Es geht ihm gut. Daddy geht es gut."

Dell umarmte Quinn. Noch lange nachdem ihre Schreie verklungen waren, klopfte sein Herz wie wild.

„Daddy?" Er schaute Anjali an.

Sie lachte und zeigte auf Quinn. „Sie scheint dieser Meinung zu sein."

Connor öffnete den Mund, aber Tim führte den Drachengestaltwandler zur Seite, um Dell und Anjali ein wenig Privatsphäre zu geben.

„Schicksal, Mann", hörte Dell Tim sagen. „Damit legt man sich nicht an."

Dell holte tief Luft und konzentrierte sich auf Anjali. „Und was denkst du?"

Sie spitzte die Lippen, nickte dann und lächelte langsam. „Ich denke, Quinn hat einen guten Geschmack."

Er lachte leise, hielt Quinn mit einer Hand fest und griff mit der anderen nach Anjali.

„Das hat sie allerdings. Ich meine auch, was ihre Mom betrifft."

Anjalis Augen trübten sich. „Die arme Lourdes."

Dell schüttelte den Kopf. Es würde eine Zeit kommen, um richtig um Lourdes zu trauern, aber das meinte er in diesem Moment nicht. „Ich meine ihre neue Mom. Dich."

Anjali riss ihre wunderschönen, dunklen Augen weit auf. „Ich?"

Er nickte. „Quinn weiß es. Ich weiß es. Wie du schon sagst, hat sie einen guten Geschmack."

Anjali biss sich auf die Lippe und errötete. „Also..., wenn du ihr neuer Daddy bist und ich ihre neue Mom... Dann haben wir wohl ein paar Dinge zu klären."

Er brach in ein breites Grinsen aus. „Ja, ich schätze, das stimmt. Meinst du, du kannst damit leben?"

Tränen liefen über Anjalis Wangen und verdammt. Er selbst vergoss möglicherweise auch ein oder zwei, als Anjali sich zu ihm und Quinn hinunterbeugte, um sie zu umarmen.

„Damit kann ich definitiv leben."

Für die nächsten paar Minuten hielten sie sich gegenseitig in der engsten Dreierumarmung der Geschichte fest. Dann fing Dell plötzlich an zu lachen. Was höllisch wehtat, aber er fühlte sich zu gut, um es nicht zu tun.

„Ich glaube, er hat den Verstand verloren", murmelte Connor.

Dell lachte sogar noch lauter. Nein, er hatte nichts verloren, Gott sei Dank. Er hatte nur gewonnen. Eine Gefährtin. Eine Tochter. Ein ganz neues Leben.

Ein besseres Leben, brummte sein Löwe.

„Oh Gott. Warte", sagte Anjali und erschreckte ihn zu Tode. Hatte sie bereits Zweifel?

Aber sie zog ihre Lippen zu einem breiten Lächeln und berührte seine Wange. „Ich habe es gar nicht laut gesagt. Das tut mir so leid. Ich liebe dich. Ich liebe dich, Dell."

Er atmete erleichtert auf und zog sie zurück in seine Arme.
„Ich liebe dich auch. Und dich“, fügte er hinzu und berührte
Quinn. „Ich liebe euch beide.“

Anjali zog neckend die Augenbraue hoch. „Keine Jungge-
sellentage mehr. Bist du dir sicher, dass du damit zurecht-
kommst?“

Er nickte energisch. „Ich war mir noch nie in meinem Leben
über etwas so sicher.“

Kapitel 20

Eine Woche später...

„Mmm." Anjali rieb ihr Kinn an Dells Hals. „Ich kann gar nicht glauben, dass wir das gerade gemacht haben." Ihre Haut kribbelte und ihr Körper summte vor Befriedigung.

Er hielt sie noch fester. „Glaube es, meine Liebe. Jetzt wirst du mich nicht mehr los."

Sie ertappte sich dabei, wie sie ihr Kinn an seinem Kiefer rieb und lachte. „Schau doch nur, was du mit mir gemacht hast."

Dell machte eine Show daraus, ihren nackten Körper zu inspizieren, bis hinunter zu der Stelle, an der sie nach dem heißesten Sex ihres Lebens immer noch miteinander verbunden waren. „Und das Problem ist...?"

Sie schlug ihm gegen den Arm – sanft, denn einige seiner Wunden waren immer noch zu sehen. Connor, Chase und Tim hatten ihn an jenem schrecklichen Tag vor einer Woche regelrecht aus dem Hangar zum Hubschrauber tragen müssen. Während die meisten seiner Verletzungen unglaublich schnell verheilt waren, waren die schlimmeren immer noch schmerzhaft.

„Du bist ein schlechter Einfluss. Eine Woche mit dir und ich habe schon all diese schlechten Angewohnheiten entwickelt. Ausschlafen. Sex zu jeder Tageszeit... "

„Hey! Wer sagt denn, dass diese Angewohnheiten schlecht sind?"

Sie fuhr fort, als hätte sie ihn gar nicht gehört. „Und ich benehme mich auch schon wie eine Löwin, wenn ich mich so an dir reibe. Aber ich kann einfach nicht anders." Und noch bevor sie zu Ende gesprochen hatte, machte sie bereits damit weiter, ihre Wange an seine Haut zu schmiegen. Es fühlte sich so gut an. „Habe ich mich wirklich gerade von dir beißen lassen?"

Er ließ ein breites Lächeln aufblitzen und hielt sie noch fester. „Ich korrigiere – du hast mich *angefleht*, dich zu beißen."

Sie schmiegte sich in seine Arme und lächelte vor sich hin. Ja, sie hatte tatsächlich um den Paarungsbiss gebettelt. Ein Konzept, das ihr völlig fremd erschienen war, als Dell es zum ersten Mal erklärt hatte. Aber Jenna und Hailey hatten ein paar pikante Details hinzugefügt. Die Vorstellung hatte ihr langsam immer besser gefallen, bis sie zu einem brennenden Bedürfnis geworden war. Dell hatte zwar immer wieder gesagt, dass sie noch warten sollten, aber das Verlangen in ihr war so unbändig geworden, dass sie ihn am Ende doch überzeugt hatte.

Schicksal, flüsterte eine kleine Stimme in ihrem Kopf.

Sie lächelte und berührte die Perle an ihrem Hals. Sie musste zwar immer noch viel über die Welt der Gestaltwandler lernen, aber den Teil mit dem Schicksal konnte sie bis tief in ihre Knochen spüren.

Sie unterdrückte ein unanständiges Kichern. *Ich kann es auch an anderen Stellen spüren.*

„Außerdem bist du diejenige, die mich verdirbt", sagte Dell.

Sie schloss die Augen und lauschte auf seinen Herzschlag. „Das tue ich überhaupt nicht."

„Natürlich tust du das. Es ist schrecklich. Ich gehe vor zehn Uhr abends ins Bett und lese Nährwertetiketten. Und – Gott, es bringt mich fast um, das zu sagen – ich habe sogar einen Plan für die nächste Woche gemacht." Er erschauderte. „Alle diese verantwortungsvollen Dinge." Er ließ eine stille Sekunde verstreichen, bevor er hinzufügte: „Und das Verrückte daran ist, dass es sich lohnt."

Sie strich mit einem Finger über seine Brust. „Das habe ich dir doch gesagt."

Für die nächste lange Minute hielten sie sich schweigend in den Armen. Aber dann löste sich Dell von ihr und sie wimmerte protestierend.

„Ich habe ein Monster erschaffen." Er lachte und küsste sie. „Ich möchte mich nur schnell frisch machen. Ich bin gleich wieder da."

„Das will ich doch hoffen." Sie ließ sich aufs Bett zurücksinken und berührte ihren Hals. Es gab weder Blut noch Schmerzen. Nur eine glühende Hitze, die durch ihre Adern schoss. „Wir haben etwa fünf Minuten, bevor Quinn aufwacht und ich muss... Ich muss... " Sie suchte nach dem richtigen Wort.

„Sie genießen?", schlug Dell vor und grinste wie eine Katze. Oder besser gesagt, wie der Löwe, der er war.

Es war jetzt so offensichtlich. Der blonde Bart. Das dicke, gewellte Haar. Die goldbraunen Augen. Wieso hatte sie das nicht vorher erkannt?

Er hatte ihr in den letzten paar Tagen alles über Gestalt-wandler erzählt. Dass sein Ur-ur-groß-Irgendwas der erste Löwe in der Familie gewesen war. Ein seltener Überlebender eines Gestaltwandlerangriffs. Dass Dell die Hoving-Brüder beim Mi-litär kennengelernt und sie sich alle vor Kurzem auf Maui nie-dergelassen hatten. Alle Freunde Dells auf Koakea waren Ge-staltwandler, genauso wie jeder auf dem benachbarten Anwesen – alle außer dem Kaliko-Kätzchen Keiki.

Sie ist zwar ganz klein, aber sie hat das Herz eines Löwen, hatte Dell gesagt.

Er hatte ihr auch alles über Gefährten und das Schicksal erklärt. Es hätte verrückt klingen müssen, aber irgendwie ergab alles einen Sinn.

Anjali ließ sich ein wenig tiefer zurück auf ihr Bett sinken. Sie war sich so sicher gewesen, dass es eine Ewigkeit dauern würde, bis sie sich mit der Vorstellung eines Paarungsbisses anfreunden konnte, aber, wow. Hatte sie wirklich gerade einen Löwengestaltwandler angefleht, ihr in den Hals zu beißen und sie für immer zu der Seinen zu machen?

Ein kleines Prickeln schoss durch ihren Körper und eine sinnliche Stimme säuselte in ihrem Kopf. *Oh ja. Das haben wir wirklich.*

Anjali hielt vollkommen still. Dell hatte gesagt, dass jeder Mensch eine animalische Seite in sich trug und die Verpaarung mit einem Gestaltwandler würde sie zum Vorschein bringen. Aber so schnell? Hatte sie wirklich gerade ihre innere Löwin gehört?

„Oh ja", murmelte Dell und schlüpfte neben ihr zurück ins Bett.

Sie starrte ihn an. „Warte mal. Hast du das gehört?"

Er fing an, sich erneut an ihrem Körper zu reiben. „Ich habe meine Gefährtin gehört." Dann schaute er ihr tief in die Augen und drängte ein leises Flüstern in ihre Gedanken.

Oh ja, ahmte er die sinnliche Stimme in ihr nach.

Anjali vergrub ihr Gesicht im Kissen. „Ich werde von jetzt an vorsichtig sein müssen, was ich denke."

Er lachte. „Warte nur ab. Du wirst schon sehen. Es wird sich als nützlich erweisen."

Sie zog sich die Decke über den Kopf und stöhnte. „Oh Gott. Kann jeder meine Gedanken lesen? Wir haben heute dieses Treffen und..."

Er küsste sie durch die Bettdecke hindurch. „Mach dir keine Sorgen. Im Moment nur ich. Du wirst lernen müssen, mit den anderen auf diese Weise zu kommunizieren und du kannst deine Gedanken abschirmen, wenn du willst."

Sie atmete ein wenig aus. *Puh.*

Dell zog die Decke zurück und kämmte ihr Haar mit den Fingern. „Und jetzt hör bitte auf, mich abzulenken. Ich muss meine Gefährtin bewundern."

Sie schloss die Augen und ließ sich für eine Weile von Dells Berührung verzaubern. Schließlich riss sie die Augen auf und musterte Dell. „Werde ich mich wirklich in eine Löwin verwandeln?"

Dell streichelte ihre Wange. „Wann immer du bereit bist."

Ein Teil von ihr hatte Angst davor, wie es sich anfühlen würde, aber irgendwo tief in ihrem Inneren regte sich ein rastloses, sehnsüchtiges Bedürfnis. Und verdammt. Zu lernen, sich um Quinn zu kümmern, hatte ihr anfangs auch Angst gemacht. Aber sie hatte es gemeistert. Theoretisch könnte sie es also auch meistern, eine Gestaltwandlerin zu sein.

Aber dennoch, ihren Körper komplett zu verwandeln... Die Vorstellung war erschreckend und verlockend zugleich.

„Ich verspreche dir, dass es gut sein wird", flüsterte Dell mit einer verrucht sündigen Stimme.

Sie schlang ihr Bein um seines und ihr wurde schon wieder ganz heiß. Verdammt, Dell verdarb sie wirklich. Sie rutschte herum, bis sie Hüfte an Hüfte lagen und…

Quinn gluckste aus dem Nebenzimmer und brach dann in einen markerschütternden Schrei aus.

Anjali stöhnte und ließ ihren Kopf an Dells Schulter sinken. „Jetzt?"

Dell lachte. „Sie hat uns doch schon den ganzen Morgen geschenkt." Er küsste sie noch einmal, bevor er sich von ihr löste. „Und sobald sie ihr nächstes Nickerchen hält, verspreche ich dir, da weiterzumachen, wo wir aufgehört haben. In Ordnung?"

Er warf Anjali das T-Shirt zu, das er ihr zuvor ausgezogen hatte, und zog sich selbst eine Boxershorts an. Wenn sie allein waren, waren sie am liebsten nackt. Aber irgendein ungeschriebener Verhaltenskodex zwang sie dazu, sich etwas – zumindest das Nötigste – anzuziehen, wenn Quinn in der Nähe war.

„Guten Morgen, meine Süße. Raus aus den Federn", rief Dell und betrat das Nachbarzimmer.

Anjali grinste. Sie, Quinn und Dell hatten sich in den letzten Tagen in seinem Haus verschanzt, um sich langsam von allem zu erholen, was passiert war. Dell war die ganze Zeit über ein toller Vater gewesen. Sie hatten alles besprochen und waren zu dem Schluss gekommen, dass es das Beste für Quinn wäre, so normal wie möglich aufzuwachsen. Mit dem Wissen um ihre leiblichen Eltern, während sie Anjali und Dell *Mom* und *Dad* nannte. Zu Beginn war sich Anjali nicht so sicher gewesen, aber es fühlte sich richtig an. Eines Abends hatte sie bei Sonnenuntergang am Ufer gestanden und an Lourdes gedacht. Sie hätte schwören können, dass sie den Geist ihrer Freundin lächeln spürte, der ihr versicherte, dass es in Ordnung sei.

Ich will nur das Beste für sie, hatte Lourdes einmal in Chicago gesagt und Anjali war sich sicher, dass sie es an diesem Abend dort am Strand noch einmal geflüstert hatte.

Sie warf einen Blick auf die Kommode auf der anderen Seite des Zimmers, wo sie das Bild von sich und Lourdes im Baumhaus aufgestellt hatte. Dell schmiedete bereits Pläne, Quinn ein Baumhaus nach diesem Vorbild zu bauen, und Anjali gefiel die Idee sehr.

Sie seufzte und staunte, darüber wie sich alles geregelt hatte. Und nicht nur für sie und Dell. Cynthia hatte offenbar versucht, eine Adoption zu organisieren, und Anjali war für das Pärchen, das Cynthia gefunden hatte, traurig gewesen. Aber die Dinge hatten eine wundervolle Wendung genommen. Das Drachengestaltwandlerpaar hatte angerufen, um ihre völlig unerwartete Schwangerschaft zu verkünden. Sie waren über diese Nachricht völlig aus dem Häuschen gewesen und Anjali freute sich mit ihnen. Es schien, als wäre das Schicksal in mehrfacher Hinsicht am Werk gewesen.

Also ja. Sie war jetzt eine richtige Mutter und Dell ein richtiger Vater. Ihre eigene Mutter war überglücklich, dass Anjali einen Mann gefunden hatte – so glücklich, dass sie nicht einmal einen Aufstand machte, als Anjali ihr eröffnete, dass er kein Inder, Arzt oder Anwalt war. Das zeigte nur, wie verzweifelt ihre Mutter darauf gehofft hatte, dass Anjali jemanden finden würde – irgendjemanden. Ihre Mutter war an nichts anderem interessiert als daran, Quinn und all die zukünftigen Enkelkinder kennenzulernen, von denen sie überzeugt war, dass sie bald kommen würden. Es spielte keine Rolle, wie sehr Anjali versuchte, sie zu bremsen – der Enthusiasmus ihrer Mutter wollte nicht abebben.

Dell sagte zwar nichts, aber ihm schien die Idee zu gefallen. Und was Anjali anging – nun, sie war vielleicht noch nicht bereit, es offen zuzugeben, aber auch ihr gefiel der Gedanke, viele Kinder zu haben. Also, wer wusste es schon?

„Geh zu Mommy", sagte Dell und reichte ihr Quinn.

„Hallo, mein kleines Mädchen", sagte Anjali, als Dell sich entfernte, um ein Fläschchen zuzubereiten.

Quinns Augen strahlten und waren voller Staunen, so wie sie es immer waren. Anjali wiegte das Baby in ihren Armen und lächelte die ganze Zeit. In Dells Armen zu liegen, gab ihr ein Gefühl der Wärme, aber Quinn zu halten, tat dies ebenfalls, wenn auch auf eine andere Weise.

„Das glücklichste Mädchen der Welt", flüsterte Anjali. „Ich meine mich, weißt du."

Sie hatte Dell, eine Tochter und ein wunderschönes neues Zuhause. Keinen Job, aber schließlich hatte sie schon eine lange Zeit Geld angespart. Sie konnte es sich leisten, für eine Weile in die Babypause zu gehen, nicht wahr? Sie hatte sich kurz bei der Arbeit gemeldet, um zu kündigen, und irgendwie hatte sich das, genau wie viele andere Aspekte ihres neuen Lebens, befreiend angefühlt.

Quinn quengelte ungeduldig.

„Ich komme", rief Dell aus der Küche. Einen Augenblick später kam er mit einem warmen Fläschchen und einem gutmütigen Lächeln zurück. „Du bist ein gieriger kleiner Welpe, nicht wahr?"

Die drei ließen sich mit Quinn in ihrer Mitte auf dem Bett nieder. Dell hielt ihr Fläschchen von der linken Seite hoch und Anjali schaute von der rechten Seite zu.

„Ich könnte ihr stundenlang zusehen", murmelte Anjali und dachte darüber nach, wie schnell sich ihr Leben verändert hatte – zum Besseren.

Sie könnte auch Dell stundenlang zusehen. Sein Lachen war schon immer etwas Wunderbares gewesen, aber dieses besondere Lächeln, das er nur ihr und Quinn schenkte, rührte Anjali jedes Mal.

„Ich auch. Aber verdammt. Wir müssen bald zu diesem Treffen."

Anjali kicherte. „Du hast außerdem angeboten zu kochen."

Er stöhnte und ließ sich neben Quinn fallen. „Was habe ich mir nur dabei gedacht?"

„Du hast gedacht, wie schön es wäre, alle mit einem guten Essen zu verwöhnen."

Anjali beugte sich vor und küsste ihn. Eigentlich sollte es nur ein Küsschen auf die Wange werden, aber irgendwie landete es stattdessen auf seinen Lippen. Ein langer, tiefer Kuss, von dem sie sich wünschte, er würde niemals enden.

„Ich liebe dich", flüsterte sie.

„Ich liebe dich auch, meine Gefährtin."

Die Zeit verging wie im Fluge und schon bald war der Rest des Vormittags verstrichen – in gewisser Weise war dies so anders als alles, was Anjali gewohnt war. In ihrem Büro hatte sie von morgens bis abends auf Hochtouren gearbeitet und es schien nie genügend Stunden zu geben, um alles zu schaffen. In Koakea war jede Minute ein Geschenk, das langsam und angenehm verging. Sie konnte mit Quinn lachen, den Duft der tropischen Blumen einatmen und dem Plätschern des Baches lauschen. Die Zeit fühlte sich kostbarer an – fast purer – und ihre Seele hatte endlich Frieden gefunden. Keine klingelnden Telefone, kein überfüllter Posteingang, keine Meetings. Trotzdem warf sie irgendwann einen Blick auf die Uhr und fragte sich, wohin die Zeit verflogen war.

„Nicht verflogen", sagte Dell, als sie es erwähnte. „Investiert."

Dieser Gedanke gefiel ihr. In Dinge zu investieren, die viel wichtiger waren als materielle Gewinne. So wie Quinn. Wie Dell. Wie Glück.

Insgesamt betrachtet, wäre das Leben ziemlich perfekt gewesen, wenn ihr nicht dieses Treffen bevorstehen würde. Ganz egal wie sehr Dell auch versucht hatte, sie zu beruhigen, war sie trotz allem nervös, den anderen gegenüberzutreten. Natürlich hatte sie die anderen auf der Koakea-Plantage alle kennengelernt und sie waren auch alle nett. Aber das war gewesen, bevor sie herausgefunden hatte, dass sie sich in Bären, Wölfe, Löwen und – wow – sogar in Drachen verwandeln konnten. Außerdem hatte sie sich in Dell verliebt. Waren die anderen wirklich bereit, eine Fremde in ihrem eng verbundenen Clan willkommen zu heißen?

Sie stand vor dem Spiegel und betrachtete ihre Leggings und die Kurti-Bluse, für die sie sich entschieden hatte. Zu leger? Zu schick?

„Das sieht gut aus", hatte Dell ihr zuvor versichert.

Natürlich sah in Dells Augen *alles* gut an ihr aus. Er war mit Quinn losgezogen, um das Mittagessen im Plantagenhaus vorzubereiten. Anjali hatte unterdessen, solange sie konnte, gezögert. Jetzt musste sie wirklich gehen.

„Hey", rief eine freundliche Stimme und Anjali riss den Kopf hoch. Es war Jenna, die von der anderen Seite des Baches winkte, wo sie mit Hailey stand. „Wir sind hergekommen, um dich abzuholen. Bist du so weit?"

Anjali setzte ein Lächeln auf, von dem sie hoffte, dass es ihre Nervosität verbergen würde. Aber noch bevor sie etwas sagen konnte, sprach Hailey. „Glaub mir, wir wissen, wie es ist. Die Jungs lieben diese Treffen." Sie rollte mit den Augen. „Ich glaube, sie vermissen sie vom Militär oder so. Wenigstens gibt es hier morgens keinen Weckruf."

Jenna lachte. „Wenn es hier einen Weckruf gäbe, dann wäre ich weg. Aber ja, ich glaube nicht, dass ihnen bewusst ist, wie einschüchternd sie sein können."

Anjali setzte ein dankbares Lächeln auf und versuchte zu vergessen, dass Jenna sich in einen Drachen und Hailey sich in einen Grizzlybären verwandeln konnte.

Eines Tages werden wir uns auch verwandeln, knurrte eine Stimme in Anjali. *Aber in etwas Besseres. Eine Löwin.*

„Wie dem auch sei, mach dir um sie keine Sorgen." Hailey zog Anjali, sobald sie den Bach überquert hatte, in eine innige, schwesterliche Umarmung. „Tief in ihrem Inneren sind sie alle ganz zahm."

Anjali hatte eine Weile gebraucht, aber schließlich herausgefunden, warum Hailey ihr so bekannt vorkam. Hailey hatte für die *Boundless*-Duftkampagne gemodelt, die von Anjalis Firma betreut worden war. Laut Dell war Hailey vor einiger Zeit auch in Moiras Visier geraten. Vielleicht erklärte das, warum Hailey sich wie eine lang verlorene Schwester anfühlte, genau wie Jenna auch. Anjali konnte es kaum erwarten, die beiden besser kennenzulernen.

Jenna grinste und umarmte Anjali als Nächste. „Ich freue mich so, dass du hier bist. Bis jetzt waren es nur Hailey und ich..."

„Bis jetzt", betonte Hailey mit einem Augenzwinkern. „Wir arbeiten noch an Chase."

Anjali erinnerte sich daran, wie der gefühlvolle Wolfsgestaltwandler und die schüchterne Frau aus dem Smoothie-Wagen um ihre Gefühle füreinander herumgeschlichen waren. Es wäre sicher schön, die beiden zusammenzubringen.

„Und glaube mir, je mehr weiblichen Einfluss wir auf diese Jungs ausüben können, desto besser", schloss Jenna. „Nun, es gibt auch noch Cynthia. Aber die muss wirklich etwas lockerer werden. Sehr sogar.“

„Sie ist unser nächstes Projekt“, seufzte Hailey, obwohl sie nicht sonderlich hoffnungsvoll aussah.

Sie brauchte nicht zu erklären, warum. Selbst Anjali wusste, dass Cynthia eine harte Nuss sein würde. Cynthia hatte etwas Steifes und Trauriges an sich, auch wenn sie es gut verbarg.

„Mach dir auf jeden Fall keine Sorgen. Es wird schon gut gehen“, sagte Jenna und ging voran.

Anjali fühlte sich wie das neue Kind in der Schule, das unerwartet tolle Freunde gefunden hatte. Vielleicht würde das Treffen ja doch nicht so schlimm werden.

„Warte mal ab, bis du Dell siehst.“ Jenna kicherte, als sie in Sichtweite des Haupthauses kamen. „Und Quinn.“

Anjali neigte den Kopf, aber Jenna verriet nichts. Vorsichtig stieg Anjali die Treppe hinauf und spähte in die Küche. Einen Moment später hätte sie fast laut gelacht, doch sie schaffte es gerade noch, es zu verbergen. Stattdessen stemmte sie die Hände in die Hüfte. „Was macht ihr denn hier?“

Dell wirbelte am Herd herum, über den er sich gebeugt hatte. Joey trug eine Maske und einen Umhang und stand auf einem Stuhl neben ihm. Auf seine Oberlippe war ein Schnurr-bart gemalt worden.

„Aha! Unser nächstes Opfer – ich meine, Kundin“, verkündete Dell. „Captain Spektakulär, untersuche den Ein-dringling.“

Joey sprang von seinem Stuhl und machte zischende Geräusche, als er um Anjali herumlief und fragte: „Gehörst du zu den Guten?“

Anjali riss die Hände hoch. „Oh, ich glaube schon. Prinzes-sin Anjali, weißt du noch?“

„Also ich weiß nicht“, murmelte Dell. „Es könnte ein Trick sein. Was denkt unser Leutnant?“

Joey sauste zur Babyschale hinüber, in der Quinn saß. Sie stand in der Mitte des Raumes auf dem Boden, wo sie das gesamte Treiben gut im Auge behalten konnte. Auch sie trug einen Umhang und hatte einen Schnurrbart, was Anjali zum Lachen brachte. „Dell!“

„Was?" Er grinste. „Jede Superheldin braucht ihren Umhang, oder?"

„Leutnant, ist das wirklich die Prinzessin?" Joey hockte sich neben Quinn hin. Er kitzelte ihr die Wange und sah wie ein stolzer großer Bruder aus.

Quinn gluckste und winkte mit den Ärmchen.

„Ich glaube, sie stimmt zu", verkündete Dell. „Lass den Eindringling passieren."

Joey schlug sich den Umhang über die Schulter. „Du darfst passieren."

„Oh, danke schön", sagte Anjali und trat vor, um Dell zu küssen. Und sie küsste ihn... und küsste ihn...

„Igitt", quietschte Joey und sie lösten sich voneinander.

„Tut mir leid, Kleiner. Ich wurde abgelenkt." Dell zwinkerte Anjali zu. „Später kannst du mich ablenken, so viel du willst. Aber jetzt... "

Sie nickte, verstand die unausgesprochenen Worte und zog sich auf die Veranda zurück. Dell hatte die letzte Woche damit verbracht, sich auf Quinn zu konzentrieren. Jetzt war er fest entschlossen, Joey zu zeigen, dass ihre Freundschaft nicht vorbei war, nur weil er mit seiner neuen Gefährtin und seinem Kind beschäftigt gewesen war.

Einer nach dem anderen erschienen die anderen Männer und schüttelten Anjali die Hand oder gaben ihr ein Küsschen auf die Wange. Sie sagten nette Dinge wie *Schön, dich hier zu haben* und *Willkommen.* Connor, der furchteinflößendste von allen, zeigte sich von seiner besten Seite. Fast so als hätte Jenna ihn belehrt, seine furchterregenden Drachenschwingungen unter Kontrolle zu halten. Tim war genauso freundlich und höflich wie immer und außerdem war seine Aufmerksamkeit auf Hailey gerichtet. Chase tauchte auf und zeigte sich gewohnt still und schüchtern. Als er sich vorbeugte, um Anjali die Hand zu reichen und sie zu begrüßen, zwinkerte Jenna hinter ihm.

Anjali nickte zurück. Ja – auch sie würde diesem liebenswerten Mann helfen, seine Gefährtin zu finden. Er war der Erste gewesen, der nach dem Gestaltwandlerkampf zu Dell geeilt war. Und obwohl er ihr anfangs Angst gemacht hatte, war es doch unmöglich, seine Hingabe für seine Familie zu übersehen.

Cynthia kam aus ihrem Quartier im Obergeschoss hinunter und begrüßte Anjali herzlich – oder zumindest so herzlich wie Cynthia es konnte, nahm Anjali an – bevor sie hinüber in die Küche ging, um die Szene dort zu betrachten.

„Captain wer?" Cynthia tat so, als würde sie den Schabernack missbilligen, aber das vergnügte Funkeln in ihren Augen verriet sie.

„Captain Spektakulär", brüllte Dell. „Und jetzt weichen Sie zurück und geben Sie dem Meister seinen Freiraum, Cynth."

„Cynthia, Mr. O'Roarke." Sie seufzte und gesellte sich zu den anderen, wobei sie in ihrer ruhigen, ja königlichen Art den Platz am Kopfende des Tisches einnahm.

„*Et voilà*", verkündete Dell kurz darauf. „Das Mittagessen ist serviert."

Das Curry war köstlich, das Masala-Hühnchen ein Gedicht und Anjali hatte noch nie etwas so gut geschmeckt wie dieses Mango-Chutney.

„Oh mein Gott, das ist so lecker." Jenna leckte sich die Finger.

„Das ist es wirklich." Hailey ließ sich von Tim eine zweite Portion geben.

Quinn wedelte aus ihrem Körbchen mit den Armen und saugte am Quastenschwanz ihres Löwenstofftieres.

„Ich muss sagen, dass du den Kochkünsten meiner Mutter wirklich Konkurrenz machst", gab Anjali zu. „Aber bitte verrate ihr nicht, dass ich das gesagt habe."

Sie konnte es kaum erwarten, Dell und Quinn ihrer Familie vorzustellen. Die gute Nachricht war, dass ihre Eltern und einer ihrer Brüder eine Reise nach Maui planten. Was perfekt war, denn Anjali hatte es überhaupt nicht eilig, bald nach Chicago zurückzukehren.

Cynthia tupfte sich vornehm mit der Serviette die Lippen ab und nickte Dell zu. „Mr. O'Roarke, Sie haben sich selbst übertroffen. In mehr als einer Hinsicht."

Dell zog eine freche Augenbraue nach oben. „Ist das ein Kompliment, Cynth?"

„Das könnte es sein, wenn Sie es nicht ruinieren", schniefte sie.

Anjali spitzte die Lippen. Sie war sich nicht ganz sicher, ob sie sich einmischen sollte. Dell trieb es doch sicher zu weit. Immerhin war Cynthia zusammen mit Connor Co-Alpha des Rudels.

Jenna verbarg ein Grinsen, was Anjali daran erinnerte, was sie auf dem Weg hierher gesagt hatte. *Sie lieben es, sich gegenseitig aufzuziehen. Und weißt du was? Ich glaube, Cynthia braucht es.*

Junge, und wie sie es braucht, hatte Hailey zugestimmt.

Also lehnte Anjali sich zurück und schaute Dell und Cynthia bei ihrem Geplänkel zu. Sie bewegte ihren Kopf dabei hin und her wie eine Zuschauerin bei einem Tennisspiel.

„Also gut. Machen Sie mir ein Kompliment." Dell grinste.

„Vielleicht habe ich meine Meinung geändert", schoss Cynthia vornehm zurück.

„Kommen Sie schon. Wie war das gleich mit *in mehr als einer Hinsicht?*"

Cynthia presste ihre Lippen zu einer ganz engen Linie zusammen und nickte schließlich. „Ihre Kochkünste sind, wie immer, ausgezeichnet."

Anjali stieß Dell mit dem Ellbogen an, bevor er es mit einem Kommentar ruinieren konnte, und wie durch ein Wunder biss er sich auf die Zunge. Cynthia warf Anjali einen anerkennenden Blick zu, der zu sagen schien, *Ich kann zwar nicht verstehen, warum Sie sich mit ihm abgeben, aber wie ich sehe, sind Sie ein guter Einfluss. Gott weiß, er braucht ihn.*

Dell klimperte Cynthia mit den Wimpern an. „Und die andere Hinsicht?"

Die Drachengestaltwandlerin ließ sich lange Zeit, um ihre Worte zu formulieren, bevor sie sprach. „Quinn. Sie gehen wirklich gut mit ihr um. Fast schon verantwortungsvoll."

Ein breites Grinsen breitete sich auf Dells Gesicht aus und er hob eine Hand an sein Ohr. „Wie war das gleich?"

Anjali rollte mit den Augen. „Verantwortungsvoll. *Fast.* Aber Dell?" In ihrer Stimme lag ein Hauch von Warnung.

Er sah sie erwartungsvoll an.

„Wie Cynthia bereits sagte – ruiniere es nicht."

Cynthia nickte zustimmend, während Dell einen Seufzer ausstieß. „Wo bleibt denn da der Spaß?"

Connor lachte laut. „Ich glaube, du hast die richtige Frau gefunden, Kumpel."

Cynthia nickte entschlossen. „Das glaube ich persönlich auch."

Dell schlang seinen Arm um Anjalis Schultern. „Das *weiß* ich doch."

Schließlich grinste Anjali genauso breit wie er. Sie hatte mit Sicherheit den richtigen Mann für sich gefunden. Einen, der sie stets daran erinnerte, worauf es im Leben ankam, und der ihr half, das Beste aus jedem Tag zu machen.

Connor musterte Dell. „Keine langen Nächte mehr. Und kein Unfug mehr. Glaubst du wirklich, dass du auf Quentins Kind aufpassen kannst?"

„Mein Kind", knurrte Dell.

Connor war einen Moment lang still und musterte Dell. Aber dann nickte er ernsthaft und tippte sich wie zum Gruß mit zwei Fingern an die Stirn. „Ich hätte nie gedacht, dass ich diesen Tag erleben würde. Aber ich schätze, ich habe mich geirrt. Hut ab, Mann."

Tim grinste ebenso breit. „Bedeutet das, dass wir Onkel sind?" Er drehte sich zu Joey um und zerzauste ihm das rote Haar. „Ich meine, für ein winziges kleines Baby, nicht für einen großen Kerl wie ihn."

Dell schaute Joey an. „Also ich weiß nicht. Glaubst du, sie sind verantwortungsbewusst genug, um Onkel zu sein, Captain Spektakulär?"

Joey zuckte mit den Schultern. „Meistens."

„Meistens?", protestierte Connor.

Jenna grinste und tätschelte ihrem Gefährten die Schulter. „Meistens."

Anjali zog Quinn enger an sich. Sie liebte diese Familie jetzt schon. Die schroffe Herzlichkeit der Männer und die Aufrichtigkeit und das Selbstvertrauen der Frauen. Joeys Liebenswürdigkeit und wie sich alle bemühten, ihn miteinzubeziehen.

Hailey hob ihr Glas. „Nun dann. Ein Toast. Auf den Tag, den Connor nie hat kommen sehen."

Alle lachten und Tim stimmte mit ein. „Auf Dell und auf Anjali. Möge sie ein Auge auf ihn behalten, damit wir es nicht mehr tun müssen."

Alle hoben ihre Gläser und Cynthia beendete den Toast in einem ruhigeren, ernsteren Tonfall. „Auf Freunde. Auf die Liebe. Auf das Schicksal."

Ihre Stimme klang traurig, aber bestimmt, und ihr Blick schweifte in die Ferne. Anjali warf den anderen Frauen Blicke zu. Gab es irgendeine Hoffnung, dass Cynthia eines Tages Liebe finden würde?

„Auf das Schicksal", murmelten alle, bevor sie an ihren Getränken nippten.

Eine Stille breitete sich in der Gruppe aus, als jeder in seine eigenen Gedanken versank. Dann schaute Connor Cynthia an und sie nickten beide gleichzeitig.

„So, das wäre es dann. Aber es gibt noch eine Sache", sagte Connor.

Anjali griff nach Dells Hand. Das klang ein wenig unheilvoll.

„Was?" Dell begegnete Cynthias Blick.

Cynthia neigte den Kopf und deutete auf Anjalis Halskette. „Die Perle."

Alle verstummten und sogar Quinn klammerte ihre winzige Hand um Anjalis Finger.

„Die Perle", murmelte Anjali und drückte ihre Hand darauf.

Kapitel 21

Dell holte tief Luft, als Anjali die Perle am Ende ihrer Halskette nach vorn streckte.

Schicksal, donnerte eine tiefe Stimme in seinen Gedanken.

Früher hätte er es vielleicht belächelt oder mit einem Achselzucken abgetan, aber jetzt nicht mehr.

Schicksal, dachte er und berührte Anjalis Hand.

Sie strahlte ihn an. „Ich habe dir doch gesagt, dass sie echt ist. “

Er nickte. „Ohne Witz. Wir müssen unbedingt die Damen von der Maui Kids Foundation aufspüren. “ Dann drehte er sich zu Connor um. Er hatte auf der Heimreise nach dem Gestaltwandlerkampf erklärt, was er konnte, aber es gab immer noch so viele Lücken zu füllen.

Er betrachtete seinen Freund noch einen Augenblick länger und ließ seine Gedanken schweifen. Zum Beispiel dahin, wie viel er seinen Freunden dafür verdankte, dass sie ihn gezwungen hatten, sich der Herausforderung seines Lebens zu stellen. Ohne sie wäre er vielleicht kein besserer Mann geworden, kein anständiger Vater und kein Typ, der Anjali verdient hätte.

Connor deutete mit einem Nicken in die Richtung der Perle. „Wir haben etwas nachgeforscht, woher sie gekommen ist. Keine der Damen, die die Preise verpacken, erinnert sich an eine Perle. Sie schienen nicht zu wissen, dass sie etwas Wertvolles dabeihatten. ‚Nur kleinen Schnickschnack‘, haben sie gesagt. “

Dell schnaubte. „Schnickschnack? Sag das einmal dem Wolf, gegen den Anjali gekämpft hat. “ Dann zuckte er zusammen, denn dies war nicht ihre schönste Erinnerung. Trotzdem war er verdammt stolz auf seine Gefährtin, weil sie sich an diesem Tag gegen Brody und sein Rudel behauptet hatte.

Eine wahre Löwin, die ihr Junges beschützt, brummte sein inneres Biest.

„Definitiv kein Schnickschnack. Es ist eine der Perlen des Verlangens", sagte Cynthia.

Anjali sah nachdenklich aus. „Dell hat das erwähnt, aber ich kann es mir immer noch nicht erklären."

Hailey zog ihre eigene rosafarbene Perle hervor. „Glaube mir, mir ging es genauso."

„Das Ganze führt auf eine hawaiianische Legende zurück", erklärte Jenna. „Nun, vielleicht etwas mehr als nur eine Legende." Sie betrachtete ihre eigene dunkle Perle. „Es ist die Geschichte von Nanalani, der einsamen Tochter des Haikönigs, die sich nach einem Weg sehnte, ihren Geliebten zu besuchen, ohne die Menschen dabei zu verletzen. Zusammen mit dem Geist des Meeres hat sie die Perlen mit einem Zauber belegt."

Dell starrte in die Ferne. Er hatte diese Geschichte schon einige Male gehört, aber wow. Er hätte nie gedacht, dass sie etwas mit ihm zu tun haben könnte.

Hailey sprach dort weiter, wo Jenna aufgehört hatte. „Es ist eine ziemlich traurige Geschichte. Nanalani hatte viele Liebhaber, aber sie hat nie ihren einen wahren Gefährten gefunden. Im Laufe der Jahre starben ihre Geliebten und eine nach der anderen warf sie die Perlen zurück ins Meer und sagte… wie ging der Spruch gleich?"

Cynthia fügte den Rest hinzu: „‚Jetzt bin ich wieder allein', seufzte Nanalani dem Gott des Meeres zu. ‚Ich gebe dir meine Perlen. Nicht, um sie zu behalten, sondern um sie für einen anderen würdigen Liebenden aufzubewahren, der ihre Kraft eines Tages brauchen wird.'"

Jenna nickte und zeigte auf Anjali. „Das bist du."

Anjalis Augen wurden groß. „Ich?"

Dell konnte nicht anders, als ihre Wange zu küssen und zu flüstern: „Du." Er selbst war vielleicht nicht würdig, aber Anjali war es auf jeden Fall und er würde den Rest seines Lebens damit verbringen, dafür zu sorgen, dass sie das wusste.

„Ist die Perle heiß geworden?", fragte Jenna.

„Und hat sie geglüht?", warf Hailey ein.

Anjali nickte überrascht. „Ich konnte diese … Energie spüren. Diese Kraft. Viel mehr, als ich allein gehabt hätte."

Tim lächelte und küsste Haileys Hand. „Glaube mir, die Kraft war deine. Die Perlen verstärken nur das, was bereits da ist."

Dell nickte sofort. „Wie Stärke. Entschlossenheit. Mut." Er hätte noch viel mehr sagen können, aber Anjali wurde rot, also beließ er es dabei.

Anjali warf einen Blick auf Quinn. „Nun, wenn ich es war, dann nur dank dieser kleinen Maus hier."

Cynthia schüttelte den Kopf. „Kinder können das Beste – oder das Schlimmste, schätze ich – in ihren Eltern zum Vorschein bringen. Aber wie Tim bereits sagte, nur das, was ohnehin bereits da ist. Tief im Herzen ist es da."

Anjalis Kehle wippte und Dell streichelte ihre Hand. Er konnte den Schock nachempfinden, wenn man eine verborgene Seite an sich selbst entdeckte. Er küsste erst Anjali und dann Quinn und schloss die Augen. Es war ein weiterer perfekter Nachmittag auf Maui und im Schatten der Veranda war es luftig und ruhig. Fast alle, die ihm etwas bedeuteten, waren anwesend und sie alle waren in Sicherheit und wohlbehalten. Besonders Anjali und Quinn. Wie hatte er nur so lange ohne sie leben können? Er hielt sie fest in seiner Umarmung und atmete ihre vermischten Düfte ein.

Meine Gefährtin, brummte sein Löwe. *Mein Kind.*

Er holte tief Luft. War es denn wirklich möglich, dass sich das Leben so gut anfühlte?

Ein Anflug von Traurigkeit überkam ihn, aber er leitete ihn zu dem Teil seiner Seele, der für Quentin reserviert war. Sein Bruder würde Quinn vielleicht nicht aufwachsen sehen, aber Dell würde ihn stolz machen. Er würde auch Lourdes stolz machen und ihre Tochter gut erziehen.

Als er seine Augen wieder öffnete, lächelte Anjali sanft.

Unsere Tochter. Ihre Gedanken schwebten durch seinen Kopf.

Vielleicht wäre er auf einer weiteren Wolke des Glücks davongeschwebt, wenn Jenna sich nicht zu Wort gemeldet hätte.

„Deine Perle hat so eine tolle Schokoladenfarbe. So eine habe ich noch nie gesehen."

Anjali blickte darauf hinunter, aber es war Cynthia, die antwortete: „Eine seltene Tahiti-Perle, glaube ich." Sie lächelte. „Wissen Sie, was sie symbolisiert, Mr. O'Roarke?"

„Was, Cynth?"

Sie seufzte, wie sie es immer tat, und sprach ihren vollen Namen aus. „Cyn-thi-a. Und braune Perlen, Mr. O'Roarke, stehen dafür, verlässlich zu sein. Zuverlässig." Sie stieß einen weiteren übertriebenen Seufzer aus. „Aber wie Sie mit so etwas in Verbindung gebracht werden konnten, ist mir völlig schleierhaft."

Er lachte. „Das ist mir auch unbegreiflich. Aber wissen Sie was?" Cynthia wartete auf den nächsten dummen Spruch, aber dieses Mal war Dell todernst. „Es ist Schicksal."

Anjali lächelte und die Anspannung in ihren Schultern lockerte sich zum ersten Mal, seit der geschäftliche Teil des Treffens begonnen hatte. Quinn griff nach der Perle und Anjali schob sie sanft aus der Reichweite des Babys. Sie bot der Kleinen stattdessen ihre Serviette zum Spielen an.

Noch nie hatte Dell sich mehr wie sein Bruder gefühlt – der verantwortungsvolle, zuverlässige Mann. Aber dann korrigierte er diesen Gedanken. Es war nicht so, dass er wie Quentin geworden war. Er war einfach eine bessere Version seiner selbst geworden. Vielleicht fühlte er sich deshalb so verdammt gut.

„Eine Perle des Verlangens…", murmelte Anjali.

Dell spürte, wie ihm ein witziger Spruch auf der Zunge lag – so etwas wie, *Oh ja, Verlangen, Baby. Komm mit mir nach Hause und ich werde es dir zeigen.* Aber er verkniff sich den Witz und kuschelte sich stattdessen an Anjali. „Es gibt viele Arten des Verlangens."

Dutzende, um genau zu sein, und sein Herz quoll fast mit jeder einzelnen davon über.

Jenna kicherte. „Er hat recht. Und nicht nur die heiße und heftige Art."

Dell nickte. „Wie im Buddhismus. Da gibt es *Kama Tanha* – etwas zu wollen, das sich gut anfühlt." Er hielt kurz inne und schaute Anjali an. Nun, ja. Mit ihr zusammen zu sein, fühlte sich gut an. Wirklich gut. „Dann gibt es noch *Bhava Tanha* – etwas werden zu wollen." Er hielt erneut inne, denn verdammt. Auch das passte gut. Der Wunsch, über sich hinauszuwachsen, den er schon immer verspürt hatte, obwohl er es bis jetzt nie geschafft hatte. „Und *Vibhava Tanha* – etwas loswerden zu wollen."

Anjali schnaubte. „Das kann ich nachempfinden."

Er fragte sich, ob sie damit Brody oder die Fesseln der Unternehmenswelt meinte. Aber so oder so passte beides.

„Verlangen kann vieles bedeuten." Jenna schaute in Connors Augen. „Zum Beispiel Liebe."

„Hingabe." Hailey lehnte ihren Kopf an Tims Schulter.

„Aufopferung", flüsterte Cynthia und schaute Joey an.

Dell dachte darüber nach. Ja, Liebe war mit Opfern verbunden, aber die Belohnung war besser als alles, was er sich je erträumt hatte. Er lächelte und schaute Quinn an. Dann sah er sich um und betrachtete Chase, dessen Blick in Richtung Stadt gewandert war.

„Sehnsucht", fügte Dell der Liste hinzu und fragte sich, ob sein Freund an Sophie dachte. Dagegen würde er bald etwas unternehmen müssen. Aber dann sprach Connor und alle wurden ganz still.

„Habgier. Eine andere Form des Verlangens", sagte Connor.

Eine Sekunde verging, bevor Dell das aussprach, was alle denken mussten. „Moira."

Gott, er hasste die Bitterkeit in seiner Stimme. Natürlich ließ eine einzelne Berührung von Anjali seine Seele zur Ruhe kommen, aber trotzdem. Würde diese böse Drachendame sie jemals in Frieden lassen?

Cynthia errötete und die Blicke aller anderen verfinsterten sich.

„Was?" Connor bemerkte Dells Stirnrunzeln.

Jenna musste Dells Blick in Joeys Richtung aufgeschnappt haben, denn sie stand sofort auf und klopfte dem Jungen auf die Schulter. „Hey, Joey. Wie wäre es, wenn wir eine richtig tolle Burg in deinem Sandkasten bauen?"

Joey sprang sofort auf. „Ja! Eine Drachenburg."

Anjali riss die Augen weit auf und schaute ihnen nach, als sie davongingen. Dell berührte ihre Hand. Er hatte mit ihr über alle Personen auf Koakea gesprochen – einschließlich der Tatsache, dass Joey ein Drache war. Er würde sich jedoch erst verwandeln, wenn er ein Teenager war. Er hatte ihr auch erzählt, dass Jenna zum Teil Meerjungfrau und zum Teil Drache war. Aber ja. Es war eine Menge zu verarbeiten.

„Okay, was ist los?", knurrte Connor, sobald Joey außer Hörweite war.

Dell presste die Lippen zusammen und überlegte, ob er erwähnen sollte, was Moira enthüllt hatte.

Ich weiß mehr über Ihre kleine Gestaltwandlerkommune, als Sie sich vorstellen können. Wie zum Beispiel die Tatsache, dass meine liebe Cousine sich dort versteckt.

Er schaute erst Cynthia und dann die anderen an und wog seine Worte sorgfältig ab. „Wie ich bereits gesagt habe, hat Moira zugegeben, dass sie versucht hat, Quentin anzuheuern. Den gleichen Schwachsinn hat sie auch mit mir versucht und dann hat sie Brody und seine Schläger auf Anjali und Quinn angesetzt."

Anjali runzelte die Stirn. „Was hat Brody mit Moira zu tun und wie war Lourdes darin verwickelt?"

Dell sah Connor an, der in den letzten Tagen ein paar Nachforschungen angestellt hatte. „Nach allem, was wir herausgefunden haben, hatten sie zunächst nichts miteinander zu tun", sagte Connor. „Aber dann kam Quentin daher, lernte Lourdes kennen und hat Brody verjagt."

Dell schaute nach unten und streichelte schweigend über Quinns Wange. Anjalis Finger berührten seine und hielten die Wut in Schacht, die er sonst vielleicht empfunden hätte. Aber nichts konnte die Trauer vertreiben, die er immer fühlen würde. Nicht nur, weil er seinen Bruder verloren hatte, sondern auch, weil er wusste, dass Quentin nie die Freude erlebt hatte, seine Schicksalsgefährtin zu finden. Lourdes hatte ihm offensichtlich viel bedeutet, aber Quentin hätte sie nicht verlassen, wenn sie seine Gefährtin gewesen wäre.

„Da er von Quentin verdrängt wurde, musste Brody sich etwas Neues suchen", fuhr Connor fort. „Er begegnete Moira, die ihn für ein paar kleinere Jobs einstellte. Aber dann kam Quentin ums Leben und Brody stellte Lourdes wieder nach. Sie floh nach Chicago, wo dann alles zusammen kam.“

„Sogar Moira?“, fragte Hailey.

Connor nickte. „Moira ist schon eine Weile dabei, ihre Macht in der Gestaltwandlerwelt und in der Geschäftswelt wieder aufzubauen. Sie hat einen großen Anteil an der Marketingfirma gekauft, für die Anjali gearbeitet hat. Anscheinend passte sie zu dem Geschäftsportfolio, das sie ausgebaut hat.“

Tim murmelte vor sich hin. „Geschäftsinteressen...“

Hailey runzelte die Stirn. „Ich kann gar nicht glauben, dass Moira die Firma gekauft hat, die diese Fotos von mir veröffentlicht hat.“

Anjali schüttelte den Kopf, Dell ebenso. Es war schon erstaunlich, wie das Schicksal sie alle zusammengeführt hatte – nicht nur ihn und Anjali, sondern ihre ganze Gemeinschaft.

„So wie ich es verstehe“, fuhr Connor fort, „wollten Moira und Brody beide Rache an Quentin üben. Brody, weil Quentin ihm die Frau weggenommen hat, und Moira, weil sie von Quentin abgewiesen wurde.“

Anjali zog Quinn ein wenig näher an sich und Dell reichte dem Baby ihr Löwenspielzeug. Er wollte sich nicht ausmalen, was Brody oder Moira mit seinem kleinen Mädchen gemacht hätten, hätten sie sie in die Finger bekommen.

Anjali tippte auf die Tischdecke. „Zufall?“

Cynthia schüttelte den Kopf. „Schicksal.“

„Auch dass Moira in meiner Firma aufgetaucht ist?“, fragte Anjali.

Cynthia zuckte mit den Schultern. „Es ist schwer zu sagen, wo das Schicksal anfängt und wo es endet. Aber wenn ein Ball erst einmal ins Rollen gebracht wurde, nun ja...“ Sie zwang sich zu einem dünnen Lächeln. „Was soll ich sagen? Das Schicksal kann zu manchen grausam sein, während es andere anlächelt.“

Dells Gedanken wanderten zu Cynthia, die ihren Gefährten verloren hatte. Dann zu Quentin und schließlich zu sich selbst. Egal, wie viel er über Schicksal, Karma oder schlichtes Glück nachdachte, er konnte sich keinen Reim darauf machen. Er wusste nur, was er zu tun hatte – nämlich das Beste aus allem zu machen, was ihm gegeben wurde. Er würde Anjali lieben, wie noch nie ein Mann eine Frau geliebt hatte, und er würde für Quinn der bestmögliche Vater sein.

„Die Frage ist, was genau Moira plant?“, fragte Tim.

Cynthia schaute Dell an. „Was hat Moira sonst noch gesagt?“

Dell holte tief Luft. War es richtig, ihr zu sagen, was Moira gesagt hatte? Es war offensichtlich, dass es zwischen Moira und Cynthia eine Menge böses Blut gab. Wie tief ging es?

„Sie hat etwas über eine Cousine erwähnt…“, sagte er. Cynthia hatte niemandem verraten, dass sie diese Cousine war, und er würde sicher nicht derjenige sein, der es ausplauderte.

Cynthia erblasste. Sie zog ihre Hände auf den Schoß und spielte nervös damit, während ihre Augen aufblitzten.

„Welche Cousine?“, bellte Connor.

Cynthia starrte Dell in die Augen und er wartete, um sie entscheiden zu lassen, ob sie die Wahrheit preisgeben wollte oder nicht.

„Ich bin mir nicht sicher, wie bedeutsam es ist“, sagte Dell, um Zeit zu gewinnen, als Cynthia nicht antwortete.

Cynthia winkte mit einer zittrigen Hand ab. „Ich bin mir sicher, dass es das nicht ist.“

Dell nickte. Okay, er hatte die Botschaft verstanden. Ihr Geheimnis war bei ihm sicher. Aber der Rest von dem, was Moira gesagt hatte, galt für alle. Und diesen Teil musste er mit ihnen teilen.

„Die Sache ist die. Moira weiß, dass wir hier auf Koakea sind, genauso wie sie von den Jungs nebenan weiß.“

Cynthia verzog besorgt das Gesicht und schaute in die Richtung, in die Joey gegangen war.

Anjali sah sich nervös um, ebenso wie Hailey. Connor, Tim und Chase sträubten sich alle, so als würde Moira bereit zum Angriff hinter der nächsten Ecke lauern. Niemand schien bereit zu sein, seine Gedanken auszusprechen, also räusperte Dell sich und übernahm das Wort. Connor und Cynthia mochten die herrschenden Alphas dieses mächtigen Gestaltwandlerrudels sein, aber auch er konnte die Führung übernehmen.

„Ja, Moira weiß, dass wir hier sind. Und ja, alles deutet darauf hin, dass sie ihr Bestes tut, um uns auszuspionieren. Aber wird sie hier zuschlagen?" Er ließ seinen Blick über das friedliche Plantagengelände schweifen. Er und seine Freunde hatten so hart daran gearbeitet, diesen Ort wiederherzurichten, dass es ihm übel wurde, wenn er sich vorstellte, wie eine rachsüchtige Drachendame daherkommen und alles ruinieren könnte. Aber dann schlug Dell so fest mit der Faust auf den Tisch, dass das Silberbesteck in die Luft flog. „Nein. Das würde sie nicht wagen. Bestenfalls würde sie ein paar Handlanger zu uns schicken." Auf Tims scharfen Blick hin, streckte er die Hände nach oben. „Ich weiß. Das ist schlimm genug, aber wir haben sie bislang jedes Mal besiegt. Ich bezweifle allerdings, dass Moira es jemals wagen würde, hier persönlich aufzutauchen. Dafür müsste sie wirklich einen höllischen Rachefeldzug gegen jemanden führen."

„Das stimmt", pflichtete Connor bei. „Ich bezweifle, dass sie das tun würde."

Dell beobachtete Cynthia aufmerksam, aber ihr Gesicht war unergründlich.

„Man kann nie wissen", murmelte sie.

Dell bezweifelte, dass die anderen es gehört hatten. Anjali flüsterte Quinn etwas Beruhigendes zu und die anderen waren damit beschäftigt, ihre eigenen gemurmelten Flüche zu Moira zu senden.

Für einen kurzen Moment trafen sich Cynthias und Dells Blicke. Ihre Augen waren voll von... Respekt?

Er schenkte ihr ein freches, kleines Grinsen und sie zog eine Grimasse.

Ruinieren Sie den Moment nicht, Mr. O'Roarke, schniefte sie praktisch.

Dell versteckte sein Grinsen. Nein, das würde er nicht tun. Er würde ihn einfach zu seiner Sammlung aller Wunder des Lebens hinzufügen.

„Wie dem auch sei", sagte er, bevor die anderen etwas mitbekamen. „Es ist einfacher für uns, Moira zu überwachen, als es für sie ist, uns im Auge zu behalten. Solange wir ihre Spione von Maui fernhalten und sie weiter beobachten..."

„Das übernimmt Silas“, sagte Connor. „Glaube mir, er kümmert sich darum.“

Dell nickte zufrieden. Auf Silas konnte man sich immer verlassen.

„Was uns selbst betrifft, müssen wir wachsam bleiben und das tun, wozu wir hierhergekommen sind“, sagte Dell. „Wir sorgen weiterhin für größtmögliche Sicherheit. Wir richten die Plantage weiter her und machen sie zu unserem Zuhause. Wir kümmern uns umeinander, wie es jedes gute Rudel tut.“

„Clan“, korrigierte Connor ihn.

„Rudel“, murmelte Chase.

„Weyr“, beharrte Cynthia.

„Wie auch immer.“ Dell grinste. Es fühlte sich gut an, wieder einen leichteren Tonfall anzuschlagen. „Die Sache ist, wir leben unsere Leben und genießen sie. Und wenn Moira es wagen sollte, hierherzukommen. . . “

Alle verkrampften sich und Spannung lag in der Luft.

„. . . dann werden wir ihr Ende sein“, sagte Dell grimmig. Und er meinte es ernst. Würde er noch eine Gelegenheit bekommen, Moira zu töten, würde er es tun. Aber er wollte einen schönen Abend nicht auf diese Weise beenden, also besann er sich wieder auf heiterere Gedanken und schaute seiner Gefährtin in die Augen. „Wie ich schon sagte, wir tun das, wozu wir hergekommen sind. Wir leben unser Leben und genießen es.“

Anjalis Augen funkelten und sein Herz wurde ganz warm.

Hailey griff nach ihrem Glas. „Darauf stoße ich an.“

Die anderen lächelten ebenfalls. „Darauf trinken wir“, stimmte auch Tim zu und sie alle stießen mit ihren Gläsern an.

Connor zog eine Augenbraue hoch – ein sicheres Zeichen dafür, dass eine Stichelei folgen würde, ob Dell es mochte oder nicht. „Also wollt ihr wirklich in dem Haus am Bach bleiben? Mit dem Baby und allem?“

Dell sah Anjali an, die entschlossen nickte. Auch darüber hatten sie lange gesprochen. „Wir denken zwar, dass es ein wenig Arbeit machen wird, aber wir können das Haus babysicher machen.“

„Ernsthaft?" Connor klang herausfordernd.

Dell zeigte auf seinen Freund. „Hey, du bist derjenige, der auf einer Klippe wohnt."

„Ich habe aber auch keine Kinder."

Dell lachte. „Noch nicht."

Connor öffnete den Mund, um zu protestieren, schloss ihn jedoch wieder, als er sah, wie Jenna ihm verführerisch zuzwinkerte.

„Vielleicht jetzt noch nicht, aber eines Tages", rief sie.

Dell lachte, lehnte sich auf seinem Stuhl zurück und schob einen Arm um Anjali. Er beugte sich in ihre Richtung und genoss ihren Duft.

„Ja, Mann", sagte er zu Connor. „Du wirst irgendwann noch zu mir kommen, um Nachhilfe im Daddy-Sein zu nehmen. Warte nur ab."

„Connor, der ein Baby wickelt. Das muss ich sehen", witzelte Tim.

Alle lachten und die Unterhaltung verlagerte sich auf andere heitere Themen. Dell saß dicht neben Anjali, ließ sein Kinn über ihre Schulter streichen, streichelte ihren Arm... und wünschte sich, er könnte sie noch weiter berühren. Es dauerte nicht lange, bis dieser Wunsch zu einer Sehnsucht wurde, die sich zu einem brennenden Bedürfnis entwickelte. Schließlich stand er auf und griff nach Anjalis Hand. „Nun, das alles war großartig, aber ich glaube, Quinn braucht jetzt ihr Fläschchen."

„Erst in einer Stunde oder so", sagte Anjali, die nicht verstand, worauf er hinauswollte. Gott, er musste ihr wirklich beibringen, seine Gedanken zu lesen.

„Nun, sie braucht eine frische Windel." Er zog Anjali auf die Beine.

„Wirklich?" Sie sah perplex aus. „Hätte ich nicht gedacht."

Dell rollte mit den Augen. Dann drängte er ihr eine Reihe von leidenschaftlichen Bildern in den Kopf – Vorstellungen von all den spannenden Dingen, die sie in der Privatsphäre ihres eigenen Hauses anstellen könnten. Schließlich verstand Anjali den Wink, wie ihr errötendes Gesicht verriet.

„Oh, richtig", sagte Anjali. „Sie braucht definitiv eine neue Windel."

„Perfekt. Und da Cynth sich freiwillig gemeldet hat, den Abwasch zu machen... "

„Ich habe nichts dergleichen getan", protestierte sie.

Dell setzte sein bestes, trauriges Welpengesicht auf. „Ach kommen Sie schon, Cynth."

Die Drachengestaltwandlerin spitzte die Lippen. „Vielleicht nur dieses eine Mal, da Sie so viele andere *Verpflichtungen* haben, denen Sie nachkommen müssen."

„Oh, die haben wir." Er schnappte sich Quinns Sachen. „Wir sehen uns später, Leute."

Joey und Jenna kamen gerade zurück und Joey sah enttäuscht aus, dass Dell sich verabschiedete – bis Dell mit ihm einschlug und ihm in einem lauten Flüsterton verkündete: „Wir treffen uns um sechs in unserem supergeheimen Geheimklub, okay? Sag es keinem."

„Okay", flüsterte Joey laut genug zurück, dass alle es hören konnten. „Im Klubhaus."

„Vergiss das Plutonium nicht", fügte Dell hinzu, nur um zu sehen, wie Cynthia reagieren würde.

Und tatsächlich kreischte sie: „Das was?"

Dell verbarg ein Lachen, während Anjali ihm ins Ohr flüsterte. „Zeigst du jemals Gnade?"

Er strich mit einer Hand über ihren Hintern. „Wir werden sehen. Wir werden sehen."

Jenna lachte hinter ihnen und als Connor protestierte, schlug sie ihm auf den Arm. „Ich erinnere mich gut, dass ein gewisser Jemand ganz ähnlich war, als wir frisch zusammen waren."

Dell drehte sich um, um mit Quinns Ärmchen zu winken – gerade noch rechtzeitig, um zu sehen, wie Connor seine Hand über Jennas Rücken gleiten ließ. „Daran kann ich mich nicht erinnern. Aber ich denke, wir sollten... ähm... diese Klippe prüfen gehen. Aus Sicherheitsgründen, meine ich."

Dell grinste, als er mit Anjali die Treppe hinunterging. So wie es klang, waren auch die anderen Pärchen im Begriff, schnell zu verschwinden. Und endlich verstand er, worüber er

zuvor stets den Kopf geschüttelt hatte. Dieses brennende, un-
stillbare Verlangen nach seiner wunderschönen Gefährtin hatte
ihn wie aus dem Nichts getroffen. Und sein innerer Löwe würde
nicht eher Ruhe geben, bis er auch sie hatte gut fühlen lassen
– wirklich gut.

„Oh", sagte Anjali in einem verführerischen Flüsterton.
„Das hört sich aber gut an."

Er schaute sie zweimal an. Vielleicht konnte sie seine Gedanken ja doch lesen.

Sie zwinkerte. „Es könnte sich als nützlich erweisen, weißt
du."

Und damit sandte sie ihm ihre eigenen Vorschläge davon,
was sie alles ausprobieren könnten, in den Kopf. Und er konnte
es schon vor sich sehen – Quinn, die fröhlich unter einem Mo-
bile plapperte, das sie über ihrem Kinderbett im Nebenzimmer
aufgebaut hatten. Der Bach, der leise vor sich hin plätscherte.
Frische Luft, die durch die offenen Türen wehte und langsam
mit den Vorhängen spielte. Er und Anjali, die nackt und ineinander verschlungen im Bett lagen…

Sie schickte ihm ein weiteres Bild. Dieses Mal war sie oben
und bis auf ihre Perle nackt. Er zog sie näher an sich, als sie gingen. *Ja, meine Gefährtin. Diese Vorstellung gefällt mir auch.*

Epilog

Einen Monat später...

Anjali wandte sich mit einem Anflug von Reue vom Plantagenhaus ab. Sie war doch noch nicht ganz bereit, Quinn zurückzulassen. Sie drehte sich sogar noch einmal um, aber Cynthia scheuchte sie weg. „Gehen Sie. Machen Sie sich keine Sorgen. Joey, Quinn und ich haben alles unter Kontrolle."

„Wir machen ein Puzzle", verkündete Joey und kitzelte Quinns Fuß. Er liebte es, das große Kind zu sein, und hatte Dells Befürchtungen über Eifersucht schon lange ad acta gelegt.

Cynthia nickte. „Wir lieben Puzzles. Nicht wahr, Süße?", gurrte sie dem Baby zu.

Quinn gurgelte, was Anjali trotz ihres fröhlichen Tonfalls ans Herz ging. Tat sie wirklich das Richtige, ihre Tochter bei jemand anderem zu lassen? Vorhin war sie von ihrem Plan, Dell zu überraschen, während er auf Patrouille war, noch begeistert gewesen. Aber jetzt, da sie sich tatsächlich verabschieden musste...

Cynthia lachte. „Ich kenne das Gefühl. Aber ich garantiere Ihnen, Quinn wird es gut gehen."

Anjali atmete tief ein und beäugte die Aussicht. Die Sonne ging gerade über dem Ozean unter und ließ den Himmel mit leuchtenden Farbschlieren strahlen. Trotz allem konnte sie sich auf nichts anderes konzentrieren als darauf, dass jemand anderes ihre Tochter hielt. Zum Teil fühlte sie sich bei diesem Gedanken schuldig, aber gleichzeitig lächelte sie auch. Als sie Cynthia kennengelernt hatte, war die Drachengestaltwandlerin eher frostig gewesen. Was in gewisser Weise gut gewesen war, denn Dell hatte diesen Anstoß gebraucht, um die Herausforderungen zu meistern, denen er sich stellen musste. In letzter Zeit hatte Cynthia jedoch ihre weichere Seite gezeigt.

Machst du Witze? Sie hat keine, hatte Dell einmal gebrummt.

Er machte Witze und sie wussten es beide. Cynthia war unglaublich, sowohl als Anführerin als auch als liebevolle Mutter. Letzteres erstreckte sich auch auf Quinn und dies in einer Weise, die Anjali vermuten ließ, dass Cynthia wünschte, sie hätte mehr Kinder haben können. Aber Dell hatte ihr so viel von Cynthias trauriger Geschichte erzählt, wie er wusste. Die Drachengestaltwandlerin hatte ihren Gefährten verloren, was bedeutete, dass sie für den Rest ihrer Tage allein sein würde.

Für immer? hatte Anjali gerufen.

Selbst Dell war daraufhin ernüchtert. *Für immer. Gestaltwandler bekommen nur eine Chance auf die wahre Liebe.*

Anjali hatte nichts gesagt, aber ihr war aufgefallen, wie Cynthia den Sonnenuntergang betrachtete und seufzte. Ganz zu schweigen davon, wie ihre Wangen erröteten, wenn die anderen Pärchen flirteten oder sich küssten. Das und die Tatsache, dass sie jedes Mal, wenn ein Motorrad auf der entfernten Straße vorbeidonnerte, hoffnungsvoll den Kopf drehte. Anjali konnte nicht anders, als darüber nachzudenken. Was wäre, wenn Cynthia zwar verpaart gewesen war, aber nicht mit ihrer wahren Liebe? Die Frau war so pflichtbewusst und stammte aus einer edlen, reinrassigen Familienlinie. Wäre es denn nicht möglich, dass Cynthias wahrer Gefährte noch immer irgendwo dort draußen war?

Dell hatte über den Vorschlag, dass Cynthia sich mit einem Biker einlassen könnte, nur gelacht. Aber Anjali war sich nicht so sicher. Natürlich hatte sie keine Ahnung, was sie tun konnte – außer vielleicht die Hoffnung nicht aufzugeben. Und sollte tatsächlich jemals ein großer, dunkler Fremder auftauchen und nach Cynthia fragen...

Sie schüttelte sich ein wenig. Das stand heute Abend wahrscheinlich nicht auf dem Programm und sie sollte sich besser beeilen, wenn sie Dell überraschen wollte. Aber eines Tages...

Sie rief Cynthia zu: „Vielen lieben Dank. Es dauert nur etwa eine Stunde."

Oder zwei, brummte ihre innere Löwin in einem verführerischen Ton.

Seit Dell ihr den Paarungsbiss gegeben hatte, war diese innere Stimme immer lauter und eindringlicher geworden. Als sie sich zum ersten Mal verwandelt hatte, hatte das Biest gewaltig gebrüllt. Es war gut, dass es keine menschlichen Nachbarn in der Nähe gab, die das Geräusch hätten hören können. Aber Mann. Es fiel ihr schwer, die Bestie im Zaum zu halten.

Eine Stunde maximal, befahl sie sich selbst. Sogar ihr gutmütiger Gefährte hatte darauf bestanden, dass sie ihre animalische Seite streng unter Kontrolle hielt.

Du musst ihr zeigen, wer der Boss ist, hatte Dell gesagt, als sie sich das erste Mal verwandelt hatte. *Halte die tierischen Instinkte im Zaum.* Dann hatte er gezwinkert und sich an ihrer Seite gerieben. *Manche Instinkte sind natürlich gut...*

Ihr Körper wurde allein bei der Erinnerung daran ganz heiß. Dell in Menschengestalt war bereits die Versuchung hoch zehn. Aber Dell in seinem Löwenkörper... Sie fächelte sich das Gesicht, als sie sich vom Haupthaus entfernte. Er bestand aus purer Muskelmasse und alles spannte sich an, wenn er sich bewegte. Seine Schnurrhaare waren lang und steif und jedes Mal, wenn er sich an sie schmiegte, kam die Löwin in ihr auf alle möglichen unanständigen Ideen. Es war ein Traum, sich an seiner Mähne zu reiben und sie liebte es, sich unter sein Kinn zu ducken und sich von ihm die Haut kraulen zu lassen. Außerdem war er riesig – einen ganzen Kopf größer als sie auf vier Füßen. Und obwohl auch ein Hauch seiner entspannten Natur durchschien, hatte sein Löwe in Tiergestalt etwas geradezu Königliches an sich.

Interessant, hatte Tim einmal gemurmelt. *So war er früher nicht.*

Früher? hatte Anjali verwirrt gefragt.

Tim hatte gegrinst. *Bevor er dich kannte.*

Daraufhin war sie rot geworden. Es war schön, zu wissen, dass sie einen guten Einfluss auf Dell ausübte. Auch sie hatte aufgehört, in den frühen Morgenstunden aufzuwachen, weil sie davon geträumt hatte, zu spät zur Arbeit zu kommen. Die Anzahl der Einträge in ihrem Terminkalender war auf eine Handvoll geschrumpft – pro Woche, nicht pro Tag. Sie hatte gelernt, Stunden mit Quinn am Strand oder am Bach zu verbringen, ohne sich selbst Vorwürfe zu machen, dass sie eigentlich andere Dinge erledigen sollte.

Wie was zum Beispiel? Dell hatte bei diesem Vorschlag liebenswert ahnungslos ausgesehen.

Sie hatte laut gelacht. Ja, auch er war ein guter Einfluss auf sie. Genau wie Quinn. Das Muttersein hatte Anjali geholfen, langsamer zu werden und an den Rosen zu schnuppern – und davon gab es auf Maui jede Menge, zusammen mit den herrlich orangelilafarbenen Paradiesvogelblumen, den seidig süßen Frangipanis und den Ständen mit purpurroten Bougainvilleen, die sie so liebte.

Hör auf und nimm die Löwenwitterung auf, brummte ihr inneres Tier. *Mach schon. Wir müssen unseren Gefährten aufspüren.*

Sie ging extra langsam durch die zunehmende Dunkelheit, trotz ihres Dranges, sich hastig zu verwandeln. Sie wollte ihre tierische Seite daran erinnern, wer der Boss war. Zu Hause angekommen, zog sie sich aus. Ja – sie zog sich direkt auf der Terrasse neben dem Bach splitternackt aus. Dies hatte sich die ersten paar Male ganz furchtbar unanständig angefühlt, als sie es getan hatte. Aber die kühle Abendluft fühlte sich gut auf der nackten Haut an und es gab keinen Grund, perfekte Kleidungsstücke zu zerfetzen, nicht wahr?

Dann holte sie tief Luft und schloss die Augen. Sie hatte sich schon einige Male verwandelt, aber nie ohne Dell in der Nähe.

Das können wir jetzt ändern, sagte ihre Löwin. *Verwandle dich und wir gehen ihn suchen.*

Sie wackelte mit den Zehen auf den Steinplatten und stellte sich vor, wie sich ihre Krallen in den Boden gruben. Sie rollte mit den Schultern und stellte sich vor, auf vier Füßen zu gehen. Dann schnüffelte sie tief und atmete die salzige Nachtluft ein.

Ja, brummte ihre Löwin. *Lass mich heraus.*

Sie stellte sich vor, auf eine Art und Weise zu hüpfen und zu springen, wie sie es in menschlicher Form niemals könnte. Dies war pure Freiheit und sie wurde von einer Welle der Kraft begleitet, die ihr Katzenkörper mit sich brachte. Dann stellte sie sich vor, sich an Dells Mähne zu schmiegen und...

Unbewusst ließ sie sich auf alle viere fallen, krümmte den Rücken und fing an, sich hin und her zu wiegen, wie Dell es ihr beigebracht hatte.

Es ist wie Yoga. Bleib locker und entspannt. Lass deine Löwin einfach kommen.

Als sie sich das erste Mal verwandelt hatte, hatte sie Angst gehabt, dass es qualvoll sein würde. Aber Dell hatte recht. Je entspannter sie blieb, desto natürlicher lief die Verwandlung ab.

Ihre Haut kribbelte und ihre Waden dehnten sich, als würde sie einen Ausfallschritt machen. Dann spannte sie die Schultern an und spürte ein Ziehen an ihren Ohren, als würde Quinn an den oberen Enden zupfen. Sie öffnete ihren Mund zu einem riesigen, lautlosen Gähnen und ließ zu, dass sich ihre Zähne verlängerten. Und schließlich...

Anjali blinzelte ein paar Mal und starrte auf ihre Pfoten hinunter. Wieder einmal war die Verwandlung schneller vorbei, als sie es erwartet hatte, und sie war in ihrer Löwengestalt. Sie schüttelte ihr Fell und schnupperte ein wenig zaghaft in der Luft. Was, wenn sie Dell nicht finden konnte? Er war auf Patrouille und das Anwesen war riesig.

Ihre Löwin duckte sich hinunter, streckte den Hintern in die Luft und senkte den Kopf, um sich zu strecken. *Als könnte ich meinen eigenen Gefährten nicht finden.* Sie schlug mit dem Schwanz und schreckte Anjali auf, bevor sie ins Unterholz stürmte. Ihr dichtes Fell machte sie immun gegen das Kratzen von Ästen und ihre nackten Pfoten waren hart genug, um auch das unwegsamste Gelände zu bezwingen.

Er ist gleich dort drüben... dort, verkündete das Biest und peilte ihn an.

Anjali nickte. Ihre Löwin konnte Dell im Norden nicht nur riechen – sie konnte ihn auch dort spüren, so wie sie es schon seit... nun, vom ersten Tag an gekonnt hatte. Vielleicht sogar seit dem Tag, an dem sie sich kennengelernt hatten. In gewisser Weise kam ihr jetzt alles vor ihrer Verpaarung verschwommen vor, weil ihr Leben so viel reicher geworden war.

Nicht mehr weit, brummte ihre Löwin und wurde langsamer.

Sie kniff die Augen zusammen und genoss das Kribbeln des Nervenkitzels der Jagd. Als Dell zu Beginn versucht hatte, dieses Gefühl zu erklären, hatte sie es nicht verstehen können. Aber jetzt, da sie sich verwandeln und die Jagd selbst erleben konnte – wow. Welch ein Rausch. Ihr Herz klopfte. Ihr Atem wurde flacher. Ihre Schritte wurden leise und vorsichtig. Die Dunkelheit brach schnell um sie herum herein, aber ihre Schnurrhaare zitterten und verrieten ihr, dass Dell nicht weit entfernt war.

Warte. Ihre Löwin zischte und duckte sich.

Es war nur ein Spiel, aber das Hochgefühl, das sie beim Heranschleichen durch die Dunkelheit empfand, war unglaublich. Dieser Hauch von Gefahr, der alle ihre Instinkte erweckte, ließ sie sich unglaublich lebendig fühlen.

Ein Zweig knackte zu ihrer Linken und sie drehte sich froh über ihre geschärfte Sicht dorthin um. Ihre menschlichen Augen hätten im Schatten der Nacht vielleicht nur einen helleren Fleck ausmachen können, aber ihre scharfe Löwensicht erkannte die Umrisse von etwas, das niedrig, lang und anmutig war.

Dell, hätte sie fast gerufen. Gut, dass sie gelernt hatte, ihre Gedanken vor ihm zu verbergen, sonst hätte er sich umgedreht und sie einfach ausgelacht.

Aber Dell konzentrierte sich auf die äußere Begrenzung des Grundstücks nicht auf die Innenseite und das zu Recht. Die Außenwelt war voller Gefahren und Intrigen, die ihre friedliche Ecke des Paradieses jederzeit heimsuchen könnten. Es gab abtrünnige Gestaltwandler, wie Brody. Alte Feinde, wie Moira. Neue Widersacher, die sie sich noch nicht einmal vorstellen wollte. Alles war möglich.

Trotzdem war es schwer, sich in einer Nacht wie dieser nicht übermütig zu fühlen. Dell war auf Patrouille, ebenso wie Tim und Hailey in ihren Grizzlybärenkörpern. Später würden Connor und Jenna übernehmen und ebenfalls die Gestaltwandler des benachbarten Koa Points – Bären, Wölfe, Tiger und noch mehr Drachen. Das und das warme Glühen in ihrer Seele, das ihr sagte, dass die heutige Nacht keine Nacht war, die man fürchten musste, sondern eine, die man genießen sollte.

Das werde ich sicher, brummte ihre Löwin und machte sich bereit, loszuspringen.

Anjali grinste. Sie würde Dell gern einmal überrumpeln. Sie hatte es versucht, aber es war ihr noch nie geglückt – bis jetzt. Aber hey. Sie war ja auch erst seit ein paar Wochen Löwengestaltwandlerin. Dell war schon sein ganzes Leben lang ein Löwe gewesen. Außerdem hatte er das ganze militärische Training, welches ihm einen Vorteil verschaffte.

Dieses Mal erwischen wir ihn, schwor ihre Löwin und wartete darauf, dass er direkt vor ihr vorbeikam. Ihr Bauch berührte den Boden und ihre Muskeln waren gespannt wie Federn, die kurz davor waren, sich zu öffnen. Sie zählte die Herzschläge und wartete. *Eins... Zwei... Drei!*

Sie stieß ein Brüllen aus, sprang und flog durch die Luft. Das war ein weiterer Vorteil, ein Löwe zu sein – der Schwerkraft zu trotzen, zumindest für kurze Zeiträume. Außerdem hatte sie keine Angst mehr vorm Fallen, wenn sie in ihrer Löwengestalt war.

Ihre Löwin grinste. *Katzen landen immer auf ihren Füßen.*

Anjali hatte immer gedacht, dass Dell damit nur angeben wollte, aber es stimmte. Es war, als hätten Löwen eine zusätzliche Kammer in ihrem Innenohr, die es ihnen ermöglichte, jeden Sturz in eine perfekt ausgeführte Landung zu verwandeln. Oder einen Angriff in diesem Fall, obwohl sie ihre Krallen eingefahren behielt.

Dell brüllte und wirbelte einen Tick zu spät herum, so dass sie auf seinem Rücken landete. Wenn er sie angegriffen hätte, wäre sie erledigt gewesen, aber Dell taumelte kaum unter ihrem Gewicht. Sie sprang weg, nur um sich erneut auf ihn zu stürzen und mit ihm zur Seite zu rollen. Einen Moment später thronte sie über ihm und knurrte triumphierend.

Wow, schrie Dell. *Du hast mich erwischt.*

Sie knurrte stolz. *Das habe ich.*

Oh mein Gott, ich hatte keine Ahnung, dass du da warst. Dell streckte besiegt seine Vorderpfoten in die Höhe.

Anjali grinste einen Moment lang und zeigte alle ihre Zähne. Aber dann kniff sie die Augen zusammen. Moment mal. Konnte sie eine Lüge riechen?

Dell, knurrte sie.

Er riss seine Pfoten noch höher und entblößte seinen Hals. *Nenn es ein Flunkern. Ich würde meine Gefährtin niemals anlügen.* Er sprach gedanklich zu ihr, während er gleichzeitig in Löwensprache grunzte, wobei er darauf achtete, dass der Klang nicht übermäßig laut war.

Sie rollte sich zur Seite, setzte sich und starrte ihn an. Verdammt. Was hatte sie verraten? Sie war so vorsichtig gewesen, sich leise anzuschleichen.

Du hast es großartig gemacht, versicherte Dell ihr. *Wirklich unglaublich. Ich habe mich ernsthaft erschreckt.*

Sie verzog das Gesicht. *Ich bin nicht Joey, weißt du.*

Dell, das konnte sie ganz klar sehen, gab sich alle Mühe, nicht zu lachen.

Im Ernst, du warst fantastisch. Er rieb sich an ihr. *Aber es gab ein kleines Rascheln von Blättern. Die kleinste Andeutung eines Schrittes. Okay, und vielleicht hat dein Schwanz auch gegen einen Busch gepeitscht. Aber davon abgesehen...*

Sie zog eine Grimasse. *Davon abgesehen? Ich bin als Löwin ein totaler Versager.*

Er lachte. *Machst du Witze? Wenn ich ein Mensch wäre – oder ein mickriger Wolf...*

Ein Hundeknurren ertönte von rechts und Anjali wäre fast aufgesprungen. Verdammt. Irgendwie war ihr die Tatsache entgangen, dass auch Chase dort draußen unterwegs war.

Ich meine, selbst ein mächtiger Wolf würde sich fürchten, sagte Dell schnell. *Sieh dich doch mal an. Schau dir diese Zähne an.*

Er klang so aufrichtig, dass sie lächeln musste. Es war unmöglich, sich in Dells Gegenwart schlecht zu fühlen.

Siehst du? Du bist verdammt wild.

Sie zog ihre Lippen zurück, um den Effekt zu verstärken, und er nickte stolz. *Und schau dir diese Mörderkrallen an.*

Sie seufzte. *Sie sind eingefahren, Dell.*

Ja, das ist auch verdammt gut so. Ich würde dem Tod ins Auge sehen, wenn du die ausfährst.

Das war eine wilde Übertreibung, aber trotzdem. Anjali hob eine Pfote und betrachtete ihre eigenen Krallen. *Dem Tod ins Auge sehen?*

Definitiv. Ich würde um Gnade betteln. Warte einen Augenblick. Schau. Ich bettle um Gnade. Er ließ sich auf den Rücken fallen.

Sie lachte. Dell konnte innerhalb eines Wimpernschlags vom *König des Dschungels* zu einem *hilflosen Kätzchen* werden. Und selbst wenn alles nur gespielt war, fühlte sie sich doch besser.

Im Ernst. Du warst unglaublich. Und du hast dich ganz allein verwandelt?

Sie nickte und streckte ihre Brust ein wenig heraus. Sie hatte vielleicht keine Mähne wie er, aber sie hatte ein recht anständiges Fell, wenn sie das selbst so sagen konnte.

Und du hast mich hier draußen gefunden...

Sie flatterte ein wenig mit den Augenlidern. Nun, ja, das hatte sie. Das war doch immerhin etwas, auf das sie stolz sein konnte, nicht wahr?

Und du hast mich mit diesem Angriff praktisch erledigt. Also ja. Du bist unglaublich.

Sie grinste. Dell würde großartig mit Quinn umgehen können, wenn sie älter war und die Art von Selbstzweifel durchlebte, an die sich Anjali als Jugendliche erinnern konnte.

Nun, ich habe noch einen langen Weg vor mir, seufzte sie und kuschelte sich an ihn.

Keine Eile, schoss er zurück.

Anjali lachte über sich selbst. Vielleicht hatte sie nicht so viel von ihrem Tatendrang verloren, wie sie gedacht hatte. Vielleicht hatte sie ihr Bedürfnis, in ihrem Job über sich hinauszuwachsen, auf das Bedürfnis übertragen, sich im Löwendasein selbst zu übertreffen. Ganz zu schweigen davon, wie verzweifelt sie eine gute Mutter sein wollte. Plötzlich mürrisch schaute sie sich um.

Vielleicht sollte ich gehen...

Dell baute sich vor ihr auf und versperrte ihr den Weg. *Auf gar keinen Fall. Quinn ist bei Cynthia, stimmt's?*

Anjali starrte ihn an. *Hast du wirklich alles über meinen Plan für heute Abend herausgefunden?*

Er lachte. *Nein, aber ich habe gesehen, wie Cynthia Quinn anschaut. Sie liebt Babys. Ich glaube, das ist das Einzige, was sie und ich gemeinsam haben.* Er grinste. *Wie dem auch sei, Quinn geht es gut. Und das hier ist perfekt. Du kannst mir helfen, meine Patrouille zu beenden. Du weißt schon, ein bisschen üben.*

Sie schnüffelte in die Richtung des Plantagenhauses, wo alles ruhig erschien. Vielleicht hatte Dell recht.

Natürlich habe ich recht. Los geht's. Schön leise. Dell trottete los.

Sie hielt mit ihm Schritt, trat leise auf und ahmte seine Bewegungen nach. Die Erde war weich und federnd unter ihren Füßen. Das Licht des Viertelmondes drang durch die Baumkronen und warf Schatten. Sie hielt ihre Sinne in höchster Alarmbereitschaft und stellte sich Brody und seine Gang vor.

Gut. Dell instruierte sie, während sie weitergingen. *Lange Schritte, wo der Boden weich ist, und kürzere, wo er hart ist. Schneller über die Felsen. Und pass auf deinen Schwanz auf.*

Sie fluchte und schaute zurück. Wie schaffte es Dell nur, dass er mit seinem Quastenschwanz nicht ständig in die Büsche schlug?

Dell bewegte sich vorwärts und sie folgte ihm. Sie kauerte sich zusammen oder schnippte mit den Schnurrhaaren, immer wenn er es tat. Allmählich wuchs ihr Selbstvertrauen. Ihre Schultern schwangen bei jedem gleitenden Schritt und ihre Schritte waren weich und schnell. Die Welt um sie herum war gedämpft und verlieh der Nacht ein magisches Gefühl. Sie hatte in menschlicher Gestalt nie viel Zeit damit verbracht, nachts draußen herumzuwandern. Als Frau in einer Stadt tat man das einfach nicht. Aber als Löwin... Sie lächelte und grub ihre Krallen in den Dreck. Als Löwin konnte sie nach einem anderen Regelwerk spielen.

Jetzt machen wir kehrt. Dell drehte sich abrupt um. *Wir wollen nicht, dass unsere Patrouillenroute vorhersehbar wird.*

Anjali runzelte bei dieser Erinnerung an die harte Realität der Gestaltwandlerwelt die Stirn. Aber es war schwer, ihre gute Laune zu erschüttern, besonders als ein riesiger Schatten über sie hinwegfegte. Jenna war auf Patrouille, was sie in zweierlei Hinsicht aufmunterte. Erstens, weil Koakea eine große böse Drachendame hatte, die ihr Territorium beschützte. Und zweitens, wenn Jenna lernen konnte, eine effektive Patrouille zu führen – oder zu fliegen –, dann konnte Anjali es auch.

Natürlich kannst du das, sagte Dell und las ihre Gedanken. *Aber jetzt...*

Während er sprach, lösten sich zwei Schatten aus den Baumreihen und Dell grüßte sie mit einem leisen Schnaufen. *Cruz. Jody.*

Anjali nickte den beiden Tigergestaltwandlern zu und versuchte, sich ihre Ehrfurcht nicht anmerken zu lassen.

Sie mögen vielleicht riesige, zähnefletschende Tiger sein, aber wir sind mächtige Löwen. Vergiss das nicht. Ihre Löwin peitschte stolz mit dem Schwanz.

Wir übernehmen die Patrouille von hier, sagte Jody in ihrer üblichen schwungvollen Art. *Ihr beide könnt euch zurückziehen.*

Cruz schnippte mit dem Schwanz, um ihre Aussage zu unterstreichen, und die zwei machten sich auf ihre eigenen Runden.

Dell grinste. *Zurückziehen. Das hört sich gut an.*

Anjalis Körper wurde heiß, als sie die spielerische Andeutung in seiner Stimme hörte. Cynthia hatte ihr gesagt, sie solle sich ruhig Zeit lassen...

Sie machten sich auf den Weg, liefen schnell und ließen sich von den Blättern auf dem Rücken kitzeln. Der Wind zischte leise über die Hänge am Meer und in der Ferne rauschte die Brandung. Sie überquerten den Bach in einem einzigen mühelosen Sprung und Anjali schnüffelte tief, um alles in sich aufzunehmen. Maui. Dell. Quinn. Hatte sie es wirklich so gut?

Dell rieb sich an ihrer Seite. *Ich denke immer wieder das Gleiche. Aber es gibt noch eine Sache, die wir üben sollten.*

Sie drehte sich um und fragte sich, was das sein könnte. Sich schneller zu verwandeln? Die Überquerung des Baches dazu zu nutzen, ihre Spur zu verwischen?

Dell trat zurück und grinste. *Du könntest angegriffen werden, weißt du.*

Ohne eine weitere Warnung stürzte er sich auf sie.

Sie drehte sich schnell und wehrte ihn ab, so dass sie schließlich in einem spielerischen Gerangel auf der Terrasse endeten. Ein ungleicher Kampf, bei seinem größeren Gewicht. Aber sie tat ihr Bestes und schaffte es zweimal, ihm zu entkommen. Schließlich hatte Dell sie jedoch zu Boden gedrückt und sperrte sie mit seinem größeren Löwenkörper ein.

Und was machst du jetzt? Er drückte seine Schnauze dicht an sie heran.

Noch vor ein paar Wochen hätte es ihr Angst gemacht, Nase an Nase mit einem Löwen zu sein. Aber jetzt spürte sie nur noch Erregung. Ihr Quastenschwanz peitschte durch die Luft und sie drehte ihren Kopf, um sich an ihm zu reiben. Dann schloss sie die Augen und stellte sich vor, wie sie mit den Fingern durch Dells dichtes Haar streichen und ihre Lippen auf seine pressen würde. Innerhalb weniger Herzschläge verwandelte sie sich zurück in ihre menschliche Form. Dell verwandelte sich genau zur gleichen Zeit und drückte sie immer noch zu Boden.

„Oh, ich weiß nicht.“ In Anjalis Stimme schwang immer noch der Hauch ihrer inneren Löwin mit. Sie lag flach auf dem Rücken, hatte ihre Arme um Dells breite Schultern geschlungen und die Beine... Nun ja, sie waren noch nicht ganz um seine Taille gewickelt, jedoch auch nicht weit davon entfernt. Sie hob einen Fuß und strich mit der Ferse über die Außenseite seines Beins. „Ich schätze, ich muss eine andere Taktik ausprobieren.“

Dells Augen glühten, als er auf ihren nackten Körper hinunterblickte. „Ich weiß nicht, ob das fair ist.“

Sie schlang ihr Bein um seines und brachte ihre Körper noch näher zusammen. „Völlig fair.“

Er strich mit den Fingern durch ihr Haar und schaute sie verliebt und staunend an. „Nun, dann werde ich mich deinen geplanten Schandtaten wohl unterwerfen müssen.“

Sie streckte sich hoch, um ihn zu küssen, aber er drückte sie mit seinem eigenen Kuss wieder hinunter. Ein tiefer, hungriger Kuss, der jeden Nerv in ihrem Körper kribbeln ließ.

„Mmm." Sie neigte den Kopf. Technisch gesehen war sie diejenige, die sich unterwarf, aber hey. Sie war Feuer und Flamme. Sie schlang beide Beine um seine und drückte ihre Hüften hoch. Sie war so begierig auf mehr.

„Gott, du bist hinreißend", flüsterte Dell und betrachtete ihre empfindlichsten Stellen.

Sie lächelte und schnappte nach Luft, als er langsam in sie eindrang. Ihr Körper brannte auf die allerbeste Weise und innerhalb von Sekunden bewegte sie sich mit ihm. Stemmte sich ihm entgegen. Keuchte. Rief seinen Namen. Dell stieß wild zu und fletschte in seinem eigenen Lustschmerz die Zähne.

Sie konnte sich schon vorstellen, wie der Rest des Abends ablaufen würde. Wie Dell sie zu einem lautstarken Orgasmus bringen würde, genau dort unter dem Mond. Wie rosig ihre Haut von den Streicheleinheiten sein würde, mit denen er sie danach sicher verwöhnte. Irgendwann würden sie sich anziehen, Quinn abholen und ihre Tochter nach Hause bringen. Sie würden beide eine Weile an ihrem Bettchen stehen und das Wunder ihres schlafenden Babys betrachten, bevor sie sich in ihr eigenes Zimmer zurückziehen würden, um sich erneut zu lieben. Und dann noch einmal…

Du, meine Gefährtin, bist hinreißend, raunte Dell dieses Mal in ihre Gedanken. Anjali konnte ihr Glück nicht in Worte fassen, nicht in dem Zustand, in dem sie sich befand. Aber es gelang ihr, kurz in seinen Geist zu murmeln, bevor sie ihrer Ekstase erlag.

Und du, mein Gefährte, gehörst mir.

Sneak Peek: Wolfsrebell

Sophie Wilkins – Bücherwurm und Smoothie-Expertin – ist
nach Maui gezogen, um sich an all die Schönheit und Liebe
auf der Welt zu erinnern. Und Liebe ist es auch, die sie von
dem schüchternen, zurückhaltenden und absolut hinreißenden
Mann erfährt, den sie dort kennenlernt. Chase ist alles, wonach
sich ihr einsames Herz je gesehnt hat. Er ist außerdem geheim-
nisvoll mit seiner rohen, animalischen Intensität, die an eine
wilde Seite in ihr appelliert, von der sie nicht einmal wusste,
dass sie sie in sich trug.

Chase Hoving ist ein Wolfsgestaltwandler, der in der Wildnis geboren und aufgezogen wurde – ein Geheimnis, das er
um jeden Preis schützen muss. Nach einem Jahrzehnt in einer Elite-Spezialeinheit ist er versucht, die menschliche Welt
hinter sich zu lassen und in dieses ruhigere, einfachere Leben
zurückzukehren. Aber dann bringt ihm das Schicksal Sophie,
die seine Seele mit Hoffnung und Licht erfüllt.

Doch die Gefahr lauert überall. Auf dem Privatanwesen,
das Chase beschützt, in der Wildnis seiner Heimat und sogar
in dem Park am Meer, in dem Sophie arbeitet. Doch es kommt
noch schlimmer, als böse Mächte aus Sophies Vergangenheit
eine skrupellose Jagd auf sie beginnen. Hat Chase genug über
die menschliche Art gelernt, um seine Schicksalsgefährtin für
sich zu gewinnen – und sie vor einem schrecklichen Verhängnis
zu bewahren?

Weitere Titel von Anna Lowe

Aloha Shifters - Perlen des Verlangens

Drachenrebell (Buch 1)

Bärenrebell (Buch 2)

Löwenrebell (Buch 3)

Wolfsrebell (Buch 4)

Herzensrebell (Buch 5)

Alpharebell (Buch 6)

Aloha Shifters - Juwelen des Herzens

Der Ruf des Drachen (Buch 1)

Der Ruf des Wolfes (Buch 2)

Der Ruf des Bären (Buch 3)

Der Ruf des Tigers (Buch 4)

Die Verlockung des Drachen (Buch 5)

Der Ruf des Fuchses (Buch 6)

Töchter des Feuers - Billionaires & Bodyguards

Töchter des Feuers: Paris (Buch 1)

Töchter des Feuers: London (Buch 2)

Töchter des Feuers: Rom (Buch 3)

Töchter des Feuers: Portugal (Buch 4)

Töchter des Feuers: Irland (Buch 5)

Töchter des Feuers: Schottland (Buch 6)

Töchter des Feuers: Venedig (Buch 7)

Töchter des Feuers: Griechenland (Buch 8)

Töchter des Feuers: Schweiz (Buch 9)

The Wolves of Twin Moon Ranch

Desert Hunt (die Vorgeschichte)

Desert Moon (Buch 1)

Desert Blood (Buch 2)

Desert Fate (Buch 3)

Desert Heart (Buch 4)

Desert Rose (Buch 5)

Desert Roots (Buch 6)

Desert Yule (eine Kurzgeschichte)

Desert Wolf: Complete Collection (vier Kurzgeschichten)

Sasquatch Surprise (ein Ableger der Twin Moon Story)

Blue Moon Saloon

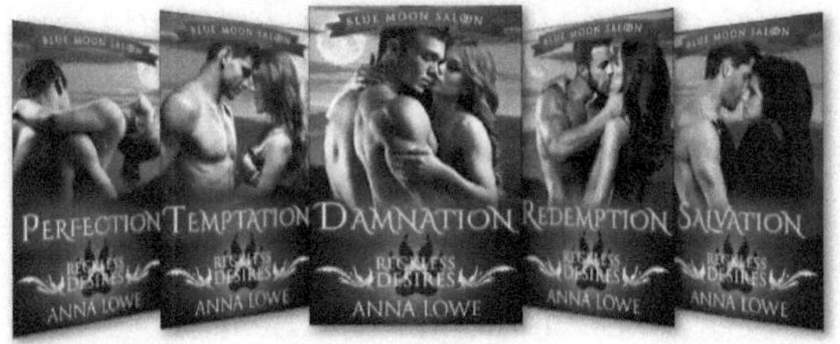

Perfection (die Vorgeschichte in Kurzform)

Damnation (Buch 1)

Temptation (Buch 2)

Redemption (Buch 3)

Salvation (Buch 4)

Deception (Buch 5)

Celebration (ein Festtagsschmaus)

Shifters in Vegas

Paranormal romance with a zany twist. Im englischen Original bei Amazon erhältlich.

Gambling on Trouble

Gambling on Her Dragon

Gambling on Her Bear

Serendipity Adventure Romance

Im englischen Original bei Amazon erhältlich.

Off the Charts

Uncharted

Entangled

Windswept

Adrift

Travel Romance

Im englischen Original bei Amazon erhältlich.

Veiled Fantasies

Island Fantasies

www.annalowe.de

Über Anna Lowe

USA Today und Amazon Bestseller Autorin Anna Lowe schreibt fesselnde Romane mit tatkräftigen Heldinnen und unwiderstehlichen Helden in exotischen Umgebung, mit jeder Menge Zündstoff für scharfe Romantik.

Sie liebt Hunde, Sport und Reisen, die auch die Inspiration für Ihre Bücher liefern. Wenn Anna nicht gerade in die Arbeit an ihrem nächsten Buch vertieft ist, kannst Du Sie am Wochenende beim Wandern in den Bergen antreffen. Egal wo und wie – sie wird den Tag mit einem leckeren Stück Zartbitterschokolade ausklingen lassen.

Einfach mal vorbeischauen, auf **www.annalowe.de**.